ELLE KENNEDY

BODY CHECK

ES WIRD HEISS
AUF DEM EIS

ROMAN

Aus dem amerikanischen Englisch von
Anita Sprungk

HarperCollins

Die Originalausgabe erschien 2009 unter dem Titel
Body Check bei Harlequin Haze, Toronto.

1. Auflage 2025
© 2024 by Elle Kennedy, überarbeitete Version
Deutsche Erstausgabe
© 2025 für die deutschsprachige Ausgabe
HarperCollins in der
Verlagsgruppe HarperCollins Deutschland GmbH
Valentinskamp 24 · 20354 Hamburg
info@harpercollins.de
Gesetzt aus der Rooney
von GGP Media GmbH, Pößneck
Druck und Bindung CPI books GmbH, Leck
Printed in Germany
978-3-365-01004-4
www.harpercollins.de

Anmerkung der Autorin

Dieses Buch habe ich in meinen frühen Zwanzigern geschrieben, und eines könnt ihr mir glauben: Ich habe mich noch nie so gefreut wie an dem Tag, als meine Lektorin mich anrief und mir mitteilte, ihr Verlag wolle mein Buch herausbringen.

Es jetzt – fast zwanzig Jahre später – noch einmal zu lesen war für mich eine surreale Erfahrung. Als Autorin verfeinere ich meine Schreibkunst jeden einzelnen Tag. Es kommt vor, dass ich ein Buch zur Hand nehme, das ich ein Jahr zuvor geschrieben habe, und denke: *Um Himmels willen, heute würde ich das alles ganz anders und viel besser schreiben.* Nun stellt euch vor, was das erst bei einem Werk bedeutet, das vor zwanzig Jahren entstanden ist. Was *Body Check* jedoch zu etwas ganz Besonderem macht, ist die Tatsache, dass es mein allererster zeitgenössischer Liebesroman war – und obendrein mein erster Liebesroman, der sich um Eishockey dreht.

Wenn ihr andere Bücher von mir gelesen habt, wisst ihr, dass eine meiner meistverkauften Buchreihen in der College-Eishockeywelt spielt. Ich schwärme für Sports Romance und bin überglücklich, dass es in meinem ersten als Buch veröffentlichten Liebesroman um Eishockey geht.

Dass ich darum gebeten wurde, ein Buch zu überarbeiten, das schon vor so langer Zeit herauskam, war eine angenehme Überraschung und unglaublich verlockend, aber auch eine Herausforderung, der ich mich mit Freuden gestellt habe. Die beiden Hauptfiguren Hayden und Brody werden immer einen besonderen Platz in meinem Herzen einnehmen, und ich bin dankbar, die Gelegenheit erhalten zu haben, in Erinnerungen zu schwelgen. Ich hoffe, euch gefällt diese modernisierte und erweiterte Fassung von *Body Check*.

Viel Spaß beim Lesen!
Elle

1. Kapitel

»Ich muss dringend mal wieder flachgelegt werden«, sagte Hayden Houston seufzend, griff nach dem Glas auf der glatten Mahagonitischplatte und trank einen Schluck Rotwein. Die leicht herbe Flüssigkeit löschte ihren Durst, konnte aber absolut nichts gegen ihren Frust ausrichten.

Auch die Fotos, die von den Wänden der Ice House Bar auf sie herabstarrten, waren nicht hilfreich. Actionaufnahmen von Eishockeyspielern mitten im Schlag, eingerahmte Anfängerkarten, Mannschaftsfotos von den Chicago Warriors – ihr kam es so vor, als würde dieser Sport sie überallhin verfolgen. Sicher, sie war die Tochter des Teameigners, aber wenigstens manchmal fände sie es nett, sich mit etwas anderem als Eishockey befassen zu können.

Mit Sex zum Beispiel.

Ihr gegenüber saß Darcy White und grinste sie an. »Wir sehen uns seit zwei Jahren zum ersten Mal wieder und mehr hast du nicht zu sagen? Komm schon, Professor, keine Anekdoten aus deinem Leben in Berkeley? Keine erkenntnisreichen Vorträge über den Impressionismus?«

»Meine erkenntnisreichen Vorträge behalte ich meinen Studierenden vor. Und was Anekdoten angeht, keine davon hat mit Sex zu tun, also verschwenden wir damit keine Zeit.«

Hayden strich sich mit der Hand durchs Haar und stellte fest, dass vom Ergebnis ihrer Bemühungen, ein bisschen Schwung in ihre Frisur zu bringen, bereits jetzt nichts mehr übrig war. Volumenschaum? Klar doch. Offenbar konnte nichts ihr absolut glattes braunes Haar dazu überreden, anders auszusehen als eben absolut glatt.

»Na schön«, sagte Darcy. »Warum denkst du an Sex?«

»Weil ich keinen habe.«

Darcy nippte an ihrem Wein. »Datest du nicht einen Kerl in Kalifornien? Dan? Drake?«

»Doug«, korrigierte Hayden.

»Und wie lange seid ihr schon zusammen?«

»Zwei Monate.«

»Und ihr habt immer noch keinen Sex?«

»Nein.«

»Du machst Witze, oder? Hat er etwa keinen Bock?« Darcy schwieg einen Moment nachdenklich. »Oder kriegt er einfach keinen hoch?«

»Oh, doch. Er möchte nur – ich zitiere –, dass wir einander gründlich kennenlernen, bevor wir gemeinsam die Brücke zur Intimität überschreiten.«

Ihre Freundin brüllte vor Lachen. »Die Brücke zur Intimität? Girl, er klingt, als wäre er ein Loser. Servier ihn ab. Sofort. Bevor er wieder anfängt, von dieser Brücke zu quatschen.«

»Wir nehmen uns gerade eh eine Auszeit«, gab Hayden zu.

»Nach zwei Monaten?«

»Ja. Bevor ich abgereist bin, hab ich ihm gesagt, dass ich ein bisschen Abstand brauche.«

»Abstand? Soso. Ich glaube, was du wirklich brauchst, ist ein neuer Freund.«

Großer Gott, das war das Letzte, was Hayden wollte. Wieder die Angel auswerfen und darauf hoffen, dass jemand anbiss? Nein danke. Nach drei gescheiterten Beziehungen in fünf Jahren hatte sie beschlossen, sich nicht länger in Bad Boys zu verlieben, sondern sich auf die Guten zu konzentrieren. Und Doug Lloyd gehörte definitiv zu den Guten. Er hielt Renaissance-Vorlesungen in Berkeley, war intelligent und geistreich und wertschätzte Liebe und Hingabe genauso sehr wie sie. Da sie mit einem alleinstehenden Vater aufgewachsen war, hatte Hayden sich schon immer nichts weiter als einen Partner gewünscht, mit dem sie eine Familie gründen und zusammen alt werden konnte.

Sie war noch ein Baby gewesen, als ihre Mutter bei einem Autounfall ums Leben gekommen war. Danach hatte ihr Vater die Hoffnung aufgegeben, wieder Liebe zu finden, und beschlossen, sich stattdessen auf seine Karriere als Eishockeycoach zu konzentrieren – über zwanzig Jahre lang. Vor drei Jahren hatte er schließlich doch noch mal geheiratet, aber sie vermutete, dass ihn eher die Einsamkeit als die Liebe dazu getrieben hatte. Warum sonst hätte er der Frau, die er zu der Zeit datete, schon nach vier Monaten einen Antrag machen sollen? Noch dazu einer Frau, die neunundzwanzig Jahre jünger war als er. Einer Frau, von der er sich gerade scheiden lassen wollte.

Tja, sie hatte nicht vor, dem Beispiel ihres Vaters zu folgen. Sie dachte gar nicht daran, Jahrzehnte allein zu leben und sich dann in eine Ehe mit jemandem zu stürzen, der gar nicht zu ihr passte.

Doug teilte ihre Einstellung. Er war durch und durch ein Traditionalist, glaubte fest daran, dass die Ehe wertgeschätzt und nicht überstürzt eingegangen werden sollte. Außerdem hatte er einen derart muskulösen Körper, dass ihr das

Wasser im Mund zusammenlief. Er hatte sogar zugelassen, dass sie ihn berührte ... ein einziges Mal. Damals hatten sie sich auf der Couch ihres Wohnzimmers in ihrem Reihenhaus in San Francisco geküsst, und sie hatte ihre Hände unter den Stoff seines Hemdes geschoben. Während sie mit den Fingerspitzen über seine muskulöse Brust strich, hatte sie gemurmelt: »Lass uns das im Schlafzimmer fortsetzen.«

Das war der Moment gewesen, in dem er die Bombe platzen ließ: Intim zu werden kam nicht infrage. Er versicherte ihr, dass er sich unglaublich zu ihr hingezogen fühle, aber davon überzeugt sei, Sex solle genau wie die Ehe nicht übereilt angegangen werden. Er wolle, dass das erste Mal etwas Besonderes werde.

Und kein bisschen leidenschaftliche Zärtlichkeit konnte ihn dazu bringen, von seinen ritterlichen Vorstellungen abzurücken.

Genau darin lag das Problem: Doug war einfach zu *nett*. Zuerst hatte sie seine Ansichten über Sex als außerordentlich lieb und liebenswert empfunden. Aber zwei Monate Enthaltsamkeit – nachdem sie zum Zeitpunkt ihres Kennenlernens schon acht Monate keinen Sex mehr gehabt hatte – hatten bei ihr zu extremer sexueller Frustration geführt.

Dass Doug ein Gentleman war, fand sie toll, aber ... verdammt. Manchmal brauchte ein Mädchen einfach einen Kerl, der nicht lieb und sanft war.

»Im Ernst, dieser Damian scheint mir echt ein Lappen zu sein«, sagte Darcy und riss sie damit aus den Gedanken.

»Doug.«

»Egal«, erwiderte Darcy abschätzig und warf sich ihr langes rotes Haar über die Schulter. »Scheiß auf Intimität.

Wenn Dustin keinen Sex mit dir hat, such dir jemanden, der dazu bereit ist.«

»Glaub mir, ich bin kurz davor.«

Mehr als nur kurz davor, um ehrlich zu sein. Die nächsten paar Monate versprachen die reinste Hölle zu werden. Nach dem Semester war sie nach Hause gekommen, um ihrem Vater bei seiner schmutzigen Scheidung zur Seite zu stehen, wie sich das für eine gute Tochter gehörte, aber deswegen musste ihr die Situation ja nicht gefallen.

»Bist du zur Nymphomanin geworden, seitdem du die Stadt verlassen hast?«, wollte Darcy wissen.

»Nein, ich stehe nur total unter Stress und muss dringend mal abschalten. Kannst du mir das verdenken?«

»Nicht wirklich. Die böse Stiefmutter wirft nur so mit vergifteten Äpfeln um sich, hmm?«

»Du hast die Morgenzeitung also auch gesehen?«

»Oh, ja. Eine ziemliche Scheiße.«

Hayden strich sich mit den Fingern durchs Haar. »Scheiße? Eine Katastrophe ist das.«

»Ist denn was Wahres dran?«, fragte Darcy vorsichtig.

»Natürlich nicht! Dad würde niemals tun, was sie ihm vorwirft.« Hayden gab sich größte Mühe, den Frust, den sie empfand, aus ihrem Tonfall herauszuhalten. »Lass uns über was anderes reden. Heute Abend will ich den ganzen Kram um meinen Dad und Sheila einfach nur vergessen.«

»In Ordnung. Willst du wieder über Sex reden?«

Sie grinste. »Nein. Ich will lieber Sex haben.«

»Dann tu's. Hier treiben sich jede Menge Männer rum. Such dir einen aus, und geh mit ihm nach Hause.«

»Du meinst einen One-Night-Stand?«, fragte Hayden argwöhnisch.

»Scheiße, ja!«

»Ich weiß nicht recht. Irgendwie kommt es mir schäbig vor, mit jemandem ins Bett zu springen, den man nie wiedersehen wird.«

»Was ist daran schäbig? Ich mache das andauernd.«

»Natürlich machst du das. Du hast ja auch eine Bindungsphobie.«

Darcy wechselte die Männer wie ihre Unterwäsche. Wenn sie davon erzählte und ins Detail ging, sackte Hayden jedes Mal die Kinnlade herunter. Sie konnte sich definitiv nicht entsinnen, jemals sieben Orgasmen in einer Nacht oder mit zwei Feuerwehrleuten einen Dreier gehabt zu haben, und zwar – man stelle sich das mal vor – an einem illegalen Lagerfeuer im Lincoln Park von Chicago.

Darcy zog ihre Brauen hoch, und in ihren blauen Augen blitzte es herausfordernd. »Okay, lass mich dir eine Frage stellen: Was klingt nach mehr Spaß – ein paar Wahnsinnsorgasmen mit einem Mann, den du vielleicht, vielleicht auch nicht wiedersiehst, oder gemeinsam mit Don die Brücke zur Intimität zu überschreiten?«

»Doug.«

Darcy zuckte die Achseln. »Ich glaube, wir wissen beide, dass ein One-Night-Stand besser ist, als vor Dons Brücke endlos auf Sex zu warten.« Sie wedelte mit der Hand, als schwenkte sie eine weiße Fahne. »Tut mir leid, ich verspreche, die besagte Brücke heute Abend nicht mehr zu erwähnen.«

Hayden schwieg dazu und ließ sich Darcys Vorschlag durch den Kopf gehen. Noch nie in ihrem Leben hatte sie sich auf einen One-Night-Stand eingelassen. Für sie gehörten zum Sex noch andere Dinge. Dinge, die mit einer Beziehung zu tun hatten, zum Beispiel gemeinsam essen zu gehen, eine kuschelige Nacht miteinander zu verbringen, zum ersten Mal *Ich liebe dich* zu sagen.

Aber warum musste Sex immer mit Liebe zusammenhängen? Konnte man nicht auch rein zum Vergnügen mit jemandem schlafen? Kein gemeinsames Essen, kein *Ich liebe dich*, keine Erwartungen?

»Ich weiß nicht recht«, sagte sie nachdenklich. »Mit jemandem ins Bett zu steigen, wo ich letzte Woche noch mit Doug zusammen war? Das fühlt sich nicht richtig an.«

»Du hast nicht ohne Grund um Abstand gebeten«, erinnerte Darcy sie. »Dann kannst du den Vorteil auch nutzen.«

»Indem ich mit jemand anderem schlafe.« Hin- und hergerissen trank sie einen Schluck Wein.

»Warum nicht? Sieh mal, du hast Jahre damit verbracht, nach einem Typen zu suchen, mit dem du dir ein gemeinsames Leben aufbauen willst – vielleicht solltest du stattdessen mal nach jemandem Ausschau halten, der deine Libido in Schwung bringt. So wie ich das sehe, ist es für dich an der Zeit, ein bisschen Spaß zu haben, Babe. Ich glaube, du brauchst das.«

Hayden seufzte. »Das glaube ich auch.«

Darcys Grinsen wurde breiter. »Du denkst ernsthaft darüber nach, oder?«

»Wenn ich einen Typen sehe, der mir gefällt, würde ich es vielleicht tun.«

Ihre eigenen Worte überraschten sie, hatten aber Hand und Fuß. Was war so falsch daran, in einer Bar einen Fremden aufzureißen? Die Leute machten die ganze Zeit so verrückte Sachen. Vielleicht musste sie jetzt einfach mal ein bisschen verrückt sein.

Darcy lehnte sich nachdenklich auf ihrem Platz zurück. »Unter welchem Pseudonym willst du das tun?«

»Pseudonym?«, fragte Hayden verdutzt.

»Ja. Wenn du es richtig anstellen willst, brauchst du völlige Anonymität. Sei heute Abend jemand anderes. Zum Beispiel Yolanda.«

»Auf keinen Fall«, wehrte sie lachend ab. »Ich möchte lieber einfach ich selbst sein.«

»Na schön.« Darcy ließ die Schultern hängen.

»Wir sind ein bisschen vorschnell. Eins nach dem anderen. Sollte ich mir nicht lieber erst einen Typen aussuchen?«

Das weckte Darcys Enthusiasmus aufs Neue. »Du hast recht. Okay. Drehen wir das Männer-Glücksrad. Mal sehen, wer infrage kommt.«

Hayden unterdrückte ein Lachen, folgte dem Beispiel ihrer Freundin und ließ ihren Blick durch die vollgestopfte Bar schweifen. Wohin sie auch schaute, überall Männer. Große Männer, kleine Männer, süße Männer, glatzköpfige Männer. Keiner von ihnen weckte ihr Interesse.

Und dann sah sie ihn.

Der glückliche Gewinner stand mit dem Rücken zu ihnen am Tresen. Sie konnte nur seine dunkelbraunen Haare, das breite Kreuz in einem marineblauen Sweater und die langen Beine sehen, die in einer Jeans steckten.

Oh, und natürlich den Hintern. Diesen knackigen Arsch nicht zu sehen war schwierig.

»Ausgezeichnete Wahl«, verkündete Darcy, die ihrem Blick gefolgt war.

»Ich kann sein Gesicht nicht sehen«, beschwerte Hayden sich, bemüht, sich nicht den Hals nach ihm auszurenken.

»Geduld, Schätzchen.«

Hayden beobachtete, wie der Mann ein paar Scheine auf den glänzenden Mahagonitresen fallen ließ und ein Glas Bier vom Barkeeper entgegennahm. Als er sich umdrehte, schnappte sie unterdrückt nach Luft. Der Typ hatte die Gesichtszüge eines griechischen Gottes. Scharfkantig wie gemeißelt mit intensiv blauen Augen, die ihr Herz zum Klopfen brachten, und sinnlichen Lippen, die ihr das Wasser im Mund zusammenlaufen ließen. Außerdem war er riesig. Als er ihr noch den Rücken zuwandte, hatte er nicht so groß gewirkt, aber jetzt, von Angesicht zu Angesicht, wurde ihr bewusst, dass er deutlich über eins achtzig groß sein musste. Sein Brustkorb weckte in jeder Frau den Wunsch, ihren Kopf daran zu betten. Selbst der Sweater konnte nicht verbergen, was für eine herrliche Brustmuskulatur er hatte.

»Wow«, murmelte sie mehr an sich selbst als an Darcy gerichtet.

Ein Schauer der Vorfreude durchlief sie, als sie sich vorstellte, die Nacht mit ihm zu verbringen.

Sein Bierglas in der Hand, schlenderte der Mann zu einem der Billardtische am anderen Ende der Bar, wandte sich dem Queueständer zu und stellte sein Glas auf dem schmalen Sims an der Wand ab. Er suchte sich einen Queue aus und arrangierte die Billardkugeln auf dem mit grünem Filz bespannten Spieltisch. Eine Sekunde später näherte sich ihm ein schlaksiger Junge im Collegealter, und sie wechselten ein paar Worte. Der Junge schnappte sich ebenfalls einen Queue und gesellte sich zu Mr. Leckerbissen am Billardtisch.

Hayden wandte sich wieder ihrer Freundin zu und sah, wie Darcy die Augen verdrehte. »Was?«, fragte sie ein wenig defensiv.

»Worauf wartest du?«

Hayden warf erneut einen Blick auf den dunkelhaarigen Sexgott. »Ich soll zu ihm rübergehen?«

»Wenn du es ernst meinst und heute Nacht flachgelegt werden willst, dann ja, geh zu ihm rüber.«

»Und was soll ich tun?«

»Ein paar Kugeln spielen. Reden. Flirten. Du weißt schon: Wirf einen Blick unter die Motorhaube, bevor du dich entschließt, das Auto zu kaufen.«

»Er ist kein Auto, Darce.«

»Schon, aber wenn er eins wäre, dann wäre er ein gefährlich heißer Wagen, ein Hummer zum Beispiel.«

Hayden brach in Gelächter aus. Wenn man etwas über Darcy sagen konnte, dann, dass sie wahrlich eine Nummer für sich war.

»Komm schon, geh rüber zu ihm.«

Hayden schluckte. »Jetzt gleich?«

»Nein, nächste Woche.«

Ihr Mund wurde noch trockener, also schüttete sie hastig den Rest Wein hinunter.

»Das macht dich richtig nervös, wie?«, stellte Darcy fest. Ihre blauen Augen weiteten sich überrascht. »Seit wann bist du so schüchtern? Du hältst Vorlesungen vor Hunderten von Leuten. Er ist nur ein einzelner Mann, Hayden.«

Haydens Blick wanderte zurück zu dem Typen. Ihr fiel auf, wie sich seine Rückenmuskeln anspannten, als er seine Ellbogen auf dem Billardtisch aufstützte, wie sehr zum Anbeißen sein straffer Hintern in der ausgebleichten Jeans war.

Nur ein einzelner Mann, sagte sie sich in Gedanken, um die Nervosität abzuschütteln.

Richtig.

Nur ein großer, sehr attraktiver, wahnsinnig maskuliner Mann.

Das würde ein Kinderspiel werden.

2. Kapitel

Brody Croft umrundete den Billardtisch und sondierte mit adlerscharfem Blick seine Optionen. Dann nickte er kurz, deutete auf eine Kugel. »Dreizehn«, sagte er an. »Seitentasche.«

Sein junger Spielpartner, der ein grellrotes Hawaii-T-Shirt trug, das Brodys Augen wehtat, zog die Brauen hoch. »Echt jetzt? Schwieriger Stoß, Mann.«

»Das schaffe ich.«

Und tatsächlich: Die Billardkugel glitt sauber in die Seitentasche, was den Jungen neben ihm aufstöhnen ließ.

»Nice, Mann. Echt nice.«

»Danke.« Brody wechselte die Position, um sein nächstes Ziel anzuvisieren. Dabei fiel ihm auf, dass sein Gegenüber ihn anstarrte. »Stimmt was nicht?«

»Nein, ähm, nein, alles in Ordnung. Bist du – bist du Brody Croft?«, sprudelte der Junge sichtlich verlegen hervor.

Brody verkniff sich ein Lachen. Er hatte sich bereits gefragt, wie lange sein Mitspieler wohl brauchen würde, um zu fragen. Nicht, dass er so eingebildet gewesen wäre, davon auszugehen, dass ihn jedermann kannte, aber da diese Bar Luke Stevens und Jeff Wolinski gehörte, zwei Teammitgliedern der Warriors, konnte man davon ausgehen, dass die meisten regelmäßigen Besucher Eishockeyfans waren.

»Genau der«, erwiderte er lässig und streckte dem Jungen die Hand entgegen.

Der packte fest zu, als wäre er in Treibsand geraten, und nur Brodys Hand könnte ihn davor bewahren, darin umzukommen. »Das ist ja der Hammer! Ich heiße Mike.«

Der Ausdruck reinster Bewunderung auf Mikes Gesicht ließ leichtes Unbehagen in Brody aufsteigen. Er lernte gern Fans kennen, aber manchmal ging ihm die Heldenverehrung ein bisschen zu weit.

»Was hältst du davon, wenn wir weiterspielen?«, schlug er vor und deutete auf den Billardtisch.

»Ja. Ich meine, klar doch! Lass uns spielen!« Mike schienen die Augen fast aus den Höhlen zu quellen. »Ich kann es kaum erwarten, meinen Kumpels zu erzählen, dass ich Pool mit Brody Croft gespielt hab.«

Weil ihm darauf partout keine halbwegs intelligente Antwort einfallen wollte – *danke* war einfach zu dämlich –, widmete Brody sich lieber dem Kreiden der Pomeranze seines Queues. Der nächste Stoß würde noch schwieriger werden als der erste, wäre für ihn aber problemlos zu schaffen. Er hatte in einer Bar wie dieser gearbeitet, als er noch für die Farmmannschaft gespielt und kaum genug verdient hatte, um sich satt zu essen. Nach der Arbeit hatte er häufig mit den Kollegen beim Pool abgehangen und so eine Vorliebe für das Spiel entwickelt. So voll, wie sein Terminkalender jetzt war, blieb ihm jedoch kaum noch Zeit dafür.

Angesichts der Gerüchte über eine möglicherweise bevorstehende Untersuchung des Eishockeyverbandes aufgrund der Anschuldigungen, die die künftige Ex-Frau des

Mannschaftseigners vor Kurzem in einem Interview vorgebracht hatte, konnte es durchaus passieren, dass Brody bald mehr Freizeit hatte, als er sich wünschte. Mrs. Houston konnte anscheinend beweisen, dass ihr Mann mindestens zwei Spieler bestochen hatte, absichtlich ein Spiel zu verlieren.

Vermutlich war an der Geschichte nichts Wahres dran, aber Brody begann, sich wegen der Gerüchte Sorgen zu machen.

Vor etwa fünf Jahren hatte es einen ähnlichen Skandal bei den Colorado Kodiaks gegeben. Nur drei Spieler waren darin verwickelt gewesen, aber viele Unschuldige litten unter den Konsequenzen, weil nicht nur der Ruf des Franchise beschädigt war, sondern ihr eigener gleich mit in den Dreck gezogen wurde.

Eher würde die Hölle zufrieren, als dass er Schmiergeld akzeptieren würde, und er hatte nicht die Absicht, sich in einen Topf mit Spielern werfen zu lassen, die eventuell bestechlich waren. Seine Agentin stand gerade in Neuverhandlungen seines Spielervertrages, da sein jetziger am Ende der Saison auslief. Dann wäre er wieder frei, sich neu zu verpflichten. Das aber hieß, er musste absolut sauber bleiben, ganz gleich, ob er bei einem neuen Team unterschreiben oder bei den Warriors bleiben wollte.

Er versuchte, sich erneut klarzumachen, dass die Schlagzeilen am Morgen nichts weiter gewesen waren als Gerüchte. Wenn sich irgendetwas aus Sheila Houstons Anschuldigungen ergeben sollte, dann hatte er immer noch Zeit, sich deswegen Sorgen zu machen. Jetzt aber musste er sich auf das nächste Spiel konzentrieren, damit die Warriors die ersten Play-offs gewannen und sich für die nächste Runde qualifizierten.

Er platzierte den Queue zwischen Daumen und Zeigefinger, zielte, überprüfte ein letztes Mal die angepeilte Stoß-
richtung und zog den Queue zurück.

Aus dem Augenwinkel nahm er die Annäherung einer
Frau wahr. Ihre kurvige Gestalt zog seine Aufmerksamkeit
auf sich, genau in dem Moment, in dem er den Queue nach
vorn schnellen ließ. Die kurze geistige Ablenkung ließ seine
Finger abrutschen, die weiße Kugel schoss über das grüne
Billardtuch an allen anderen Kugeln vorbei und plumpste
direkt in die gegenüberliegende Tasche. Treffer, versenkt,
aber doch nicht so!

Verdammt.

Stirnrunzelnd hob er den Kopf, während sich die Ursache
für seine mangelnde Konzentration weiter näherte.

»Du könntest es noch mal versuchen«, versicherte Mike
rasch, fingerte die weiße Kugel aus der Tasche und legte sie
zurück auf den Tisch. »Das nennt man einen Mulligan oder
so.«

»Beim Golf«, grummelte Brody, den Blick fest auf die sich
nähernde Brünette gerichtet.

Vor ein paar Jahren hatte ihn ein Interviewer der *Sports
Illustrated* gebeten, den Typ Frau zu beschreiben, den er besonders attraktiv fand. »Langbeinige Blondinen«, hatte
seine prompte Antwort gelautet, und das war ziemlich genau das Gegenteil der Frau, die jetzt gut einen halben Meter
vor ihm stehen blieb. Trotzdem wurde ihm bei ihrem Anblick der Mund trocken, und sein Körper reagierte spontan
auf jedes kleine Detail: die seidigen schokoladenbraunen
Haare, die ihr über die Schultern fielen, die lebhaft grünen
Augen, deren Farbe an einen üppigen Regenwald erinnerte,
der zierliche Körper, der kurviger war, als er geistig erfassen
konnte.

Sobald ihre Blicke sich trafen, stockte ihm der Atem. Der Hauch eines unsicheren Lächelns um ihre vollen Lippen fuhr ihm wie ein Blitz in die Lenden.

Fuck. Er konnte sich nicht erinnern, wann das letzte Mal ein einziges Lächeln einer Frau bei ihm eine dermaßen intensive Reaktion hervorgerufen hatte.

»Ich dachte mir, ich spiele anschließend mit dem Gewinner.« Ihre sanfte, leicht heisere Stimme schickte eine neue Schockwelle in Brodys Schwanz.

Fassungslos wurde ihm klar, dass ihn höchstens noch zwei Sekunden von einem ausgewachsenen Ständer trennten, und er versuchte, seinen Körper daran zu erinnern, dass er kein Teenager mehr war, sondern ein neunundzwanzigjähriger Mann, der sich zu beherrschen wusste. Verdammt noch mal, er hatte volle Kontrolle über den Puck, während er Ellbogenstöße und Stock-Checks der Gegenspieler abwehrte. Da sollte es doch ein Kinderspiel sein, seine Hormone in den Griff zu kriegen.

»Hier, nimm einfach gleich meinen Platz ein«, platzte Mike hervor und drückte der Frau blitzschnell seinen Queue in die Hand. Sein Blick fiel dabei auf das üppige Dekolleté, das der großzügige Ausschnitt des gelben Tanktops der Brünetten zeigte. Der Junge drehte sich zu Brody um und zwinkerte ihm zu. »Viel Spaß, Mann.«

Brody schluckte und schaute dann die Frau an, die es geschafft hatte, ihm nur mit einem Lächeln einen Ständer zu bescheren.

Sie sah nicht aus wie eine, die man in einer Sportbar erwarten würde, nicht mal in einer so gehobenen wie dieser. Sicher, ihr Körper war nicht von dieser Welt, aber irgendetwas an ihr schrie förmlich: *Unschuld*. Vielleicht lag es an den Sommersprossen, die ihren Nasenrücken zierten.

Oder daran, wie sie immer wieder nervös auf ihre Unterlippe biss.

Bevor er etwas dagegen tun konnte, überkam ihn die Vorstellung, wie diese vollen roten Lippen sich an einem ganz bestimmten Teil seines Körpers zu schaffen machten. Es war wie ein gut gezielter Schuss ins Tor. Sein Schwanz drängte mit Macht gegen seine Jeans.

Von wegen Hormone in den Griff kriegen.

»Dann bin ich jetzt wohl an der Reihe«, sagte sie, legte den Kopf leicht schräg und schenkte ihm ein einnehmendes Lächeln. »Da du ja gerade deinen Stoß vermasselt hast.«

Er räusperte sich. »Ähm, ja.«

Reiß dich zusammen, Mann.

Richtig, er musste sich dringend neu sortieren. Zwar spielte er Eishockey, aber er war kein Player mehr. Seine Tage als Fuckboy waren vorbei. Nicht nur das, er war die Frauen, die ihn umschwärmten, weil er ein hoch dotierter Profisportler war, mehr als leid. Heutzutage brauchte er nur irgendeinen Ort zu betreten – einen Club, eine Bar, eine öffentliche Bibliothek –, und schon hatte er eine warme, willige Frau an seiner Seite, die bereit war, sich ihm sofort an den Hals zu werfen. Er konnte nicht mal mehr zählen, wie oft er schon gefragt worden war: »Magst du es auch abseits vom Eis eher grob, Baby?«

Scheiß drauf. Lange genug hatte er seinen Spaß gehabt, ebenso viele Treffer abseits der Eisfläche wie auf dem Eis erzielt, aber jetzt war es an der Zeit, einen neuen Weg einzuschlagen. Einen, auf dem die Frau in seinem Bett sich tatsächlich für *ihn* als Person interessierte und nicht für den Eishockeystar, von dem sie brühwarm ihren Freundinnen erzählen wollte.

Der sexuelle Nebel in seinem Kopf löste sich auf. Schlagartig war er hellwach und gelassen und nahm die geröteten Wangen der Brünetten und ihren interessierten Blick deutlich wahr. Wenn diese Frau darauf aus war, bei Mr. Eishockey einen Treffer zu erzielen, dann konnte sie sich auf eine Überraschung gefasst machen.

»Ich bin Hayden«, sagte seine neue Mitspielerin, und in ihren waldgrünen Augen erkannte er eine gewisse Unsicherheit.

»Brody Croft«, gab er kühl zurück und wartete darauf, dass ihre Miene verriet, dass sie ihn erkannte.

Es geschah nichts. Kein Zeichen der Erkenntnis, keine sich plötzlich weitenden Augen. Ihr Gesichtsausdruck änderte sich kein bisschen.

»Schön, dich kennenzulernen – Brody.«

Ihre Stimme verharrte ein wenig auf seinem Namen, als ob sie den Klang austestete. Offenbar hatte sie entschieden, ihn zu mögen, denn sie nickte knapp und wandte ihre Aufmerksamkeit dem Billardtisch zu. Nach kurzer Begutachtung deutete sie auf die Kugel, die er nicht hatte versenken können, und sagte ihren Stoß an.

Na schön, er sollte also glauben, dass sie wirklich nicht wusste, wer er war? Dass sie in einer Sportlerbar rein zufällig ausgerechnet den einzigen Profi-Eishockeyspieler anmachte, der sich dort aufhielt?

»Also ... hast du das Spiel gestern Abend gesehen?«, fragte er und neigte lässig den Kopf.

Sie schaute ihn verständnislos an. »Welches Spiel?«

»Spiel eins der Play-offs. Warriors gegen Vipers. Richtig gutes Eishockey meiner Meinung nach.«

Ihre Brauen runzelten sich leicht missbilligend. »Oh, ich bin nicht wirklich ein Fan, um ehrlich zu sein.«

»Du magst die Warriors nicht?«

»Ich mag Eishockey nicht.« Selbstironisch verzog sie das Gesicht. »Genau genommen kann ich nicht behaupten, mich überhaupt für irgendeinen Sport begeistern zu können. Vielleicht für Gymnastik bei den Olympischen Sommerspielen?«

Unwillkürlich musste er grinsen. »Ist das eine Frage oder eine Feststellung?«

Sie erwiderte sein Grinsen. »Eine Feststellung. Und ich schätze, es verrät genug, dass ich mir nur einmal alle vier Jahre eine Sportveranstaltung ansehe, oder?«

Er stellte fest, dass der trockene Ton ihrer kehligen Stimme ihm gefiel, als sie ihr mangelndes Interesse an Sport eingestand. Solche Ehrlichkeit erlebte er selten. Die meisten – Quatsch, alle – Frauen, denen er begegnete, behaupteten, den Sport, für den er sich entschieden hatte, zu lieben. Und wenn sie ihn nicht wirklich liebten, dann taten sie doch zumindest so, als ob. Als könnte das gemeinsame Interesse sie zu Seelenverwandten machen.

»Aber *dieses* Spiel liebe ich«, fügte Hayden hinzu und hob ihren Queue. »Es zählt doch als Sport, oder?«

»Für mich schon.«

Sie nickte, dann konzentrierte sie sich auf die Kugeln, die auf dem Tisch verstreut lagen, und beugte sich vor, um ihren Stoß auszuführen.

Dadurch bot sie ihm eine schöne Aussicht auf ihr Dekolleté: Pfirsichhaut, die verführerisch über den Ausschnitt ihres Tanktops lugte. Als er den Blick etwas senkte, bewunderte er unwillkürlich ihre vollen Brüste und die Konturen ihres BHs.

Sie führte ihren Stoß aus, und seine Brauen zuckten in die Höhe, als sie die Kugel sauber einlochte. Sie war gut.

Na schön, mehr als nur gut, musste er sich eingestehen, während sie den Tisch umrundete und eine Kugel nach der anderen versenkte.

»Wo hast du gelernt, so zu spielen?«, wollte er wissen, als er endlich die Sprache wiederfand.

Sie begegnete kurz seinem Blick, bevor sie die letzte Kugel auf dem Tisch in Angriff nahm. »Von meinem Dad.« Wieder lächelte sie. Diese Schmolllippen schrien geradezu danach, dass sein Mund sündhafte Dinge mit ihnen anstellte. »Er hat mir meinen eigenen Billardtisch gekauft, als ich neun war, und ihn direkt neben seinen gestellt. Damals haben wir jeden Abend Seite an Seite im Keller gespielt, bevor ich ins Bett musste.«

»Spielt er immer noch?«

Ihr Blick verfinsterte sich. »Nein. Er ist zu sehr mit seiner Arbeit beschäftigt, um sich noch am Pooltisch zu entspannen.« Sie richtete sich auf. »Kugel acht, Ecktasche.«

An diesem Punkt interessierte Brody das Spiel bereits nicht mehr, das Hayden mit Sicherheit gewinnen würde. Der süße Duft ihres Parfüms, ein subtiler fruchtiger Hauch, hing in der Luft, und Verlangen verdrängte jeden klaren Gedanken. Mann, er konnte sich nicht erinnern, wann er sich zum letzten Mal so zu einer Frau hingezogen gefühlt hatte.

Nachdem sie Kugel acht eingelocht hatte, kam sie näher. Jeder ihrer Schritte steigerte sein Verlangen. Sie strich sich mit den Fingern durch die dunklen Haare, und ein neuer Duft stieg ihm in die Nase. Erdbeeren. Kokosnuss.

Plötzlich war er sehr, sehr hungrig.

»Gutes Spiel«, sagte sie und warf ihm wieder ein Lächeln zu. Diesmal ein schelmisches.

Seine Lippen verzogen sich zu einem schiefen Lächeln. »Ich bin gar nicht zum Zug gekommen.«

»Tut mir leid.« Sie schwieg einen Moment. »Spielst du gern?«

Bezog sich ihre Frage auf Pool? Oder auf ein anderes Spiel? Vielleicht auf eines, das man im Bett spielte. Nackt.

»Pool, meine ich«, setzte sie rasch hinzu.

»Klar, ich mag Pool. Unter anderem.«

Eine niedliche Röte kroch über ihre Wangen. »Ich auch. Ich meine, ich mag auch noch anderes.«

Je länger er das Mysterium vor sich anstarrte, desto mehr wuchs seine Neugierde. Er hatte den sicheren Eindruck gewonnen, dass sie mit ihm flirtete. Oder es zumindest versuchte. Und doch verrieten die unübersehbare Röte auf ihren Wangen und das leichte Zittern ihrer Hände, dass sie keineswegs so selbstsicher war, wie sie sich gab.

Tat sie so etwas oft? Flirten mit fremden Männern in Bars? Als er sie noch einmal anschaute, jetzt, wo sich der Nebel des ursprünglichen Verlangens so weit gelichtet hatte, dass er wieder halbwegs klar sehen konnte, schien ihm das nicht der Fall zu sein. Sie hatte kein sonderlich verführerisches Outfit an. Klar, das Top hatte einen großzügigen Ausschnitt, bedeckte aber ihren Bauch, und ihre Jeans saßen nicht hauteng, anders als bei den meisten anderen Frauen in der Bar. So sexy sie auch war, sie schien sich ihrer Reize gar nicht bewusst zu sein.

»Das ist gut. Andere Dinge können sehr viel Spaß machen«, erwiderte er leichthin.

Ihre Blicke trafen sich, und Brody hätte schwören können, dass die Luft um sie herum vor sexueller Spannung knisterte. Vielleicht bildete er sich das aber auch nur ein. Was er nicht leugnen konnte, war das Pochen in seinem Schritt, aber vielleicht war das ja ein einseitiges Empfinden. Hayden richtig einzuordnen erwies sich als schwierig.

»Also ... Brody.« Sein Name kam ihr auf eine Weise über die Lippen, dass sein Körper steif wurde. Viel hatte das nicht zu sagen, wenn man bedachte, dass bereits jeder Teil von ihm hart war und voller Erwartung prickelte.

Er wollte mit ihr ins Bett.

Fuck.

Erst vor fünf Minuten hatte er sich gesagt, es sei an der Zeit, nicht länger mit irgendwelchen Frauen ins Bett zu fallen, die sich nicht die Bohne für ihn interessierten, und stattdessen nach etwas Sinnvollerem Ausschau zu halten. Also warum, zum Teufel, wollte er sich jetzt mit einer Frau im Heu wälzen, die er gerade erst kennengelernt hatte?

Weil sie anders ist.

Diese Erkenntnis kam ihm aus heiterem Himmel und stürzte ihn in ein verwirrendes Gefühlschaos. Ja, irgendwie hatte sie es geschafft, ein gieriges Urverlangen in ihm zu wecken. Ja, ihr Körper war so beschaffen, dass er einen Mann verrückt machte. Aber etwas an ihr war ernsthaft faszinierend. Diese verdammt niedlichen Sommersprossen, das schüchterne Lächeln, der Ausdruck in ihren Augen, der deutlich sagte: »Ich will mit dir ins Bett gehen, aber ich habe Bedenken.« Es war diese Kombination aus Sinnlichkeit und Verschämtheit, Erregung und Vorsicht, die ihn zu ihr hinzog.

Er öffnete den Mund, um etwas zu sagen, irgendetwas, schloss ihn aber sofort wieder, als Hayden die Hand ausstreckte, um seinen Arm zu berühren.

Sie schaute aus ihren unergründlichen grünen Augen zu ihm auf. »Hör zu«, sagte sie, »ich weiß, das klingt jetzt wahrscheinlich ... sehr dreist. Und glaub bitte nicht, dass ich das oft tue – tatsächlich hab ich das noch nie getan, aber ...« Sie holte tief Luft. »Willst du mit in mein Hotel kommen?«

Ah, ihr Hotel. Sie kam von außerhalb. Das erklärte, warum sie ihn nicht erkannt hatte. Obwohl, er war sich ziemlich sicher, dass es ihr selbst dann gleichgültig wäre, wenn sie wüsste, womit er sein Geld verdiente.

Das gefiel ihm.

»Also?« Erwartungsvoll sah sie ihn an.

Es gelang ihm nicht, den neckenden Tonfall in seiner Stimme zu unterdrücken. »Und was werden wir in deinem Hotelzimmer tun?«

Die Andeutung eines Lächelns. »Wir könnten uns einen Absacker gönnen.«

»Einen Absacker«, wiederholte er.

»Oder uns unterhalten. Fernsehen. Beim Zimmerservice bestellen.«

»Vielleicht die Minibar plündern.«

»Auf jeden Fall.«

Ihre Blicke trafen sich, zwischen ihnen stieg die Hitze von Verlangen und der Aussicht auf Sex auf.

Schließlich stellte er seinen Queue zurück und gesellte sich wieder zu ihr. Scheiß drauf. Er hatte sich zwar gesagt, dass Schluss sein sollte mit schäbigen Aufreißern in der Bar, aber, verdammt noch mal, das hier fühlte sich nicht schäbig an. Es fühlte sich richtig an.

Kaum noch in der Lage, das Verlangen, das ihn beherrschte, aus seinem Tonfall herauszuhalten, umfasste er ihren Arm. Heiß und seidig fühlte sich ihre Haut unter seinen Fingern an. »Gehen wir.«

3. Kapitel

Großer Gott, er hatte Ja gesagt.

Sie hatte einen umwerfend aussehenden Fremden auf einen *Absacker* – Übersetzung: zum Sex – in ihr Hotelzimmer eingeladen, und er hatte tatsächlich Ja gesagt.

Hayden widerstand dem Drang, ihrem erhitzten Gesicht mit den Händen Luft zuzufächeln. Stattdessen bemühte sie sich, möglichst cool und gelassen zu bleiben. »Wir treffen uns draußen, ja? Ich muss nur schnell meiner Freundin sagen, dass ich gehe.«

Sein intensiver Blick musterte sie einen Moment, sodass ihr noch heißer wurde. Dann nickte er kurz und verließ die Bar.

Mit Gewalt riss sie sich vom unerhört sexy Anblick seines Hinterns los, drehte sich auf dem Absatz um und drängte sich zwischen den Leuten zurück zu Darcy. Als sie den Tisch erreichte, begrüßte ihre Freundin sie mit erfreutem Grinsen.

»Du böses Mädchen, du«, neckte Darcy und drohte ihr mit dem Finger.

Hayden ließ sich auf ihren Stuhl gleiten, schluckte hart und versuchte, ihren Puls zu verlangsamen. »Himmel, ich fasse es nicht, dass ich das tue.«

»Wenn ich das richtig verstehe, hat er also Ja gesagt?«

Hayden ignorierte die Frage. »Ich hab gerade einen völlig Fremden angebaggert. Sicher, er ist ein sehr attraktiver Fremder, aber verdammt! Ich weiß nicht, ob ich das wirklich kann.«

»Natürlich kannst du.«

»Aber ich kenne ihn doch überhaupt nicht. Was, wenn er mich in Stücke hackt und die Teile im Lüftungsschacht des Hotels versteckt oder so?«

»Hast du dein Handy dabei?«

Hayden nickte.

»Wenn du irgendwelche Anzeichen siehst, dass es Ärger geben könnte, ruf die Cops. Oder ruf mich an, und ich rufe die Cops.« Darcy zuckte die Achseln. »Aber ich würde mir keine Sorgen machen. Er wirkt nicht wie ein Serienmörder.«

Hayden stieß die Luft aus. »Genau das haben sie auch über Ted Bundy gesagt.«

»Du kannst einen Rückzieher machen, weißt du. Du musst nicht mit diesem Typen schlafen. Aber du willst es, oder nicht?«

Wollte sie es? Oh, ja. Als Brodys Gesichtszüge und sein umwerfender Körper vor ihrem geistigen Auge erschienen, ließ ihre Nervosität nach. Er war zweifellos der bestaussehende Mann, den sie je kennengelernt hatte. Und sie hatte das Gefühl, dass er außerdem ein Meister im Bett war. Der ungezügelte Sex-Appeal, den er ausstrahlte, verriet ihr, dass sie womöglich eine sehr anregende Nacht erwartete.

»Ich will es.« Neue Zuversicht und Selbstvertrauen erfüllten sie. »Und wahrscheinlich sollte ich ihn nicht warten lassen.«

Darcy zwinkerte ihr zu. »Viel Spaß.«

»Ist es okay, wenn ich dich hier allein lasse?«

»Natürlich.« Darcy deutete auf ihr Weinglas. »Ich trinke nur das noch aus und suche mir dann meinen eigenen One-Night-Stand.«

Hayden lachte. »Viel Glück.«

»Brauche ich nicht.«

Ein rasches Winken, und Hayden bahnte sich ihren Weg durch die Menge zur Tür. Als sie in die kühle Nachtluft hinaustrat, entdeckte sie Brody neben einer der Kübelpflanzen am Eingang, die Hände in den Taschen seiner Jeans vergraben.

Ein Schauer kitzelte ihren Bauch, während sie sein Profil studierte. Er sah wirklich spektakulär aus. Ihr Blick heftete sich auf seine Lippen, und sie fragte sich, wie sie sich wohl auf ihren eigenen anfühlen würden. Würden sie weich sein? Hart? Beides zugleich?

»Hey«, sagte sie mit zitternder Stimme.

Sie trat einen Schritt näher, just in dem Moment drehte er sich zu ihr um. Sein Gesichtsausdruck, bewundernd und voller Erwartung, zehrte an ihren Nerven.

»Mit deinem Auto oder mit meinem?«, fragte er. Seine Stimme klang so rau, dass es sie bis in die Zehen kribbelte.

»Ich hab kein Auto. Meine Freundin ist gefahren.« Ein Quietschen. Sie hatte mit quietschender Stimme gesprochen!

»Mein Auto steht da drüben.« Er nickte und wandte sich dem Parkplatz zu – ohne sich zu vergewissern, dass sie ihm folgte. Er ging einfach davon aus.

Das war ihre Chance zu verschwinden. Sie könnte in die Bar zurücklaufen und so tun, als hätte sie diesen Mann nie gebeten, mit auf ihr Hotelzimmer zu kommen. Sie könnte Doug anrufen, ihm ihr Herz ausschütten, ihn vielleicht dazu verleiten, sich auf ein bisschen Telefonsex einzulassen … Ha! Wohl kaum.

Also beeilte sie sich, um mit Brodys zielstrebigen Schritten mithalten zu können.

»Netter Wagen«, bemerkte sie, als sie den glänzenden schwarzen BMW SUV erreichten.

»Danke.« Er zog einen Schlüsselbund aus seiner Tasche und drückte auf einen Knopf. Das Alarmsystem des Autos piepste, als die Türen entriegelt wurden, und Brody hielt ihr die Beifahrertür auf. Hayden machte es sich auf dem Ledersitz bequem und wartete, dass Brody ebenfalls einstieg.

Als er sich angeschnallt und den Motor angelassen hatte, wandte er sich ihr zu. »Wohin?«

»Das Ritz-Carlton.«

Er zog die Brauen hoch, sagte aber nichts, fuhr vom Parkplatz herunter und bog nach links ab. »Also, woher kommst du, Hayden?«

»Geboren wurde ich in Chicago, aber seit drei Jahren lebe ich in San Francisco.«

»Und was tust du da?«

»Ich bin Dozentin in Berkeley. Ich lehre Kunstgeschichte und arbeite an meiner Doktorarbeit.«

Bevor sie ihn fragen konnte, womit er seinen Lebensunterhalt verdiente, sagte er: »Klingt aufregend.«

In ihr machte sich das Gefühl breit, dass er nicht mehr von ihrer Arbeit sprach. Ihr Verdacht bestätigte sich, als sein Blick über ihr Gesicht schweifte und dann auf ihr Dekolleté fiel. Unter seiner kurzen Musterung richteten sich ihre Nippel in ihrem Spitzen-BH auf.

Sie spielte mit dem Ärmel des grünen Wollcardigans, den sie statt eines Mantels mitgenommen hatte, und konzentrierte sich auf das Treiben auf der South Michigan Avenue, weil sie Angst hatte, ihn noch einmal anzusehen. Wenn er sie schon mit einem verschleierten Blick dermaßen erregte, was mochte er erst im Bett mit ihr anstellen?

Sie konnte es kaum erwarten, das herauszufinden.

Der Rest der Fahrt verlief schweigend. Am Hotel angekommen, stellte Brody den Wagen auf dem Parkplatz ab und schaltete den Motor aus. Immer noch sagten sie beide kein Wort. Während sie ihren Sicherheitsgurt löste, begann ihr Puls zu rasen. Es war so weit. Vor einer Stunde hatte sie sich bei Darcy über den Mangel an Sex in ihrem Leben beklagt, und jetzt war sie hier, betrat die Lobby des Ritz mit dem attraktivsten Mann, dem sie je begegnet war.

Das Herz hämmerte ihr gegen die Rippen, während sie im Fahrstuhl nach oben zum Penthouse fuhren. Er musterte sie fragend. »Du musst gutes Geld verdienen in Berkeley.«

Sie nickte einfach, ihre Miene verriet nichts. Dass das luxuriöse Penthouse tatsächlich ihrem Vater gehörte, wollte sie ihm nicht sagen. Bis vor drei Jahren hatte ihr Dad hier gewohnt. Das war, bevor er Sheila geheiratet hatte. Er hatte die Wohnung behalten, damit Hayden einen Ort zum Übernachten hatte, wenn sie zu Besuch kam. Aber das konnte sie Brody nicht erzählen, vor allem weil es zu Fragen führen würde wie zum Beispiel: *Was macht dein Vater?*, was wiederum zu Fragen nach dem Eishockeyteam ihres Vaters führen wurde. Und genau dieses Thema wollte sie unbedingt meiden.

Bis auf Doug waren die meisten Männer, die sie im Laufe der Jahre gedatet hatte, stets ein bisschen durchgedreht, wenn sie herausgefunden hatten, dass ihrem Vater die Warriors gehörten. Einmal war sie mit einem Mann ausgegangen, der sie ständig gedrängt hatte, ihm Saisontickets zu besorgen. Das hatte recht schnell dazu geführt, dass sie ihm den Laufpass gab. Und selbst danach noch schickte er ihr eine Nachricht nach der anderen und bettelte um Tickets, sodass ihr schließlich nichts anderes übrig blieb, als ihn zu blockieren.

Ihr war klar, dass die meisten Männer Sportfanatiker waren, aber wenigstens ab und zu fände sie es schön, selbst das Objekt der Schwärmerei eines Mannes zu sein.

Die Fahrstuhltüren öffneten sich direkt ins Wohnzimmer. In Schwarz und Gold gehalten, war es mit vier enormen Ledersofas in der Mitte ausgestattet, die alle mit Blick auf den gewaltigen Fernseher an der Wand aufgestellt waren. Die Suite verfügte über drei große Schlafzimmer und einen privaten überdachten Balkon mit einem Whirlpool, der zehn Personen Platz bot. In der Ecke des Hauptzimmers befand sich die Bar, auf die Hayden sofort nach dem Betreten der Suite zusteuerte.

Sie trank normalerweise nicht viel, aber ihre Nerven spielten verrückt, ihre Hände zitterten, ihr Herz stolperte. Sie hoffte, sich mit Alkohol beruhigen zu können.

»Was kann ich dir anbieten?«, rief sie über die Schulter. »Wir haben Bier, Scotch, Whiskey, Bourbon ...«

»Dich.« Mit leisem Lachen überbrückte Brody die Distanz zwischen ihnen.

O Gott. Er war riesig. Sie musste ihren Kopf weit in den Nacken legen, um ihm ins Gesicht zu schauen. Mit ihren knappen eins sechzig kam sie sich neben ihm winzig vor.

Das Herz schlug ihr bis zum Hals, als er noch näher trat. Sie spürte die Wärme seines Körpers, seinen Atem, der ihr Ohr kitzelte, als er sich zu ihr herunterbeugte und flüsterte: »Das war doch der Absacker, von dem du gesprochen hast, richtig?«

Seine leise, leicht rauchige Stimme ließ Hitze in ihr aufsteigen. Als sie seinem Blick begegnete, sah sie das unmissverständliche Begehren, das in der unergründlichen Tiefe seiner kobaltblauen Augen glitzerte.

»Nun?«, hakte er nach.

»Ja«, kam es ihr unwillkürlich über die Lippen.

Er legte ihr beide Hände auf die Hüften, drängte sich aber nicht an sie. Obwohl ihr das Herz bis zum Hals schlug, baute sich gespannte Erwartung in ihrem Unterleib auf, kroch langsam wie eine Schlingpflanze daran hoch zu ihren Brüsten und ließ sie schwer werden. Sie wollte ihn näher haben, wollte seinen festen Oberkörper auf ihren Brüsten spüren, seine Härte zwischen ihren Schenkeln.

Brody hob eine Hand und strich mit dem Daumen über ihre Unterlippe. »Wenn du es dir anders überlegt hast, dann ist jetzt der richtige Moment, das zu sagen.«

Er wartete auf ihre Reaktion und beobachtete sie dabei ganz genau. Ihre Kehle wurde trocken, ein anderer Körperteil sehr feucht.

Hatte sie es sich anders überlegt? Wollte sie das? Vielleicht sollte sie jetzt Farbe bekennen, bevor die Dinge aus dem Ruder liefen.

Aber während sie sein schönes Gesicht betrachtete, wurde ihr klar, sie wollte nicht, dass er ging. Was machte es schon, wenn diese Geschichte nicht zu Liebesbeteuerungen und einer gemeinsamen Unterschrift unter den Hypothekenvertrag für den Kauf eines Hauses führte? Heute Nacht ging es nicht darum. Heute Nacht war sie gestresst und müde und sexuell frustriert. Und einmal, nur ein einziges Mal, wollte sie mit einem Mann schlafen, ohne an die Zukunft zu denken.

»Ich hab es mir nicht anders überlegt«, murmelte sie.

»Gut.«

Mit der Hand strich er ihr über die Hüfte, über ihren

Rücken nach unten und streifte ihr Steißbein. Dann starrte er auf ihre Lippen, als fechte er einen inneren Kampf aus.

Seine bedächtige Musterung dauerte ihr zu lang für ihren vor Verlangen pochenden Körper. Sie wollte, dass er sie küsste. Jetzt. Gequält stöhnte sie auf.

Belustigung zeigte sich in seiner Miene. »Was? Was willst du, Hayden?«

»Deinen Mund.« Die Worte brachen aus ihr heraus, bevor sie sich bremsen konnte.

»In Ordnung.« Er neigte den Kopf und presste ihr einen sanften Kuss auf den Hals, biss sacht in ihre empfindliche Haut.

Auf ihr Wimmern reagierte er mit leisem Lachen, sein warmer Atem befeuchtete ihre Haut. Er strich ihr mit der Zunge am Hals entlang bis hinauf zu ihrem Ohrläppchen, bevor er darüberblies, sodass sie erschauerte.

Ihr Blut begann zu köcheln, erhitzte sämtliche Körperteile, die bereits nach ihm schrien. Sie wühlte ihre Hände in seine dunklen Haare, kostete ihre seidige Beschaffenheit aus. Nie zuvor hatte sie erlebt, dass ein einfacher Kuss sich so langsam anbahnte. Die meisten Männer in ihrer Vergangenheit hatten ihr einfach die Zunge in den Hals gesteckt und waren schnell dazu übergegangen, den nächsten Körperteil in sie hineinzustoßen.

Aber Brody ... Er ließ sich Zeit.

Und folterte sie damit.

»Deine Haut schmeckt nach ...« Er küsste ihren Kiefer, knabberte dann leicht daran. »Erdbeeren. Und Honig.«

Sie erschauerte. Zu etwas anderem war sie nicht fähig.

»Zieh dich aus«, forderte er grob.

Sie schluckte. »Jetzt?«

»Jetzt wäre ein guter Moment, ja.«

Sie griff nach dem Saum ihres Cardigans, versuchte, die Unsicherheit zurückzudrängen, die sie überkam. Noch nie hatte sie sich für einen Mann ausgezogen. Sollte sie ihm eine Show bieten? Tanzen? Nein, kam nicht infrage. Ganz gleich, wie sehr sie ihn jetzt gerade wollte, sie würde nicht so tun, als wäre sie eine sexy Verführerin.

Also streifte sie einfach den Cardigan ab und zog ihr Tanktop über den Kopf. Zu ihrem Vergnügen hörte sie, wie Brody beim Anblick ihres hauchzarten Spitzen-BHs der Atem stockte. Als sie nach dem Vorderverschluss griff, schüttelte er den Kopf.

»Nein, noch nicht. Erst die Jeans.«

Ah ja. Gebieterisch war er also.

Gehorsam befreite sie sich aus ihrer Jeans und ließ sie zu Boden fallen. Ihr schwarzer Slip passte zu ihrem BH, und auch er überließ nur wenig der Fantasie.

Brodys Augen wurden schmal vor Bewunderung, und sie bekam allmählich den Bogen raus, wie sie am besten für ihn strippte. Sie schob die Daumen unter die spaghettidünnen Bändchen, aus denen der Bund des Slips bestand, und zog ihn langsam über ihre Hüften nach unten. Dabei beugte sie sich ein wenig vor, damit er ihre Brüste besser bewundern konnte.

Nackt von der Taille abwärts begegnete sie seinem Blick. »Gefällt dir, was du siehst?«

Seine Miene blieb vollkommen ernst. »Sehr. Jetzt den BH.«

Mit einer einzigen fließenden Bewegung öffnete sie den Verschluss und warf den BH zur Seite. Seltsamerweise war ihre Unsicherheit plötzlich verflogen.

»Mir gefallen ...« Er trat näher und strich mit dem Daumen über die Wölbung einer ihrer Brüste. »... die hier. Sehr.«

Ob ihm eigentlich klar war, dass er sie immer noch nicht auf die Lippen geküsst hatte? So, wie sein Blick jeden gerade erst entblößten Quadratzentimeter ihrer Haut verbrannte, fühlte sie sich allerdings ungeheuer geküsst.

»Warum bin ich hier als Einzige nackt?«, beschwerte Hayden sich. »Du bist dran. Runter mit deinen Sachen.«

Er grinste. »Warum übernimmst du das nicht für mich?«

Die Vorstellung, ihn auszuziehen, war so verlockend, dass ihre Brustwarzen sich aufrichteten. Diese Reaktion entging ihm nicht, sein Grinsen wurde noch breiter.

»Das macht dich an, hmm?«

»Ja«, gab sie zu.

»Dann tu's.«

Zittrig Luft holend packte sie seinen Sweater und raffte den Stoff zwischen den Fingern zusammen, bevor sie ihn über seinen Oberkörper nach oben schob und über seinen Kopf zog. Der erste Blick auf seine nackte Brust verschlug ihr den Atem. Jeder Quadratzentimeter war hart. Seine ausgeprägten Brustmuskeln, das Waschbrett seiner Bauchmuskeln, die schmalen Hüften. Unter seinem Schlüsselbein hatte er eine fünf Zentimeter lange Narbe, unter seinem Kinn eine weitere, die ihr bisher nicht aufgefallen war, aber die Narben ließen ihn gefährlich erscheinen und machten ihn nur umso attraktiver.

Ein kunstvolles, abstraktes Tattoo bedeckte einen seiner festen Bizepse, den anderen schmückte ein tödlich wirkender Drache im Flug. Das erinnerte sie an ihr eigenes Tattoo, das sie sich nur hatte stechen lassen, um ihren Vater zu ärgern, weil der ihr Hausarrest verpasst hatte, als sie mit siebzehn nicht zur vereinbarten Zeit nach Hause gekommen war. Selbst heute noch verblüffte sie die Spontanität ihres Tuns. Darcy zog sie immer wieder damit auf, dass sie eine geheime wilde Seite hatte. Vielleicht stimmte das sogar, aber sie machte sich kaum je bemerkbar.

Heute Abend jedoch hatte ihre wilde Seite ihren großen Auftritt und wollte spielen.

»Gefällt dir, was du siehst?«, wiederholte Brody ihre Frage von eben. Die Glut in seinen Augen zeigte ihr, wie sehr er ihre Beachtung genoss.

Sie strich sich mit der Zunge über die Lippen. »Ja.«

Dann griff sie nach seinem Hosenbund, löste den Knopf und zog den Reißverschluss auf. Sie ging in die Hocke, um ihm die Jeans herunterzustreifen, und bewunderte dabei seine langen Beine, seine muskulösen Oberschenkel und die Erektion, die sich unter dem Stoff der schwarzen Boxershorts abzeichnete und ihr das Wasser im Mund zusammenlaufen ließ.

Großer Gott, das war der helle Wahnsinn.

Sie zog ihm die Boxershorts herunter und kämpfte sich mühsam wieder hoch. Jetzt war er genauso nackt wie sie.

Sein Körper war straff, durchtrainiert und unglaublich maskulin. Sie beäugte seine beeindruckende Erektion und erschauerte beim Gedanken daran, dass dieser harte, pulsierende Schwanz sich tief in ihr vergraben würde.

Plötzlich konnte sie es nicht länger aushalten.

»Würdest du mich verdammt noch mal endlich küssen?«, sprudelte sie hervor.

Er lachte.

»Lachst du mich etwa aus?«

»Jep. Du bist so ungeduldig.«

»Vielleicht könnte ich ja etwas mehr Geduld aufbringen, wenn wir nicht beide nackt hier ständen, aber ...« Mit einer Handbewegung wies sie auf seinen umwerfenden Körper. »Sieh dich doch an. Du bist ...«

»Ich bin was?« Er klang belustigt.

»Heiß«, grummelte sie. »Du bist unglaublich heiß und küsst mich immer noch nicht. Das kommt mir vor wie eine neue Art von Folter.«

»Du tust dem Ego eines Mannes sehr gut.«

»Und du meinem Ego überhaupt nicht! Jetzt küss mich endlich.«

»So fordernd ...« Mit leuchtenden Augen drängte Brody sich an sie und beugte sich endlich zu ihr herab, um ihren Mund einzunehmen.

O mein Gott.

Es war, als schösse ihr ein elektrischer Schlag durch die Wirbelsäule, sobald seine Lippen ihre berührten. Zunächst war der Kuss ganz sanft. Neckend. Dann strich Brody mit der Zunge leicht über ihre Unterlippe und bat um Einlass. Sie stöhnte ungeduldig auf, und er nutzte die Gelegenheit, um seine Zunge zwischen ihre geöffneten Lippen gleiten zu lassen.

Er fühlte sich himmlisch an und schmeckte auch so. Mit erfahrener Ruhe erkundete er ihren Mund, heiß und gierig. Als er an ihrer Unterlippe saugte, stöhnte sie erneut auf, lauter diesmal, hörbar verzweifelt. Er brach den Kuss ab und musterte prüfend ihre Miene. Sie war sich ziemlich sicher, dass sie ihn bewundernd anstarrte.

»Entsprach das deinen Anforderungen, Professor?«, fragte er fröhlich.

»Das war in Ordnung.«

Als Antwort schenkte er ihr ein Lächeln, das ihren Puls beschleunigte.

Dieser Mann war attraktiver, als gut für ihn war.

Er legte seine Hand an ihre Wange, ließ seinen Daumen träge über ihren Kiefer gleiten. Dann neigte er den Kopf und küsste sie erneut. Genauso gierig wie beim ersten Mal, aber diesmal zog er sich jedes Mal ein klein wenig zurück und lachte leise, wenn sie versuchte, den Kuss zu vertiefen.

Eine Hand ließ er von ihrer Schulter zu ihrem Schlüsselbein wandern, dann noch tiefer, sodass seine Fingerknöchel die Rundung ihrer Brust streiften. Seine andere Hand machte sich ebenfalls auf Erkundungstour, und er stöhnte auf, als er ihre Brüste mit beiden Händen drückte.

»Die liebe ich«, murmelte er. Seine unwiderstehlich blauen Augen waren auf ihre harten Nippel fokussiert, die er jetzt mit den Fingerspitzen zwickte.

Anscheinend wusste er ganz genau, was er zu tun hatte, und reizte sie damit auf eine Weise auf, mit der sie nie gerechnet hätte. Unerträglich lange liebkoste er ihre Brüste, bevor er endlich den Kopf auf sie senkte und eine Brust mit der Zunge erforschte.

Er saugte an der Brustwarze, streichelte sie mit der Zunge, knabberte daran, bis Hayden aufschrie, weil die Lust, die bereits an Schmerz grenzte, zu groß wurde. Und gerade als sie glaubte, noch schöner könne es einfach nicht werden, wandte er seine Aufmerksamkeit ihrer anderen Brust zu.

Sie konnte sich kaum noch auf den Beinen halten, so weich waren ihre Knie bereits, als sie sich seinem Mund ergab. Ihr Körper pulsierte vor Erregung, die Innenseiten ihrer Schenkel waren bereits nass, und schließlich stieß sie keuchend hervor: »Wir brauchen ein Bett. Und zwar jetzt.«

4. Kapitel

Verdammt, er hatte nicht damit gerechnet, dass sie so sein würde. Köstlich fordernd und so wunderschön. Irgendetwas an Hayden sorgte dafür, dass ihn Lust und Neugier durchfluteten, das Verlangen, sie sowohl in Besitz zu nehmen als auch ihr Geheimnis zu lüften.

Und es gab wirklich viel in Erfahrung zu bringen über diese sommersprossige Dozentin, die ihn von sich aus angemacht hatte, obwohl das offensichtlich nicht ihrer Natur entsprach.

Neckend saugte er an ihrem Nippel, bevor er sich von ihr löste und sich aufrichtete. Sein Mund wurde trocken wie Sägemehl, als er auf das Ergebnis seiner Arbeit starrte. Seine Bartstoppeln hatten ihre Haut gereizt und rote Flecken hinterlassen, die Spitzen ihrer dunkelrosa Brustwarzen schimmerten vor Feuchtigkeit und weckten in ihm den Wunsch, sich ihnen erneut zu widmen.

Sein Blick fiel auf den zarten Hauch von dunklem Haar zwischen ihren Schenkeln, durch den er ihre angeschwollene Klit sehen konnte. Der Anblick ließ ihm das Wasser im Mund zusammenlaufen.

Sein bereits heißer und harter Körper wurde noch heißer, noch härter.

»Wo ist das Schlafzimmer?«, stöhnte er.

Haydens Lippen zuckten leicht. Ohne zu antworten, drehte sie sich um und wandte sich dem unbeleuchteten Flur zu.

Nach zwei Schritten blieb Brody abrupt stehen, als ihm das Tattoo auf ihrem unteren Rücken auffiel. O Mann. Im Schatten des Flurs konnte er gerade so die Silhouette eines Vogels erkennen. Ein Habicht. Oder ein Adler. Dunkel, gefährlich, unglaublich sexy und völlig überraschend. Er hatte gewusst, dass diese Frau anders war. Ihr Tattoo war so aufreizend, dass er zu ihr marschierte und ihre schlanke Taille mit beiden Händen umfasste.

Ihr Scheitel reichte ihm kaum bis zum Kinn. Wie hatte diese freche kleine Frau es geschafft, ihn in einen Zustand geistlosen Verlangens zu versetzen?

Während er seine Hände über ihre Hüften abwärts gleiten ließ, wandte sie den Kopf nach ihm um. Ihr Blick ließ deutlich erkennen, dass sie sich neugierig fragte, was er wohl als Nächstes tun würde.

Sie brauchte nicht lange zu raten: Er ließ sich auf seine Knie nieder und zog die Konturen ihres Tattoos mit der Zunge nach.

Hayden erschauderte, aber er hielt sie mit einer Hand in ihrer Taille aufrecht. »Warum ein Adler?«, murmelte er und küsste ihren unteren Rücken.

»Ich mag Adler.«

Eine sehr simple Antwort von einer sehr komplizierten Frau. Er streichelte ihren Po, senkte dann den Kopf und biss sanft in das weiche Fleisch.

»Schlafzimmer«, keuchte sie.

»Scheiß drauf«, murmelte er.

Sie immer noch sicher mit einer Hand haltend, schob er die andere nach vorn und strich mit einem Finger über ihre

Klit. Zischend stieß sie die Luft aus, zuckte dann nach vorn, presste die Handflächen gegen die Wand und hob ihren knackigen Hintern, sodass er ihre sündhaft feuchte Pussy direkt vor dem Gesicht hatte.

Er näherte sich wie von einem Magneten angezogen. Während sein Puls in seinen Ohren dröhnte, leckte er von hinten über ihre Mitte und streichelte zugleich mit einem Finger ihre Klit.

Hayden erschauderte erneut. »Das fühlt sich«, stöhnte sie, »wahnsinnig gut an.«

»Und wie ist es hiermit? Wie fühlt sich das an?«

Er schob seine Zunge direkt in sie hinein.

Zischend keuchte sie auf.

Ihre Reaktion ließ ihn leise lachen, doch bevor sie sich wieder fangen konnte, schob er seine Zunge erneut in sie hinein.

Haydens leises Stöhnen erfüllte den Flur. Ihr Atem kam stoßweise, ihre Klit schwoll unter seinem Daumen noch mehr an, sie tropfte fast vor Erregung. Er küsste sie noch mal, löste dann seinen Mund von ihr und benutzte stattdessen zwei Finger.

»Willst du, dass ich jetzt schon komme?«, stieß sie gepresst hervor.

»Das war der Plan, ja.«

Er erkundete ihre seidige Hitze, genoss ihr leises Wimmern und versuchte zugleich, seinen Schwanz zu ignorieren, der zu explodieren drohte.

Jeden Moment würde er die Kontrolle über sich verlieren, das wusste er sicher, aber noch klammerte er sich an den fadenscheinigen Rest Selbstbeherrschung, den er langsam in sich zerfallen spürte. Haydens leidenschaftlicher Schrei spornte ihn an, schneller zu werden, seinen Druck auf ihre

Klit zu erhöhen und noch einen Finger ins Spiel zu bringen. Und dann kam sie. Laut. Ungehemmt. Sie drückte ihm ihren Hintern in die Hand, als ihre inneren Muskeln sich anspannten und um seine Finger zusammenzogen.

»O mein Gott ... Brody ...« Ihre Stimme verklang in einem befriedigten Seufzen.

Einen Moment später glitt sie zu Boden, ihr nackter Rücken ruhte an seiner Brust, während er weiter träge Kreise um ihre Klit zog.

Sie drehte sich um, sodass sie einander anschauen konnten. In ihren grünen Augen brannte das Verlangen, ihr Gesicht glühte von ihrem Höhepunkt. Sie sah so schön aus, dass er sich vorbeugte und seine Zunge zwischen ihre weichen Lippen schob, um jeden Teil dieser Frau zu kosten.

Ohne den Kuss zu lösen, rollte er sie sanft auf den Rücken und schob sich über sie.

»Ich muss in dir sein«, murmelte er.

Es war ein animalischer Trieb, ein überwältigendes Begehren, das er so noch nie gespürt hatte. Sein ganzer Körper verkrampfte sich in Erwartung auf Befriedigung.

Gewaltsam löste er seinen Mund von ihrem, stand auf und ließ sie allein im Flur zurück. Einen Moment später kam er mit den Kondomen zurück, die er immer in seinem Portemonnaie dabeihatte.

Nur drei, wurde ihm bewusst, als er auf seine Hand hinunterschaute. Vielleicht war er ja zu optimistisch, aber ein Blick auf Hayden ließ ihn vermuten, dass er eventuell einen Abstecher zur nächsten Drogerie machen musste. Sie hatte sich nicht die Mühe gemacht aufzustehen und sah unglaublich sexy aus, wie sie da vor ihm auf dem Teppichboden lag. Sexy und so verdammt reizvoll, dass sein Schwanz vor Ungeduld zuckte.

Die Luft vibrierte vor Anspannung, es war nichts zu hören außer ihrem schweren Atem. Bevor er die Verpackung des Kondoms aufreißen konnte, setzte Hayden sich auf. »Noch nicht«, flüsterte sie.

Dann schloss sie ihre Lippen um ihn.

»Gott«, murmelte er und wäre fast hintenübergefallen.

Ihr gieriger Mund um seine Länge ließ ihn unerwartet erschaudern. Sie nahm ihn noch tiefer in den Mund, umfasste seine Eier, streichelte seinen Hintern und leckte über jeden Quadratzentimeter seiner Erektion.

Mehr als ein paar Augenblicke dieser Folter konnte er nicht ertragen. Es fiel ihm zwar unglaublich schwer, sich den besten Blowjob seines Lebens zu verderben, aber dennoch fasste er sanft nach ihrem Kopf und schob ihn weg, denn er stand so kurz vor seiner Explosion, dass er selbst nicht wusste, wie er es schaffte, sich zu beherrschen.

Er ließ sich wieder auf sie sinken, und Hayden seufzte, als er eine Handfläche auf ihre Brust legte. »Es ist schon so lange her ...«

»Wie lange?«, wollte er wissen.

»Zu lange.«

Leicht kniff er ihr in den Nippel, bevor er sich hinabbeugte und sie küsste. »Dann lasse ich es langsam angehen.«

Sie zwang seinen Kopf hoch und küsste ihn. »Nein.« Dann packte sie seine Hand und zog sie zwischen ihre Beine. »Ich will es schnell.«

Er schluckte, als er ihre Pussy berührte, die immer noch nass von ihrem Höhepunkt war. Dabei wurde er noch härter und wünschte sich nichts sehnlicher, als das verdammte Kondom überzustreifen und endlich in sie einzudringen. Aber der Gentleman in ihm drängte ihn dazu, langsam zu machen, jeden Zentimeter ihrer Haut zu kosten und sie noch einmal kommen zu lassen, bevor er sich selbst Erlösung gönnte. Also versuchte er erneut, das Tempo zu verringern, und streichelte sie mit dem Daumen.

Seine ritterlichen Absichten brachten ihn nicht weit.

»Ich bin so weit«, stieß sie zwischen zusammengebissenen Zähnen hervor. »Ich will es nicht langsam. Ich will, dass du mich vögelst.«

Bei der Ansage zuckte sein Schwanz.

O Mann. Niemals hätte er geglaubt, dass diese Frau auf Dirty Talk stand. Aber es gefiel ihm, verdammt noch mal.

Ohne ein weiteres Wort rollte er sich das Kondom über, positionierte sich zwischen ihren Schenkeln und stieß tief in sie hinein. Zeitgleich stöhnten sie auf.

Mit dem Gesicht in ihrer Halsbeuge sog Brody tief ihren süßen Duft ein und zog sich quälend langsam zurück, nur um wieder bis zum Anschlag in sie hineinzustoßen, bevor sie auch nur blinzeln konnte.

»Du bist so eng«, raunte er ihr ins Ohr. »So feucht.«

»Ich hab doch gesagt, ich bin so weit«, stieß sie atemlos hervor.

Wieder und wieder stieß er in sie hinein, stöhnte jedes Mal auf, wenn sie ihm die Hüften entgegenhob, um ihn noch tiefer in sich aufzunehmen. Es ging ihm viel zu schnell, und doch hatte er das Gefühl, alles in Zeitlupe zu erleben. Die Art und Weise, wie sie ihre Finger in seinen Hintern grub und ihn zu sich zog, der Druck, den ihre feuchte Hitze auf seinen Schwanz ausübte. Das steigende Verlangen seines Körpers, das ungeduldige Pochen in seinen Lenden, das ihn zwang, sich noch schneller zu bewegen.

Sie kam erneut, zuckend, bebend, Töne von sich gebend, die seinen ganzen Körper vor Erregung brennen ließen.

Er stieß noch ein paarmal in sie, bis er es nicht länger aushielt. Eine Sekunde später kam auch er, küsste sie grob, während sein Höhepunkt ihn mit der Gewalt eines Hurrikans überfiel. Lust durchzuckte ihn wie ein Hagelsturm aus Glasscherben, heiß, intensiv, eindringlich. Unkontrollierbar. Er rang nach Atem, fragte sich, wie es möglich war, dass die Frau unter ihm ihm den unglaublichsten Orgasmus seines Lebens bescherte.

Einen Moment lagen sie einfach nur da. Ihr Atem ging stoßweise, ihre Körper waren von Schweiß bedeckt, sein Schwanz steckte immer noch tief in ihr.

Hayden strich mit ihren Händen über seinen schweißnassen Rücken. »Nicht schlecht«, sagte sie.

Trotz seiner Benommenheit brachte Brody es fertig, scherzhaft die Brauen hochzuziehen. »Nicht schlecht? Mehr hast du dazu nicht zu sagen?«

»Na schön, es war sagenhaft gut.«

»Das klingt schon besser.«

Leicht grinsend löste sie sich aus seiner Umarmung und stand auf. Ihr Blick wanderte reumütig zum Schlafzimmer, wohin sie es nicht geschafft hatten. »Nur noch fünf Schritte, dann hätten wir in meinem großen, bequemen Bett liegen können.«

Er stützte sich auf einen Ellbogen auf. Der weiche Teppichboden juckte ihn fürchterlich am Rücken. »Keine Sorge«, erwiderte er, und seine Augen glitzerten frech. »Die Nacht ist noch jung.«

5. Kapitel

Da lag ein nackter Mann in ihrem Bett.

Nun, er hatte schon in der Nacht dort gelegen, als sie nach unzähligen atemberaubend heißen Runden Sex eingeschlafen waren. Aber neben einem nackten Fremden aufzuwachen war trotzdem sehr seltsam.

Wobei *Fremder* das Schlüsselwort war, denn – so gut sie seinen Körper auch kannte – Brody war im Grunde immer noch ein Fremder für sie. Sie hatten letzte Nacht kaum einen einzigen wichtigen Satz miteinander gesprochen, außer »Hör bitte nicht auf« und »Gleich komme ich, Baby«. Wenn sie nicht gerade zugange waren, hielt er sie an seinen warmen, muskulösen Körper gedrückt, und sie lagen entweder still da oder küssten sich träge, bis das Verlangen neu erwachte.

Heute Morgen kamen ihr das heiße Geflüster und das leise Stöhnen der letzten Nacht beinahe wie eine Ausgeburt ihrer Fantasie vor.

Bis der nackte Mann neben ihr sich zu regen begann und sie so daran erinnerte, dass es die letzte Nacht wirklich gegeben hatte.

»Morgen«, murmelte er. Seine Lippen verzogen sich zu einem Lächeln, als ihre Blicke sich trafen.

»Morgen.«

Hayden rollte sich herum, um von ihm abzurücken, aber Brody schlang einen seiner beiden kräftigen Arme um sie und zog sie an sich. Jetzt spürte sie seine markante Erektion an ihrem Po.

»Geh noch nicht«, bat er. Sein Körper legte sich um ihre kleinere Gestalt wie ein großer Löffel und gab ihr das Gefühl, zart und geborgen zu sein.

»Es ist schon fast neun«, erwiderte Hayden. »Wir sollten aufstehen.« Tatsächlich hätte sie schon vor zwei Stunden aufstehen sollen. Sie konnte sich nicht entsinnen, wann sie zum letzten Mal so spät aufgewacht war.

»Noch nicht.« Seine Hand fand ihre Brust und liebkoste sie sanft.

Ohne es zu wollen, drängte sie sich gegen seine forschenden Finger. Nach dem Marathon der letzten Nacht schockierte es sie, dass sie immer noch Verlangen empfinden konnte. Aber das tat sie. Schon wieder baute sich Lust in ihr auf und pochte zwischen ihren Beinen.

Brodys Lippen kitzelten sie an der Schulter, als er flüchtig einen Kuss darauf drückte. Dann wurde seine Stimme rau. »Ich will meinen Tag mit dem Geräusch beginnen, das du machst, wenn du kommst.«

O mein Gott.

Hayden holte tief Luft, versuchte, ihr wild klopfendes Herz zu ignorieren. »Welches Geräusch?«

»Ein Mittelding zwischen Keuchen und Stöhnen.« Neckend fuhr er mit der Hand über ihren Körper nach unten. »Darf ich es bitte noch mal hören?«

Wer, zum Teufel, war dieser Mann? Wie konnte er so gut darin sein, sie wild zu machen?

Sie wusste, dass sie Nein sagen sollte. Das Ganze war als

One-Night-Stand gedacht gewesen. Es war an der Zeit für ihn, zu gehen, verdammt noch mal.

Aber …

»Ja«, flüsterte sie.

Was konnte ein Orgasmus mehr schon schaden?

Er schob seine Hand zwischen ihre Oberschenkel und bewies erneut, wie gut er ihren Körper bereits kannte. Binnen Minuten brachte er sie durch Streicheln zu einem Orgasmus, der ihr einen verzweifelten Laut entlockte, und als sie an seinem Körper zuckte, lachte er ihr leise ins Ohr und murmelte: »Ja, genau das wollte ich hören.«

Einen Moment vergaß Hayden ihren Namen, alles um sich herum und den Grund, warum sie diesen Mann überhaupt mit hierher genommen hatte.

Aber als die Nachwirkungen der Befriedigung allmählich abklangen, drängte sich langsam wieder die Wirklichkeit auf.

Sie erwartete, dass er sie bat, für ihn das Gleiche zu tun, aber er rollte sich einfach nur grinsend auf den Rücken. »Alles okay?«, fragte er leichthin.

Mühsam nickte sie und kletterte dann ungeschickt aus dem Bett, um nach etwas zum Anziehen zu suchen. Sie schnappte sich das Erste, was sie fand – das hauchdünne geblümte Kleid, das sie an ihrem ersten Tag zurück in der Stadt beim Essen mit ihrem Dad getragen hatte.

Der helle Stoff war jedoch ein bisschen zu dünn und verlangte nach einem BH, den sie im Moment nicht trug. Als Brody sich im Bett aufsetzte und seine kräftigen Arme über dem Kopf streckte, blieb sein belustigter Blick auf ihren Brüsten hängen.

»Ich kann deine Nippel sehen.«

»Ich weiß.« Sie seufzte.

Sein Blick folgte ihr, als sie zur Kommode ging, auf der sie ihr Handy abgelegt hatte. Ein Blick auf das Display, und ihr Unbehagen wurde noch größer. Sie hatte mehrere Nachrichten von Doug erhalten und zwei Anrufe ihres Vaters verpasst.

»Hayden.« Sie hörte es hinter sich rascheln, drehte sich um und sah, dass Brody sich ihr splitternackt näherte. Großer Gott, selbst seine Bauchmuskeln schienen zusätzliche Bauchmuskeln zu haben. »Bist du sicher, dass es dir gut geht?«

»Mir geht's prima«, versicherte sie ihm. »Aber du solltest jetzt vermutlich gehen. Ich hab echt viel zu tun heute.«

Er nickte langsam. »Okay. Hast du eine Ahnung, wo meine Klamotten sind?«

Ihre Lippen zuckten leicht. »Irgendwo da draußen«, sagte sie und deutete zur Schlafzimmertür. »In der Nähe der Bar, glaube ich.«

Leise lachend schlenderte er zur Tür, und Hayden musterte unwillkürlich seinen Hintern. Warum war der so muskulös? Womit, um alles in der Welt, verdiente er seinen Lebensunterhalt? Sie hatte in der Nacht zuvor nicht daran gedacht, ihn zu fragen. Dafür interessierten sie andere Aspekte dieses Mannes viel zu sehr. Zum Beispiel sein Schwanz.

Und jetzt konnte sie ihn nicht fragen, denn sonst würde er glauben, sie versuche, ihn näher kennenzulernen, und … das ging einfach nicht. Das Ganze hatte nichts weiter sein sollen als ein Sex-Date. Eine flüchtige Affäre mit einem sexy Fremden aus der Bar, die nur eine Nacht andauerte und keine Verpflichtungen mit sich brachte. Es war ein bisschen zu spät, einen engeren Kontakt einzugehen.

Sie fand ihn im Wohnbereich des Penthouse, wo er gerade den Reißverschluss seiner Jeans zuzog. Seine blauen

Augen musterten sie anerkennend, als sie langsam auf ihn zuging.

»Ich möchte dich wiedersehen«, sagte er unverblümt.

Hayden zuckte leicht zusammen. »Oh.«

»Gib mir deine Nummer, bevor ich gehe.«

Sie zögerte.

Er zog eine Braue hoch. »Ist das ein Problem?«

Nach kurzem Schweigen stieß sie den Atem aus. »In gewisser Weise.«

Das handelte ihr ein Lachen ein.

»Sieh mal ... Brody ...«

»Oh. Wow.« Jetzt verschwanden seine Brauen fast im Haaransatz.

»Was?«

»Ich weiß genau, worauf das hinausläuft, und, na ja ...« Er zuckte die Achseln. »Das ist mir ehrlich gesagt noch nie passiert.«

Sie musste lächeln. »Du hast also schon selbst diese Ansprache gehalten?«

»Öfter, als mir lieb ist«, gab er zu.

Seine Ehrlichkeit war erfrischend. Und er wirkte einfach zum Anbeißen, so, wie er dastand, die dunklen Haare noch zerzaust vom Schlaf, Bartstoppeln ums kantige Kinn.

Aber auch das änderte nichts an der Sachlage. Hayden war nicht nach Hause gekommen, um mit einem völlig Fremden anzubandeln. Sie war hier für ihren Dad, so einfach war das. Um ihn zu unterstützen, während ihre Stiefmutter versuchte, ihm das zu nehmen, was ihm am meisten bedeutete.

Presleys Noch-Ehefrau war wild entschlossen, ihn bis auf den letzten Cent auszuplündern. Und dabei ging es um sehr viele Cent. Obwohl er die meiste Zeit seines Lebens

Coach gewesen war, hatte Haydens Dad immer davon geträumt, ein eigenes Team zu haben. Dieses Ziel hatte er schließlich vor sieben Jahren erreicht. Dank der beachtlichen Versicherungssumme, die er nach dem Unfalltod ihrer Mutter bekommen hatte, und seiner weisen Investition in einen Pharmakonzern, die ihm mehrere Hundert Millionen Dollar eingebracht hatte, war er in der Lage gewesen, die Chicago Warriors zu kaufen. Im Laufe der Jahre hatte er weiter investiert und sein Vermögen vermehrt, aber seine oberste Priorität war das Team. An nichts anderes dachte er, und das machte es ihr so schwer, nach Hause zu kommen.

Ihre Kindheit war chaotisch verlaufen. Mit ihrem Dad war sie kreuz und quer durchs Land zu Auswärtsspielen gereist, hatte zwei Jahre in Florida gelebt, wo er die Aces trainierte und bis zur Meisterschaft brachte, fünf Jahre in Texas, drei Jahre in Oregon. Es war hart gewesen, aber ihre enge Beziehung hatte die ständigen Umzüge erträglich gemacht. Ihr Vater hatte immer Interesse an ihrem Leben gezeigt. Er hatte zugehört, wenn sie von ihren Lieblingskünstlern schwärmte. Hatte mit ihr im Laufe der Jahre unzählige Museen besucht.

Jetzt, wo sie erwachsen war und er mit dem Team alle Hände voll zu tun hatte, schien er kein Interesse mehr daran zu haben, sich Zeit für sie zu nehmen und außerhalb der Eishockeyarena mit ihr zu kommunizieren. Sie wusste, dass andere Teameigner sich nicht so sehr engagierten wie ihr Vater, aber sein Hintergrund als Coach schien Einfluss auf seine neue Position zu haben. Er hatte bei allem, was die Warriors anging, seine Hand im Spiel – von der Anwerbung neuer Spieler bis zur Vermarktung –, und er blühte dabei auf, ganz gleich, wie viel Zeit ihn die Arbeit kostete.

Deshalb hatte sie vor drei Jahren entschieden, die Vollzeitstelle in Berkeley anzunehmen, obwohl sie dafür an die Westküste hatte umziehen müssen. Sie hatte gehofft, dass die Trennung ihren Vater erkennen lassen würde, wie sehr er an ihr hing und dass das Leben aus mehr bestand als aus Eishockey. Das war nicht geschehen.

Aber vielleicht würde es sich diesmal ja anders entwickeln. Vielleicht würde er sich ja auf sie stützen wollen, jetzt, wo sein Privatleben in Scherben lag. Sie war nicht nur deshalb nach Hause gekommen, um ihm bei seiner Scheidung beizustehen, sondern auch, weil sie hoffte, endlich ihre Beziehung zueinander wiederbeleben zu können.

»Letzte Nacht war der Wahnsinn«, erklärte sie Brody und warf ihm einen verlegenen Blick zu. »Das war der beste Sex, den ich jemals hatte.«

Um seine Lippen zuckte es.

»Aber ich wollte nichts, was über diese eine Nacht hinausgeht«, setzte sie betreten hinzu. »In den nächsten Monaten hab ich mich um zu viel anderes zu kümmern.«

Brody musterte sie einfach nur, seine Miene verriet nichts.

Unbehaglich verlagerte sie ihr Gewicht. »Was?«

»Ich kann einfach nicht glauben, dass du uns beide um … das bringen willst.«

Damit deutete er in Richtung Flur, wo in der Nacht zuvor ihr irrsinnig unanständiges Intermezzo begonnen hatte.

Hayden versuchte, ihr Lächeln zu unterdrücken. »Ich bin mir sicher, dass du eine andere findest, die auf dem Boden mit dir vögelt.«

Seine Augen glühten. »Ich will keine andere. Ich will dich.«

Sie durfte keinen Moment länger in diese Augen schauen, denn die konnten womöglich ihren Entschluss ins Wanken bringen.

»Es tut mir leid«, sagte sie und wich seinem Blick aus. »Ich hatte unglaublichen Spaß, aber was gestern war, wiederholt sich nicht. Ich hoffe, du verstehst das.«

»Du gibst mir wirklich nicht deine Nummer?« Er klang so ehrlich verwundert, dass er wohl tatsächlich keine Zurückweisung gewohnt war.

»Tut mir leid.« Sie zuckte die Achseln.

Einen Moment schwieg Brody, dann begann er zu lachen. »Shit. Wenn das mal nicht demütigend ist.«

Immer noch leise lachend, ging er zur Anrichte an der gegenüberliegenden Wand des Wohnzimmers. Hayden beobachtete misstrauisch, wie er einen Stift zur Hand nahm und etwas auf den kleinen Notizblock kritzelte, der dort lag.

»Was machst du?«

»Ich schreib dir meine Nummer auf.« Er warf einen Blick über seine Schulter. »Für den Fall, dass du es dir anders überlegst.«

Dann schlenderte er zu ihr zurück und strich sich dabei mit der Hand durchs Haar, sodass ihre Aufmerksamkeit sofort auf seinen Bizeps gelenkt wurde. Großer Gott. Warum nur war dieser Mann so attraktiv?

»Danke für eine großartige Nacht«, sagte er ein wenig schroff. Dann beugte er sich vor, küsste sie leicht auf die Wange und hüllte sie in seinen würzigen, süchtig machenden Duft ein.

Hayden zwang sich, nicht einzuatmen, ehe er von ihr abgerückt war. »Ich bring dich zur Tür.«

6. Kapitel

»Wie viele?«, fragte Darcy neugierig. Ihre Stimme ertönte über die Lautsprecher des Mietwagens.

Hayden manövrierte das Auto durch den Spätnachmittagsverkehr. In der Innenstadt von Chicago war erstaunlich viel los. Vermutlich hatte das Spiel der Warriors am Abend mehr als nur ein paar Leute dazu bewogen, frühzeitig Feierabend zu machen. Hayden dagegen blieb gar keine andere Wahl. Ob sie wollte oder nicht, sie würde den Abend in der Loge des Teameigners neben ihrem Vater sitzend in der Arena verbringen und sich einen Sport anschauen, den sie nicht nur trostlos langweilig fand, sondern schon seit Jahren verabscheute.

Gott, sie konnte nicht mal mehr zählen, zu wie vielen Spielen sie im Laufe der Jahre mitgeschleift worden war. Hunderte? Tausende? Ganz gleich, wie viele es tatsächlich waren, das Spiel mochte sie heute, mit sechsundzwanzig, immer noch genauso wenig wie mit sechs, als ihr Vater sie zum ersten Mal mit in die Arena genommen hatte. Für sie war Eishockey untrennbar mit andauernder Entwurzelung verbunden: Reisen, Umzüge, Rumsitzen mit einem Malbuch hinter der Spielerbank, weil ihr Dad es nicht für richtig gehalten hatte, ein Kindermädchen zu engagieren.

Ein Psychiater würde ihr vermutlich sagen, dass sie projizierte, den Frust über ihren Vater an einem unschuldigen kleinen Sport ausließ, aber sie konnte es nicht ändern. Ganz gleich, wie sehr sie sich im Laufe der Jahre bemüht hatte, sie schaffte es einfach nicht, das verdammte Spiel zu mögen oder Freude daran zu finden.

»Ich gehe nicht mit intimen Enthüllungen an die Öffentlichkeit«, erklärte sie und hielt an einer roten Ampel. Über ihr zischte die Hochbahn hinweg, sodass sie einen Moment nichts hören konnte außer dem Dröhnen des Zuges auf seinen Schienen.

»Von wegen, komm mir nicht so«, sagte Darcy, als der Lärm allmählich verklang. »Wie viele, Hayden?«

Ein leichtes Lächeln unterdrückend, knickte sie schließlich ein. »Fünf.«

»Fünf!« Darcy verstummte einen Moment. Dann stieß sie einen an Ehrfurcht grenzenden Fluch aus. »Du willst mir allen Ernstes weismachen, dass der Typ dir letzte Nacht *fünf* Orgasmen beschert hat?«

»Letzte Nacht? Vier. Und einen heute früh.« Allein schon die Erinnerung daran schickte Funken durch ihren erschöpften Körper. Muskeln, von denen sie nicht mal gewusst hatte, dass sie sie besaß, taten ihr noch weh. Das hatte sie dem Mann zu verdanken, der dem Duracell-Hasen ohne Weiteres das Wasser reichen konnte.

»Ich bin sprachlos. Das ist dir klar, oder? Ich bin absolut sprachlos.«

Die Ampel vor ihr sprang auf Grün um, und Hayden überquerte die Kreuzung. Eine Gruppe Teenager in blau-silbernen Warriors-Trikots weckte ihre Aufmerksamkeit. Bei ihrem Anblick stöhnte sie auf. Sie war nicht in Stimmung, sich mit ihrem Vater ein lautes Eishockeyspiel anzuschauen.

»Und wie sind der große Abschied und das Dankeschön ausgefallen?«, wollte Darcy wissen.

»Unangenehm.« Hayden bog nach links auf den Lakeshore Drive in Richtung Lincoln Center ab, die brandneue Arena, die erst kürzlich für die Warriors errichtet worden war. »Bevor er gegangen ist, hat er mich nach meiner Nummer gefragt.«

»Hast du sie ihm gegeben?«

»Nein.« Sie seufzte. »Aber dann hat er mir *seine* dagelassen.«

»Das sollte doch ein One-Night-Stand sein!«

»Ja ... aber ... er hat so entsetzt gewirkt. Ich hab ihm klar zu verstehen gegeben, dass es nur etwas für eine Nacht war. Man sollte doch meinen, dass ihn das begeistern würde. Keine Bindungen, keine Erwartungen. Aber er war enttäuscht.«

»Du darfst ihn nicht wiedersehen! Was, wenn etwas Ernstes daraus wird? In ein paar Monaten bist du wieder an der Westküste.«

Darcy klang überraschend bestürzt. Na ja, vielleicht nicht ganz so überraschend, da Darcy die Vorstellung, sich ernsthaft zu verlieben, viel mehr Angst einjagte als ein fleischfressender Krankheitskeim.

»Daraus wird nichts Ernstes«, widersprach Hayden lachend. »Erstens, weil ich ihn nicht wiedersehen werde. Und zweitens, weil ich mich nicht auf eine Beziehung mit einem anderen Mann einlassen werde, bevor ich mir darüber im Klaren bin, wie die Dinge mit Doug stehen.«

Darcy stöhnte auf. »Mit dem? Warum hältst du immer noch an ihm fest? Mach aus deiner Auszeit ein Aus, bevor er wieder diese Brücke erwähnt und ...«

»Bye, Darce.«

Hayden legte auf, weil sie keine Lust hatte, zu hören, wie Darcy sich erneut über Doug lustig machte. Ja, dann war er eben konservativ, und vielleicht war es bizarr, wie er Sex mit einer Brücke verglich, aber Doug war ein anständiger Kerl. Sie war noch nicht bereit, ihn völlig abzuschreiben.

Ähm, du hast mit einem anderen Mann geschlafen, meldete sich ihr Gewissen zu Wort.

Beim Gedanken daran, dass sie mit Brody geschlafen hatte, glühten ihre Wangen. Irgendwie kam ihr die Formulierung »mit Brody geschlafen« unpassend vor. Wie die Beschreibung eines nichtssagenden, banalen Ereignisses, vergleichbar mit einem Teekränzchen mit den Großeltern. Was sie und Brody getan hatten, war weder nichtssagend noch banal. Es war irre gewesen. Intensiv. Wild und verrucht. Locker der beste Sex ihres Lebens.

War es absolut bescheuert, Brody am Morgen wegzuschicken?

Vermutlich.

Na schön, eher ganz sicher.

Brody hatte klargestellt, dass er sie wiedersehen wollte, und eins stand fest: Das würde ihr gefallen ...

Okay, es würde unglaublich sein. Aber Sex konnte ihre Probleme nicht lösen. Doug würde bleiben, im Hintergrund lauern wie eine eifersüchtige Zweitbesetzung, ebenso der Stress, den die derzeitigen Probleme ihres Vaters auslösten. Und falls Brody mehr wollte als Sex, falls er eine Beziehung wollte – so unwahrscheinlich das auch war –, was dann? Ihr sowieso schon kompliziertes Privatleben mit einer dritten Komplikation belasten?

Nein, die Sache zu beenden, bevor sie richtig begann, war die einzig logische Möglichkeit.

Zehn Minuten später erreichte sie die Arena und stellte ihren Wagen in dem Bereich ab, der für VIPs reserviert war, gleich neben dem glänzend roten Mercedes Cabrio ihres Vaters. Dass das Auto ihrem Vater gehörte, erkannte sie am Kennzeichen: *TM OWNR*.

Teameigner. *Wirklich subtil, Dad.*

Warum hatte sie sich überhaupt die Mühe gemacht, nach Hause zu kommen? Als ihr Vater sie fragte, ob sie sich freinehmen könnte, um ihm während des Scheidungsdebakels zur Seite zu stehen, hatte sie das als ein Zeichen dafür betrachtet, dass er ihre Unterstützung schätzte und sie bei sich haben wollte. Aber in der ganzen Woche, die sie nun schon zu Hause war, hatte sie ihn nur einmal gesehen – zu einem schnellen Mittagessen in seinem Büro. Das Telefon hatte permanent geklingelt, sodass sie sich kaum unterhalten hatten, und es war unwahrscheinlich, dass sie heute Abend Zeit finden würden, miteinander zu reden. Sie wusste, wie hoch konzentriert ihr Vater war, wenn er sich ein Eishockeymatch anschaute.

Seufzend stieg sie aus dem Wagen und wappnete sich für einen langen Abend, bei dem sie schwitzenden Männern zuschaute, die auf Schlittschuhen einer kleinen schwarzen Scheibe nachjagten, und zugleich ihren Vater schwärmen hörte: »Besser kann es nicht laufen.«

Hach, sie konnte es kaum erwarten.

***

»Nimm dich heute Abend vor Valdek in Acht«, warnte Sam Becker, als Brody sich der langen Holzbank an einer Seite der Umkleide der Warriors näherte. Vor seinem Platz blieb er stehen.

»Valdek ist zurück?«, stöhnte Brody. »Sollte er nicht für drei Spiele gesperrt sein?«

Becker rückte seine Schienbeinschützer zurecht, zog dann seine blaue Hose an und begann, seine Schlittschuhe zuzuschnüren. Dafür, dass er bereits sechsunddreißig war, war er immer noch in hervorragender körperlicher Verfassung. Als Brody dem legendären Stürmer zum ersten Mal begegnet war, war er aus dem Staunen gar nicht mehr herausgekommen. Seine Ehrfurcht war sogar noch größer geworden, als er gesehen hatte, wie Becker gleich drei Gegenspieler täuschte, trotz Unterzahl ein Tor erzielte und damit jedem in der Liga bewies, warum er immer noch zur Spitze zählte.

Aber am meisten hatte ihn damals beeindruckt, dass Becker kein bisschen arrogant war. Obwohl er schon zweimal den Meisterschaftspokal gewonnen und Karriere gemacht hatte wie einige der ganz Großen des Sports, war Sam Becker so unkompliziert und bescheiden geblieben, wie man nur sein konnte. Er war derjenige, zu dem alle gingen, wenn sie ein Problem hatten, sei es ein privates oder berufliches. Im Laufe der Jahre war er zu Brodys bestem Freund geworden.

»Die Sperre ist aufgehoben«, erwiderte Becker, »und er will Blut sehen. Er hat nicht vergessen, wer ihm die Sperre eingebrockt hat, Kleiner.«

Brody ignorierte den Spitznamen, von dem Becker einfach nicht ablassen wollte, und schnaubte. »Stimmt, war ja auch meine Schuld, dass er mir mit seinem Schlittschuh das Kinn aufgeschlitzt hat.«

Weitere Spieler trafen ein. Ihr Torwart, Alexi Nicklaus, salutierte zum Gruß. Derek Jones, der Neue dieser Saison und schon einer der besten Verteidiger in der Liga, schlenderte heran. »Valdek ist zurück«, sagte er.

»Hab's schon gehört.« Brody zog sein schwarzes T-Shirt aus und warf es auf die Bank.

Jones johlte, was Brody dazu brachte, auf seine Brust hinunterzusehen.

Dort entdeckte er ein Andenken an die heißeste sexuelle Erfahrung seines Lebens. Über seiner linken Brustwarze prangte ein violetter Knutschfleck, den Haydens volle Lippen hinterlassen hatten, nachdem er sie vom Boden im Flur gehoben, in ihr Schlafzimmer getragen und dort die ganze Nacht gevögelt hatte.

Als er heute Morgen aufgewacht war, hatte sich ihm als erster Anblick Haydens dunkles Haar geboten, ausgebreitet auf dem schneeweißen Kissen, eine nackte Brust an seinen Brustkorb gedrückt, ein schlankes Bein über seinen Unterleib geworfen. Auch früher hatte er schon oft nach dem Sex gekuschelt, aber er konnte sich nicht erinnern, jemals am nächsten Morgen aufgewacht zu sein und noch genauso dazuliegen, wie er eingeschlafen war. Normalerweise rollte er seine Partnerin sanft von sich weg, weil er Platz und Abstand brauchte, um einzuschlafen. Letzte Nacht war das nicht nötig gewesen. Tatsächlich konnte er sich sogar daran erinnern, mitten in der Nacht aufgewacht zu sein und Haydens warmen, nackten Körper näher an sich gezogen zu haben.

Was hatte das zu bedeuten?

»Erinnere mich daran, dich von meiner Tochter fernzuhalten«, sagte Becker seufzend.

Neben ihm wieherte Jones vor Lachen. »Also, wer ist die Glückliche? Oder hast du sie gar nicht nach ihrem Namen gefragt?«

Brodys Rücken versteifte sich abwehrend, aber dann fragte er sich, warum es ihn eigentlich störte, dass seine

Teamkameraden ihn immer noch als Playboy betrachteten. Sicher, er war ein Playboy gewesen. Als er zum Profisportler wurde, waren ihm Ruhm und Erfolg zu Kopf gestiegen, ohne dass er etwas dagegen tun konnte. Auf einen Jungen, der bettelarm in Michigan aufgewachsen war, wirkten der plötzliche Wohlstand und der Ruhm wie eine Droge. Aufregend. Süchtig machend. Plötzlich suchten alle seine Freundschaft, wollten seine Vertrauten sein, seine Geliebten. Mit einundzwanzig hatte er mit Freuden jeden Vorteil akzeptiert, den ihm sein Job einbrachte – vor allem aber den endlosen Strom von Frauen, die Schlange standen, um sich auf seinen Schwanz zu setzen.

Aber das Vergnügen wurde schal, als er begriff, dass für neunzig Prozent der willigen Mädchen nur seine Spielerkleidung zählte. Noch übler wurde es, als sein Gesicht plötzlich in sämtlichen sozialen Medien und Klatschkolumnen der Sportwebseiten auftauchte. Bilder, auf denen er Nacht für Nacht mit einer anderen Frau aus einem Club kam. Ein kompromittierender Schnappschuss, der ihn dabei zeigte, wie er bei einer Teamveranstaltung einer Frau vom Catering die Zunge in den Hals steckte.

Die Presseleute der Warriors zitierten ihn schließlich ins Büro des Vorstands und machten ihm klar, dass er aus dem Team fliegen würde, wenn er nicht endlich zurückhaltender agierte, Spitzenspieler hin oder her. Das jagte ihm genug Angst ein, dass er seine Freizeitaktivitäten stärker im Verborgenen hielt, aber er hatte deshalb nicht ganz aufgehört, seinen Spaß zu haben.

Heutzutage störte es ihn nicht, im Rampenlicht zu stehen, aber er hatte kein Interesse mehr daran, mit Frauen ins Bett zu steigen, die in ihm nur den Starstürmer der Warriors sahen.

Leider konnten seine Teamkameraden anscheinend nicht akzeptieren, dass er seine Fuckboy-Phase hinter sich gelassen hatte.

Ach, egal. Sollten sie doch glauben, was sie wollten. Er mochte zwar kein Casanova mehr sein, aber er war ihnen immer noch haushoch überlegen.

»Doch, ich hab ihren Namen«, antwortete er und verdrehte die Augen.

Nur nicht ihre Nummer.

Dieses ärgerliche Detail behielt er jedoch für sich. Er war sich immer noch nicht sicher, warum es ihn störte, dass Hayden sich geweigert hatte, ihm ihre Handynummer zu geben. Und warum sie heute Morgen eine solche Bombe hatte platzen lassen, konnte er noch weniger verstehen.

Ich hatte unglaublichen Spaß, aber was gestern war, wiederholt sich nicht. Ich hoffe, du verstehst das.

Worte, die den Traum eines jeden Mannes verkörperten. Er konnte sich nicht erinnern, wie oft er versucht hatte, einen Weg zu finden, eine Frau sanft loszuwerden, wenn sie am Morgen danach um etwas mehr bat. Hayden hatte ziemlich genau zusammengefasst, welche Einstellung zum Sex er sein Leben lang gehegt hatte. Eine Nacht, keine Erwartungen, nichts weiter. Früher hätte er ihr für ihre zwanglose Verabschiedung einen Präsentkorb mit einer Dankeskarte geschickt.

Aber heutzutage wollte er mehr als das. Deshalb war er Haydens Einladung, mit in ihr Hotel zu gehen, gefolgt, nachdem er monatelang zwanglosen Affären aus dem Weg gegangen war. Weil etwas an ihr ihn glauben ließ, dass sie die eine war, die ihm das Mehr geben konnte, was er sich ersehnte. Eine sexy Dozentin, die Sport hasste und seinen Körper auf Touren brachte? Wenn das nicht sein Traummädchen war.

»Ich hoffe, du hast dich nicht zu sehr verausgabt«, sagte Becker. »Wir können es uns nicht leisten, heute Abend Scheiße zu bauen, nicht in den Play-offs.«

»Hey, habt ihr heute Morgen zufällig einen Blick auf die *Tribute*-Sportseite geworfen?«, fragte Jones unvermittelt. »Ein neuer Artikel über die Anschuldigungen, die Houstons Frau vorgebracht hat. Wegen Bestechung.« Er runzelte die Stirn, was so gar nicht zu seinem jugendlich unschuldigen Gesicht passte. Mit zwanzig hatte der Junge noch nicht den stechenden Blick eines knallharten Eishockeyspielers drauf. »Als würde einer von uns Geld annehmen, um absichtlich ein Spiel zu verlieren. Scheiße, für die Aktion würde ich am liebsten ihr Haus in Klopapier einwickeln.«

Brody lachte. »Erwachsene Männer wickeln anderer Leute Häuser nicht in Klopapier ein.«

»Komm schon, du magst meine Streiche«, protestierte Jones. »Du hast dich totgelacht, als ich Alexis Schienbeinschoner gegen die rosa Hello-Kitty-Schoner ausgetauscht hab.«

Von der anderen Seite der Umkleide zeigte Alexi ihm den Mittelfinger.

»Kommt mal wieder runter, Kinder«, sagte Becker grinsend. Dann wandte er sich an Brody, und sein Blick wurde plötzlich ernst. »Was hältst du von diesen Artikeln?«

Brody zuckte nur die Achseln. »Solange ich die Beweise, die Mrs. Houston angeblich hat, nicht sehe, weigere ich mich, zu glauben, dass irgendwer in diesem Team absichtlich ein Spiel verlieren würde.«

Jones nickte zustimmend. »Unser Pres ist ein prima Kerl. Er würde niemals Spiele manipulieren.« Er lachte leise. »Mich fasziniert mehr die andere Anschuldigung. Ihr wisst schon, die von der ungenannten Quelle, die behauptet, dass Mrs. H es mit einem Spieler der Warriors treibt?«

Was, zum Teufel?

Brody war heute noch nicht online gewesen, dementsprechend war ihm das neu. Die Vorstellung, dass die Frau ihres Besitzers mit einem seiner Teamkameraden schlief, war ebenso erschreckend wie absurd. Und beunruhigend. Definitiv beunruhigend. Ihm gefiel nicht, wie dieser Skandal sich immer mehr auszuweiten schien. Bestechung, Ehebruch, illegales Glücksspiel.

Shit.

Jones wandte sich an Brody. »Komm schon, gib's zu. Du warst das.«

Ja, klar doch. Die Vorstellung, mit Sheila Houston ins Bett zu steigen, war in etwa so attraktiv wie die, seine Eishockeyschlittschuhe gegen Eiskunstlaufschuhe zu tauschen. Es hatte nur weniger Begegnungen mit dieser Frau bedurft, um ihn davon zu überzeugen, dass sie absolut hohl war.

»Nee. Ich wette, es war Topas.« Grinsend schaute Brody zu dem dunkelhaarigen Rechtsaußen auf der anderen Seite der Umkleide. Zelig Topas, der mit dem kanadischen Team bei der letzten Olympiade Silber gewonnen hatte, war zugleich einer der wenigen offen schwulen Spieler in der Liga.

»Sehr witzig«, gab Topas zurück und verdrehte die Augen.

Das Geplapper ließ nach, als Craig Wyatt, ihr Mannschaftskapitän, die Umkleide betrat. Seine nordischen Gesichtszüge wirkten ernst wie immer. Wyatt war stattliche zwei Meter groß – in Straßenschuhen. Auf Schlittschuhen war er ein wahres Monster. Bei seinem breiten Oberkörper und dem blonden Militärhaarschnitt war es kein Wunder, dass Wyatt einer der gefürchtetsten Spieler in der Liga war und eine Urgewalt, mit der fertigzuwerden eine Herausforderung war.

Ohne zu fragen, was es zu lachen gab, stürzte Wyatt sich sofort in seine übliche Ansprache vor dem Spiel, die in etwa so aufmunternd war wie eine Grabrede. Es gab einen Grund, warum Wyatt den Spitznamen Mr. Serious trug. Brody hatte den Kerl nur einmal lächeln sehen, und selbst das war ein unbeholfenes halbes Lächeln gewesen, das man auflegte, wenn einem ein Witz erzählt wurde, der wirklich nicht lustig war.

Unnötig zu sagen, dass er nie mit seinem ernsten Kapitän warm geworden war. Er neigte eher dazu, sich mit lockeren Typen wie Becker und Jones abzugeben.

Auch jetzt hörte er dem Kapitän nicht zu, sondern ging in Gedanken noch einmal die morgendliche Unterhaltung mit Hayden durch und sinnierte über ihr Beharren darauf, es bei einer Nacht zu belassen. Er verstand ja, dass sie es lieber mit einem Knall beenden wollte, aber ...

Nein, das kam nicht infrage.

Hayden hatte ihm zwar nicht ihre Nummer gegeben, aber sie hatte ihm eine Möglichkeit zur Kontaktaufnahme hinterlassen, indem sie ihn in ihr Hotelzimmer eingeladen hatte. Nach dem heutigen Spiel hatte Brody vor, ihr Zimmer im Ritz anzurufen und sie zu überreden, mit dem, was sie in der Nacht zuvor begonnen hatten, weiterzumachen.

Nur eine Nacht?

Oh, nein. Er war Eishockeyspieler. So leicht gab er sich nicht geschlagen.

7. Kapitel

»Etwas Besseres als das gibt es nicht«, posaunte Presley Houston heraus, als er seiner Tochter eine Flasche Evian reichte und sich neben sie an das Fenster stellte, das den Blick auf die Spielfläche unter ihnen freigab.

Heute Abend hatten sie die Teameignerloge allein für sich, stellte Hayden sehr erleichtert fest. Inmitten der Kollegen ihres Vaters kam sie sich immer vor wie einer der Wale oder Delfine in SeaWorld. Possen treibend, schwimmend, Kunststücke vorführend – und dabei die ganze Zeit versuchend, irgendwie aus dem Bassin auszubrechen, der erstickenden Enge zu entkommen und in die Wildnis zurückzukehren, in die sie gehörte.

»Kannst du in Kalifornien irgendwelche Spiele besuchen?«, wollte Presley wissen und zupfte sich einen eingebildeten Fussel von seiner grauen Armani-Jacke.

»Nein, Dad.«

»Warum, zum Teufel, nicht?«

Weil ich Eishockey hasse? Schon immer gehasst habe?

»Ich hab keine Zeit dafür. Im letzten Semester hab ich Vorlesungen für drei Kurse gehalten.«

Ihr Vater streckte den Arm aus und verstrubbelte ihr die Haare, etwas, was er schon getan hatte, als sie noch ein kleines Mädchen gewesen war. Diese Geste hatte für sie etwas Tröstliches. Sie erinnerte sie an die Jahre, in denen sie sich nahegestanden hatten. Vor den Warriors. Vor Sheila. Damals, als sie noch zu zweit gewesen waren.

Es versetzte ihr einen Stich ins Herz, als ihr Dad ihr eine Haarsträhne hinters Ohr strich und sie dabei bezaubernd anlächelte. O, ja, es ließ sich nicht leugnen, dass ihr Vater Charme besaß. Trotz seiner lauten, dröhnenden Stimme, der rastlosen Energie, die er versprühte, und dem konzentrierten und häufig durchtriebenen Funkeln in seinen Augen verstand er es, allen um sich herum das Gefühl zu vermitteln, sie seien seine besten Freunde. Wahrscheinlich verehrten seine Spieler ihn deswegen so sehr, und definitiv hatte sie ihn als Kind und Jugendliche angebetet. Dabei hatte sie ihren Dad nie für vollkommen gehalten. Für seine Karriere hatte er sie kreuz und quer durchs Land gezerrt. Aber er war trotzdem immer für sie da gewesen, wenn es darauf ankam, hatte ihr bei den Schulaufgaben geholfen, ihr ermöglicht, während der Spielpausen Kunstunterricht zu nehmen, mit ihr das peinliche Aufklärungsgespräch geführt.

Es tat ihr weh, dass ihr Vater anscheinend nicht bemerkte, wie sehr sie sich einander entfremdet hatten. Nicht, dass sie erwartete, immer noch beste Freunde zu sein – sie war inzwischen erwachsen und lebte ihr eigenes Leben. Dennoch wäre es schön, wenigstens irgendeine Art von Freundschaft mit ihrem Dad aufrechterhalten zu können.

Sie bemerkte die ersten grauen Haare an seinen Schläfen. Obwohl sie ihn zu Weihnachten zuletzt gesehen hatte, kam er ihr irgendwie älter vor. Selbst um seinen Mund hatten sich Falten gebildet, die vorher nicht da gewesen waren. Der Scheidungsprozess machte ihm offensichtlich zu schaffen.

»Süße, ich weiß, jetzt ist vielleicht nicht der beste Zeitpunkt dafür«, fing ihr Vater plötzlich an und wandte den Blick ab. Er konzentrierte sich auf das Spiel unten, als könnte er die Energie der Spieler anzapfen und so den Mut finden weiterzureden. Schließlich fuhr er fort: »Einer der Gründe, warum ich dich gebeten habe, nach Hause zu kommen ... nun, sieh mal ... Diana möchte, dass du eine Aussage unter Eid machst.«

Ihr Kopf zuckte hoch. »Was? Warum?«

»Du gehörtest zu den Zeugen an dem Tag, als Sheila den Ehevertrag unterzeichnete.« Die Stimme ihres Vaters klang sanfter als jemals in den letzten Jahren. »Weißt du noch?«

Echt jetzt? Glaubte er wirklich, dass sie das je vergessen würde? Der Tag, an dem die zwei ihren Ehevertrag unterzeichnet hatten, war zufällig der Tag gewesen, an dem Hayden und ihre nur zwei Jahre ältere Stiefmutter einander zum ersten Mal begegnet waren. Der Schock darüber, dass ihr siebenundfünfzigjähriger Vater nach so vielen Jahren als Alleinstehender wieder heiratete, war längst nicht so groß gewesen wie die Erkenntnis, dass er eine Frau heiratete, die so viel jünger war als er.

Hayden bildete sich einiges auf ihre Aufgeschlossenheit und Vorurteilslosigkeit ein, aber wenn es um ihren Vater ging, war es damit anscheinend nicht weit her. Obwohl Sheila das Gegenteil beteuerte, war Hayden davon überzeugt, dass ihre Stiefmutter Presley um seines Geldes willen geheiratet hatte, Ehevertrag hin oder her.

Ihr Verdacht bestätigte sich, als Sheila drei Monate nach der Hochzeit Haydens Dad dazu überredete, ein mehrere Millionen Dollar teures Herrenhaus zu kaufen, weil in einem Penthouse zu leben ja so was von out war, eine kleine Jacht, weil die Seeluft ihnen guttun würde, und eine völlig neue Garderobe, weil die Frau des Mannschaftseigners sich todschick zu kleiden hatte. Hayden wollte nicht einmal wissen, wie viel Geld ihr Dad in jenem ersten Jahr für Sheila ausgegeben hatte. Selbst wenn sie bis zu ihrem neunzigsten Lebensjahr arbeitete, würde sie vermutlich niemals so viel verdienen. Sheila hatte natürlich ihren Job als Kellnerin am Tag nach ihrer Hochzeit gekündigt, und soweit Hayden wusste, verbrachte ihre Stiefmutter ihre Zeit damit, Presleys Geld für Shopping auszugeben.

»Muss ich da wirklich mit reingezogen werden?«, fragte sie seufzend.

»Es ist doch nur eine eidesstattliche Aussage, Süße. Du musst nur zu Protokoll geben, dass Sheila im Vollbesitz ihrer geistigen Kräfte war, als sie den Vertrag unterschrieben hat.« Presley schnaubte abfällig. »Sie behauptet nämlich, dazu genötigt worden zu sein.«

»O Dad. Warum hast du diese Frau geheiratet?«

Ihr Vater antwortete nicht, und sie konnte es ihm nicht verdenken. Er war immer ein stolzer Mann gewesen. Seine Misserfolge einzugestehen war ihm nicht gegeben.

»Das wird doch nicht vor Gericht gehen, oder?« Bei dem Gedanken drehte sich ihr fast der Magen um.

»Das bezweifle ich.« Er strubbelte ihr wieder durchs Haar. »Diana ist zuversichtlich, dass wir einen Vergleich erzielen werden. Sheila kann nicht ewig so weitermachen. Früher oder später wird sie aufgeben.«

Unwahrscheinlich.

Sie behielt ihren Verdacht für sich, weil sie ihren Vater nicht noch mehr beunruhigen wollte. Der Frust, der in seinen Augen zu lesen war, verriet ihr, dass die Situation ihm das Gefühl gab, machtlos zu sein, und sie wusste, wie er es hasste, sich machtlos zu fühlen.

Beruhigend drückte sie seinen Arm. »Natürlich tue ich das für dich.« Sie deutete zum Fenster. »Das Team macht übrigens einen sehr guten Eindruck.«

Tatsächlich hatte sie keine Ahnung, ob das Team einen guten Eindruck machte oder nicht, aber ihre Worte zauberten ein Lächeln auf die Lippen ihres Vaters, und nur das zählte.

»Das tut es, nicht wahr? Wyatt und Becker arbeiten in dieser Saison wirklich zusammen. Stan sagt, es sei ziemlich schwer gewesen, dafür zu sorgen, dass sie miteinander auskommen.«

»Sie mögen einander nicht?«, sagte sie, ohne sich die Mühe zu machen, zu fragen, wer Wyatt und Becker waren.

Ihr Dad zuckte die Achseln und nahm einen Schluck aus dem Glas Bourbon in seiner Hand. »Du weißt doch, wie das ist, Schatz. Alphamännchen und ihre nervigen Konkurrenzkämpfe. Die Liga ist nichts weiter als eine Ansammlung von übergroßen Egos.«

»Dad ...« Sie suchte nach den richtigen Worten. »Was gestern in der Zeitung stand, über die illegalen Wetten ... Das stimmt doch nicht, oder?«

»Natürlich nicht.« Seine Miene verfinsterte sich. »Alles nur ein Haufen Lügen.«

»Du bist sicher, dass ich mir keine Sorgen machen muss?«

Er zog sie näher an sich und drückte ihr die Schulter. »Es gibt absolut nichts, worüber du dir Sorgen machen müsstest. Versprochen.«

»Gut.«

Ein ohrenbetäubendes Schnarren, gefolgt von einem abgedroschenen Tanzbeat, unterbrach ihr Gespräch. Blitzschnell war Presley auf den Beinen, klatschte und streckte für die Kamera, die am Fenster vorbeizuschweben schien, die Daumen hoch.

»Haben wir gewonnen?«, fragte Hayden und kam sich dabei dumm vor, weil sie fragte, und noch dümmer, weil sie es nicht wusste.

Ihr Vater lachte leise. »Noch nicht. Es fehlen noch fünf Minuten vom letzten Drittel.« Er setzte sich wieder auf seinen Platz. »Was hältst du von einer schnellen Führung durch die Arena, wenn das Spiel zu Ende ist? Seit du das letzte Mal hier warst, haben wir sehr viele Renovierungen vorgenommen. Klingt das gut?«

»Klingt großartig«, log sie.

***

Brody trat unter der Dusche hervor und schlenderte zurück in die Hauptumkleide. Er drückte eine Hand auf seine Seite und zuckte zusammen, als der Schmerz ihn durchfuhr. Ein Blick nach unten bestätigte ihm, was er schon wusste – der massive Check von Valdek zu Beginn des zweiten Drittels hatte zu einem großen Bluterguss geführt, der sich allmählich violett verfärbte. Dieses Arschloch.

»Dein Strafstoß war beschissen«, wandte Wyatt sich grummelnd an Jones, als Brody die Bank erreichte.

Die normalerweise ruhige Stimme des Kapitäns klang ein wenig streitlustig, und seine eisblauen Augen drückten Missbilligung aus, beides uncharakteristisch für ihn. Brody fragte sich, welche Laus Wyatt über die Leber gelaufen sein mochte, aber er zog es vor, sich in Streitigkeiten zwischen seinen Teamkameraden nicht einzumischen. Eishockeyspieler hatten eine ziemlich kurze Zündschnur, sodass auch kleinere Meinungsverschiedenheiten schnell böse endeten.

Derek verdrehte die Augen. »Warum regst du dich auf? Wir haben das verdammte Spiel gewonnen.«

»Es hätte ein Unentschieden werden können«, blaffte Wyatt. »Du hast mit diesem Strafstoß ein Tor vergeben. Wir haben zwar zwei Spiele Vorsprung, aber wir müssen noch zwei gewinnen, um es in die nächste Runde zu schaffen. Fehler können wir uns nicht leisten.«

Jones warf Brody einen Blick zu, der besagte: *Was, zum Teufel, ist denn mit dem los?* Aber Brody zuckte nur die Achseln, immer noch entschlossen, sich rauszuhalten.

Er zog sich hastig an und stopfte seine verschwitzte Spielkleidung in seinen Spind, weil er es plötzlich eilig hatte wegzukommen.

»Bis später, Jungs«, rief er über seine Schulter zurück und trat in den hell erleuchteten Gang hinaus, wo er prompt gegen ein warmes, kurviges Hindernis prallte.

»'tschuldigung, tut mir …« Weiter kam er nicht, als sein Blick auf die Frau fiel, mit der er zusammengestoßen war.

Nicht etwa irgendeine Frau, sondern die eine, an die er schon den ganzen Tag immer wieder denken musste und dabei jedes Mal einen Ständer bekam.

»Brody?« Sie klang überrascht und bestürzt.

Seine Verblüffung machte schnell Befriedigung und Freude Platz. »Hayden.«

Er musterte sie von oben bis unten und nahm verdutzt zur Kenntnis, dass sie eine weiße Seidenbluse und einen knielangen geblümten Rock trug, der um ihre Beine schwang. Ein gewaltiger Unterschied zu dem hellgelben Top und den ausgeblichenen Jeans vom Abend zuvor. In dieser Aufmachung sah sie schon eher aus wie eine prüde Dozentin. Ganz anders als die leidenschaftliche Sexbombe, die in der letzten Nacht so oft seinen Namen gestöhnt hatte. Der Wandel war befremdlich.

»Was tust du …« Haydens Blick zuckte zu dem Schild an der Tür neben ihnen. »Du spielst für die Warriors?«

»Ja, klar.« Er zog eine Braue hoch. »Hast du nicht gesagt, du seist kein Eishockeyfan?«

»Bin ich auch nicht. Ich …« Ihre Stimme versagte.

Was tut sie in diesem Teil der Arena? schoss es ihm durch den Kopf. Hier hinten durften sich nur Leute aufhalten, die ein Namensschild trugen.

»Entschuldige, dass ich dich habe warten lassen, Schatz«, dröhnte eine Männerstimme. »Sollen wir die Tour …« Presley Houston unterbrach sich und lächelte plötzlich breit, als er Brody wahrnahm. »Du hast heute Abend großartig gespielt, Croft.«

»Danke, Pres.« Sein Blick wanderte zwischen Hayden und Presley hin und her, und er zermarterte sich das Hirn, was ihm entgangen sein könnte.

Dann durchbohrte ihn ein heißer Pfeil der Eifersucht, als ihm bewusst wurde, wie Presley Hayden genannt hatte: *Schatz.*

Ach du Scheiße. Hatte er etwa Houstons Geliebte gevögelt?

Ein Anteil Wut gesellte sich zu der Eifersucht, die in ihm rumorte. Er beäugte die Frau, mit der er die Nacht verbracht hatte, und hätte sie am liebsten erwürgt, weil sie mit ihm ins Bett gehüpft war, obwohl sie ganz klar vergeben war. Presleys nächste Worte löschten diesen Drang schnell aus, versetzten ihm jedoch einen neuen Schock.

»Wie ich sehe, ist dir meine Tochter Hayden über den Weg gelaufen.«

8. Kapitel

Was tat er hier? Und warum hatte er ihr nicht gesagt, dass er für die Warriors spielte?

Hayden blinzelte ein paarmal. Vielleicht bildete sie sich diesen schlanken, langen Körper, das umwerfend schöne Gesicht und die Haare, die sich kringelten, als hätte er gerade noch unter einer dampfenden Dusche gestanden, nur ein ...

Das ist keine Halluzination. Sieh zu, wie du damit klarkommst.

Na schön, ihr One-Night-Stand war also ohne jeden Zweifel hier, stand in Fleisch und Blut vor ihr, attraktiver denn je.

Außerdem war er obendrein einer der Spieler ihres Dads.

Gab es einen Absatz im Regelwerk der Liga über Spieler, die mit der Tochter des Teameigners schliefen? Sie glaubte es nicht, aber angesichts der Gerüchte über ihren Vater und das Franchise war Hayden nicht geneigt, ihrem Dad noch mehr Ärger zu bereiten.

Anscheinend empfand Brody genauso.

»Nett, dich kennenzulernen, Hayden.« Seine Stimme verriet nichts, schon gar nicht, dass sie einander schon sehr ... gut kannten.

Sie schüttelte ihm die Hand, obwohl sie beinahe das Frösteln überkam, als sie seine warmen, schwieligen Finger spürte. »Bin entzückt«, sagte sie leichthin.

Bin entzückt? Hatte sie das wirklich gerade gesagt?

In Brodys Augen glitzerte es, was ihr bewies, dass sie tatsächlich so etwas Idiotisches von sich gegeben hatte.

»Hayden ist aus San Francisco zu Besuch«, erläuterte Presley. »Sie lehrt Kunst in Berkeley.«

»Kunstgeschichte, Dad«, korrigierte sie ihn.

Presley wedelte wegwerfend mit der Hand. »Wo ist der Unterschied?«

»Auf welcher Position spielst du?«, fragte Hayden in lässig neutralem Tonfall, als spräche sie mit einem völlig Fremden.

»Brody ist ein Linksaußen«, antwortete Presley an seiner Stelle. »Er ist einer unserer besten Spieler. Ein Superstar.«

»Oh. Klingt aufregend«, sagte sie zurückhaltend.

Erneut mischte Presley sich ein. »Das ist es. Richtig, Brody?«

Bevor Brody antworten konnte, erregte jemand anders die Aufmerksamkeit ihres Dads. »Da ist Stan. Entschuldigt mich einen Moment.« Und schnell marschierte er davon.

Hayden verzog den Mund. »Mach dir nichts draus. Er reißt oft eine Unterhaltung an sich, nur um einen dann plötzlich stehen zu lassen.« Ihr Lächeln erstarb. »Aber das wusstest du vermutlich schon, da du ja in seiner Mannschaft spielst.«

»Stört dich das?«, fragte Brody vorsichtig.

»Natürlich nicht, warum sollte es?« Eine glatte Lüge.

»Sag du's mir.«

Einen Moment starrte sie ihn an, dann seufzte sie. »Schau, ich wäre dir sehr dankbar, wenn du meinem Vater nichts von dem erzählst, was sich letzte Nacht zwischen uns abgespielt hat.«

»Okay, demnach erinnerst du dich.« Belustigung tanzte in seinen Augen. »Ich dachte schon, du hättest es völlig verdrängt.«

Na klar. Als ob das überhaupt möglich wäre. Sie hatte den ganzen Tag an nichts anderes denken können als an diesen Mann und seine geschickte Zunge.

»Ich hab es nicht vergessen«, erwiderte sie leise. »Das heißt aber nicht, dass ich will, dass es sich wiederholt.«

»Ich glaube, du willst es doch.«

Die Arroganz in seiner Stimme ärgerte und reizte sie zugleich. Wie war es nur möglich, dass ihr nicht schon letzte Nacht klar geworden war, dass er ein Eishockeyspieler war? Dem Kerl stand *Profisportler* praktisch auf die Stirn geschrieben. Er war anmaßend, selbstsicher, großspurig. Irgendetwas sagte ihr, dass er der Typ Mann war, der genau wusste, was er wollte, und alles in seiner Macht Stehende tat, um es zu bekommen.

Und im Moment, so beunruhigend das auch war, schien er *sie* zu wollen.

»Brody ...«

»Versuch gar nicht erst, es zu leugnen. Ich hab gestern Nacht deine Welt auf den Kopf gestellt, und du kannst es gar nicht erwarten, dass ich das noch mal tue.«

Sie schnaubte abfällig. »Es geht doch nichts über einen Mann mit gesundem Ego.«

»Ich mag es, wenn du so schnaubst. Das ist niedlich.«

»Nenn mich nicht niedlich.«

»Warum nicht?«

»Weil ich es hasse. Babys und kleine Kaninchen sind niedlich. Ich bin eine erwachsene Frau. Und hör auf, mich so anzusehen.«

»Wie denn?«, fragte er und blinzelte unschuldig.

»Als ob du dir mich nackt vorstellst.«

»Das tue ich aber, ich kann nichts dagegen tun.«

Seine Augen verdunkelten sich zu einem sinnlichen Glitzern, und flüssige Hitze sammelte sich prompt zwischen ihren Schenkeln. Sie gab sich Mühe, ihre Beine nicht zusammenzudrücken. Sie wollte nicht, dass er sah, welche Wirkung er auf sie hatte.

»Lass uns heute Abend was trinken gehen«, schlug er plötzlich vor.

Das »Nein« kam ihr schneller über die Lippen, als sie wollte.

In seine Miene trat ein frustrierter Ausdruck. Er kam einen Schritt näher, woraufhin ihr Blick zu ihrem Vater huschte. Presley stand am Ende des Ganges und war tief in ein Gespräch mit Stan Gray verwickelt, dem Chefcoach der Warriors. Obwohl ihr Dad nichts davon zu bemerken schien, wie zwischen ihr und Brody die Funken sprühten, fühlte Hayden sich unbehaglich, dass sie diese Diskussion unter seinen Augen führen musste.

Es war auch nicht gerade hilfreich, dass Brody in seiner an den muskulösen Beinen eng anliegenden grauen Wollhose und dem schwarzen Button-down-Hemd, das sich über seiner Brust spannte, zum Anbeißen aussah. Dann noch sein nasses Haar ... Sie zwang sich, den Blick von den feuchten Strähnen abzuwenden, denn sie wusste: Wenn sie sich gestattete, sich ihn nackt unter der Dusche vorzustellen, kam sie womöglich an Ort und Stelle.

»Ein Drink«, drängte er mit charmantem Grinsen. »Du weißt schon, um der alten Zeiten willen.«

Unwillkürlich musste sie lachen. »Wir kennen einander gerade mal seit vierundzwanzig Stunden.«

»Ja, aber das waren ausgesprochen intensive vierundzwanzig Stunden, meinst du nicht?« Er rückte näher an sie heran und senkte den Kopf, seine Lippen nur Zentimeter von ihrem Ohr, sein warmer Atem streifte ihren Hals. »Wie oft bist du noch gleich gekommen, Hayden? Dreimal? Viermal?«

»Fünfmal«, presste sie hervor und sah sich dann rasch um, um sich zu vergewissern, dass niemand das gehört hatte.

Bei dieser Erinnerung begann ihr ganzer Körper zu beben. Dass sie in einem Gang voller Leute – einer davon ihr Vater – Erregung erleben konnte, ließ sie peinlich berührt erröten.

»Fünfmal.« Er nickte knapp. »Ich hab's immer noch drauf.«

Sie widerstand dem Drang aufzustöhnen. Er war sich seiner selbst so verdammt sicher, wodurch er klar im Vorteil war, denn sie war sich im Moment keiner Sache sicher.

Bis auf die Tatsache, dass sie sich am liebsten auf der Stelle ihrer Kleider entledigt hätte und mit Brody Croft ins Bett gehüpft wäre.

Aber nein, das würde sie nicht tun. Noch mal mit ihm zu schlafen war definitiv eine ganz blöde Idee. Letzte Nacht, als er für sie einfach nur ein faszinierender Fremder gewesen war, war alles viel unkomplizierter gewesen.

Aber jetzt … Jetzt war er real. Und schlimmer noch: Er war Eishockeyspieler. Sie hatte in ihrer Kindheit und Jugend mit genügend Eishockeyspielern zu tun gehabt, um zu wissen, wie sie lebten – dass sie ständig auf Achse waren, von den Medien umlagert, von willigen Frauen umringt, die Schlange standen, um mit ihnen ins Bett zu gehen.

Obendrein war Brody so … arrogant, so verführerisch, so unverfroren. Gestern hatten diese Eigenschaften es eher reizvoller gemacht, mit diesem Fremden zu schlafen. Heute hingegen machten sie ihr nur erneut bewusst, warum sie sich entschieden hatte, Bad Boys keinen Platz mehr in ihrem Leben einzuräumen.

Das kannte sie alles schon. Ihr letzter Freund war genauso arrogant, verführerisch und unverfroren gewesen wie Brody, und die Beziehung war einen fulminanten Tod gestorben, als Adam ihr ausgerechnet an ihrem Geburtstag den Laufpass gegeben hatte, weil diese »ganze Sache mit der Treue« ihn daran hinderte, sich zu entfalten. Seine Worte, nicht ihre.

Sie war sich nicht sicher, warum ihr Urteilsvermögen sie bei Männern dermaßen im Stich ließ. Es sollte doch nicht so schwer sein, jemanden zu finden, mit dem sie sich ein gemeinsames Leben aufbauen konnte, oder? Ein Zuhause, eine solide Ehe, großartigen Sex, Spannung *und* Beständigkeit, einen Mann, für den ihre Beziehung oberste Priorität hatte – war das wirklich zu viel verlangt?

»Warum willst du mich unbedingt wiedersehen?«, platzte sie laut hervor, ohne es zu wollen, senkte dann aber die Stimme, weil ihr Vater zu ihnen herüberschaute. »Ich habe dir heute Morgen erklärt, dass ich es bei einer Nacht belassen will. Ich bin nach Hause gekommen, um meinen Vater zu unterstützen, nicht, um mich mit jemandem einzulassen.«

»Letzte Nacht hast du dich ziemlich intensiv auf mich eingelassen«, erwiderte er zwinkernd. Er ließ die verschränkten Arme sinken. »Und du kannst nicht leugnen, dass es dir gefallen hat, Hayden.«

»Natürlich hat es mir gefallen.«

»Wo liegt dann das Problem?«

»Das Problem ist, ich wollte eine Nacht, *nur eine Nacht.* Dich wiederzusehen war nicht der Plan.«

»Plan oder Fantasie?«, fragte er gedehnt, ein wissendes Glitzern in den Augen. »Das war es doch, oder? Du hast dir ausgemalt, dir eine Nacht mit einem Fremden zu gönnen? Ich verurteile dich nicht, ich weise dich nur darauf hin, dass diese Fantasie noch nicht zu Ende gehen muss.«

Fantasie – so, wie er das sagte, klang es berauschend. Bevor sie sich bremsen konnte, fragte sie sich bereits, welche Fantasien sie noch miteinander ausleben könnten. Rollenspiele? Bondage? Beim letzten Gedanken wurden ihre Wangen heiß. Das machte sie an, der Gedanke, Brody zu fesseln ... sich rittlings auf ihn zu setzen, während er bewegungsunfähig auf dem Bett lag ...

Nein. Nein, das kam definitiv überhaupt nicht infrage. Sie sollte dringend etwas dagegen unternehmen, dass dieser Typ ständig ihre Libido entfachte.

»So wie ich das sehe, hast du zwei Möglichkeiten«, fuhr er fort. »Du kannst den leichten Weg wählen oder den harten.«

»Jetzt bin ich aber gespannt.«

»Sarkasmus steht dir nicht.« Trotz dieser Worte bildeten sich Grübchen in seinen Wangen. »Also, um den leichten Weg einzuschlagen, müssen wir zwei in der Lakeshore Lounge was trinken gehen.«

»Nein.«

Er hob eine Hand, um sie zu bremsen. »Hör dir erst den Rest an.«

»Von mir aus. Und was wäre der harte Weg?«

Ein teuflischer Ausdruck zuckte über sein Gesicht. »Warum hast du auf meinen Schwanz geschaut, als du *hart* gesagt hast?«

»Herrgott noch mal. Das hab ich nicht.«

»Und ob. Du guckst immer noch.«

Ja, nun, *jetzt* war das tatsächlich der Fall. Die Glut schoss ihr in die Wangen, als sie erkannte, dass sich in seiner Hose bereits etwas bewegte. Kaum dass sie das sah, richteten sich ihre Nippel noch stärker auf.

»Ist schon in Ordnung, wir tun einfach so, als würdest du mich nicht begaffen.« Er zwinkerte. »Aber um auf deine Frage zurückzukommen, mir ist gerade klar geworden, dass es keinen harten Weg gibt. Denn das Ganze ist wirklich verdammt einfach. Du *willst* nämlich mit mir was trinken gehen.«

Hayden biss sich auf die Unterlippe. Er hatte recht, verdammt noch mal. Trotz sämtlicher logischer Gegenargumente, die ihr durch den Kopf gingen, wollte sie tatsächlich Ja sagen.

»Dann beeil dich besser, und sprich's aus«, neckte Brody sie. »Dein Vater scheint seine Unterhaltung nämlich fast zu Ende gebracht zu haben – ja, genau, er schüttelt Stan jetzt die Hand. Und das heißt, er kommt gerade rechtzeitig zu uns zurück, um dich Ja sagen zu hören. Und dann wird er fragen, wozu du gerade deine Zustimmung gegeben hast, und ich bin mir sicher, dass keiner von uns beiden in *dieses* Wespennest stechen will.«

Sie wandte den Kopf – und richtig, ihr Vater kam auf sie beide zu. Großartig. Obwohl sie wusste, ihr Dad konnte mit dem Wissen umgehen, dass seine sechsundzwanzigjährige Tochter nicht mehr jungfräulich war, wollte sie ihn doch nicht in ihr Sexleben einweihen. Schon gar nicht in ein Sexleben, an dem einer seiner Spieler beteiligt war.

Ihr Dad mochte noch so besessen von seinem Team sein, er hatte sie trotzdem immer vor dem stürmischen Wesen von Eishockeyspielern gewarnt. Die jüngste Warnung hatte er ihr bei ihrem letzten Besuch erteilt, als ein Spieler des gegnerischen Teams sich nach einem Spiel gegen die Warriors an sie rangemacht hatte. Sie hatte dessen Einladung zum Abendessen ausgeschlagen, aber das hatte Presley nicht davon abgehalten, ihr lang und breit zu erklären, wie sehr er dagegen war, dass seine Tochter mit »Grobianen« ausging.

Wenn er wüsste, dass sie die Nacht mit Brody Croft verbracht hatte, würde ihm das nur noch mehr Sorgen bereiten.

»Also, was ist nun mit dem Drink, Hayden?«

Ihr Herz schlug schneller, als ihr klar wurde: Wenn sie auf Brodys Bitte einging, bestand die Möglichkeit, dass es gar nicht erst zu einem Drink kommen würde. In der Sekunde, in der er sie für sich allein hatte, würde er ihr die Hände unter ihre Bluse schieben, ihre Brüste umfassen und an ihrem Hals saugen, wie er es letzte Nacht getan hatte, als er in sie hineingeglitten war und …

»Ein Drink«, stieß sie hervor und verfluchte sich gleich darauf selbst. Warum nur hatte sie wieder zugelassen, dass ihre Hormone ihren Verstand ausschalteten? Was stimmte nicht mit ihr?

Leise lachend stemmte Brody seine Hände in die schmalen Hüften, die Seelenruhe in Person. Er grinste. »Ich wusste doch, dass du es genauso sehen würdest wie ich.«

9. Kapitel

Die Lakeshore Lounge war eine der wenigen Bars in der Innenstadt mit einer eher intimen Atmosphäre statt einer lauten, aufdringlichen. Bequeme Polstersessel und polierte Holztische standen so weit auseinander, dass die Gäste ihre Drinks ungestört zu sich nehmen konnten, und statt hell beleuchtet war die Bar nur in schwaches gelbes Licht getaucht. Außerdem gehörte sie zu den ganz wenigen Etablissements, die immer noch an einem strengen Dresscode festhielten – ein Blazer war vorgeschrieben.

Es war daher verdammt günstig, dass er Brody Croft war. Und noch günstiger, dass Ward Dalton, dem die Bar gehörte, sich als sein allergrößter Fan bezeichnete und über Brodys lässige Kleidung hinwegsah, als er und Hayden hereinkamen.

Dalton führte sie über den schwarzen Marmorfußboden zu einem abseits stehenden Tisch in der Ecke des Raumes, der hinter zwei gewaltigen Steintöpfen mit dicht belaubten Palmen vor neugierigen Blicken geschützt war. Ein Kellner in schwarzer Hose und weißem Button-down-Hemd trat gleich darauf an den Tisch, um ihre Getränkebestellung entgegenzunehmen, bevor er sich unauffällig wieder entfernte.

Brody entging Haydens verblüffte Miene nicht. »Stimmt irgendwas nicht?«, wollte er wissen.

»Nein. Ich bin nur … überrascht. Als du sagtest, wir gehen was trinken, dachte ich …« Ihre Wangen färbten sich rosa. »Vergiss es.«

»Du dachtest, ich würde direkt mit dir zu deinem Hotel zurückfahren, um dort weiterzumachen, wo wir aufgehört haben?«

»So in etwa.«

»Tut mir leid, dich enttäuscht zu haben.«

Sein neckender Unterton brachte sie in Rage. »Ich bin nicht enttäuscht. Im Gegenteil, ich bin froh. Wie bereits gesagt, ich hab kein Interesse daran, mich mit jemandem einzulassen.«

Die Endgültigkeit in ihrem Ton gefiel ihm gar nicht. Er konnte einfach nicht verstehen, warum Hayden keine Neuauflage der Nummer von letzter Nacht wollte. Sie hatten so perfekt zusammengepasst.

Außerdem war ihm nicht ganz klar, ob sie nicht von Anfang an gewusst hatte, wer er war. Ihr Vater war Presley Houston, verdammt noch mal. Sie musste Eishockey nicht mögen, um zu wissen, wer die Spieler waren, vor allem die Spieler im Team ihres eigenen Vaters. Und doch hatte der Schock in ihrer Miene, als sie vor der Umkleide mit ihm zusammengestoßen war, nicht gestellt gewirkt. Er hatte echte Überraschung gesehen. Sogar einen Anflug von Entsetzen.

Nein, sie konnte es nicht gewusst haben. Sonst würde es ihr nicht so sehr zu schaffen machen.

Er war froh und dankbar, dass sie den Mann mochte, nicht den Eishockeyspieler, aber das warf eine weitere Frage auf. Was hielt sie davon ab, sich auf ihn einzulassen? War es die Tatsache, dass er Eishockey spielte, oder etwas anderes? Womöglich *jemand* anderes?

Bei dem Gedanken presste er die Kiefer zusammen. »Was genau hält dich davon ab, mit uns beiden weiterzumachen?«, fragte er leise. »Da steckt doch mehr dahinter als die Schwierigkeiten, in denen Presley gerade steckt, oder?«

Die Art, wie sie den Blick starr auf die Seidenserviette auf dem Tisch gerichtet hielt, als wäre das der faszinierendste Gegenstand auf dem Planeten, machte Brody nur noch misstrauischer.

Seine Augen wurden schmal. »Wartet in Kalifornien etwa dein Mann auf dich?«

Abrupt hob sie den Blick. »Natürlich nicht.«

Ein wenig ließ sein Misstrauen nach, aber es verschwand nicht ganz. »Dein Verlobter?«

Sie schüttelte den Kopf.

»Dein Freund?«

Ihre Wangen färbten sich dunkler. »Nein. Ich meine, ja. Nun, in gewisser Weise. Ich war in San Francisco mit jemandem zusammen, aber im Moment nehmen wir uns eine Auszeit.«

»Die Art von Auszeit, in der man mit anderen schlafen kann?«

»Wie ich dir schon mehrfach gesagt habe, ist mein Leben kompliziert«, erklärte sie mit Nachdruck. »Ich stehe gerade vor einigen ernsten Entscheidungen und versuche, mir darüber klar zu werden, wie meine Zukunft aussieht.«

Er öffnete den Mund, um etwas dazu zu sagen, wurde aber durch den Kellner unterbrochen, der mit ihren Drinks kam. Er stellte Brodys Gin Tonic sowie Haydens Glas Weißwein auf den Tisch und zog sich sofort wieder zurück, vermutlich weil er spürte, dass sich irgendetwas zwischen ihnen zusammenbraute.

»Und dieser Freund«, meinte Brody nachdenklich. »Siehst du ihn in deiner Zukunft?«

»Ich weiß es nicht.«

Ihre zögernde Antwort und die verwirrte Miene reichten ihm völlig. Er war kein Arschloch. Hätte Hayden zum Ausdruck gebracht, dass sie den anderen Mann in ihrem Leben innig liebte, hätte Brody sich zurückgezogen. Aber da sie seine Frage nicht mit einem eindeutigen Ja beantwortet hatte, kam er zu dem Schluss, dass sie für ihn frei war.

Und nichts brachte ihn mehr auf Touren als ein bisschen gesunde Konkurrenz.

Er hob sein Glas an die Lippen und nahm einen Schluck, während er sie über den Glasrand hinweg beobachtete. Mist, trotz ihres schlichten Outfits sah sie unglaublich sexy aus. Er konnte unter der weißen Seide ihrer Bluse die Umrisse ihres BHs erkennen, und die Erinnerung daran, was darunter lag, schickte einen Stromstoß direkt in seinen Schwanz.

»Wir tun das nicht noch mal«, stieß sie zwischen zusammengebissenen Zähnen hervor. Offensichtlich spürte sie, in welche Richtung seine Gedanken gingen.

Er lachte. »Das klingt, als müsstest du dich selbst überzeugen.«

Ein frustrierter Ausdruck trat auf ihr Gesicht. »Wir hatten Sex, Brody. Das war alles.« Sie trank einen Schluck Wein. »Es war umwerfend, sicher, aber es war nur Sex. Es ist nicht so, als wäre die verdammte Erde aus ihrer Bahn geworfen worden.«

»Bist du dir da sicher?«

Er rückte seinen Stuhl näher heran, sodass sie statt einander gegenüber- jetzt nebeneinandersaßen. Ihm fiel auf, dass ihre Hände zitterten, weil er ihr plötzlich so nahe war. Ihre Wangen röteten sich erneut, ihre Lippen öffneten sich leicht. Man musste kein Wissenschaftler sein, um zu sehen, dass sie erregt war. Und, verdammt noch mal, zu wissen, dass seine bloße Nähe ausreichte, um die Frau in Fahrt zu bringen, gefiel ihm.

»Es war mehr als Sex.« Er neigte leicht den Kopf und strich ihr mit den Lippen übers Ohr. Sie erschauerte. »Es war ein sexueller Hurrikan. Intensiv. Verzehrend.« Mit der Zunge stupste er ihr Ohrläppchen an. »So hart war ich noch nie im Leben. Und du warst noch nie feuchter.«

»Brody ...« Sie schluckte sichtbar.

Mit der Zunge fuhr er an ihrer Ohrmuschel entlang, zog dann seinen Kopf zurück und legte seine Hand auf ihren Oberschenkel. Deutlich spürte er, wie ihre Beine unter seiner Berührung zitterten. »Ich hab recht, nicht wahr?«

»Von mir aus«, grummelte sie. »Du hast recht. Zufrieden?«

»Nicht ganz.« Schwach lächelnd schob er seine Hand unter den weichen Stoff ihres Rockes, strich mit den Fingerknöcheln über den feuchten Fleck auf ihrem Slip, nickte knapp und murmelte: »Jetzt bin ich zufrieden.«

Haydens Blick zuckte umher wie ein Tischtennisball, als fürchtete sie, jeden Moment könnte der Kellner vor ihnen auftauchen. Aber ihr Tisch war gut gegen Blicke geschützt, und niemand konnte sich nähern, ohne dass Brody ihn bemerkte. Er nutzte diese Ungestörtheit aus, umfasste mit der Hand Haydens Po und verlagerte sie sacht so, dass ihr Körper für ihn leichter zugänglich war. Dann fuhr er erneut mit seiner Hand zwischen ihre Beine, schob ihren Slip beiseite und streichelte ihre weiche Haut.

Dass an den Nebentischen Leute saßen und sich leise unterhielten, machte ihn an. Sex in aller Öffentlichkeit war ihm zwar nicht fremd, aber er konnte nicht behaupten, jemals eine Frau in einer gehobenen Bar befriedigt zu haben, in der sie jeden Moment dabei ertappt werden könnten.

Hayden stieß zischend die Luft aus, als er seinen Finger über ihrer Klit kreisen ließ. »Was tust du da?«, flüsterte sie.

»Ich denke, du weißt genau, was ich tue.«

Unbeirrt reizte er weiter ihre Klit, ließ dann seine Finger tiefer wandern und stupste ihre Öffnung mit einer Fingerspitze an. Die Feuchtigkeit, die sich dort angesammelt hatte, ließ seinen Schwanz zucken. Am liebsten hätte er sich an Ort und Stelle seiner Anzughose entledigt, aber ganz so unverschämt war er dann doch nicht.

»Wir sollten aufhören«, murmelte sie, doch ihr Körper strafte sie Lügen.

Sie presste ihre Oberschenkel zusammen, ihre inneren Muskeln übten Druck auf seinen Finger aus, und ihrer Kehle entrang sich ein leises Stöhnen.

»Du kommst, wenn ich so weitermache, nicht wahr, Hayden?«

Sein Blick wanderte von ihrem geröteten Gesicht zum Nachbartisch, der in ein paar Metern Entfernung stand und zwischen den Palmwedeln, die die beiden Tische trennten, kaum sichtbar war. Er konnte nur inständig hoffen, dass das Paar an diesem Nebentisch Haydens Stöhnen nicht gehört hatte, denn noch wollte er das hier nicht beenden.

»Brody, es könnte jeden Moment jemand vorbeigehen.«

»Dann solltest du dich besser beeilen.«

Damit stieß er seinen Finger tief in sie hinein und lächelte, als sie sich auf die Unterlippe biss. Der Ausdruck in ihrem Gesicht machte ihn wild. Schamrot, gequält, erregt. Er fühlte sich selbst ziemlich stark erregt, schaffte es aber, sein eigenes steigendes Verlangen im Griff zu behalten. Dass er sie dazu genötigt hatte, den Abend mit ihm zu verbringen, hatte einen Grund. Er wollte ihr nämlich beweisen, dass nicht er unbedingt ein zweites Mal wollte, sondern *sie*.

Während er mit dem Daumen Druck auf ihre Klit ausübte, drang er mit einem zweiten Finger in sie ein und stieß in bewusst trägem Rhythmus vor und zurück. Sein Mund sehnte sich danach, an einem ihrer rosa Nippel zu saugen, doch statt ihre Bluse aufzureißen, presste er bloß die Lippen zusammen und konzentrierte sich auf die Hitze zwischen ihren Schenkeln.

Sowohl Haydens seliges Gesicht und seine Umgebung im Auge behaltend, machte er so weiter, bis sie schließlich ein kaum hörbares Stöhnen von sich gab und ihre Beine fest zusammenpresste. Er spürte, wie sie um seine Finger pulsierte, und unterdrückte sein eigenes Stöhnen, als ein lautloser Orgasmus sich in ihren Augen und ihrem Körper austobte.

Sie kam schweigend, zitternd, biss sich auf die Lippen. Dann seufzte sie tief. Ihre Hände, die sie irgendwann zu Fäusten geballt hatte, bebten auf der Tischplatte so sehr, dass ihr Weinglas umkippte und zu Boden fiel.

Als Hayden beim Klang des auf dem Marmorboden zersplitternden Glases aufsprang, zog er hastig die Hand zurück. Durch ihre plötzliche Bewegung knallte sie mit dem Knie gegen eins der Tischbeine, brachte den Tisch zum Beben, und die Eiswürfel in seinem Drink schlugen klingelnd gegen das Glas.

Aus dem Augenwinkel sah Brody, wie der Kellner herbeieilte, und dennoch entschlüpfte ihm ein leises Lachen. Ein Blick in Haydens benebelte Augen brachte ihn noch einmal zum Lachen. Hastig schob er ihren Rock zurecht und sagte: »Willst du immer noch behaupten, dass die Erde nicht aus ihrer Bahn geworfen wurde?«

10. Kapitel

Ungefähr zwölf Stunden nach ihrem allerersten öffentlichen Orgasmus betrat Hayden die Reizwäsche-Boutique, die ihrer besten Freundin gehörte.

Gerade jetzt brauchte sie Darcy dringendst. Mit ihrer One-Night-Stand-Mentalität würde sie ihr helfen, sie wieder auf den rechten Weg zu bringen, fort von der Bahn, die sie direkt in Brody Crofts Arme fliegen ließ.

Komischerweise hatte er sie nach ihrem Intermezzo in der Lounge am gestrigen Abend nicht bedrängt. Er hatte einfach ihre Drinks bezahlt und es schließlich sogar erreicht, dass sie seine Nummer in ihr Handy einspeicherte. Ihre eigene hatte sie ihm immer noch nicht gegeben, aber BRODY CROFT stand jetzt ganz offiziell auf ihrer Kontaktliste, was für ihn ein klarer Erfolg war. Hinterher hatte er sie zu ihrem Mietwagen begleitet und sich von ihr mit einer Ansprache verabschiedet, die ihr permanent im Kopf herumging.

Jetzt bist du am Zug, Hayden. Falls du mich willst, komm und hol mich.

Und dann ging er. Stieg einfach in seinen glänzenden SUV und ließ sie in ihrem Auto sitzen, so angeturnt wie noch nie in ihrem ganzen Leben. Sie war bereit gewesen, mit ihm in ihr Hotelzimmer zu gehen, aber er hatte klargestellt, dass das an diesem Abend nicht geschehen würde, nicht nachdem er sie mit allen Mitteln hatte rumkriegen müssen.

Nein, er wollte, dass das nächste Zusammentreffen von *ihr* ausging. Sie war ernsthaft in Versuchung, sich darum zu kümmern.

Und deshalb brauchte sie Darcy, damit diese ihr das ausredete.

Die Glocke über der Tür bimmelte, als sie die Boutique betrat. Auf ihrem Weg zum Tresen schlängelte sie sich an einer Schaufensterpuppe vorbei, die einen schwarzen Seidenbody trug, und an einem Tisch, auf dem sich Stringtangas stapelten.

»Etwas Grauenvolles ist passiert«, stöhnte Darcy, kaum dass sie sie erblickte.

»Du sagst es«, murmelte Hayden.

Aber der Ausdruck von Bestürzung in Darcys Miene ließ sie für einen Moment die letzte Nacht vergessen. Ein süßer, blumiger Duft stieg ihr in die Nase, sie schaute sich um und entdeckte schließlich einen Strauß roter und gelber Rosen, der aus dem metallenen Mülleimer neben dem Tresen lugte.

»Den habe ich Jason zu verdanken«, seufzte Darcy, die ihrem Blick gefolgt war.

»Wer ist Jason?«

»Hab ich ihn nicht erwähnt? Den hab ich letzte Woche nach der Yogastunde aufgerissen. Er ist Personal Trainer.«

Als ob sie sich wirklich alle Männer merken könnte, die Darcy aufriss. Hayden hatte keine Ahnung, wie ihre Freundin es anstellte, sich ziellos von einem Kerl zum nächsten treiben zu lassen.

»Und er hat dir Blumen geschickt? Das ist lieb.«

Darcy schaute sie an, als wäre sie wahnsinnig geworden. »Bist du irre? Weißt du nicht mehr, was ich von Blumen halte?«

Ohne auf eine Antwort zu warten, sprang Darcy auf und vergewisserte sich, dass keine Kunden im Laden waren. Dann marschierte sie zur Eingangstür, verriegelte sie und drehte das »Geöffnet«-Schild um, sodass dort von außen »Geschlossen« zu lesen war.

Sie bedeutete Hayden, ihr zu folgen, und ging voran in Richtung Anprobekabinen. Ihre Kitten Heels klackten über den gefliesten Boden. Außer den vier Kabinen gab es in diesem Bereich zwei dick gepolsterte Samtsessel.

Hayden ließ sich in einen der Sessel sinken und griff nach der Schale mit herzförmigen Pfefferminzbonbons, die Darcy für ihre Kunden bereitgestellt hatte. Sie steckte sich ein Minzbonbon in den Mund und musterte ihre Freundin, die immer noch aufgebracht wirkte.

»Wow, diese Blumen wurmen dich wirklich.«

Darcy ließ sich auf den anderen Sessel fallen und verschränkte ihre Arme vor ihrer Brust. Ihr Gesicht lief dabei so rot an, dass es ihren Haaren Konkurrenz machte. »Natürlich wurmt mich das. Es ist nicht normal.«

»Falsch, *du* bist nicht normal. Männer schenken Frauen andauernd Blumen. Der arme Jason hat nur den Fehler gemacht, ausgerechnet dich als Empfängerin zu wählen.«

»Wir waren nach dem Yoga noch auf einen Smoothie aus und haben in seinem Auto rumgemacht, als er mich zu Hause abgesetzt hat.« Darcy stieß einen frustrierten Laut aus. »Inwiefern, zur Hölle, rechtfertigt das Blumen?«

»Was stand denn auf der Karte?«, fragte Hayden neugierig.

»Ich hoffe, dich bald wiederzusehen.«

Gerade wollte Hayden anmerken, wie aufmerksam das doch von Jason war, aber sie bremste sich noch rechtzeitig. Schließlich wusste sie, was Darcy von Beziehungen hielt. Beim ersten Anzeichen einer sich anbahnenden Bindung flüchtete sie zum Ausgang und sah sich nach dem nächsten One-Night-Stand um. Aber es war wirklich schade. Dieser Jason musste so nett wie Doug sein.

Fuck. Sie hatte sich selbst versprochen, heute nicht an Doug zu denken.

Sie hatte ihn immer noch nicht zurückgerufen, und als sie heute Morgen aufgewacht war, hatte sie schon wieder eine Chatnachricht von ihm erhalten. Aber wie konnte sie ihn zurückrufen? Sie war gerade mal eine Woche weg und schon mit einem anderen Mann ins Bett gehüpft. Wie nett Doug wohl reagieren würde, wenn sie ihm *davon* erzählte?

»Ich muss mir wohl ein anderes Gym suchen«, grummelte Darcy. Ihre blauen Augen verdunkelten sich vor Ärger. Sie begann, unruhig zu werden, schlug die Beine übereinander, stellte sie wieder nebeneinander, faltete die Hände und trommelte dann mit den Fäusten auf die Sessellehnen.

Hayden konnte sehen, dass ihre Freundin kurz davorstand, an die Decke zu gehen. Jeden Augenblick ...

Nein, noch früher ...

»Was ist nur mit dem männlichen Geschlecht los?«, brach es aus Darcy hervor. »Sie behaupten immer, *wir* seien die Bedürftigen, wir klammern und heischen nach Aufmerksamkeit, wir seien fixiert auf Liebe und Ehe und Babys. Dabei sind in Wirklichkeit *sie* diejenigen, die das wollen. Sie sind weichlich und rührselig, schicken einem Blumen, als ob ein Smoothie und ein Blowjob auf dem Rücksitz ein so monumentales Ereignis wären, dass man es feiern müsste ...« Darcys Stimme verklang, als sie einen tiefen Seufzer ausstieß. »Offensichtlich werde ich ihm den Kopf zurechtrücken müssen.«

»Bedank dich wenigstens bei ihm für die Blumen.«

»Dazu hab ich ihn schon angerufen. Aber ich glaube, ich muss noch mal anrufen, um sicherzugehen, dass Jason weiß: Was zwischen uns geschehen ist, wird zu nichts weiter führen. So wie du deinem heißen Typen den Kopf gewaschen hast.«

»Ach ja. Was das angeht ... Du wirst es nicht glauben.«

Rasch erzählte sie ihrer Freundin von ihrem Besuch in der Eishockeyarena und ihrer unverhofften Begegnung mit Brody vor der Mannschaftsumkleide.

»Er ist Eishockeyspieler? Ich wette, du warst total begeistert, das zu erfahren.« Darcy grinste. »Du hast ihm gesagt, er soll sich verpissen, richtig?«

»Ähm ...«

Darcy sackte die Kinnlade herab. »Hayden! Du hast wieder mit ihm geschlafen, oder?«

»Nicht direkt. Ich bin aber mit ihm auf einen Drink ausgegangen.«

»Und?«

Hayden erzählte ihr von dem Orgasmus unterm Restauranttisch. Als ihre Freundin den Kopf schüttelte, fügte sie hinzu: »Ich konnte nichts dafür! Er hat einfach angefangen ... Du weißt schon ... und es war richtig gut ...« Ihre Stimme verklang.

»Du hast kein bisschen Selbstbeherrschung.« Darcy warf ihr einen müden Blick zu. »Wirst du ihn anrufen?«

»Ich weiß es nicht. Ich würde schon gern. Aber ihn anzurufen verfehlt völlig den Zweck eines One-Night-Stands.« Sie stöhnte auf. »Ich wollte doch nur ein bisschen stressabbauenden Sex. Und jetzt bin ich erst recht gestresst.«

»Dann sag ihm, er soll dich in Ruhe lassen. Du hast genug um die Ohren, auch ohne einen arroganten Eishockeyspieler, der verlangt, dass du Sexüberstunden schiebst.«

Hayden lachte. »Er ist ziemlich zielstrebig.« Ihr fiel die Leidenschaft wieder ein, die in seinen Augen aufgeflammt war, als er sie am Tag zuvor zum Höhepunkt gebracht hatte. »Er macht mich wahnsinnig, Darce.«

»Auf gute oder auf schlechte Weise?«

»Beides.« Zittrig atmete Hayden aus. »Wenn ich mit ihm zusammen bin, kann ich nur daran denken, ihm die Kleider vom Leib zu reißen, und wenn ich nicht mit ihm zusammen bin, kann ich auch nur daran denken, ihm die Kleider vom Leib zu reißen.«

»Ich sehe da nichts Schlechtes.«

Hayden biss sich auf die Unterlippe. »Er ist Eishockey-spieler. Du weißt, wie ich darüber denke.« Frustriert stieß sie den Atem aus. »Ich will mich nicht auf einen Profisport-ler einlassen. Gott, ich hab es verdammt noch mal gehasst, als Dad noch Coach war. Kein richtiges Zuhause, keine Freunde. Zum Teufel, die Freundschaft mit dir ist die einzige, die bis heute Bestand hat, und die halbe Zeit bestand unser Kontakt aus Handynachrichten.«

Das nächste Minzbonbon wanderte in ihren Mund, und sie zerbiss es. Ließ damit ihren Frust daran aus.

»Ich will keinen Mann daten, der die Hälfte des Jahres nicht da ist, weil er in andere Staaten fliegt, um Schlittschuh zu laufen. Außerdem hab ich im Moment viel zu viel ande-res um die Ohren. Das Franchise hält seinen Kopf für Dad hin, sämtliche Probleme mit Sheila lädt Dad bei mir ab, und Doug hat schon zweimal angerufen, weil er mit mir über *uns* reden will. Ich kann jetzt keine andere Beziehung ein-gehen.« Sie presste die Kiefer zusammen, forderte Darcy geradezu heraus, ihr Kontra zu geben.

Was diese natürlich tat.

»Weißt du, was ich denke?«, fragte Darcy. »Du machst aus einer Mücke einen Elefanten.«

»Ach, wirklich?«

Darcy lehnte sich zurück und strich sich eine rote Haarsträhne hinters Ohr. »Du bist nur ein paar Monate in der Stadt, Babe. Was ist so schlimm daran, ein bisschen Spaß im Bett zu haben, während du hier bist?«

»Predigst du mir sonst nicht, dass nur One-Night-Stands etwas taugen?«

»Offenbar funktioniert das für dich nicht.« Darcy zuckte die Achseln. »Aber du scheinst nur schwarz-weiß zu sehen, One-Night-Stand oder Beziehung. Dabei vergisst du die Grauzone zwischen den beiden Extremen.«

»Grauzone?«

»Die nennt sich Affäre.«

»Eine Affäre.«

Hayden hatte noch nie auf Affären gestanden, hatte allerdings auch nie geglaubt, auf One-Night-Stands zu stehen. Vielleicht wäre eine Affäre mit Brody ja gar keine so große Katastrophe. Schließlich wollte er sie ja nicht heiraten oder so. Er wollte nur noch ein bisschen länger heißen Sex mit ihr genießen, die Fantasie weitertreiben ...

Aber wenn sie sich bereit erklärte, aus einer Nacht mehr werden zu lassen, wer garantierte ihr dann, dass das Ganze nicht aus dem Ruder geraten würde?

»Ich weiß nicht recht. Brody ist eine Ablenkung, die ich mir im Moment nicht leisten kann.« Sie schwieg einen Moment, verzog kleinlaut den Mund. »Aber mein Körper scheint einen eigenen Willen zu haben, wenn er in der Nähe ist.«

»Dann bring deinen Körper unter Kontrolle«, schlug Darcy vor.

»Okay. Wie stelle ich das an?«

»Ich weiß nicht. Wenn du nächstes Mal den Drang verspürst, Brody anzuspringen, versuch es mit einer Alternative. Schau dir 'nen Porno an oder so.«

Das brachte Hayden fast zum Lachen. »So lautet deine Antwort? Schau dir 'nen Porno an?«

Darcy grinste. »Warum nicht? Zumindest denkst du nicht an Mr. Eishockey, während du dich von anderen Männern anturnen lässt.«

»Klar doch, weil die Männer in Pornos ja auch so wahnsinnig attraktiv sind«, schnaubte Hayden abfällig.

»Schau einfach nicht in ihre Gesichter. Konzentrier dich auf die riesigen Schwänze.«

Hayden verdrehte die Augen. »Wenn ich mir heute Abend überhaupt was anschaue, dann die neue Netflix-Doku zu van Gogh.«

Darcy stieß einen übertriebenen Seufzer aus. »Ein Mann, der sich sein eigenes Ohr abgeschnitten hat, ist nicht sexy, Hayden.«

»Pornos sind es auch nicht.« Hayden warf einen Blick auf ihre Armbanduhr und riss erschrocken die Augen auf. »Shit, ich muss los. Ich soll heute eine eidesstattliche Erklärung abgeben, dass Sheila im Vollbesitz ihrer geistigen Kräfte war, als sie den Ehevertrag unterschrieben hat.«

»Klingt nach einem Heidenspaß. Leider hab ich meine Partyschuhe zu Hause gelassen, kann dich also nicht begleiten.«

Sie gingen zur Tür, Darcy entriegelte sie und hielt sie auf, wobei ihr Blick wieder zu den Blumen wanderte, die aus dem Mülleimer lugten.

»Wenigstens will dein Typ nur Sex«, sagte Darcy neidisch.

»Brody ist nicht mein Typ«, erwiderte Hayden, in der Hoffnung, das laut auszusprechen könnte vielleicht ihren verräterischen Körper überzeugen. »Sind wir morgen Abend immer noch zum Essen verabredet?«

»Solange es was Mexikanisches ist. Mir ist nach was Scharfem zumute. Viel Spaß bei der eidesstattlichen Erklärung«, rief Darcy ihr nach, als Hayden die Boutique verließ.

»Viel Spaß mit den Blumen«, gab Hayden zurück.

Sie drehte sich noch einmal um, gerade rechtzeitig, um zu sehen, dass ihre beste Freundin ihr den Mittelfinger zeigte.

»Danke, Hayden«, sagte Diana Krueger, Presleys Scheidungsanwältin. »Das war es dann.«

Hayden strich sich ihren schwarzen Rock glatt und stand auf. Neben ihr erhob sich auch ihr Vater. Auf der anderen Seite des großen ovalen Tisches im Besprechungszimmer von Krueger und Bates steckten Sheila Houston und ihr Anwalt die Köpfe zusammen und flüsterten miteinander.

Unwillkürlich starrte Hayden ihre Stiefmutter an, immer noch so bestürzt von Sheilas Anblick wie in dem Moment, als die Frau die Anwaltskanzlei betreten hatte. Bei Haydens letztem Besuch in der Stadt hatte Sheila ausgesehen wie den Seiten einer Modezeitschrift entstiegen: lange blonde Haare, zu Hochglanz gebürstet, makellose Gesichtszüge, perfektes Make-up, teure Kleidung, die ihrem hochgewachsenen, schlanken Körper wie auf den Leib geschneidert war.

Diesmal hingegen wirkte Sheila ... mitgenommen. Viel älter als ihre achtundzwanzig Jahre und viel unglücklicher, als Hayden erwartet hatte. Die Haare hingen ihr schlaff über die Schultern, die normalerweise strahlend blauen Augen schauten bekümmert, und sie hatte bestimmt sieben Kilo abgenommen. Ihre sonst so schlanke Figur wirkte dadurch hager und zerbrechlich.

Obwohl ihr nicht wohl dabei war, auch nur einen Funken Mitgefühl mit der Frau zu empfinden, die ihrem Vater das Leben zur Hölle machte, musste Hayden sich fragen, ob Sheila die Scheidung womöglich viel härter traf, als Presley hatte durchblicken lassen. Entweder das, oder der Gedanke, die Jacht zu verlieren, die zu kaufen sie Presley genötigt hatte, machte ihr so schwer zu schaffen.

»Danke, dass du das für mich getan hast, Schatz«, sagte ihr Vater leise, als sie das Besprechungszimmer verließen. »Es bedeutet mir sehr viel, dass du dich für deinen alten Herrn einsetzt.«

Zum dritten Mal in der letzten Stunde fiel Hayden auf, dass die Augen ihres Vaters leicht glasig und blutunterlaufen wirkten. Sie fragte sich, ob er etwas getrunken hatte, bevor er in die Kanzlei gekommen war. Sein Atem roch nach Zahnpasta und Zigarren, aber sein Anblick weckte ihren Argwohn.

Nein, das war albern. Vermutlich war er einfach nur müde.

»Ich helfe gern«, erwiderte sie beruhigend lächelnd.

Er berührte ihren Arm. »Brauchst du jemanden, der dich zum Hotel zurückfährt?«

»Nein, ich bin mit meinem Mietwagen hier.«

»Gut.« Er nickte. »Als wir uns letztes Mal gesehen haben, habe ich vergessen, zu erwähnen, dass die jährliche Bene-fizveranstaltung im Gallagher Club nächsten Sonntag statt-findet. Um acht.«

Und du wirst daran teilnehmen, lautete der unausgespro-chene Rest des Satzes.

Toll. Sie hasste solche Veranstaltungen, vor allem die, die in den vornehmen Herrenclubs stattfanden, in denen ihr

Dad Mitglied war. Jedes Mal versuchten ein paar gruselige ältere Männer, sich an sie ranzumachen, während ihre Frauen so taten, als bemerkten sie nichts.

Ihrem Vater musste ihr Widerwille auffallen, denn er runzelte leicht die Stirn. »Ich möchte bitte, dass du kommst, Hayden. Viele meiner Freunde wollen dich sehen. Als du über die Feiertage hier warst, hast du all ihre Einladungen ausgeschlagen.«

Weil ich dich sehen wollte, wäre es beinahe aus ihr herausgeplatzt, aber sie hielt den Mund. Wusste sie doch, dass ihr Vater gern vor seinen wohlhabenden Freunden mit ihr und ihren akademischen Qualifikationen angab – Dinge, die ihm völlig gleichgültig schienen, wenn sie allein waren.

Sie schluckte die leichte Verbitterung herunter. Angesichts der Tatsache, dass sie gerade eine Stunde mit der Frau verbracht hatten, die entschlossen war, ihn bis aufs Blut auszunehmen, sollte sie wohl ein wenig nachsichtig mit ihrem Dad sein.

»Ich werde da sein«, versprach sie.

»Gut.«

Nachdem sie sich verabschiedet hatte, sah sie ihrem Vater nach, der aus der eleganten Lobby auf die Straße floh, als wäre ein Killer hinter ihm her. Kein Wunder bei dem Namen der Kanzlei. Ob sie wohl die Einzige war, die dabei an Freddy Krueger und Norman Bates dachte?

»Hayden, warte.«

Als sie die Stimme ihrer Stiefmutter hörte, blieb sie vor den schweren Glastüren stehen und verkniff sich ein Stöhnen.

Langsam drehte Hayden sich um.

»Ich möchte nur ...« Sheila wirkte überraschend nervös. »Ich wollte dir sagen, nichts für ungut. Ich weiß, dass du versuchst, deinen Vater zu schützen.«

Haydens Brauen zuckten in die Höhe. Nichts für ungut? Sheila war dabei, Presleys Bankkonto bis auf den letzten Cent zu plündern, und kam ihr mit *nichts für ungut*?

Hayden konnte die Frau nur sprachlos anstarren.

Sheila redete hastig weiter. »Ich weiß, dass du mich nie gemocht hast, und ich kann dir das nicht verdenken. Es ist immer schwer, mit anzusehen, wenn ein Elternteil wieder heiratet, und ich bin sicher, es wird nicht leichter dadurch, dass ich nur zwei Jahre älter bin als du.« Sie lächelte zaghaft.

»Wir sollten wirklich nicht miteinander reden.« Haydens Stimme klang kühl. »Es gibt hier einen Interessenkonflikt.«

»Ich weiß.« Betrübt strich Sheila sich durchs Haar. »Aber ich wollte dich nur wissen lassen, dass dein Vater mir noch etwas bedeutet. Er bedeutet mir sehr viel.«

Völlig geschockt sah Hayden, dass Sheila Tränen aus den Augen rannen. Noch mehr schockte es sie, dass sie nicht wie Krokodilstränen wirkten.

»Wenn er dir etwas bedeutet, warum versuchst du dann, ihm alles zu nehmen, was ihm gehört?«

Bockiger Zorn zuckte über Sheilas Gesicht. Da, das war die Sheila, die sie kannte. Genau diesen Ausdruck hatte Hayden schon oft gesehen, üblicherweise dann, wenn Sheila versucht hatte, Presley dazu zu bringen, ihr etwas Ausgefallenes zu kaufen, und ihr das nicht gelungen war.

»Mir steht etwas zu«, verteidigte Sheila sich, »nach allem, was dieser Mann mir zugemutet hat.«

Na klar, Sheilas Leben war ja auch so unangenehm. Das Herrenhaus, in dem sie wohnte, die Haute Couture, die sie trug, die Tatsache, dass sie für nichts selbst bezahlen musste ...

»Ich weiß, du hältst mich hier für die Böse, aber du solltest wissen, dass alles, was ich getan habe, das Ergebnis

von ... Nein, ich werde nicht die Schuld auf Pres schieben.«
Wieder kamen ihr die Tränen, und Sheila wischte sie mit
zitternder Hand weg. »Ich habe gesehen, wie er zunehmend
die Kontrolle verloren hat, und ich habe nicht versucht, ihm
zu helfen. Ich war diejenige, die ihn in die Arme einer anderen getrieben hat.«

»Wie bitte?« Zorn und Ungläubigkeit verkrampften Hayden den Magen. Sheila gab ihr allen Ernstes zu verstehen,
dass Presley derjenige gewesen war, der untreu geworden
war? Das war absurd, und ihre Abneigung gegen die Frau
wuchs ins Unermessliche.

Sheila musterte sie wissend. »Ich schätze, das hat er dir
wohl nicht erzählt.«

»Ich muss jetzt los«, erklärte Hayden steif, die Kiefer so
angespannt, dass ihre Zähne zu schmerzen begannen.

»Es ist mir egal, was du von mir hältst. Ich möchte einfach nur, dass du dich um deinen Vater kümmerst, Hayden.
Ich glaube, er hat wieder angefangen zu trinken, und ich
will bloß sicherstellen, dass jemand auf ihn aufpasst.«

Ohne ein Wort des Abschieds verließ Sheila das Gebäude.

Hayden sah ihrer Stiefmutter nach, wie sie auf dem Gehweg im Gewimmel derer verschwand, die gerade ihre späte
Mittagspause angetreten hatten.

Sie war außerstande, sich zu bewegen.

Lügen. Es *mussten* Lügen sein, oder? Ihr Vater würde nie
sein Ehegelübde brechen, um mit einer anderen Frau ins
Bett zu springen. Sheila war im Unrecht. Sie *musste* im Unrecht sein.

Ich glaube, er hat wieder angefangen zu trinken.

Die Bemerkung ging Hayden im Kopf herum, und sie begann, nervös mit dem Saum ihres blauen Pullovers zu spielen. Ihr war selbst der Gedanke gekommen, dass die Augen

ihres Vaters trübe wirkten ... Und schön, vielleicht hatte er einen oder zwei Drinks genommen, bevor er in die Kanzlei gekommen war, aber Sheilas Bemerkung ließ darauf schließen, dass Presley nicht nur heute getrunken hatte. Dass er irgendwann ein Alkoholproblem gehabt hatte.

Stimmte das?

Und wenn es stimmte, wie war es möglich, dass sie nichts davon wusste? Auch wenn sie nicht oft zu Besuch kam, weil ihr volles Programm an der Universität das nicht zuließ, hatte sie doch mindestens einmal wöchentlich mit ihrem Vater telefoniert. Er hatte immer normal geklungen. Nüchtern. Hätte sie nicht einen Verdacht hegen müssen, wenn er ein Alkoholproblem hatte?

Lügen.

Sie klammerte sich an dieses eine Wort, schob den Riemen ihrer Handtasche höher auf ihre Schulter und trat durch die Tür nach draußen. Tief Luft holend eilte sie zu ihrem Mietwagen und verdrängte jedes Wort, das Sheila gesagt hatte, aus ihrem Kopf.

11. Kapitel

Am Donnerstagnachmittag verließ Brody nach einem zermürbenden Training die Umkleide und fragte sich, ob es eventuell ein großer Fehler gewesen sein könnte, Hayden zu sagen, dass jetzt sie am Zug war. In dem Moment hatte er das für den richtigen Schachzug gehalten, aber heute, nach zwei Stunden öden Trainings mit anschließender Predigt von Coach Gray, war er sich dessen nicht mehr so sicher.

Genau genommen bedauerte er nur, was ihm dadurch entging.

Er fühlte sich am ganzen Körper zerschlagen, war mit den Nerven am Ende und wusste, ein paar Stunden mit Hayden im Bett waren alles, was er an Medizin brauchte.

Außerdem wusste er, dass sie nicht anrufen würde.

Du warst zu sehr von dir selbst überzeugt, Mann.

War es so? War er so von seiner Fähigkeit, Hayden anzuturnen, überzeugt gewesen, dass er einfach davon ausging, sie würde mehr wollen?

Verdammt, warum hatte er sie nicht mit zu sich nach Hause genommen? Er hatte die Lust in ihren Augen gesehen, hatte gewusst, dass er nur ein Wort zu sagen brauchte, um sie wieder in seinen Armen zu halten, aber er hatte sich zurückgehalten.

Nein, sein Stolz hatte ihn zurückgehalten. Er wollte nicht mit ihr ins Bett, wohl wissend, dass er sie zunächst genötigt hatte, mit ihm auszugehen. Er wollte, dass sie selbst die Entscheidung traf, zu ihren Bedingungen, auf eigenen Wunsch.

Es war beinahe lächerlich, wie diese starrköpfige Dozentin für Kunstgeschichte ihm unter die Haut ging. Sie war so anders als die Frauen, mit denen er sich bisher abgegeben hatte. Klüger, hübscher, ernsthafter, definitiv sturer. Er wusste, dass er sie einfach ziehen lassen sollte, da sie offensichtlich keine Beziehung mit ihm wollte. Aber sein Instinkt schrie permanent, er dürfe sie nicht aus den Augen lassen, denn wenn er auch nur blinzelte, wäre sie fort, und ihm wäre ein wichtiger Mensch durch die Lappen gegangen. Das ergab für ihn keinen Sinn, und doch hatte er bisher immer seinem Instinkt vertraut. Noch nie hatte der ihn im Stich gelassen.

Auf seinem Weg zum Auto trat er nach einem Kieselstein, wobei er am liebsten nach etwas Härterem getreten hätte. Nach seinem eigenen Dummkopf vielleicht.

Als er den Wagen aufschloss, bemerkte er sein nacktes Handgelenk und fluchte. Mist. Er hatte seine Armbanduhr im Stadion gelassen. Immer wieder vergaß er das verdammte Ding. Im Grunde hasste er es, eine Uhr zu tragen, aber diese hatten ihm seine Eltern zu seinem ersten Profispiel vor acht Jahren geschenkt. Seine Leute waren wahnsinnig stolz auf ihn, und diesen Stolz erlebte er jedes Mal, wenn er sie daheim in Michigan besuchte und sah, wie sie auf diese Armbanduhr starrten.

Seufzend machte er kehrt und ging zurück zum Eingang des weitläufigen grauen Gebäudes. Die Warriors trainierten in einer privaten Eissportanlage wenige Meilen vom Lincoln Center entfernt. Das war ein bisschen unorthodox, aber Brody empfand es als Erleichterung. Es bedeutete nämlich, dass die Medien niemals ihr Training filmten. Das nahm den Druck von ihm und seinen Teamkollegen, immer Spitzenleistungen zu erbringen.

Die Doppeltüren des Eingangs führten in eine große, sterile Lobby. Zur Linken lag der Korridor, der zu den Umkleiden führte, und als Brody das Gebäude betrat, bemerkte er sofort die beiden Leute, die dort die Köpfe zusammensteckten. Sie wandten ihm den Rücken zu, sodass Brody sich rasch nach rechts wenden und in einem anderen Korridor verstecken konnte, in dem reihenweise Snack- und Getränkeautomaten standen.

»Du hättest nicht herkommen sollen«, hörte er Craig Wyatt gedämpft sagen.

Brody zog scharf die Luft ein und hoffte, dass der Mannschaftskapitän und seine Begleiterin ihn nicht entdeckt hatten.

Ihm waren die beiden jedoch nicht entgangen.

Und ihm stellte sich jetzt die Frage: Was hatten Craig Wyatt und Sheila Houston miteinander zu flüstern?

»Ich weiß. Ich musste dich aber sehen«, antwortete Sheila so leise dass Brody angestrengt die Ohren spitzen musste, um sie zu verstehen. »Dieses Treffen mit den Anwälten heute war grauenvoll ...« Ein leises Schluchzen war zu vernehmen.

»Schhh, ist schon gut, Baby.«

Baby?

Er entschied, genug gehört zu haben – lieber kam er ein anderes Mal zurück und holte seine Armbanduhr –, und schlich zum Notausgang am anderen Ende des Ganges. Vorsichtig drückte er die Klinke hinunter und hoffte inständig, dass er damit keinen Alarm auslöste. Es passierte nichts.

Erleichtert verließ er das Stadion durch den Seitenausgang und rannte förmlich zu seinem BMW zurück.

Auf der Heimfahrt zu seinem Haus in Hyde Park überfiel ihn solche Bestürzung, dass ihm der Kopf schwirrte. Craig Wyatt und Sheila Houston? Der Spieler, der gerüchteweise eine Affäre mit der Frau des Besitzers hatte, war *Wyatt*? Vom prüden Mr. Serious hätte Brody das niemals erwartet.

Fuck. Und wenn *das* Gerücht der Wahrheit entsprach, dann war womöglich auch die Behauptung, dass im Franchise Schmiergelder flossen, keine Lüge. Craig Wyatt mochte die Persönlichkeit einer Ziegelmauer haben, aber er war der Mannschaftskapitän und zugleich die Augen und Ohren des Teams. Er verfolgte genau die Fortschritte jedes Einzelnen, sorgte dafür, dass alle in Topform waren und sich voll und ganz auf das Spiel konzentrierten. Wenn er den Verdacht hegte, dass irgendjemand sich hatte bestechen lassen, wäre er dem nachgegangen. Daran gab es keinen Zweifel.

War Wyatt die Quelle, auf die Sheila sich in dem Interview bezogen hatte? War er derjenige, der ihr von den Schmiergeldern erzählt hatte?

Oder ...

Scheiße, hatte Wyatt selbst sich bestechen lassen?

Nein. Das ergab keinen Sinn. Sheila würde nicht auf Bestechung und illegale Wetten aufmerksam machen, wenn ihr Lover zu den Übeltätern gehörte.

Brody bog in seine Einfahrt ein und schaltete den Motor aus. In der Hoffnung, sich anbahnende Kopfschmerzen noch abwenden zu können, kniff er sich in die Nasenwurzel.

Verdammt. Das war überhaupt nicht gut.

Es interessierte ihn nicht sonderlich, was Craig Wyatt in seiner Freizeit tat und mit wem, aber wenn Wyatt mehr über diese Gerüchte wusste ...

Vielleicht sollte er den Mann einfach konfrontieren, ihn direkt fragen, was er wusste. Oder vielleicht könnte er Becker bitten, das für ihn zu tun. Becker war gut in so was. Er wusste, wie man mit kniffligen Situationen umging und trotzdem einen kühlen Kopf bewahrte.

Er rieb sich die Schläfen, ließ dann die Stirn auf das Lenkrad sinken. Scheiße, er wollte nichts mit alldem zu tun haben. Wenn es nach ihm ginge, würde der Skandal sich einfach in Luft auflösen. Er würde den Rest der Saison spielen, dann seinen Vertrag bei den Warriors erneuern oder sich ein neues Team suchen. Seine Karriere wäre gesichert, und er könnte bequem und sorglos weiterleben.

Ach ja, er hätte Hayden wieder in seinem Bett.

Aber ihr Name glänzte auf seinem Handy mit Abwesenheit, und damit war klar, dass er sie mit dem Orgasmus in der Lakeshore Lounge nicht für sich gewonnen hatte.

Während er die Treppe zu seiner Eingangstür hinaufstieg, tippte er schnell eine Nachricht an Becker.

BRODY: Besteht die Chance, dass du heute noch auf ein Bier vorbeikommst? Muss mit dir über was reden.

Beckers Antwort erfolgte schneller als erwartet. Normalerweise warf der Mann kaum mal einen Blick auf sein Smartphone, wenn er zu Hause bei seiner Familie war. Sam sagte immer, Zeit mit seinen Töchtern zu verbringen sei ihm viel wichtiger, als auf einen »verdammten Bildschirm« zu starren.

BECKER: Haben wir uns nicht gerade beim Training gesehen?

BRODY: Ich weiß. Es ist aber wichtig.

Brody konnte sehen, dass sein Freund schrieb – die drei Punkte tanzten eine ganze Weile auf und ab, bevor schließlich eine neue Nachricht aufploppte.

> BECKER: Ja, in Ordnung. Ich komme, wenn Tamara im Bett liegt. Gegen acht.

> BRODY: Klingt gut. Bis später.

Ein paar Stunden später ließ er seinen Teamkameraden ins Haus und grinste, als Sam seine Jacke ablegte und Brodys Gesicht dabei jede Menge Wassertropfen abbekam. »Danke«, sagte er trocken.

»Es schüttet wie aus Eimern draußen«, beschwerte Becker sich. »Du hast hoffentlich einen guten Grund, mich heute Abend hierherzuzitieren.«

»Vertrau mir, es gibt einen guten Grund.«

Er hängte Beckers Jacke an einen der Garderobenhaken im Eingangsbereich. Dann gingen die beiden Männer in die Küche, wo Brody zwei Flaschen Bier hervorholte und eine davon seinem Freund reichte.

»Was ist das?«, fragte Sam und schielte nach dem offenen Laptop auf der weißen Granitarbeitsplatte. »Hat deine Mom Geburtstag oder so?«

Brody ging rasch hinüber und klappte den Rechner zu. Verdammt. Er hatte die Internetseite des Blumenhändlers offen gelassen, als er zur Tür gegangen war. »Oh. Ja. Für den Muttertag.«

»Muttertag war letztes Wochenende.« Sam lehnte sich leise lachend gegen den Küchentresen.

»Stimmt. Und ich hab vergessen, meiner Mom Blumen zu schicken. Deshalb das verspätete Muttertagsgeschenk.«

»Du bist so ein schlechter Lügner.«

Brodys Augen wurden schmal. »Wie kommst du darauf, dass ich lüge?«

»Kleiner, meine Assistentin hat dafür gesorgt, dass unseren Müttern Blumensträuße geliefert wurden.«

Ach ja, richtig. Verdammte Scheiße.

Sam lachte angesichts von Brodys bedröppelter Miene nur noch mehr. »Also, für wen sind die Blumen?«

Seufzend hob Brody sein Bier an die Lippen und nahm einen langen Zug aus der Flasche. »Setz dich. Kann ein Weilchen dauern.«

Sein Freund seufzte. »Im Ernst? Du hast mich gerufen, um mit mir über dein Liebesleben zu reden?«

Genau genommen hatte er das nicht. Aber jetzt, wo Becker schon hier war, konnte er den Mann auch gleich um Rat bitten. Sam war schon seit fünfzehn Jahren glücklich verheiratet, musste also eindeutig die eine oder andere Sache über Beziehungen wissen.

»Nicht nur deshalb, aber auf den Rest können wir später eingehen«, sagte Brody und ließ sich auf die Ledergarnitur im Wohnzimmer fallen. »Ich hab was Dummes getan.«

»Das ist ja ganz was Neues.«

»Leck mich.«

Sam ließ sich auf den Sessel gegenüber sinken und stützte seine Flasche auf dem Knie ab. »Na schön. Was hast du angestellt?«

»Presley Houstons Tochter gevögelt.«

Einen Moment blieb es still, dann lachte Becker laut auf. »Heilige Scheiße.«

»Siehst du? Ich hab doch gesagt, es war dumm.« Hastig trank er noch einen Schluck Bier. »Zu meiner Verteidigung kann ich immerhin sagen, ich wusste nicht, dass sie seine Tochter ist, als ich mit ihr ins Bett bin.«

»Na und? Machst du dir etwa Sorgen, dass er dahinterkommt und dich für alle Zeiten auf die Ersatzbank verbannt?« Sam verdrehte die Augen. »Denn das wird nicht passieren, Kleiner. Unser nächstes Match haben wir in zwei Tagen. Er wird nicht riskieren, dass sein hübscher kleiner Superstar wegen so was nicht auf dem Eis steht.«

»Also erstens, ich bin nicht sein Superstar. Das ist Wyatt.«

Fuck, über den sollten sie gerade eigentlich reden. Er hatte Becker gebeten zu kommen, damit er ihm von Craig Wyatt und Sheila Houston berichten konnte, nicht, um sich bei ihm über sein Sexleben auszuheulen.

»Ich stelle fest, dass du wenigstens den Teil mit dem hübschen Kleinen nicht leugnest.«

Brody grinste. »Warum sollte ich? Es stimmt ja. Aber egal, ja, ich mach mir Sorgen, dass Pres dahinterkommt. Ich glaube nicht, dass er mich auf die Ersatzbank verbannt, aber erfreut wäre er definitiv auch nicht. Der Mann war mal Coach. Ich kenne keinen einzigen Trainer, dem es nichts ausmachen würde, wenn seine Tochter was mit einem Eishockeyspieler hat. Von dir mal abgesehen. Du bist so ekelhaft perfekt, dass jeder Dad dir nur zu gern sein kleines Mädchen anvertrauen würde.«

»Hast du mich hergebeten, damit ich dir einen Rat gebe, oder um mich zu beleidigen?«

»Ich hab gerade gesagt, du bist perfekt, Arschloch. Inwiefern ist das eine Beleidigung?«

Becker lachte. »Kommst du irgendwann auch mal zum Punkt?«

Daraufhin stellte Brody seine Bierflasche auf den Couchtisch und klärte seinen Teamkameraden über seine zwei Begegnungen mit Hayden auf und darüber, dass sie ihn in beiden Fällen hinterher *nicht* angerufen hatte. Beckers schadenfrohes Grinsen, als er das hörte, besserte seine Laune kein bisschen.

»Du könntest wenigstens so tun, als hättest du Mitgefühl mit mir«, grummelte Brody.

»Im Ernst? Seit acht Jahren sehe ich, dass die Frauen dir reihenweise zu Füßen liegen. Erinnerst du dich noch an das Mädel, das in Denver in dein Hotelzimmer eingebrochen ist und sich mit Handschellen an dein Bett gefesselt hat? Oh, Scheiße, oder an die Zwillingsschwestern in San José, die sich deinen Namen auf die Arschbacken haben tätowieren lassen und dann versucht haben, dich zu einem Dreier im Dachterrassen-Whirlpool zu verführen?«

Mann, das waren noch Zeiten.

»Also ja, ich finde, es ist langsam überfällig, dass dein Ego ein paar Dämpfer erhält.« Becker grinste. »Außerdem: Glaubst du wirklich, dass ein Strauß Rosen sie davon überzeugen wird, dich wiederzusehen? Heutzutage heißt das für eine Frau nur, dass du dir wenig Mühe gibst. Sie erwartet von dir eine etwas größere Geste als ein paar Blumen.«

Brody zuckte die Achseln. »Wenigstens würde sie anrufen, um sich zu bedanken. Dann könnte ich meinen Charme spielen lassen und ...« Vielsagend ließ er den Satz verklingen.

»Wieder zurückgewiesen werden?«, fragte Becker.

»Fick dich.« Brody griff nach seiner Flasche und trank noch einen Schluck. Anschließend suchte er nachdenklich Beckers amüsierten Blick. »Was verstehst du unter einer größeren Geste? Soll heißen, womit kann ich sie für mich gewinnen?«

»Beim letzten Mal, als Mary richtig sauer auf mich war, musste ich unser Bad im Erdgeschoss komplett renovieren.«

»Das ist kein bisschen hilfreich.«

Wieder lachte Becker. »Dieser ganze romantische Kram liegt mir einfach nicht, Kleiner. Frag meine Frau. Sie wird dir sagen, wie schlecht ich darin bin, zu Kreuze zu kriechen.«

»Ich hab nicht vor, zu Kreuze zu kriechen. Ich will sie einfach nur wiedersehen.« Er hörte selbst, wie frustriert er klang, und Becker entging das natürlich auch nicht.

Der Mann zog eine Braue in die Höhe. »Die hat's dir aber wirklich angetan, hmm?«

»Ja«, gab er verdrießlich zu. »Das gefällt mir nicht. Seit wann liegt mir auch nur im Geringsten was daran, Eindruck auf eine Frau zu machen?« Brody stöhnte. »Komm schon. Hilf mir ein bisschen. Wie bringe ich sie dazu, mich wiedersehen zu wollen?«

Sam grinste nur. »Weiß ich nicht. Sei kreativ.«

12. Kapitel

»Wir sollten uns das Match ansehen«, schlug Darcy vor, ließ sich auf eins der Ledersofas im Penthouse fallen und grinste fies.

»Ganz sicher nicht«, zwitscherte Hayden.

Es war Freitagabend, und sie hatten beschlossen, nicht essen zu gehen, sondern beim Zimmerservice des Hotelrestaurants zu bestellen. Eigentlich hatte Hayden vorgeschlagen, zusammen zu kochen, aber Darcy hatte sehr nachdrücklich abgelehnt. Also blieb nur der Zimmerservice.

»Es geht um die Play-offs«, betonte Darcy.

»Na und?«

»Würde es dich umbringen, die Mannschaft zu unterstützen?« Eine Braue hochgezogen, schnappte Darcy sich die Fernbedienung vom Couchtisch und zappte durch die Kanäle.

Hayden verdrehte die Augen. »Du interessierst dich doch gar nicht für die Warriors. Du willst nur Brody sehen.«

»Na klar.«

Darcy fand einen Sportsender, der das Spiel übertrug, aber sie schaltete den Fernseher stumm, sodass keinerlei Ansagen und Fangeschrei aus den Lautsprechern drangen.

Obwohl Hayden versuchte, nicht hinzuschauen, wanderte ihr Blick immer wieder auf den Bildschirm. Aber jedes Mal, wenn sie schaute, sah sie nur ein Gewimmel silberblauer Kleckse, die übers Eis rasten, während ein ebensolches Gewimmel schwarzroter Kleckse versuchte, ihnen den Puck abzujagen.

Das Spiel lief im Hintergrund weiter, während sie ihr Abendessen genossen, das ihnen auf kunstvoll verzierten Tabletts mit steifen Tischdecken und silbernen Deckeln geliefert worden war.

»Ich schwöre, dein Leben ist einfach krass«, seufzte Darcy, nachdem der Hotelangestellte gegangen war.

»Es ist nicht mein Leben«, erwiderte sie. »Du kennst mein Zuhause in San Francisco. Es ist ein ganz normales Reihenhaus für ganz normale Menschen.«

»Stimmt.«

Mit einer Armbewegung umfasste Hayden das luxuriöse Wohnzimmer. »Das hier ist das Leben meines Vaters. Das alles gehört ihm.«

»Noch«, gab Darcy mit abfälligem Schnauben zurück. »Bald wird Sheila hier alles neu einrichten.«

»Ich hoffe nicht. Dad liebt dieses Penthouse wirklich.«

»Ach ja, du hast mir gar nicht erzählt, wie es gestern mit der bösen Stiefmutter gelaufen ist. Die eidesstattliche Erklärung.«

»Es war so unangenehm wie erwartet.«

Nun ja ... abgesehen von dem unerwarteten Teil, als Sheila ihr nachgelaufen war, um Presley eine Affäre und ein Alkoholproblem zu unterstellen. Hayden biss sich auf die Unterlippe und fragte sich, ob sie das Darcy anvertrauen sollte. Aus irgendeinem Grund kam ihr das vor wie ein Vertrauensbruch gegen ihren Vater, obwohl ja nicht er ihr irgendwas davon gesagt hatte. Falls es denn der Wahrheit entsprach.

Nach langem Zögern beschloss sie, diese Sache nicht zu erwähnen. Jedenfalls nicht jetzt. Aber Sheilas Anschuldigungen gingen ihr nicht aus dem Kopf.

In dem Versuch, sich abzulenken, schaute sie erneut zum Fernseher hinüber. Aber das war ein Fehler, denn zum ersten Mal seit zwei Stunden lieferte die Kamera ein klares Bild von Brody Crofts umwerfendem Gesicht. Er grinste bis über beide Ohren, wirkte in seiner Freude beinahe animalisch, als er zur Bank seines Teams zurückkehrte, wo seine Teamkollegen ihm eifrig auf die Schultern und den Helm schlugen.

»Haben sie ein Tor geschossen?«, fragte Hayden im selben Moment, als die Anzeige auf dem Bildschirm erschien.

3:2 für die Warriors.

Und das Spiel lief nur noch zehn Sekunden. Das würde der gegnerischen Mannschaft aus Los Angeles kaum reichen, um noch ein Unentschieden zu erzielen. Als die Schlusssirene erklang, schwenkte die Kamera über die Menge und zeigte eine Mischung aus zutiefst enttäuschten Fans des Heimteams und siegestrunkenen Warriors-Fans. Noch ein Schwenk. Jetzt hatte Hayden den Blick frei auf eine der privaten Logen, wo ihr Vater aufgesprungen war, eifrig Hände schüttelte und jubelnd Beifall klatschte.

»Ich sollte ihm schreiben.« Sie griff nach ihrem Smartphone und schickte ihrem Vater eine kurze Nachricht, in der sie ihm zum Sieg gratulierte. Es überraschte sie nicht, dass sie keine Antwort bekam. Sehr wahrscheinlich war er schon unterwegs nach draußen, um mit seiner Gefolgschaft zu feiern.

»Oooh, schauen wir uns die Interviews nach dem Spiel an. Vielleicht sehen wir deinen Typen ohne Shirt.« Darcys blaue Augen funkelten, als sie sich vorbeugte, um den Ton am Fernseher wieder einzuschalten.

Die Kamera zeigte jetzt eine Sportreporterin des Senders auf ihrem Weg durch den Gang zu den Umkleideräumen des auswärtigen Teams. Ein paar Minuten später wurde umgeschaltet zu ebendieser Reporterin, die sich als Jess Thompson vorstellte und sich zwischen mächtigen Eishockeyspielern hindurchschlängelte, die dabei waren, sich ihrer Sportkleidung zu entledigen.

»Gott, stell dir vor, du hättest diesen Job«, seufzte Darcy neiderfüllt.

»Definitiv ein toller Job«, musste Hayden zugeben.

»Ich wäre permanent scharf.«

Hayden kicherte. »Das bist du doch sowieso schon von Natur aus. Ich glaube nicht, dass es einen Unterschied machen würde, einen Haufen halb nackter Eishockeyspieler zu interviewen.«

»Stimmt auch wieder.«

Haydens Puls beschleunigte sich, als Jess Thompson vor einer ihr sehr vertrauten nackten Brust stehen blieb.

»Wow«, stöhnte ihre Freundin. »Diese Bauchmuskeln – Wahnsinn!«

Nein, alles an ihm war Wahnsinn, angefangen bei den Bauchmuskeln über die scharf gemeißelte Kieferpartie bis hin zu den stechend blauen Augen, die Eis zum Schmelzen bringen konnten. Sein Gesicht auf dem gewaltigen Fernsehbildschirm unterstrich nur noch sein irrsinnig gutes Aussehen. Der Mann war umwerfend.

Argh. Warum musste er ausgerechnet Eishockeyspieler sein?

»Brody, phänomenales Spiel heute Abend!«, schwärmte Thompson und hielt ihm ihr Mikro unter die Nase. »Sie waren fantastisch da draußen. Warst du davon überzeugt, dass die Warriors heute Abend den Sieg mit nach Hause nehmen würden?«

Brody grinste, ein Schweißtropfen rann ihm die Schläfe hinunter. »Natürlich. Jedes Mal wenn wir aufs Eis gehen, tun wir das, um zu gewinnen.«

Thompson stellte ihm noch ein paar Fragen zum Spiel, aber Hayden war nur mit halbem Ohr dabei. Sie konnte nicht aufhören, jenen Schweißtropfen anzustarren. Jetzt rollte er langsam sein Schlüsselbein hinab, zog einen verführerisch kurvigen Pfad über seine glatte goldene Haut.

»Dich hat's bös erwischt«, stellte Darcy fest und schnaubte spöttisch vom anderen Ende der Couch.

»Ich weiß. Es ist widerlich. Was soll ich nur tun, um …«

»Klappe«, unterbrach ihre Freundin sie plötzlich grinsend. »Ich will seine Antwort hören.«

»Antwort worauf?«

»Jess Thompson schnüffelt in seinem Liebesleben herum.«

Erneut beschleunigte sich Haydens Puls. Gegen ihren Willen war sie jetzt ganz auf den Bildschirm konzentriert.

Thompsons Augen glitzerten mutwillig, als sie sich ein wenig vorbeugte. »Ach Brody, wenigstens ein kleiner Brocken. Du weißt, dass die Fans das unbedingt wissen wollen. Gibt es jemand Besonderen in deinem Leben, oder bist du immer noch Single?«

»Sie wollen mich unbedingt in Schwierigkeiten bringen, richtig?« Brody schenkte der Kamera ein schlitzohriges Grinsen, das zweifellos im ganzen Land Herzen aus dem Takt brachte.

»Großer Gott«, grummelte Darcy. »Dieser Mann hat vielleicht eine Wirkung.«

»Es ist verdammt widerlich«, gab Hayden säuerlich zurück.

Warum nur musste er so sexy sein?

»Wie wäre es mit einer Andeutung?«, bedrängte ihn die Reporterin und hielt ihm immer noch das Mikro hin. »Nur ein winziger Einblick in das Liebesleben von Brody Croft?«

In seine Augen trat ein nachdenkliches Funkeln. Dann verzogen sich seine Lippen zu einem ganz leichten Lächeln, und er zuckte die Achseln. »Nun, jetzt, wo Sie es sagen ... Es *könnte* sein, dass ich im Moment jemanden im Auge habe.«

Hayden sackte die Kinnlade herab. »O Gott.«

»O Gott«, wiederholte Darcy, wirkte dabei aber eher erfreut als entsetzt. »Er redet von dir.«

Auf dem Bildschirm wirkte Jess Thompson wie ein sabbernder Hund, der zufällig ein rohes Steak gefunden hatte. »Bitte, erzähl uns mehr.«

Brody lachte leise, ohne den Blick von der Kameralinse zu wenden. »Vermutlich sollte ich das nicht. Ich meine, es ist ein wenig peinlich. Dieses Mädchen weicht meinen Einladungen aus, als wären sie gegnerische Spieler auf dem Eis. Aber ...« Erneut zuckte er die Achseln. »Ich gebe nicht auf. Also, versuchen wir's noch mal.«

Mit großen Augen starrte Hayden auf den Bildschirm, während ihr beinahe übel wurde. »Ich schwöre bei Gott, wenn er meinen Namen live im Fernsehen nennt ...«

Aber seine nächsten Worte bewiesen, dass ihm klar war, er würde zum Mordopfer werden, wenn er sie bloßstellte.

»An die Frau, die mich immer wieder abweist, obwohl wir beide wissen, dass sie total auf mich steht ...« Wieder ließ er ein Grinsen in die Kamera blitzen. »Wenn du jetzt gerade zusiehst: Was muss ich tun, um dich wiederzusehen? Ein

Dinner bei Kerzenschein? Schlittschuhlaufen in der Arena bei Sonnenuntergang? Sag's mir, und ich tu's.«

Thompson neben ihm wirkte völlig sprachlos.

Hayden stöhnte auf und ließ sich in die Sofakissen sinken, weil sie das plötzliche Bedürfnis hatte zu verschwinden. »Meint der Typ das wirklich ernst?«

»Ich liebe ihn«, erklärte Darcy überwältigt.

Brody zwinkerte der Reporterin zu. »Noch irgendwelche Fragen?«

Thompson brauchte ein paar Sekunden, um sich aus ihrer Starre zu lösen. Wahrscheinlich zählte die Frau bereits die Millionen Klicks, die dieser Videoclip im Internet erzielen würde.

Das Interview lief noch ein wenig weiter, und Brody äußerte sich zu seinem Siegtor und zur Strategie des Teams. Hayden fragte sich, ob er auch eine Strategie hatte, wenn es um Frauen ging. Anscheinend beschränkten sich seine Spielzüge auf unermüdliche Verfolgung.

»Dir ist klar, dass du ihn wiedersehen musst«, sagte Darcy.

Hayden schüttelte störrisch den Kopf. »Ich lasse mich nicht auf eine Affäre mit ihm ein. Er ist zu anstrengend.«

Sie hatte das Gefühl, wenn sie Brody den kleinen Finger reichte, würde er die ganze Hand ergreifen. Wenn sie ihm eine zwanglose Affäre vorschlug, würde er ihr mit einem Verlobungsring kommen.

Bevor ihre Freundin widersprechen konnte, begann Hayden, den Tisch abzuräumen und ihre Tabletts auf den Speisewagen zu stellen. Glücklicherweise ließ Darcy das Thema fallen. Sie blieb noch eine Stunde, bevor sie sich entschuldigte. Hayden umarmte sie zum Abschied und nahm dann eine Dusche, bevor sie ins Bett ging.

Barfuß trat sie aus dem Badezimmer in das Hauptschlafzimmer und strich sich die nassen Haare aus den Augen.

Heute Morgen war es ihr endlich gelungen, ihren Koffer auszupacken, aber der große begehbare Schrank der Suite wirkte immer noch leer. Sie zog sich eine graue Sweathose und ein Baumwolltanktop an, bürstete sich die Haare und band sie sich zu einem Pferdeschwanz. Dann ging sie in die Küche, um sich einen entkoffeinierten Tee aufzubrühen.

Normalerweise hasste sie Hotels, aber das Penthouse ihres Vaters übertraf jede normale Hotelsuite bei Weitem. Hier hatte er gewohnt, bevor er Sheila geheiratet hatte, und die Wohnung hatte alles, was Hayden nur brauchen konnte, inklusive einer komplett ausgestatteten großen Küche, die überraschend gemütlich war. Diese Küche erinnerte sie an ihre eigene zu Hause und weckte Heimweh nach der Westküste. In San Francisco hatte sie sich über nichts Sorgen machen müssen außer darüber, wie sie ihren Freund ins Bett kriegen könnte.

Hier hatte sie die Probleme ihres Vaters, die Lügen ihrer Stiefmutter und Brody Crofts unablässige Versuche, *sie* ins Bett zu kriegen, am Hals.

Da sie noch nicht müde war, nahm sie ihren Tee mit ins Wohnzimmer und schaltete den Fernseher wieder ein. Jetzt konnte sie endlich die Van-Gogh-Biografie anschauen. Da sie im nächsten Semester ein ganzes Seminar zu ihm veranstalten würde, konnte es nicht schaden, sich noch einmal näher mit dem Mann zu beschäftigen.

Auf der Suche nach der Doku scrollte sie durch Netflix.

Falls du mich willst, komm und hol mich.

Brodys Stimme, so rau wie Sandpapier, erklang plötzlich in ihrem Kopf. Verärgert atmete sie tief aus. Warum konnte sie nicht aufhören, an den Kerl zu denken? Warum konnte sie nicht aufhören, sich nach ihm zu sehnen? Sie begehrte ihn so sehr, dass sie praktisch seine muskulösen Arme um ihre Taille spüren konnte.

Aber manchmal waren die Dinge, die man wollte, nicht unbedingt die, die man brauchte.

Im Moment musste sie sich darauf konzentrieren, ihrem Dad bei dieser Scheidung beizustehen und vielleicht schließlich Doug anzurufen, um ihm zu sagen, dass sie mit einem anderen Mann geschlafen hatte und es an der Zeit war, ihre Pause voneinander zu beenden und sich zu trennen.

Aber was sie wollte, war noch eine Nacht mit Brody Croft.

Du scheinst nur schwarz-weiß zu sehen. Dabei vergisst du die Grauzone zwischen den beiden Extremen.

Einen Moment saß sie da, kaute auf ihrer Unterlippe und ließ sich Darcys Worte durch den Kopf gehen.

Hatte ihre Freundin recht? Dachte sie viel zu viel über all das nach, wendete jede Situation hin und her und stocherte darin herum, bis auch der letzte Rest Spaß oder Genuss verloren gegangen war? Dies war keine kunstgeschichtliche Vorlesung, die sie planen musste – es war nur Sex. Konnte es wirklich so falsch sein, sich in diese Grauzone zu wagen und einen sexuellen Trip mit einem Mann zu genießen, den sie ungeheuer attraktiv fand?

Der Gedanke hatte kaum Gestalt in ihr angenommen, als ihr Smartphone mit einem Summen eine Nachricht ankündigte.

Ihr blieb fast das Herz stehen, als sie den Namen auf dem Display sah.

BRODY CROFT.

Wie konnte er ihr schreiben? Sie hatte zwar seine Nummer, aber ihre hatte sie ihm nicht gegeben.

Die Nachricht selbst war genauso verwirrend.

BRODY: Ach wirklich?

Wirklich was?

Die Augen zu Schlitzen verengt, öffnete Hayden den Nachrichtenthread und fluchte laut, als sie die Lösung des Rätsels sah.

Irgendwann, vielleicht als sie im Bad gewesen war oder bei der Rezeption angerufen hatte, damit der Speisewagen abgeholt wurde, hatte irgendjemand es auf sich genommen, Brody von ihrem Smartphone aus zu schreiben. Die Nachricht bestand aus fünf Wörtern und einem Emoji. Ein eindeutiger Beweis für Darcy Whites Verrat.

Dein Interview hat mir gefallen. ;)

Zur Hölle! Dafür würde sie ihre Freundin umbringen.

Wütend grummelnd tippte Hayden rasch eine Antwort.

HAYDEN: Das hab nicht ich dir geschickt.
Das war meine Freundin. Jetzt meine
Ex-Freundin. Bitte lösch diese Nummer.

Seine Antwort kam schnell.

BRODY: Du willst nicht wirklich, dass ich sie lösche.
Und sind wir nicht schon zu alt für die Ausrede: Das war
meine Freundin?

HAYDEN: Das ist keine Ausrede! Sie ist eine
Verräterin.

BRODY: Das Interview hat dir also nicht gefallen?

HAYDEN: Nein. Es war unverschämt.

BRODY: Was war daran unverschämt? Ich war einfach
nur ehrlich. Ich will dich wiedersehen, und ich will
wissen, was ich dafür tun muss. Ich werde mich
anstrengen ...

HAYDEN: Keine Anstrengung nötig.

BRODY: Großartig! Ich komme spät am
Sonntagabend aus L. A. zurück. Ich kann entweder
direkt vom Flughafen zu dir kommen oder
am Montag. Entscheide du.

Verärgert stieß sie die Luft aus. Dieser Mann gab wirklich
nicht auf.

Du willst nicht, dass er aufgibt, meldete sich neckend eine
leise Stimme in ihrem Kopf.

Na toll, jetzt wandte sich schon ihr eigenes Unterbewusst-
sein gegen sie!

HAYDEN: Ich entscheide mich gegen beides.

BRODY: Bist du immer so stur?

HAYDEN: Ja. Gute Nacht, Brody.

Sie reckte ihr Kinn vor, schaltete ihr Smartphone aus und
griff wieder nach der Fernbedienung. Vielleicht gelang es ihr
ja endlich, zu vergessen, wie sehr sie sich danach sehnte,
Brody Croft wiederzusehen, wenn sie nur lange genug die
Doku über van Gogh schaute.

13. Kapitel

Der heisere Jubel der Menge und der Widerhall von Schlittschuhkufen auf dem Eis erfüllten die Luft, als Brody und seine Teamkameraden ihren hart erkämpften Sieg feierten. Obwohl ihm der Schweiß in Strömen übers Gesicht lief und ihm dank eines heftigen gegnerischen Angriffs im zweiten Drittel die malträtierten Rippen schmerzten, war er high von Adrenalin und der ansteckenden Freude in der Arena.

Scheiße, ja. Sie hatten die erste Runde der Ausscheidungsspiele im Sack. Vier Spiele, vier Siege. Die Vipers hatten nicht die geringste Chance gehabt.

Die Fans der Gastgeber wirkten niedergeschlagen. Mit hängenden Schultern und betrübten Mienen erhoben sie sich von ihren Plätzen und strebten den Ausgängen zu. Brody wusste, wie ihnen zumute war. Michigan, seine Heimmannschaft, hatte es über ein Jahrzehnt lang nicht ein einziges Mal geschafft, über die erste Runde der Play-offs hinauszukommen.

»Was denn? Keine Interviews zu deinem Liebesleben heute Abend?«, zog Erik Levy ihn auf. Die Augen des Verteidigers blitzten vergnügt, während er vor sich hin gluckste.

»Nö, heute Abend nicht«, erwiderte Brody mit schiefem Grinsen. Sein Bemühen, es mit einer großen Geste zu versuchen, war allerdings nicht komplett fehlgeschlagen. Immerhin hatte es ihm Haydens Nummer eingebracht.

Andererseits hatte er jedoch seit Freitagabend nichts mehr von Hayden gehört. Inzwischen war Sonntag und kein Mucks von ihrer Seite. Also ... vielleicht war er mit seiner live im Fernsehen ausgesprochenen Bitte um ein Dinner bei Kerzenlicht oder einen Eislauf bei Sonnenuntergang grandios gescheitert.

»Das war echt eine krasse Aktion«, versicherte Derek Jones ihm auf dem Weg in die Umkleide. Jones schlug Brody auf die Schultern. »Frauen lieben große romantische Gesten.«

Diese nicht. Hayden war eine verdammt harte Nuss.

Brody befreite sich rasch aus seiner verschwitzten Sportkleidung und eilte unter die Dusche. Als er an seinen Spind zurückkehrte, waren alle seine Teamkameraden schon fort, um zum Bus zu kommen, der sie zu dem privaten Flugplatz fahren würde, wo der Teamflieger auf sie wartete. Eilig zog er sich an und warf einen hastigen Blick auf sein Smartphone. Keine Nachrichten von Hayden, aber eine von seiner Agentin, die um Rückruf bat.

Sofort war Brody alarmiert. Maria belästigte ihn an Matchabenden nie, es sei denn, die Sache war sehr wichtig.

»Hey«, sagte er, als sie seinen Anruf entgegennahm. »Du hast mir geschrieben?«

»Tolles Spiel heute Abend«, eröffnete Maria knapp wie immer. »Du warst super.«

»Danke. Der Bus wartet auf mich, ich kann also nicht lange reden. Was ist los?«

Sie zögerte kurz, schien ihre nächsten Worte sorgfältig abzuwägen. »Ich hatte gerade ein Telefongespräch mit der Leiterin der Rechtsabteilung der Warriors. Sie möchte die

Vertragsneuverhandlung eine Weile aussetzen, bis zum Ende der Spielsaison. Sie behauptet, die hohen Tiere würden alles verzögern, aber ...«

»Aber was?«, hakte er misstrauisch nach.

»Es kommt mir mehr als komisch vor.«

Wie immer nahm Maria kein Blatt vor den Mund.

»Komisch? Inwiefern?«

»Ich glaube, das Franchise wartet ab, ob es den derzeit tobenden Sturm an Skandalen abwettern kann, bevor sie einem Spieler, der vielleicht, vielleicht auch nicht in die besagten Skandale verwickelt ist, einen millionenschweren Vertrag anbieten.«

Das Blut gefror ihm in den Adern. Die Hochstimmung über den Sieg des Abends fiel schlagartig von ihm ab und machte einer Mischung aus Wut und Befürchtungen Platz.

»Was, zur Hölle?«, knurrte er. »Glauben die etwa, dass ich Spiele manipuliert habe? Oder mit der Frau des Besitzers geschlafen habe?«

»Nein, nein. Es gibt keinerlei Anschuldigungen gegen dich. Aber ich glaube, dass sie zunächst einfach nur zögern, einen so gewaltigen Vertrag zu unterzeichnen, während die Kacke am Dampfen ist.« Maria hatte ihren ruhigen Tonfall angeschlagen. »Ich wollte dich nur darüber auf dem Laufenden halten, warum sich im Moment alles auf ein Schneckentempo reduziert hat. Und dich etwas fragen. Auf einer Skala von eins bis zehn: Wie wichtig ist es dir, bei den Warriors zu bleiben?«

Brody schluckte. Verdammte Scheiße. Mit dem Gedanken hatte er sich noch nicht eingehender befasst. Sicher, er hatte gewusst, dass beim Auslaufen seines Vertrages die Chance bestand, ein anderes Team könnte ihn haben wollen, aber tatsächlich geplant, das Team zu verlassen, für das er seit seinem einundzwanzigsten Lebensjahr spielte, hatte er nicht.

»Warum?«, fragte er zögernd. »Denkst du, ich sollte über einen Wechsel nachdenken?«

»Ehrliche Antwort? Ja. Die komplette Organisation der Warriors fällt im Moment auseinander wegen dieser Anschuldigungen. Und dass sie die Vertragsverhandlungen auf Eis gelegt haben, macht mich nervös. Ich würde gern meine Fühler ausstrecken, schauen, welches andere Team in der Liga eventuell Interesse hat, dich zu nehmen. Natürlich diskret. Was hältst du davon?«

Er zögerte. »Von mir aus«, entgegnete er schließlich. »Aber das sollte schon mehr als diskret sein. Ich will nicht, dass Presley glaubt, ich will hinter seinem Rücken abhauen.«

Immerhin vögelte Brody bereits seine Tochter. Da brauchte er ihn nicht auch noch anderweitig zu bescheißen.

»Verstanden«, sagte Maria. »Gut. Dann geh mal zum Bus. Ich halt dich auf dem Laufenden. Oh, halt dich inzwischen bedeckt, meide die Medien so weit wie möglich, und überlass die Nachfragen der Presse mir.« Sie machte eine bedeutungsschwere Pause. »Mit anderen Worten: Plappere keine Details über dein Liebesleben gegenüber Sportreportern aus, während du halb nackt vor der Kamera stehst.«

Seine Lippen zuckten. »Verstanden«, imitierte er sie.

***

HAYDEN: Komm vorbei.

Eine ganze Weile starrte Brody auf die Nachricht auf dem Display, um sicherzugehen, dass er nicht halluzinierte. Es war Montagabend, und er war gerade aus der Dusche gekommen, wo er eine gute halbe Stunde unter dem heißen Sprühregen gestanden hatte, um die verkrampften Muskeln zu lockern. Vom gestrigen Spiel tat ihm immer noch alles weh, vor allem die Rippen schmerzten jedes Mal, wenn er sich vorbeugte.

Jetzt aber schienen die Schmerzen sich zu verflüchtigen, während er weiter auf diese zwei Wörter starrte.

Komm vorbei.

Offensichtlich hatte sie doch noch ihre Meinung geändert und nahm sein Angebot an, die Fantasie weiter auszuleben. Aber lechzte sie immer noch nur nach Sex, oder suchte sie diesmal etwas mehr?

Mist, er zog voreilige Schlüsse. Hayden lud ihn einfach nur zu sich ein, von einem Wunsch nach Bindung war keine Rede.

Rasch schlüpfte er in eine Jeans und zog sich ein altes Warriors-Shirt über den Kopf. Auf dem Weg nach draußen schnappte er sich die Wagenschlüssel von der Kommode im Flur, schob seine Brieftasche in die Gesäßtasche und verließ das Haus, tief die feuchte Nachtluft in sich aufnehmend.

Es war Mitte Mai, dementsprechend waren die Nächte noch kühl, und es konnte durchaus zu einem Gewitter oder einem außergewöhnlichen Sturm kommen, aber Brody liebte diese Jahreszeit, in der Frühling und Sommer um die Herrschaft über Chicagos Wetter kämpften. Seit fast acht Jahren lebte er nun schon in dieser Stadt und hatte alles an ihr schätzen und genießen gelernt, sogar die unschlüssigen Jahreszeiten.

Als er vor Haydens Hotel parkte, hatte leichter Nieselregen eingesetzt. Er sprang aus dem SUV und betrat die Hotellobby im selben Moment, in dem ein Blitz über den Himmel zuckte. Donner grollte unheilvoll in der Ferne und wurde lauter, während der Regen zu einem echten Wolkenbruch wurde.

Er trat an die Rezeption und bat die Angestellte, ihn telefonisch in Haydens Suite anzumelden. Einen Moment später begleitete die Frau ihn zum Fahrstuhl und steckte einen Schlüssel in das Bedienfeld, mit dem sie Brody den Zutritt zum Penthouse ermöglichte. Dann ließ sie ihn allein in der Kabine zurück.

Der Fahrstuhl sauste nach oben, die Türen öffneten sich in die Suite, in der Hayden auf ihn wartete.

»Ich habe ein paar Regeln«, sagte sie anstelle einer Begrüßung.

Er grinste. »Dir auch hallo.«

»Hallo. Ich habe ein paar Regeln.«

Er warf seinen Schlüsselbund auf einen Glastisch, der neben einer der Couches stand, und ging auf sie zu.

Selbst in Jogginghose sah sie umwerfend aus. Ihm gefiel, wie sie ihre Haare zu einem unordentlichen Pferdeschwanz zusammengebunden hatte, wie ein paar lose Strähnen ihr ungeschminktes Gesicht umrahmten. Vor allem aber gefiel ihm, dass ihr dünnes Tanktop nicht verbarg, dass sie keinen BH trug.

Ihm wurde der Mund trocken, als er seinen Blick über diese fantastischen Brüste und die durch den weißen Stoff erkennbaren dunklen Brustwarzen wandern ließ.

Ihre Wangen röteten sich unter seiner Musterung. »Gaff nicht so. Das gehört sich nicht.«

»Ah, ich hab mich schon gefragt, wo Miss Etepetete abgeblieben ist. Hallo, Professor, freut mich, dich wiederzusehen.«

»Ich bin nicht etepetete«, widersprach sie.

»Im Bett jedenfalls nicht …«

»Regeln«, wiederholte sie fest.

Er stieß einen Seufzer aus. »Na schön. Lass hören.«

Sie lehnte sich gegen die Armlehne der Couch und stemmte beide Hände in die Hüften. »Das hier wird nur eine flüchtige Affäre«, begann sie. Ihre kehlige Stimme bebte dabei auf eine Weise, die ihm ein Lächeln entlockte. »Die Fantasie weiter ausleben oder wie auch immer du das ausgedrückt hast. Einverstanden?«

»Ich erkläre mich noch mit nichts einverstanden. Kommt da noch mehr?«

»Mein Vater darf nichts davon erfahren.« Sie zögerte, fühlte sich offenbar unbehaglich. »Und ich ziehe es vor, wenn wir in der Öffentlichkeit nicht zusammen gesehen werden.«

Er zog eine Braue hoch. »Schämst du dich, mit einem Eishockeyspieler in Verbindung gebracht zu werden?«

»Ob ich mich schäme? Nein. Aber du weißt ja, dass das Franchise ziemlich unter Druck steht. Ich will die Dinge für meinen Vater nicht noch schlimmer machen, indem ich den Medien zusätzlichen Brennstoff für das Feuer liefere, das sie anscheinend in Gang halten wollen.«

Er musste zugeben, dass sinnvoll war, was sie sagte. Nachdem er Wyatt mit Sheila Houston in der Arena gesehen hatte, wie sie die Köpfe zusammensteckten, hatte er kein Interesse daran, das Feuer anzufachen.

Im besten Fall würde die Presse, falls er mit Hayden gesehen wurde, ihre Beziehung zur Sensation hochjubeln, wie sie das im Moment mit allem tat, was irgendwie mit den Warriors zusammenhing.

Im schlimmsten Fall würde ein Arschloch von Reporter unterstellen, dass die Tochter des Teambesitzers wusste, ihr Vater war schuldig, und entweder versuchte, Brody zum

Schweigen zu bringen, weil er beteiligt war, oder mit ihm zu schlafen, um herauszufinden, was er wusste.

Beide Szenarien gefielen ihm nicht besonders.

Dennoch dachte er gar nicht daran, zuzulassen, dass Hayden allein ihren Willen durchsetzte. Auch er hatte ein paar Forderungen zu stellen.

»Wenn ich deinen Regeln zustimme, musst du auch meinen zustimmen«, erwiderte er schroff und verschränkte die Arme vor der Brust.

Sie schluckte. »Zum Beispiel?«

»Falls du mit mir ins Bett willst, dann nur mit mir.« Er presste die Kiefer zusammen. »Ich teile dich mit niemandem, schon gar nicht mit dem Typen, der in Kalifornien auf dich wartet.«

»Natürlich.«

»Und du musst mir versprechen, aufgeschlossen zu bleiben.«

Interesse flackerte in ihrem Blick auf. »Sexuell?«

»Sicher. Aber auch emotional. Ich sage nur, falls unsere Beziehung sich vertieft, zu mehr wird als zu einer flüchtigen Affäre, dann darfst du nicht einfach wegrennen.«

Einen Moment schwieg sie, nickte dann. »Damit kann ich leben. Und du erklärst dich einverstanden, alles für dich zu behalten, was wir hier tun?«

»Damit kann ich leben«, äffte er sie grinsend nach.

»Worauf wartest du dann noch?«, fragte sie. »Zieh dich schon aus.«

14. Kapitel

Hayden konnte kaum ihre Belustigung verbergen, als Brody sein T-Shirt über den Kopf zog und zur Seite warf. Er erinnerte sie an ein Kind am Weihnachtsmorgen, solchen von Vorfreude erfüllten Eifer strahlte sein hochgewachsener, kräftiger Körper aus. Aber als er die Jeans an seinen Beinen hinunterschob, verging ihr das Schmunzeln.

Sein Schwanz drängte gegen den Stoff seiner Boxershorts, schrie nach Aufmerksamkeit und ließ ihr den Mund trocken werden.

Sosehr Brodys Regeln sie auch verunsicherten, es war zu spät, um ihre Entscheidung zu überdenken. Er wollte also, dass sie aufgeschlossen blieb – gut. Aber sie bezweifelte sehr, dass ihre Beziehung sich vertiefen würde, wie er angedeutet hatte. Ihr One-Night-Stand mochte sich zwar zu einer Affäre entwickelt haben, aber sie war davon überzeugt, dass nicht mehr daraus werden würde.

Außerdem wollte und musste sie gerade jetzt nicht an die Zukunft denken, nicht wenn es wichtigere Dinge gab, auf die sie sich konzentrieren konnte. Zum Beispiel Brodys umwerfenden Körper und all die Dinge, die sie damit anstellen wollte.

Ein schelmisches Grinsen umspielte ihre Mundwinkel, als ihr wieder einfiel, was er in der Lakeshore Lounge mit ihrem Körper angestellt hatte. Schlagartig wurde ihr sehr klar, was sie als Nächstes tun würde.

»Das mit dem Aufgeschlossenbleiben«, meinte sie verschmitzt, »das gilt auch für dich, richtig?«

Er stieß seine Boxershorts mit dem Fuß weg und schaute sie fasziniert an. »Was hast du vor?«

Sie antwortete nicht, krümmte nur ihren Zeigefinger und bedeutete ihm damit, ihr den Flur entlang zu folgen. Sie betraten das Schlafzimmer, wo sie auf das Bett zeigte. »Mach es dir bequem.«

Brody zog die Brauen hoch. »Hast du vor, dich dazuzulegen?«

»Später.«

Er ließ sich auf der Matratze nieder und lehnte sich gegen den Berg aus Kissen am Kopfteil.

Bemüht, nicht zu lächeln, ließ Hayden ihren Blick über den nackten Körper wandern, der ausgestreckt vor ihr lag.

»Ich fühle mich so allein«, murmelte er. Seine Augen strahlten. »Hast du vor, die ganze Nacht da stehen zu bleiben und mich zu beobachten?«

»Vielleicht.«

»Was muss ich tun, um dich dazu zu bringen, zu mir zu kommen?«

Nachdenklich zog sie die Innenseite ihrer Wange zwischen die Zähne. »Ich weiß nicht. Du wirst mir einen guten Grund liefern müssen.«

Er lachte leise und packte seinen Schwanz mit der Hand. »Das reicht nicht als Grund?«

»Meine Güte, bist du arrogant«, erwiderte sie lachend.

Sie starrte auf seine Erektion, auf die Finger, die sich um den Schaft gelegt hatten, und Feuchtigkeit sammelte sich in ihrem Höschen. Es hatte etwas ungeheuer Verlockendes, diesem Mann dabei zuzusehen, wie er sich selbst berührte.

»Komm«, schmeichelte er. »Du willst doch nicht wirklich, dass ich das allein tue, oder?«

Sein schroffer Tonfall ließ sie erschauern, ihre Nippel richteten sich auf und drückten gegen den Stoff ihres Tanktops.

»Ich weiß nicht«, wiederholte sie. »Es erregt mich schon sehr, dich jetzt zu beobachten ...«

Seine Hand immer noch fest im Blick, schlenderte sie zu dem Tisch unterm Fenster, zog sich einen Stuhl hervor und ließ sich darauf nieder. »Sag mir, was du dir von mir wünschen würdest, wenn ich bei dir läge.«

Etwas Grobes und Mächtiges blitzte in seinen blauen Augen auf. »Ich denke, das weißt du bereits.«

»Jetzt tu mir schon den Gefallen.«

Ein andeutungsweises Lächeln huschte um seinen Mundwinkel. Ohne den Blickkontakt zu lösen, ließ er seine Hand an seinem Schwanz aufwärts wandern. Von ihrem Platz aus konnte sie sehen, dass sich an der Spitze ein Tropfen Feuchtigkeit zeigte. Ihr Puls begann zu hämmern.

»Also, ich würde dich auf jeden Fall dazu ermuntern, deine Zunge ins Spiel zu bringen«, sagte er und senkte dabei seine Stimme zu einem heiseren Flüstern.

Zugleich drückte er seine Erektion.

Unkontrollierbares Verlangen jagte durch ihren Körper und setzte sich zwischen ihren Beinen fest.

»Ein bisschen Lecken sollte dazugehören«, fuhr er fort, legte eine Hand in seinen Nacken und fuhr fort, sich mit der anderen zu streicheln. »Saugen natürlich auch.«

»Natürlich«, stimmte sie zu.

Brody warf ihr einen wölfischen Blick zu.

Sie keuchte auf, als er begann, sich schneller zu bewegen. Noch nie hatte ein Mann das vor ihren Augen getan, und die Hitze, die ihren Körper durchströmte, war so stark, dass sie kaum noch Luft bekam. Wie er da lag und seinen Schwanz streichelte, war irgendwie kinky. Dass sie selbst immer noch voll bekleidet war, machte die Situation nur noch erregender. Dadurch saß sie am längeren Hebel, was sie an eine Fantasievorstellung erinnerte, über die sie seit Jahren nicht nachgedacht hatte.

Sie leckte sich über die Lippen, unschlüssig, ob sie das, was sie dachte, ansprechen sollte oder nicht.

»Worüber denkst du nach?«

Bestimmt war ihr nur zu deutlich anzusehen, wie verlegen sie war, und doch mischte sich diese Verlegenheit mit einem immensen Reiz, denn zum ersten Mal in ihrem Leben zog sie ernsthaft in Erwägung, diese ganz bestimmte Fantasie auszuleben.

»Hayden?«

Er hörte auf, sich zu streicheln, und sie hätte beinahe vor Enttäuschung aufgeschrien. »Nein, mach weiter«, forderte sie ihn auf und begegnete erneut seinem Blick.

»Nicht bevor du mir gesagt hast, was dir durch den Kopf geht.«

»Ich ... Du hältst das vermutlich für albern.«

»Versuch's einfach.«

Sie konnte es nicht fassen, dass sie ernsthaft daran dachte, einem Mann, den sie noch nicht mal eine Woche kannte, zu gestehen, welche Fantasien sie hegte. Immerhin hatte sie darüber noch mit keinem der Männer gesprochen, die sie monatelang gedatet hatte. Das verriet bereits eine ganze Menge.

Versuch's einfach.

Sie schluckte, stand auf. Sie erwartungsvoll musternd, ließ Brody seinen Schwanz los und verschränkte die Hände hinter dem Kopf.

»Also?«

»Versprich mir, nicht zu lachen.«

»Ich werde nicht lachen. Pfadfinderehrenwort.« Mit den Fingern unterstrich er das mit einem Zeichen, von dem sie ganz sicher war, dass es nichts mit den Pfadfindern zu tun hatte, aber er hatte es zumindest versprochen.

Sie holte tief Luft, hielt einen Moment den Atem an, atmete aus und sprudelte zugleich die Worte heraus. »Ich wollte schon immer einen Mann an mein Bett fesseln.«

Er lachte leise.

»Hey!« Hitze schoss ihr in die Wangen. »Du hast es versprochen.«

»Ich lache nicht über diese Bitte«, erklärte er schnell. »Du hast mich nur überrascht.«

Erleichterung durchflutete sie und nahm ihr ein wenig die Verlegenheit. »Du bist dazu bereit?«

»Scheiße, ja, bin ich.«

Ihr Blick fiel auf seinen Schritt, der bestätigte, was er gesagt hatte. Er war prall und hart, ein Anblick, der ihr das letzte bisschen Zögern und Befangenheit nahm. Die Stelle zwischen ihren Beinen begann zu schmerzen und setzte sie in Bewegung.

»Lass die Arme so, wie sie sind«, befahl sie und näherte sich dem begehbaren Wandschrank. Was sie brauchte, holte sie aus der obersten Schublade der Einbaukommode, dann schlenderte sie hinüber zum Bett.

Brody schaute auf die durchsichtige Feinstrumpfhose in ihren Händen und grinste. »Keine rosa Plüsch-Handschellen?«

»Tut mir leid, die hab ich in Kalifornien vergessen.«

»Verdammt.«

Lachend schlang sie ihm die Strumpfhose um die Handgelenke und strich dabei mit den Fingern über seine schwieligen Handflächen. Seine Hände waren so stark, seine Finger so lang und schlank.

»Vorsichtig«, warnte er, als sie ihm die Arme über den Kopf hob, und nickte dabei zu seiner linken Seite hinunter. »Die Rippen tun mir noch weh von gestern Abend.«

Sie senkte den Blick. Blaue Flecken oder Ähnliches konnte sie nicht sehen, aber ihr fiel auf, wie er zusammenzuckte, als sie leicht mit der Hand auf seinen Brustkorb drückte. »Sollen wir das lieber sein lassen?«, fragte sie besorgt.

»Wag es ja nicht.«

Ein Lächeln huschte um ihre Lippen. »Bist du sicher?«

»Absolut. Mach weiter, Baby.«

Lust durchzuckte sie, als sie seine kräftigen Hände am Kopfbrett festband. Dass er sie das tun ließ, ohne sich zu bewegen oder sich zu beklagen, steigerte nur noch den Nervenkitzel.

Ihr gefiel das, dieses Gefühl von Kontrolle, etwas, was sie im Schlafzimmer noch nie wirklich empfunden hatte. Normalerweise bemühte sie sich immer darum, alles unter Kontrolle zu haben, ihr Leben, ihren Job, ihre Ziele. Aber beim Sex? Eigentlich nicht.

Mit Brody entdeckte sie einen Teil ihrer selbst, vor dem sie lange die Augen verschlossen hatte. An jenem ersten Abend, als sie ihn mit ins Penthouse genommen hatte. Dann, als sie zugelassen hatte, in einer öffentlichen Bar von ihm befriedigt zu werden. Und jetzt fesselte sie ihn an ihr Bett ...

Wie, zum Teufel, war es ihm gelungen, diese Seite ihrer Persönlichkeit zu entfesseln?

»Und was jetzt?«, fragte er heiser. »Wie läuft deine Bondage-Fantasie ab?«

»Na ja, die Fantasie hat natürlich auch was mit Vergeltung zu tun.« Sie vergewisserte sich, dass seine Hände sicher gefesselt waren, und setzte sich dann – immer noch voll bekleidet – rittlings auf ihn. »Du hast mich letzte Woche gequält, Brody.«

»Das scheint dir aber gefallen zu haben.«

»Dir aber auch, nicht wahr? Es hat dir gefallen, Kontrolle über mich zu haben, mich mit deinen Fingern wild zu machen und dabei zu wissen, dass ich mich nicht wehren würde.« Sie zog eine Braue in die Höhe. »Jetzt bin ich dran.«

Er testete die Fesseln. Das Kopfbrett erzitterte. »Ich könnte mich leicht aus dieser Lage befreien, weißt du.«

»Das wirst du aber nicht.«

»Du scheinst dir da sehr sicher zu sein.«

Sie beugte sich vor und küsste ihn auf den Unterkiefer, von dem sie sich leckend bis zu seinem Ohrläppchen vorarbeitete und hineinbiss. Er erschauderte, sein Schwanz drückte gegen ihre Mitte.

»Du kannst nicht widerstehen«, spöttelte sie.

Ein schiefes Lächeln verzog seine Lippen. »Wissen die Leute an der Westküste eigentlich, was für ein Luder du bist?«

»Sie haben keine Ahnung«, erwiderte sie selbstironisch seufzend.

Er lachte. Das Verlangen und die Bewunderung in seinem Blick beflügelten ihr Selbstvertrauen. Brody gab ihr das Gefühl, alles tun und alles sein zu können, was sie wollte, jeden unanständigen Wunsch äußern zu können, den sie hegte. Er würde sie niemals dafür verurteilen.

»Na gut, du bist dran«, erinnerte er sie. »Lass mal sehen, was du kannst. Ich warne dich, ich verliere nicht leicht die Selbstbeherrschung.«

»Wir werden sehen.«

Sie presste beide Handflächen auf seine Brust, genoss, wie hart er sich anfühlte, strich mit den Fingern durch die feinen Härchen auf seiner Haut, zog sein Schlüsselbein mit der Zungenspitze nach.

Er lachte leise. »Komm schon, da geht noch mehr.«

Ihre Augen wurden schmal. War er wirklich überzeugt, nicht die Beherrschung zu verlieren? Dieser arrogante Kerl. Sie würde es ihm schon zeigen.

Ohne auf ihn einzugehen, beugte sie sich vor und bedeckte eine seiner flachen Brustwarzen mit dem Mund.

Er zog scharf die Luft ein.

Sie strich mit der Zunge über seine Brust, fuhr ihm mit den Fingernägeln über die Haut. Er schmeckte himmlisch – würzig und maskulin –, und die Haare, die sich bis in seine Leiste zogen, kitzelten sie an den Lippen, als sie sich langsam nach Süden küsste. Schließlich erreichte ihr Mund seine Erektion, aber sie dachte gar nicht daran, ihre Lippen darum zu schließen. Stattdessen schnalzte sie sacht mit der Zunge gegen die Eichel und blies etwas Luft über die Feuchtigkeit, die sie dort hinterlassen hatte.

Brody zuckte heftig und fluchte leise.

»Alles in Ordnung?«, fragte sie höflich und hob den Kopf – gerade rechtzeitig, um zu sehen, wie die Erregung seine Züge verzerrte.

»Mehr hast du nicht drauf?«, stöhnte er.

»Wart's ab.« Sie leckte sich über die Lippen und schaute ihn unter schweren Lidern hervor an. »Ich fange gerade erst an.«

O Mann, es gab nichts, was ihr mehr Macht verlieh, als einen Mann wie Brody Croft zu purer und totaler orgastischer Besinnungslosigkeit zu treiben. Flammen der Befriedigung tanzten durch Haydens Körper, als sie seine Eichel mit der Zunge umkreiste und seinen Geschmack in sich aufnahm.

Sie schloss die Finger um seinen Schaft, leckte ihn erneut, saugte ihn dann in ihren Mund und versuchte, ein Lächeln zu unterdrücken, als er voller Lust leise aufstöhnte. Gott, warum hatte sie so etwas noch nie getan? Am liebsten hätte sie sich selbst für all das geohrfeigt, was ihr entgangen war.

In ihrem Hinterkopf meldete sich eine leise Stimme, die meinte, vielleicht habe sie diese Fantasie bisher mit niemandem geteilt, weil sie nicht den richtigen Mann dafür gefunden hatte, aber sie verdrängte diese Stimme und die beunruhigenden Konsequenzen dessen, was sie sagte, sofort wieder. Jetzt nur nicht nachdenken, nicht analysieren, was gerade geschah.

Sie ließ ihren Mund an seinem Schwanz auf und ab wandern, und als sie mit einer Hand seine Hoden umfasste, erschauderte er und wurde noch härter. In ihrem Kopf drehte sich alles, weil er sich an ihren Lippen so unglaublich anfühlte.

Sacht seinen festen Oberschenkel streichelnd, küsste sie die empfindsame Unterseite und pumpte ihn dann mit der Hand, während sie ihn wieder tief in den Mund nahm.

»Du bist böse«, stieß er mühsam hervor.

Sie hob den Kopf. »Was ist aus dem Meister der Selbstbeherrschung geworden?«

»Er hatte keine Chance.«

Hayden lachte. Ein letzter Kuss auf die Eichel, dann rutschte sie nach vorn und setzte sich rittlings auf ihn. Sie spürte, wie die Hitze, die sein nackter Körper abstrahlte, sie durch die Kleidung hindurch versengte. Ihre Hose fühlte sich eng, heiß und überaus lästig an. Aber sie zog sich nicht aus. Noch nicht.

Stattdessen beugte sie sich vor, drückte ihre Lippen auf seine und küsste ihn neckend. Er gab einen frustrierten Laut von sich und zerrte erneut an den Fesseln seiner Hände. Er hatte recht – ein kräftiger Ruck, und sie würden sich lösen –, aber er blieb liegen, ihr ausgeliefert. Sein Bizeps spannte sich an, als er erneut die Knoten testete. Ein erstickter Fluch folgte.

»Verdammt, Hayden. Ich muss dich berühren.«

»Berühren? Nein, tut mir leid.«

Sie zog sich ihr Tanktop über den Kopf und warf es zur Seite, entblößte damit ihre Brüste. »Aber ich lasse dich mal probieren.«

Sich vorbeugend gewährte sie ihm eine Kostprobe. Als er einen Nippel in den Mund nahm, schnappte sie nach Luft. Er saugte an der aufgerichteten Knospe, hart, biss sanft zu, bis sie aufschrie vor Lust, die an Schmerz grenzte.

»Mehr«, stieß er keuchend hervor, zog sich zurück und starrte sie flehend an.

Sie lachte. »Definiere *mehr*.«

Sein Blick senkte sich auf ihre Hüften, eine eindeutige Botschaft, was er wollte, und ihre Mitte zog sich sofort zusammen. Falls sie ihm gab, was er wollte, was sie wollte, dann wäre es vorbei mit dem Dominanzspiel ... aber war ihr das im Moment wirklich wichtig? Konnte sie es auch nur noch eine Sekunde länger aushalten, ohne die Hände dieses Mannes am ganzen Körper zu spüren?

Die Feuchtigkeit zwischen ihren Beinen gab die Antwort auf diese Frage – ein eindeutiges Nein.

Während er ein Stückchen nach unten rutschte, sodass sein Kopf flach auf dem Kissen lag, stieg sie rasch aus ihrer Hose, zog ihr Höschen aus und kniete sich über ihn.

Seine Zunge zuckte vor und schnalzte über ihre Klit.

»Oh«, stöhnte sie und wäre dabei fast nach hinten umgefallen, solche Erregung durchzuckte sie. Sie war näher dran, als sie gedacht hatte. Die sich in ihrem Körper aufbauende und rasch anschwellende Welle der Befriedigung bestätigte, dass sie bereits an der Kante war und ihr Orgasmus sie gleich überrollen würde.

Ihre Oberschenkel zitterten, als sie sich von seiner tastenden Zunge zurückziehen wollte, aber er ließ es nicht zu.

»Ich will, dass du durch meinen Mund kommst«, murmelte er heiser.

Sie griff nach dem Kopfteil, packte seine gefesselten Hände und verschränkte ihre Finger mit seinen. Ihr Herz raste, die Knie zitterten ihr, und im selben Moment, in dem sie sich wieder gegen seine warmen Lippen sinken ließ, in der Sekunde, in der er an ihrer Klit saugte, explodierte sie.

Ihr Höhepunkt durchtoste sie mit grenzenloser Wucht. Sie schnappte nach Luft, nach Sauerstoff, während Lichtblitze vor ihren Augen tanzten und ihre gerötete Haut kribbelte. Immer noch bebend ließ sie sich gegen das Kopfbrett sinken, versuchte, das Gleichgewicht wiederzuerlangen und die Knoten seiner Fesseln zu lösen.

»Ich brauche dich in mir. Jetzt«, flehte sie und band ihn endlich los.

Grinsend ließ er die Handgelenke kreisen, um den Blutfluss wieder in Gang zu bringen, machte aber keine Anstalten, sie auf den Rücken zu drehen und ihrer Bitte nachzukommen. »Es ist deine Show, weißt du noch?«

Dann schloss er seine Hände um ihre Taille und drückte sie herunter, sodass sie wieder rittlings auf ihm saß. Vom Tischchen neben dem Bett schnappte er sich ein Kondom, von dem sie nicht mal bemerkt hatte, dass er es mit ins Schlafzimmer genommen hatte.

»Mach mit mir, was du willst.«

Sie schluckte, zog ihm das Kondom über und brachte sich in Position. Sie war nass und mehr als bereit für ihn, trotzdem führte sie ihn noch nicht an ihre Mitte. Stattdessen streifte sie mit ihren Nippeln seine Brust und genoss es, wie seine Augen sich vor Lust verengten.

Sie rieb sich an ihm, reizte ihn, indem sie gegen seinen Schwanz drückte, nur um sich gleich darauf wieder zurückzuziehen. In einem Anflug von Mut beugte sie sich wieder vor, ließ ihre Brüste über seinen Mund wandern und flüsterte: »Sag mir, was du willst, Brody.«

Mit heiserer Stimme antwortete er: »Dich.«

»Was willst du von mir?«

Ein boshaftes Leuchten blitzte in seinen Augen auf. »Was hast du an jenem ersten Abend noch zu mir gesagt? Ach ja, richtig. Ich will, dass du mich vögelst.«

Ohne ein weiteres Wort zu verlieren, senkte sie sich auf ihn, nahm ihn ganz in sich auf und begann, auf ihm zu reiten. Die Lust, die durch ihren Körper floss, war kaum erträglich. Er fühlte sich so gut an in ihr, so richtig, so perfekt.

Sie steigerte ihr Tempo, bewegte sich schneller und härter über ihm, angefeuert von seinem heiseren Stöhnen. Er hob seine Hüften an, kam ihr bei jedem Stoß entgegen. Dann befreite er sich aus seinen Fesseln, packte ihren Hintern und drehte sie auf den Rücken, legte seinen kräftigen Körper auf sie und stieß in sie hinein.

Ja. Ihr Innerstes zog sich zusammen, flehte sie an loszu-
lassen.

»Wirst du für mich kommen?«, fragte er und wurde langsamer.

Sie antwortete mit einem unverständlichen Laut.

Er lachte leise. »Wie bitte?«

»Ja«, presste sie mühsam hervor.

Befriedigt nickend stieß er so hart in sie hinein, dass ihr
die Luft wegblieb. Er griff nach unten und streichelte die
Stelle, an der sie miteinander verbunden waren, pumpte
dabei weiter in sie, bis sie endlich noch einmal kam.

Sie gab sich dem Orgasmus hin, der sie durchtoste. Wie
im Rausch hörte sie Brody heftig aufstöhnen, spürte, wie
seine Finger sich in ihre Hüften bohrten, während er in ihr
kam.

Während sie versuchte, ihren Atem wieder zu beruhigen,
ließ sie ihre Hände über seinen schweißbedeckten Rücken
wandern und genoss das Gefühl fester, wohldefinierter
Muskeln unter ihren Fingerspitzen. »Großer Gott, das
war ...« Ihre Stimme verklang.

Er berührte sacht ihr Kinn, strich mit dem Daumennagel
über ihren Unterkiefer. »Das war was?«

»Unglaublich.« Ein resignierter Seufzer entfloh ihr. »Lass
uns das noch mal machen.«

15. Kapitel

Doug rief an.

Schon wieder.

Hayden starrte seinen Namen auf dem Display an, wohl wissend, dass sie das verdammte Gespräch annehmen musste. Sicher, sie hatte ihn in der Woche zuvor zurückgerufen, aber am Nachmittag, zu einer Zeit, von der sie genau wusste, dass er eines seiner Seminare abhielt. Vielleicht machte sie das zum Feigling, aber sie war noch nicht bereit gewesen, mit ihm zu reden, und hatte sich deshalb entschieden, lieber eine kurze Nachricht auf seinen Anrufbeantworter zu sprechen.

In der Nachricht hatte sie auch Brody nicht erwähnt, vor allem weil der Gedanke daran, Doug von Brody zu erzählen, ihr schweißnasse Hände bereitete. Vielleicht wäre es einfacher gewesen, wenn die Geschichte mit Brody nicht über die erste Nacht hinausgegangen wäre, aber das war sie nun mal. Ihr One-Night-Stand hatte sich tatsächlich zu einer Affäre entwickelt.

Wie, zum Teufel, sollte sie Doug sagen, dass sie, schon wenige Wochen nachdem sie sich auf eine Auszeit geeinigt hatten, mit einem anderen Mann schlief?

Geh ran, du Feigling.

Uff. Na schön.

Unterdrückt stöhnend wischte sie mit dem Finger übers Display, bevor die Voicemail sich einschaltete.

»Doug, hey«, sagte sie rasch.

»Hayden!« Seine Erleichterung war unüberhörbar. »Es hat so lange geklingelt, dass ich schon dachte, gleich muss ich dir aufs Band sprechen.«

»Tut mir leid, ich hab mein Handy nicht gleich gefunden.« Sie zog die Knie hoch und stützte ihren Ellenbogen auf die Seitenlehne der Couch. Auf dem Fernsehbildschirm liefen die Höhepunkte des Spiels der Warriors vom Vorabend.

Ja, Gott stehe ihr bei, aber sie schaute sich tatsächlich Eishockey an.

Nun ja, nicht das Match an sich. Hauptsächlich versuchte sie, im Gewimmel der Spieler schnelle Blicke auf Brodys attraktives Gesicht zu erhaschen. Seit Montagnacht, als sie sich darauf geeinigt hatten, sich weiterhin zu treffen – oder besser, einander weiterhin um den Verstand zu vögeln –, war sie im Grunde wie besessen von dem Mann. Zurzeit war er in Colorado, wo die zweite Runde der Play-offs ausgetragen wurde. Deshalb blieb ihr bis zu seiner Rückkehr am nächsten Abend nichts anderes übrig, als ihn im Fernsehen anzuschmachten.

»Tut mir leid, dass wir einander immer wieder verpassen«, setzte sie hinzu, obwohl sie eher Gewissensbisse verspürte als Reue, denn schließlich »verpasste« sie seine Anrufe mit voller Absicht. »Mich um meinen Vater zu kümmern bereitet mir Kopfschmerzen.«

»Das kann ich mir vorstellen.« Seine tiefe, sanfte Stimme war ihr so vertraut. Wie eine liebe Umarmung. »Du hast in deiner Nachricht eine eidesstattliche Erklärung erwähnt?«

»Ja. Das war ätzend.«

Rasch brachte sie ihn auf den neuesten Stand, dann erzählte er ihr von seinem Sommerseminar, und trotz ihres lässigen Geplauders konnte Hayden die unbehagliche Spannung, die zwischen ihnen herrschte, während sie sich um Konversation bemühten, förmlich knistern hören.

»Hayden«, fiel er ihr plötzlich ins Wort. »Du fehlst mir.« In diesen drei Worten schwang eine Mischung aus Verletzlichkeit und Verzweiflung mit.

»Oh.« Sie schluckte. Aus irgendeinem Grund konnte sie nicht mit denselben Worten antworten. »Doug ...«

»Ich weiß, ich weiß, ich sollte das nicht sagen. Du wolltest eine Auszeit, und ich respektiere deine Entscheidung. Es ist nur ... ich habe sehr viel über uns beide nachgedacht, und ich glaube, ich brauche mehr Klarheit.«

»Klarheit«, wiederholte sie unbehaglich.

»Du sagtest, irgendetwas fehle vielleicht. Aber ich weiß nicht, ob ich das auch so sehe. Ich habe nur das Gefühl, dass wir großartig zusammenpassen, weißt du? Auf dem Papier sind wir perfekt füreinander. Was fehlt also?«

Sie zögerte, suchte nach den richtigen Worten. »Ich ... weiß nicht. Genau deshalb brauchte ich ein bisschen Freiraum. Um wirklich über alles nachzudenken. Weil wir mehr sein sollten als nur auf dem Papier perfekt.«

Schweigen hing zwischen ihnen, nur unterbrochen vom Summton einer eingehenden Textnachricht.

Sie warf einen Blick aufs Display und biss sich auf die Lippe, als sie sah, von wem die Nachricht kam.

BRODY: Ich kann es gar nicht erwarten,
dich morgen Abend wiederzusehen.

Das, hätte sie beinahe laut gesagt. Doug wollte wissen, was fehlte? Tja, genau *das* fehlte. Brodys Nachricht war wie eine Neonreklame, die die Antwort herausschrie. Nicht ein einziges Mal in den zwei Monaten, die sie zusammen waren, hatte Doug ihr so etwas geschrieben. Vielleicht eine schnelle Chatnachricht, um eine Verabredung zum Essen zu bestätigen. Vielleicht ein knappes: »Wie war dein Tag?« Aber nie schien er sonderlich darauf gebrannt zu haben, sie wiederzusehen. Nie hatte er es eilig gehabt, sie auszuziehen. Zum Teufel, er hatte sie bisher nicht mal nackt gesehen – und das schien ihn überhaupt nicht zu stören. Es war eine Sache, es langsam angehen zu lassen, Dougs Langsamkeit war eine andere Sache.

Eine kurze Nachricht von Brody Croft war verführerischer und leidenschaftlicher als sämtliche SMS von Doug zusammen.

Er unterbrach ihr Grübeln, auf einmal deutlich eindringlicher. »Hayden, ich möchte dich nicht verlieren. Du bedeutest mir zu viel, als dass ich es so enden lassen will. Ich werde dir also so viel Freiheit geben, wie du brauchst, aber ich gebe dich nicht auf. Du musst das wissen.«

Er versprach, in ein paar Tagen wieder anzurufen, und sie beendete das Telefonat mit noch mehr Schwere auf der Brust als zuvor.

Am nächsten Tag dachte sie immer noch darüber nach, während sie im Geist die zwei Monate durchging, die sie mit Doug verbracht hatte. Es gab einen Grund, warum sie angefangen hatte, ihn zu daten, und einen Grund, warum sie trotz fehlender körperlicher Intimität nicht damit aufgehört hatte.

Die Wahrheit war, dass sie in vorangegangenen Beziehungen sehr viel Wert auf Sex gelegt hatte. Und irgendwann hatte sie sich eingeredet, dass die Chemie einfach stimmen musste. Wenn das nicht der Fall war, war eine Beziehung zum Scheitern verurteilt. Lief es im Schlafzimmer nicht, dann stürzten die Leute sich in Affären.

Zwischen ihr und Doug flogen zwar keine knisternden Funken, aber sie genoss seine Gesellschaft. Ihr gefiel, wie mitfühlend und großzügig er war. Seine trockenen Kunst-Witze brachten sie zum Lächeln.

Und genau das war der Grund, warum sie die Tür nicht ganz zuschlagen konnte. Sie hatte gehofft, ihre Bitte um Frei-raum würde ihr helfen, dahinterzukommen, was zwischen ihr und Doug fehlte, aber stattdessen hatte sie ihren Freiraum lediglich genutzt, um mit einem anderen Mann ins Bett zu hüpfen. Und direkt wieder in ihr altes Muster zu verfallen, die Chemie in einer Beziehung über deren Stabilität zu stellen.

Und trotzdem, als Brody ihr am Nachmittag eine weitere Nachricht schickte, in der er fragte, ob sie immer noch wolle, dass er später vorbeikomme, verlor sie keine Zeit mit der Antwort.

Ja.

***

»Bestellen wir was beim Zimmerservice«, schlug Brody spä-ter an diesem Abend vor, während er seine Boxershorts wieder anzog.

Er sah zu, wie Hayden ihr Tanktop überstreifte und dann versuchte, den Pferdeschwanz zu bändigen, der schon bes-sere Tage gesehen hatte. Widerspenstige dunkle Strähnen fielen ihr in die Augen, und er lächelte in dem Wissen, dass ihre Zerzaustheit darauf zurückzuführen war, was sie ge-rade im Bett getan hatten. Sie sah derangiert und schön und so verdammt süß aus, dass er zu ihr marschierte und ihr einen Kuss auf die Lippen gab.

Mit einem kleinen Wimmern zog sie seinen Kopf näher heran und gab sich seinem Kuss hin, stupste seine Zunge so aufreizend mit ihrer an, dass er sofort wieder hart wurde.

Gerade als er seine Hände auf ihre Brüste legen wollte, schob sie ihn von sich. »Sagtest du nicht was von Zimmerservice?«, fragte sie spöttisch.

»Scheiß drauf.«

»Wenn du meinst. Ich für meinen Teil sterbe vor Hunger.« Grinsend schob sie sich an ihm vorbei und verließ das Schlafzimmer.

Er starrte frustriert auf die Erektion, die sich gegen seine Boxershorts drückte. Verflucht, wie schaffte es diese Frau, ihn so heißzumachen? Er kam sich wieder wie ein notgeiler Teenager vor.

Nachdem er seine Jeans angezogen hatte, schlenderte er ins Wohnzimmer.

»Was hältst du von Cheeseburgern?«, rief sie ihm zu, als sie ihn im Flur stehen sah.

Sein Magen knurrte zustimmend. »Klingt gut.«

Er setzte sich zu ihr auf die Couch. Während sie den Zimmerservice anrief und ihre Bestellung aufgab, fiel ihm ein Stapel Papier auf dem Tisch auf. Neugierig beugte er sich vor und nahm das erste Blatt in Augenschein. Es sah aus wie eine Biografie von Rembrandt, sauber getippt und mit vielen handschriftlichen Notizen an den Rändern.

»Was ist das?«, fragte er, als sie auflegte.

»Ideen für den Farbtheoriekurs, den ich im Herbst geben werde. Ich habe vor, ein paar Vorlesungen mit dem Schwerpunkt Rembrandt zu halten.«

»Rembrandt, hmm? Ich dachte, seine Gemälde wären alle ziemlich dunkel und düster.« Es überraschte ihn selbst, dass er diese Information im Kopf hatte. Dass er während des Kunstgeschichteunterrichts in seinem letzten Highschooljahr überhaupt zugehört hatte, hätte er nicht gedacht.

Auch Hayden wirkte überrascht – und erfreut. »Tatsächlich will ich mich genau darauf konzentrieren: auf die falschen Annahmen bezüglich bestimmter Künstler und ihres Gebrauchs von Farbe. Wusstest du, dass Rembrandts *Nachtwache* in Wirklichkeit eine Tageslichtszene ist?«

Ein vages Bild des Gemäldes tauchte vor seinem inneren Auge auf. »Ich erinnere mich, dass es sehr dunkel ist.«

»Das war es – bis das Gemälde gereinigt wurde.« Sie grinste. »Die Leinwand war mit vielen Lackschichten überzogen. Als diese entfernt wurden, stellte sich heraus, dass die Szene bei Tageslicht spielt. Viele seiner Gemälde sahen nach einer Reinigung oder Restaurierung ganz anders aus, was beweist, dass er wirklich wusste, was er tat, wenn es um Farbe ging.« Ihr Eifer wuchs, während sie weiterredete. »Genauso ist es bei Michelangelo. Die Leute hatten ihn nicht als großen Farbkünstler betrachtet, aber nachdem die Sixtinische Kapelle gereinigt worden war, waren seine Gemälde so lebhaft, die Farben so leuchtend, dass alle geschockt waren.«

»Das wusste ich gar nicht.«

»Es hat mehr Zeit gekostet, die Kapellendecke zu reinigen, als sie zu bemalen«, ergänzte sie. »Die Gemälde waren unter so viel Ruß und Dreck verschwunden, dass nach der Beseitigung des ganzen Schmutzes alles ganz anders aussah. Unter anderem darüber will ich mit meinen Studierenden reden, darüber, dass etwas so Simples wie eine Reinigung oder Restaurierung die komplette eigene Ansicht über ein Kunstwerk verändern kann.«

Er nickte. »In etwa so, wie wenn das Eis in der Pause des zweiten Drittels neu aufbereitet wird. Das verändert die gesamte Spielfeldoberfläche.«

Um ihre Lippen zuckte es, und er vermutete, dass sie versuchte, nicht in Gelächter auszubrechen. »Ja, ich schätze, da gibt es gewisse Ähnlichkeiten.«

Er legte den Papierstapel weg. »Dir bedeutet Kunst wirklich sehr viel, hmm?«

»Natürlich. Kunst ist meine Leidenschaft.«

Ein Lächeln drängte sich auf seine Lippen. Mit Frauen, die Leidenschaft für etwas außerhalb des Schlafzimmers hegten, hatte er noch nicht viel Zeit verbracht, und das Leuchten in Haydens Augen rührte etwas in ihm an. Er begriff, dass sie sich ihm zum ersten Mal geöffnet hatte, sich auf eine Unterhaltung eingelassen hatte, in der es nicht um Spielregeln ging. Das gefiel ihm.

»Malst du selbst, oder hältst du nur Vorlesungen über Maler?«, hakte er neugierig nach.

»Früher, als ich noch jünger war, habe ich viel gezeichnet und gemalt, inzwischen nicht mehr so.«

»Wie kommt's?«

Sie zuckte die Achseln. »Ich fand die Arbeiten anderer Leute schon immer faszinierender als meine eigenen. Als Studentin habe ich hauptsächlich im Studio gearbeitet, aber meinen Master habe ich in Kunstgeschichte abgelegt. Ich habe erkannt, dass ich mehr Freude daran habe, große Künstler zu studieren, als zu versuchen, selbst einer zu werden.« Sie zog die Knie hoch und hockte sich in den Schneidersitz. »Was hast du studiert?«

»Sportwissenschaften«, erwiderte er. »Du weißt schon,

Kinesiologie, Sportmedizin. Und nebenbei hab ich den Trainerschein gemacht.«

»Tatsächlich?«

Ihre Miene verriet nichts, aber er gewann den Eindruck, dass sie ihm nicht glaubte, was ihm das Gefühl gab, wieder in der Highschool zu sitzen. Der Junge, der von seinen Lehrern als dumm abgeschrieben worden war, weil er zufällig gut Eishockey spielte. Sie hatten ihm das Etikett Sportler angeheftet, und ganz gleich, wie sehr er sich bemüht hatte, es loszuwerden, die Vorurteile blieben bestehen. Einmal war ihm sogar vorgeworfen worden, bei einer Englischprüfung, auf die er sich stundenlang vorbereitet hatte, geschummelt zu haben, und das nur, weil sein Lehrer entschieden hatte, ein Junge, der die ganze Zeit hinter einem Puck herjagte, könne unmöglich ein Buch wie *Schuld und Sühne* vollständig gelesen haben.

Hayden spürte offenbar seine Verärgerung. »Ich glaube dir«, ergänzte sie rasch. »Es ist nur ... na ja, die meisten Sportler, die ich in meiner Kindheit und Jugend kennengelernt habe, sind nur wegen des Sportstipendiums aufs College gegangen und haben sämtliche anderen Fächer geschwänzt.«

»Meine Eltern hätten mich umgebracht, wenn ich den Unterricht geschwänzt hätte. Sie haben mir nur erlaubt, Eishockey zu spielen, wenn ich einen perfekten Notendurchschnitt halte.«

Hayden wirkte beeindruckt. »Was arbeiten deine Eltern?«

»Dad ist Mechaniker, und Mom arbeitet in einem Friseursalon.« Einen Moment schwieg er. »In meiner Kindheit war es finanziell immer sehr eng.« Er widerstand dem Drang, sich in dem luxuriösen Penthouse umzusehen, das nur zu offensichtlich zeigte, dass Hayden dieses Problem nicht kannte.

Warum er überhaupt auf Geld zu sprechen gekommen war, wusste er selbst nicht so genau. Er sprach nur äußerst ungern über seine Kindheit. Dachte auch nicht gern daran. Sosehr er seine Eltern auch liebte, er wollte nicht daran erinnert werden, wie hart das Leben ihnen zugesetzt hatte. Wie seine Mutter bis spät in die Nacht aufgeblieben war, um Rabattcoupons aus Zeitungen zu schneiden, und wie sein Vater selbst im schlimmsten Michigan-Winter zu Fuß zur Arbeit gegangen war, wann immer ihr ramponierter Chevy wieder mal gestreikt hatte. Zum Glück brauchten seine Eltern sich dank seines Jobs nie wieder Sorgen ums Geld zu machen.

Das Telefon klingelte und unterbrach ihre Unterhaltung. Hayden nahm ab, meldete sich, legte wieder auf und sagte, der Zimmerservice sei auf dem Weg.

Als sie zum Fahrstuhl ging, um den Hotelpagen mit dem Essenswagen in Empfang zu nehmen, schaltete Brody den Fernseher ein, zappte durch mehrere Sender und blieb schließlich bei den Elf-Uhr-Nachrichten hängen.

Nachdem sie den Speisewagen ins Wohnzimmer geschoben hatte, deckte Hayden die Teller ab und stellte einen vor ihn hin. Der Duft von Pommes und Rinderhack stieg ihm in die Nase und ließ ihm das Wasser im Mund zusammenlaufen.

Er hatte gerade einmal kräftig von seinem Cheeseburger abgebissen, als ein vertrautes Gesicht auf dem Fernsehschirm erschien. Fast hätte er sich an seinem Bissen verschluckt, und Unbehagen machte sich in ihm breit.

Auch Hayden hatte das Bild ihres Vaters bemerkt und griff hastig nach der Fernbedienung, um den Ton lauter zu stellen. Der Nachrichtensprecher war gerade mitten im Satz.

»… ging heute Nachmittag an die Öffentlichkeit und gab zu, dass an den Gerüchten über die Chicago Warriors etwas dran ist. Der Spieler, der auf keinen Fall namentlich genannt sein will, behauptet, die Anschuldigungen gegen den Besitzer der Chicago Warriors, Presley Houston, seien zutreffend: Es habe Bestechung und illegale Wettaktivitäten gegeben.«

16. Kapitel

Jeder Muskel in Brodys Körper war zum Zerreißen angespannt, als er auf den Bildschirm starrte und sich fragte, ob er sich verhört hatte. Neben ihm gab Hayden einen erschrockenen Laut von sich.

»Vor einer Stunde kündigte die Liga an, eine vollständige Untersuchung dieser Vorwürfe einzuleiten.«

Der Moderator fasste noch einmal zusammen, was behauptet wurde, nämlich dass Presley Spieler bestochen habe, mindestens zwei Spiele zu Beginn der Saison absichtlich zu verlieren, und dass er auf den Spielausgang Wetten abgeschlossen habe. Die Scheidung wurde ebenfalls erwähnt sowie Sheila Houstons angebliche Affäre mit einem Warrior, aber zu diesem Zeitpunkt hatte Brody bereits die Nachrichten ausgeblendet.

Wer, zum Teufel, war an die Öffentlichkeit gegangen? Becker konnte es nicht sein. Sein Freund hätte ihn vorgewarnt, bevor er so etwas tat.

Craig Wyatt hingegen schien ihm eher infrage zu kommen, vor allem nach dem, was Brody neulich in der Arena beobachtet hatte. Die Reporter waren ziemlich grob mit Sheila umgegangen, viele von ihnen glaubten fest daran, dass sie log. Wenn Wyatt eine Affäre mit ihr hatte, machte es Sinn, dass er versuchte, ihr beizustehen und sie zu unterstützen.

Brody rieb sich die plötzlich schmerzhaft pochenden Schläfen. Verdammt. Er wünschte, er wüsste, welcher seiner Teamkameraden gestanden hatte. Aber wer es auch sein mochte, das Ganze verhieß vermutlich nichts Gutes für das morgige Heimspiel. Wie sollten die Spieler sich auf den Wettkampf konzentrieren, wenn möglicherweise polizeiliche Ermittlungen drohten?

»Das ist nicht wahr.«

Haydens leise Stimme riss ihn aus seiner Grübelei.

Er schaute zu ihr hinüber, in ihren großen Augen stand eine flehentliche Bitte. »Oder?«, fragte sie matt. »Das ist nicht wahr.«

»Ich weiß es nicht.«

Mit einer Hand strich er sich durchs Haar, griff dann geistesabwesend nach einer Pommes. Dabei war ihm durch die Nachrichten der Appetit gründlich vergangen. Er ließ seine Pommes fallen und schaute wieder Hayden an, die anscheinend hoffnungsvoll darauf wartete, dass er weitersprach.

»Ich weiß es wirklich nicht. Bis jetzt gibt es meines Wissens keinen Beweis dafür, dass dein Vater jemanden bestochen hat.«

»Bis jetzt. Aber wenn diese Meldung stimmt ...«

Ihr stockte der Atem, und ihre schmerzerfüllte Miene zerriss ihm das Herz.

»Warst du ... Hat er ...« Sie klang gequält, als kostete jedes Wort sie sehr viel Kraft. »Hat er dir Bestechungsgeld angeboten?«, fragte sie schließlich.

»Nein, hat er nicht.«

»Aber er könnte jemand anderen bestochen haben, einen anderen Spieler.«

»Das könnte er«, gab Brody zurückhaltend zu.

Sie verfiel in Schweigen. Dabei sah sie so furchtbar traurig aus, dass er nach ihr griff und sie in seine Arme zog. Ihre Haare kitzelten ihn am Kinn, ihr süßer Duft stieg ihm in die Nase. Am liebsten hätte er sie geküsst, aber das war jetzt ganz und gar nicht der richtige Augenblick. Sie war völlig aufgelöst, und die Art, wie sie ihren Kopf an seiner Halsbeuge barg und sich an ihn kuschelte, zeigte ihm deutlich, dass sie jetzt Trost brauchte, nicht Sex.

»So eine Scheiße«, sagte sie. Ihr Atem streifte warm seine Haut. »Dad steht sowieso schon unter Stress wegen der Scheidung, und jetzt …« Abrupt hob sie den Kopf, die Lippen fest zusammengepresst. »Ich weigere mich, zu glauben, dass er das getan hat. Mein Dad ist so manches, aber nicht kriminell.«

Die Gewissheit stand ihr ins Gesicht geschrieben, und Brody hielt besser den Mund. Er hatte Presley Houston immer bewundert und geachtet, aber seine Erfahrung hatte ihn gelehrt, dass auch Menschen, die man bewunderte und achtete, böse Fehler begehen konnten.

»Wer immer damit an die Öffentlichkeit gegangen ist, lügt. Es kann nicht anders sein«, erklärte Hayden fest. »Im Laufe der Untersuchung wird sich alles aufklären. Das muss es einfach.« Sie rutschte wieder näher an ihn heran. »Ich will jetzt nicht mehr darüber nachdenken. Können wir einfach so tun, als hätten wir diesen Bericht nicht gesehen? Und wo wir schon dabei sind, können wir so tun, als wäre ich nach Hause gekommen, um Urlaub zu machen, und nicht, um mich um die Probleme meines Vaters zu kümmern?« Sie seufzte an seiner Schulter. »Himmel, ein Urlaub würde mir so guttun. Ich könnte jetzt wirklich etwas Spaß vertragen.«

Er glättete ihr Haar, das sich wunderbar weich unter seinen Fingern anfühlte. »Was schwebt dir dabei vor?«

Lächelnd legte sie den Kopf leicht schräg. »Wir könnten morgen ins Kino gehen. Da war ich schon Ewigkeiten nicht mehr. Oder am Wasser spazieren gehen, zum Navy Pier. Ich weiß auch nicht, einfach nur Spaß haben, verdammt noch mal.«

Sosehr es Brody auch widerstrebte, sie zu enttäuschen, er lächelte sanft und sagte: »Das würde ich gern tun, aber ich kann nicht. Morgen Abend muss ich zum dritten Spiel antreten.«

Das Leuchten in ihren Augen erlosch, aber sie lächelte rasch, als wollte sie ihre Reaktion überspielen. »Oh, stimmt ja. Ich vergesse andauernd die Play-offs.«

Damit löste sie sich aus seiner Umarmung, rutschte ein Stück von ihm weg – seine Arme fühlten sich plötzlich leer an – und griff geistesabwesend nach einer Pommes auf ihrem Teller. Sie steckte sie in den Mund, kaute langsam, sah ihn aber nicht an.

»Wie wäre es mit Sonntag?«, schlug er vor.

»Da muss ich zu dieser Party im Gallagher Club.« Sie schob ihren Teller von sich, hatte offenbar genauso den Appetit verloren wie er. »Das ist meinem Dad wichtig.«

»Dann ein andermal«, sagte er. »Versprochen. Ich gehe mit dir aus und sorge dafür, dass du den Spaß bekommst, den du brauchst.«

Ihre Miene verhärtete sich. »Ist schon gut. Du musst dir keine Mühe machen. Es ist vermutlich sowieso eine blöde Idee, zusammen auszugehen.«

Er reagierte gereizt. »Warum ist das eine blöde Idee?«

Verärgert atmete sie aus. »Das hier ist nur eine flüchtige Affäre. Auf Dates zu gehen gehört nicht wirklich dazu.«

Eine Affäre.

Etwas in ihm verhärtete sich bei diesem Wort. Flüchtige Affären hatten in den letzten zehn Jahren so gut wie sein ganzes Leben ausgemacht, zu ernsthaften Beziehungen hatte es nie auch nur ansatzweise gereicht. Und dann hatte er Hayden kennengelernt, und plötzlich dachte er nicht mehr an etwas Flüchtiges. Er mochte sie. Sehr. Verdammt, er hatte sich doch tatsächlich gefreut, als sie vorgeschlagen hatte, etwas gemeinsam zu unternehmen, wie normale Pärchen das taten, zum Beispiel ins Kino oder am See spazieren zu gehen. Mit den Frauen in seinem bisherigen Leben hatte er noch nie das Bedürfnis gehabt, so etwas zu tun. Sie hatten ihm nicht genug bedeutet, und umgekehrt war es genauso.

So verrückt es auch war, Hayden war die erste Frau – abgesehen von einer Reporterin –, die ihn jemals nach seinen Eltern oder seinem Studienfach gefragt hatte. Alltägliche kleine Fragen, die Leute einander andauernd stellten – und doch war ihm das noch nie passiert.

Er hatte das Potenzial gesehen, als Hayden in jener Bar an ihn herangetreten war. Irgendwie hatte er tief in seinem Inneren gespürt, dass sie eine Frau war, mit der er eine bedeutsame Beziehung haben könnte.

Aber die beschissene Ironie der Geschichte bestand darin, dass sie nur eine gottverdammte Affäre wollte.

»Hast du mir nicht versprochen, aufgeschlossen zu bleiben?«, fragte er schroff.

»Und ich habe vor, dieses Versprechen zu halten.« Sie wandte den Blick ab. »Aber du kannst mir nicht verübeln, dass ich es skeptisch betrachte, ob aus dem hier mehr werden kann.«

»Du glaubst nicht, dass es mehr wird?«

»Ehrlich?« Sie schaute ihm direkt in die Augen. »Nein, glaube ich nicht.«

Er runzelte die Stirn. »Du klingst sehr überzeugt.«

»Das bin ich.« Sie strich sich eine widerspenstige Haarsträhne aus den Augen, zuckte die Achseln. »In ein paar Monaten kehre ich nach San Francisco zurück, und selbst wenn ich hierbliebe, es gibt keine Gemeinsamkeiten in unserem Leben.«

Zorn flammte in ihm auf. »Woran machst du das fest?«

»Du bist Eishockeyspieler, ich Dozentin.«

»Und?«

»Und schon unsere Berufe sagen mir, wie verschieden wir sind. Ich habe in deiner Welt gelebt, Brody, ich bin darin aufgewachsen. Dad und ich haben die meisten unserer Gespräche im Flugzeug auf dem Weg in irgendeine Stadt geführt, in der sein Team gerade gespielt hat. Innerhalb von fünfzehn Jahren habe ich in fünf verschiedenen Staaten gelebt – ein Umzug nach dem anderen –, und ich habe es gehasst.«

»Dein Dad war Coach«, gab er zu bedenken.

»Und Spieler müssen ähnlich oft kreuz und quer durch die Weltgeschichte gondeln. Ich hatte kein Mitspracherecht bei der Berufswahl meines Vaters. Aber wenn es um das geht, was ich mir von einem Partner wünsche, dann kann ich wählen.«

»Der Typ in San Francisco, was arbeitet er?«

Wie unwohl sie sich fühlte, über den Mann zu reden, der für Brody jetzt *der andere* war, zeigte sich deutlich, als sie mit den Händen herumzuspielen begann. Sie verschränkte die Finger, löste sie wieder voneinander, trommelte damit gegen ihre Hüften. »Er lehrt genau wie ich Kunstgeschichte in Berkeley.«

Wie ungeheuer praktisch.

»Und sonst?«, wollte er wissen.

Sie zögerte. »Was meinst du?«

»Ihr interessiert euch also beide für Kunst. Was sonst macht eure Beziehung so interessant?«

Sein eigener sarkastischer Tonfall ließ ihn sich innerlich winden. Verdammt, er benahm sich wie ein komplettes Arschloch. Der Ausdruck, der in Haydens Augen stand, verriet, dass sie offenbar das Gleiche dachte.

»Meine Beziehung zu Doug geht dich nichts an. Ich hab dir versprochen, mit keinem anderen zu schlafen außer mit dir, aber ich hab mich nie damit einverstanden erklärt, rumzusitzen und über ihn zu reden.«

»Ich will nicht über ihn reden«, knurrte er. »Ich will dich einfach nur kennenlernen. Ich will verstehen, warum du meinst, ich passe nicht gut zu dir.«

»Begreifst du es einfach nicht?« Sie seufzte. »Ich will, ich will. Du hast es selbst gesagt, du bekommst immer, was du willst. Und genau deshalb empfinde ich so. Ich hab zu viele Männer gedatet, die etwas haben wollten. Aber keiner von ihnen wollte auch geben. Ihnen war viel zu wichtig, dass es nach ihrem Willen geht, dass sie beruflich vorankommen, und ich kam immer erst an zweiter Stelle. Tja, ich bin es leid. Doug mag vielleicht nicht der aufregendste Mann auf diesem Planeten sein, aber er will das Gleiche, was ich will – eine stabile Ehe, ein dauerhaftes Zuhause –, und genau das wünsche ich mir von einer Beziehung.«

Ohrenbetäubendes Schweigen senkte sich über das Zimmer, dehnte sich zwischen ihnen aus. Brody hätte am liebsten irgendetwas gepackt und gegen die Wand geworfen. Ihn störte die Tatsache, dass sie ihren Frust über ihren Vater und die Männer vor ihm in ihrem Leben auf ihn projizierte,

aber, verdammt, er selbst hatte in das Wespennest gesto-
chen. Hatte sie zu sehr und zu schnell bedrängt. Hatte sie
mit Fragen zu ihrer vorherigen Beziehung gelöchert und
von ihr verlangt, sie solle ihm eine Chance geben, die zu
geben sie nicht bereit war.

Scheiße.

Würde er jetzt noch diese Chance bekommen? Oder hatte
er es komplett verkackt?

»Vielleicht ist das mit der Affäre keine gute Idee«, sagte
sie.

Keine Frage, er hatte es eindeutig verkackt.

Und zwar gründlich.

17. Kapitel

Hayden war am Sonntagabend ganz und gar nicht danach zumute, eine Benefizveranstaltung eines wohlhabenden Unternehmers zu besuchen, den sie überhaupt nicht kannte. Aber als sie ihren Vater anrief, um sich herauszuwinden, ließ er nicht mit sich reden. Er beharrte darauf, ihre Anwesenheit sei extrem wichtig, auch wenn ihr ehrlich nicht klar war, warum. Jedes Mal wenn sie mit ihrem Vater und seinen Freunden Zeit verbrachte, endete sie schließlich allein an der Bar.

Aber sie wollte ihren Dad auch nicht enttäuschen. Und angesichts dessen, wie sie und Brody am Freitagabend auseinandergegangen waren, war es möglicherweise besser, aus dem großen Penthouse heraus- und unter Leute zu kommen, um ihren eigenen Gedanken zu entfliehen.

Es war gerade kurz nach acht, als sie sich dem Gallagher Club näherte, einem renommierten Herrenclub in einem der historischsten Viertel von Chicago. Gegründet hatte ihn Walter Gallagher, ein schmieriger reicher Unternehmer, der beschlossen hatte, einen Versammlungsort zu bauen, an dem andere schmierige reiche Unternehmer unter sich sein konnten.

Mitglied im Gallagher Club konnte man nur auf Einladung werden, und manche Männer brauchten Jahrzehnte, um die ersehnte Mitgliedschaft zu erlangen. Ihr Vater hatte seine »geerbt«, als er die Warriors von ihrem vorherigen Eigner gekauft hatte, und er gab unglaublich gern damit an. Wenn Hayden in der Stadt war, führte er sie immer nur dorthin aus.

Sie fuhr die breite, von Bäumen gesäumte Straße entlang und verlangsamte das Tempo, als sie am Ende der Straße eine Menschenansammlung sah. Beim Näherkommen fielen ihr ein paar Fernsehübertragungswagen auf. Die etwa ein Dutzend Leute, die sich am Bordstein drängten, waren also Reporter.

Da ihr niemand sonst einfiel, dem zurzeit eine polizeiliche Ermittlung drohte, wusste sie, dass die Medien ihres Vaters wegen hier waren.

Das war nicht gut.

Sie atmete ein paarmal tief ein, um sich zu beruhigen, und passierte das schmiedeeiserne Tor, das auf das Gelände des Clubs führte. Als einige der Reporter nach ihr spähten, drehte sie den Kopf weg und wandte den Blick ab. Erst als sie die kreisförmige, gepflasterte Einfahrt erreichte und den Wagen hinter der Reihe Autos zum Stehen brachte, die auf den Parkservice warteten, atmete sie wieder aus.

Hatten die Reporter ihren Vater bedrängt, als er ankam? Hatte er angehalten, um mit ihnen zu reden und der absurden Nachrichtenmeldung zu widersprechen?

Eine Stimme unterbrach ihre besorgte Grübelei. »Guten Abend, Madam.«

Sie hob den Kopf und sah einen jungen Mann in burgunderroter Pagenuniform neben dem Fahrerfenster stehen.

»Darf ich Ihnen den Autoschlüssel abnehmen?«, fragte er.

Ihr Blick huschte zu dem massiven Herrenhaus mit den enormen Kalksteinsäulen und steinernen Statuen, die den

Marmoreingang flankierten. Vermutlich war ihr Vater bereits darin, rauchte sehr wahrscheinlich Zigarren mit seinen reichen Freunden und tat so, als beunruhigte die Anwesenheit der Medien ihn kein bisschen. Aber sie wusste, dass sie ihn ganz bestimmt wurmte. Sein Ruf war Presley wichtiger als alles andere.

Seufzend reichte sie dem Pagen ihre Schlüssel und stieg aus dem Auto. »Davis wird Sie ins Haus begleiten«, erklärte der junge Mann.

Davis erwies sich als ein großer, muskulöser Mann in einem schwarzen Smoking, der ihr den Arm bot und sie die Vordertreppe hinauf zu den beiden Eichentüren am Eingang führte.

Er öffnete eine der Türen für sie. »Genießen Sie Ihren Abend«, sagte er.

»Danke«, gab sie zurück und betrat das luxuriöse Foyer.

Schwarzer Marmor, wohin man schaute, und von der hohen Decke hing ein funkelnder Kristalllüster. Beim Einatmen nahm sie den Duft von Wein, Herrenparfüm und allen möglichen anderen teuren Dingen wahr.

Neben dem Eingang zur Garderobe blieb sie kurz stehen, um sich zu vergewissern, passend gekleidet zu sein. Sie trug ein hautenges silbernes Kleid, das ihre Kurven betonte. Bis zum Oberschenkel geschlitzt, zeigte es sehr viel freies Bein. Ein Hauch von Augen-Make-up und ein glänzender rosa Lipgloss vervollständigten das Ensemble.

Ärgerlicherweise hatte sie die ganze Zeit an Brody gedacht, während sie sich angezogen und fertig gemacht hatte. Wie sehr er es vermutlich genießen würde, sie in diesem Kleid zu sehen – und wie gern er es ihr ausziehen würde.

Es beunruhigte sie immer noch, wie sie auseinandergegangen waren. Brody war nicht über Nacht geblieben, sondern zum Fahrstuhl gegangen wie ein Mann, der geschlagen das Schlachtfeld räumte.

Sie selbst hatte sich ebenfalls ziemlich geschlagen gefühlt. Was hatte sie sich nur dabei gedacht, ihn zu fragen, ob sie auf ein Date gehen könnten? Sie war schließlich diejenige gewesen, die klargestellt hatte, dass sie nur eine flüchtige Affäre wollte.

Dabei hatte sie einfach nur ihre Unterhaltung genossen – mit ihm über Kunst zu reden, von seinen Eltern zu erfahren. Es war wirklich nett gewesen. Gemütlich. Und bevor sie es bemerkt hatte, war sie direkt zurück in alte Verhaltensmuster gefallen und hatte nach einer neuen Beziehung Ausschau gehalten.

Ihr Streit war exakt der Weckruf gewesen, den sie gebraucht hatte. Er hatte sie daran erinnert, was sie wollte – eine stabile Beziehung zu einem verlässlichen Mann. Einem Mann, der nicht das halbe Jahr unterwegs war, während ihre Beziehung nur eine Nebenrolle spielte.

So stark sie sich auch zu Brody hingezogen fühlte, sie wusste doch, dass er nicht dieser Mann sein konnte.

»Quade hat sich dieses Jahr selbst übertroffen«, dröhnte eine Männerstimme in ihre Grübelei hinein und erinnerte sie daran, wo sie war.

Sie strich die Vorderseite ihres Kleides glatt und folgte der Gruppe Smoking tragender Männer in den großen Ballsaal zur Linken. Heute war Abendgarderobe vorgeschrieben, und sie fand sich umringt von schön gekleideten Menschen, ein paar älteren, ein paar jüngeren, ausschließlich Fremden. Mitten im Raum befand sich die Tanzfläche, vorn spielte eine Liveband fröhlichen Swing. Bevor sie auch nur blinzeln konnte, reichte ihr ein Kellner ein Glas Champagner.

Gerade als sie den ersten Schluck trinken wollte, entdeckte sie eine vertraute Gestalt.

»Darcy?«, rief sie überrascht.

Die seidigen roten Haare ihrer besten Freundin schwangen ihr über die Schultern, als sie herumwirbelte. »Hey! Was tust du denn hier?«

»Mein Dad hat darauf bestanden, dass ich mich blicken lasse.« Hayden verzog das Gesicht. »Wie konnte ich auch nur glauben, dass er Zeit mit mir verbringen will.«

Sie klang ganz schön verbittert, aber wer konnte ihr das verdenken? Sie war gekommen, um ihren Vater zu unterstützen und die Entfremdung zwischen ihnen zu überbrücken, aber er schien wild entschlossen, möglichst wenig Zeit zu zweit mit ihr zu verbringen.

»Und was tust du hier?«, fragte sie Darcy, die ein weißes Minikleid trug, das im Kontrast zu ihren leuchtend roten Haaren und den strahlend blauen Augen stand.

»Ich kenne den Gastgeber. Er ist Stammkunde in der Boutique und hat mir mehr oder weniger gedroht, künftig woanders zu kaufen, wenn ich nicht komme.« Darcy schnaubte. »Ehrlich gesagt, ich glaube, er will mir unbedingt an die Wäsche. Als ob das jemals geschehen könnte.«

»Wer genau ist der Gastgeber? Das hat Dad mir gar nicht erzählt.«

»Jonas Quade«, erwiderte Darcy. »Stinkreich, nennt sich einen Philanthropen und gibt Tausende Dollar für seine vielen Geliebten aus. Ach ja, ein aufgeblasenes Arschloch ist er auch, aber ich kann mich nicht beklagen, denn die erwähnten Tausende von Dollar, nun ja, er gibt sie in meiner Boutique aus. Er mag es, wenn seine Freundinnen Spitzenbodys anprobieren und darin vor ihm posieren, dieser schmierige Basta... Mist, da kommt er.«

Ein grauhaariger Mann mit der Figur eines Arnold Schwarzenegger und einem orangen Teint steuerte direkt auf sie zu. Ihm folgte eine dickliche blonde Frau, die sich erkennbar über die offensichtliche Begeisterung ihres Begleiters für Darcy ärgerte.

»Darcy!«, dröhnte Jonas Quade breit grinsend. »Was für eine Freude, dich hier zu sehen.«

»Schön, Sie zu sehen, Mr. Quade«, erwiderte Darcy höflich.

Quade wandte sich an seine Begleiterin. »Margaret, dies ist die Eigentümerin des Ladens, in dem ich dir all die *intimen* Geschenke kaufe.« Er zwinkerte der Blonden zu. »Darcy, dies ist meine Frau Margaret.«

Hayden konnte die kaum beherrschte Heiterkeit in der Miene ihrer Freundin erkennen. Ob Quades Frau wohl wusste, dass ihr Mann nicht nur für sie intime Geschenke kaufte?

»Und wer ist deine hübsche Freundin?«, fragte Quade und musterte Hayden eingehend.

Da sie es nicht besonders mochte, begafft zu werden, empfand Hayden eine gewisse Erleichterung, als Quades Frau plötzlich nach dem Arm ihres Mannes griff, bevor Darcy sie einander vorstellen konnte. »Marcus versucht, dich auf sich aufmerksam zu machen, Schatz«, sagte sie und zog ihn förmlich mit Gewalt von den beiden Frauen weg.

»Viel Spaß bei der Party«, rief Quade ihnen über die Schulter zu.

»Die arme Frau«, sagte Darcy. »Sie hat ja keine Ahnung ...«

»Ich bin sicher, sie weiß es. Er könnte ebenso gut *Ehebrecher* auf die Stirn tätowiert haben.«

Sie und Darcy begannen zu kichern, und Hayden kam zu dem Schluss, dass diese Party vielleicht doch nicht so übel war. Ihren Vater hatte sie noch nicht entdeckt, aber mit Darcy an ihrer Seite würde es vielleicht nicht gar so grässlich werden.

»Kann ich Sie für einen Tanz gewinnen?«

Zu dumm, sie hätte wissen sollen, dass sie ihre Freundin in diesem unanständig kurzen Kleid nicht allzu lange Zeit für sich haben würde.

Der gut aussehende dunkelhaarige Mann in dem marineblauen Nadelstreifenanzug beäugte Darcy erwartungsvoll. Sie zögerte nur kurz. »Ich würde gern tanzen«, sagte sie dann, reichte ihre Champagnerflöte Hayden und fügte hinzu: »Wir treffen uns später, in Ordnung?«

»Klar. Viel Spaß.«

Hayden ließ die Schultern sinken, als ihre Freundin dem Mann auf die Tanzfläche folgte. Na toll. Darcy hier zu treffen war eine angenehme Überraschung gewesen, aber jetzt hatte ihre Begeisterung sich wieder auf dem ursprünglichen Niveau eingependelt: unterirdisch.

Und dann löste sie sich völlig auf.

»Hayden, Schatz!« Die befehlsgewohnte Stimme ihres Vaters übertönte das laute Geplauder und die Musik. Er stolzierte auf sie zu, ein Glas Bourbon in der Hand und eine nicht angezündete Zigarre im Mundwinkel.

Sie stellte sich auf die Zehenspitzen und küsste ihn auf die Wange. »Hey, Dad. Du siehst aus, als hättest du Spaß.«

»Den habe ich.« Er drückte ihr den Arm und strahlte sie an. »Du siehst umwerfend aus.«

Irgendetwas an seinem überbreiten Lächeln beunruhigte sie. Sie wusste nicht recht, warum – schließlich lächelte er nur. Und doch schrillten in ihrem Kopf die Alarmsirenen. Sie musterte ihn etwas genauer. Sein Gesicht war gerötet, seine Augen wirkten ein bisschen zu hell.

Wie ein ungebetener Gast drängten sich Sheilas Worte in ihren Kopf: *Dein Vater trinkt wieder.*

»Geht's dir gut?«, fragte sie, ohne den skeptischen Unterton aus ihrer Stimme heraushalten zu können. »Du wirkst ein bisschen ... angespannt.«

Er wedelte wegwerfend mit der Hand. »Mir geht es absolut großartig.«

»Sicher? Ich hab nämlich die Reporter draußen gesehen und ...«

Und was? Und wollte sichergehen, dass sie alle nur lügen, wenn sie behaupten, du hättest mit illegalen Sportwetten zu tun?

Presleys Blick verfinsterte sich. »Beachte diese Blutsauger nicht. Sie versuchen nur, Ärger zu machen, denken sich ihre wahnhaften Storys aus, um möglichst viele Klicks zu bekommen.« Er nahm einen ordentlichen Schluck Bourbon. »Jetzt ist nicht der richtige Moment, darüber zu reden. Martin Hargrove hat mich gerade nach dir gefragt. Du erinnerst dich doch an Martin. Ihm gehört eine Restaurantkette ...«

»Dad, du kannst das nicht einfach ignorieren«, fiel sie ihm ins Wort. »Was ist mit dem Bericht von gestern, dass einer deiner Spieler an die Öffentlichkeit getreten ist? Ich hab gestern versucht, dich anzurufen, um mit dir darüber zu reden, aber immer ist deine Voicemail angesprungen. Ich hab dir zweimal eine Nachricht hinterlassen.«

Ihre letzte Bemerkung ignorierte er. »Ich war mit Richter Harrison auf dem Golfplatz. Dort gibt es keinen Empfang.«

Gott, warum tat er so, als wäre das alles nicht der Rede wert? Einer seiner Spieler behauptete, Presley habe Spiele manipuliert, und ihr Vater wischte das beiseite wie einen Fussel von seinem Ärmel. Ging auf Partys, rauchte Zigarren, mischte sich unter seine Freunde. Glaubte er ernsthaft, all das würde sich einfach von allein wieder legen? Hayden weigerte sich, zu glauben, dass ihr Vater getan hatte, wessen er beschuldigt wurde, aber sie war nicht so naiv, zu denken, es würde reichen, die Augen zu schließen und den ganzen Schlamassel wegzublinzeln.

»Hast du wenigstens mit Richter Harrison darüber gesprochen, was du als Nächstes tun solltest?«, fragte sie.

»Warum, zur Hölle, sollte ich?«

»Weil die Sache allmählich ernst wird.« Sie ballte die Fäuste. »Du solltest eine Pressekonferenz einberufen und deine Unschuld erklären. Oder doch wenigstens mit deinem Anwalt reden.«

Er machte sich nicht die Mühe, darauf zu antworten, zuckte nur die Achseln, hob sein Glas an den Mund, schluckte den Rest der Flüssigkeit, winkte einen vorbeieilenden Kellner heran und nahm sich ein Glas Champagner.

Hayden nutzte die Gelegenheit, ihren eigenen und Darcys Drink auf dem Tablett des Kellners abzustellen. Der Appetit auf Alkoholisches war ihr schlagartig vergangen. Bei beiden Gelegenheiten, zu denen sie ihren Vater in der letzten Woche getroffen hatte, hatte er getrunken, aber heute Abend war er offensichtlich betrunken. Seine rosigen Wangen, seine glasigen Augen, sein leichtes Schwanken ... Ein offenkundiger Fall von Verleugnung.

»Dad ... wie viel hast du getrunken?«

Seine Miene verhärtete sich schlagartig. »Entschuldige bitte?«

»Du wirkst einfach ein bisschen ... angeheitert«, sagte sie, weil ihr kein besserer Begriff einfiel.

»Angeheitert?« Er runzelte die Stirn. »Ich kann dir versichern, Hayden, ich bin nicht betrunken. Ich hatte nur ein paar Drinks.«

Sein defensiver Tonfall beunruhigte sie nur noch mehr. Wenn Leute anfingen, ihren alkoholisierten Zustand herunterzuspielen ... war das nicht ein Zeichen für ein Suchtproblem?

Sie verfluchte ihre Stiefmutter dafür, ihr so absurde Ideen eingeflüstert zu haben. Ihr Vater war kein Alkoholiker. Er hatte nie eine Affäre gehabt, und er hatte ganz sicher keine Spiele der Warriors manipuliert, um damit Gewinn zu machen.

Oder?

In ihren Schläfen begann es zu hämmern. Gott, sie wollte nicht an ihrem Dad zweifeln, an dem Mann, der sie allein aufgezogen hatte und der bis vor ein paar Jahren ihr bester Freund gewesen war.

Sie öffnete den Mund, um ihn um Entschuldigung zu bitten, aber er schnitt ihr kurzerhand das Wort ab. »Ich bin diese Anschuldigungen leid, hörst du?«

Sie blinzelte verdutzt. »Was? Dad ...«

»Ich muss mir schon genug Kritik von Sheila gefallen lassen. Da brauche ich mir so einen Scheiß nicht auch noch von meiner Tochter anzuhören.«

Seine Augen funkelten zornig, seine Wangen waren puterrot vor Wut, und sie wich unwillkürlich einen Schritt zurück. Tränen brannten ihr in den Augen. O Gott. Zum ersten Mal in ihrem Leben hatte sie Angst vor ihrem eigenen Vater.

»Ich hab ein paar Fehlinvestitionen getätigt, na und? Verklag mich doch«, knurrte er, das Champagnerglas zitterte in seinen Händen. »Das macht mich nicht zum Verbrecher. Wag es ja nicht, mir diesen Vorwurf zu machen.«

Sie schluckte. »Ich habe nicht ...«

»Ich habe diese Spiele nicht manipuliert«, blaffte er. »Und ich habe kein Alkoholproblem.«

Dabei atmete er durch den Mund aus, der abgestandene Geruch von Alkohol brannte ihr in der Nase und strafte seine letzte Aussage Lügen. Er war nicht einfach nur betrunken – er war sternhagelvoll. Und sie stand da wie vom Donner gerührt, und eine Träne rollte ihr über die Wange.

»Hayden ... Schatz ... es tut mir leid. Ich wollte dich nicht so anblaffen.«

Sie antwortete nicht, schluckte noch mal und wischte sich mit zitternder Hand die Träne vom Gesicht.

Ihr Vater streckte seine Hand aus und berührte ihre Schulter. »Verzeih mir.«

Bevor sie reagieren konnte, schlenderte Jonas Quade gut gelaunt heran, packte Presley am Arm und sagte: »Da bist du ja, Pres. Mein Sohn Gregory möchte dich unbedingt kennenlernen. Er ist ein riesiger Fan der Warriors.«

Die dunkelgrünen Augen ihres Vaters schauten sie flehend an, übermittelten eine Botschaft, die er im Moment nicht aussprechen konnte: *Wir sprechen später darüber.*

Sie brachte ein Nicken zustande und atmete keuchend ein, als Quade mit ihrem Vater verschwand.

In der Sekunde, als die beiden Männer davonschlenderten, drehte sie sich auf dem Absatz um und eilte zu den Glastüren, die auf die Terrasse hinausführten. Sie konnte nur hoffen, die Tränen zurückhalten zu können, bis sie außer Sicht war.

18. Kapitel

»Ich wünschte wirklich, du hättest mich nicht mitge-schleift«, stöhnte Becker, während er seinen glänzenden silbernen Lexus zum Gallagher Club steuerte. »Meine Frau ist stinksauer.«

»Ach, komm, Mary kennt doch nicht mal das Wort«, gab Brody zurück und dachte an die kleine, liebe Frau, die seit fünfzehn Jahren mit Sam verheiratet war.

»Das will sie dich glauben machen. Vertrau mir, hinter verschlossenen Türen ist sie alles andere als nett.«

Brody lachte.

»Ich schwöre, sie hat mir fast den Kopf abgerissen, als ich ihr gesagt hab, dass ich heute Abend mit dir losziehe. Da das extrem kurzfristig kam, konnten wir keinen Babysitter für Tamara auftreiben. Mary musste ihre Pläne über den Hau-fen werfen.« Becker grummelte leise vor sich hin. »Das wird sie mir noch ewig aufs Butterbrot schmieren. Vielen Dank, Kleiner.«

Sams Worte hätten vielleicht bei manchen Männern Ge-wissensbisse ausgelöst, aber Brody konnte keine Schuld-gefühle aufbringen. Den ganzen Tag hatte er sich den Kopf zermartert, wie er Hayden sehen und die Sache von gestern wiedergutmachen könnte. Sicher, er hätte sie auch einfach anrufen können, aber so wie der Abend im Penthouse zu Ende gegangen war, war es vermutlich besser, Vorsicht walten zu lassen.

Zum Glück hatte Hayden erwähnt, dass sie heute Abend im Gallagher Club sein würde, und er hatte den ganzen Nachmittag hin und her überlegt, wie er sich dort blicken lassen konnte, ohne verzweifelt zu wirken. Die Antwort war ihm eingefallen, als Becker ihn angerufen hatte, um mit ihm über eine Wohltätigkeitsveranstaltung zu sprechen, an der sie beide im nächsten Monat teilnehmen würden.

Brody war kein Mitglied im Gallagher Club, Becker aber schon, also hatte er seinen besten Kumpel prompt dazu verdonnert, seinen Smoking zu entstauben.

Es tat ihm leid, dass Becker deswegen den Ärger seiner Frau über sich hatte ergehen lassen müssen, aber er würde sich bei ihm revanchieren.

»Warum habt ihr nicht Lucy gebeten, auf Tamara aufzupassen?«, fragte Brody. Er war schon Dutzende Male bei den Beckers zu Hause gewesen und hatte daher eine Menge Zeit mit Beckers zwei Töchtern verbracht. Lucy war vierzehn, zehn Jahre älter als ihre Schwester Tamara, aber für Becker war sonnenklar, wie sehr der Teenager die kleine Schwester liebte.

»Lucy hat – Gott steh mir bei«, stöhnte Becker, »einen Freund. Sie gehen heute Abend ins Kino.«

Brody stieß einen Pfiff aus. »Du hast ihr ernsthaft erlaubt, mit einem Kerl das Haus zu verlassen?«

»Ich hatte keine Wahl. Mary hat gesagt, ich kann ihm nicht mit einer Pistole drohen.« Becker seufzte. »Und wo wir schon von Drohungen sprechen, ich soll dir ausrichten, dass sie stocksauer auf dich ist, wenn du ihre Einladung, im

Sommer eine Woche in unserem Haus am See zu verbringen, nicht annimmst. Sie hat das ganze Haus renoviert und will unbedingt damit angeben.«

Brody versuchte normalerweise, seine Sommer in Michigan bei seinen Eltern zu verbringen, aber für Becker war er bereit, seine Pläne zu ändern. »Richte ihr aus, ich werde kommen. Sag mir nur, wann.«

Becker bremste plötzlich den Wagen ab. »O Shit.«

Eine kleine Gruppe Reporter lauerte vor den Toren des Gallagher Clubs. Ein paar von ihnen wurden aufmerksam, als der Lexus sich näherte.

Becker ließ die Wagenfenster hochfahren. »Offenbar kreisen die Geier über Pres«, sagte er.

Brody unterdrückte ein Stöhnen. »Überrascht dich das? Einer aus dem Team hat öffentlich die Gerüchte bestätigt. Die Presse geifert.«

Becker passierte das Tor und hielt vor dem wartenden Parkhelfer. Die Lippen fest zusammengepresst, stieg er wortlos aus dem Wagen.

Kaum berührten Brodys Füße das Kopfsteinpflaster der Einfahrt, da erhob einer der Reporter vom Tor die Stimme.

»Becker! Croft!«, brüllte der Mann und steckte dabei fast den ganzen kahlen Kopf zwischen zwei Gitterstäben hindurch. »Irgendeinen Kommentar zu den Anschuldigungen, dass Presley Houston Spiele der Warriors manipuliert und ...«

Brody blendete den Typen aus und folgte Becker die Treppe zum Eingang des Clubs hinauf.

»Scheiße, ich hasse diesen Ort«, murmelte Becker, als sie das Foyer betraten.

»Wie bist du überhaupt Mitglied geworden?«, fragte Brody, obwohl ihn die Antwort nicht sonderlich interessierte.

Viel lieber würde er mit Becker über Craig Wyatt reden und über die Möglichkeit, dass er derjenige war, der sich öffentlich geäußert hatte, aber die Körpersprache seines Teamkameraden sagte deutlich, dass er weder über die Reporter noch über den Skandal reden wollte. Seine breiten Schultern waren angespannt, die Zähne fest zusammengebissen. Brody konnte das gut verstehen. Er war selbst angespannt, seitdem er bei Hayden die Story in den Nachrichten gesehen hatte.

Und die gestrige Niederlage gegen Colorado war auch nicht hilfreich. Schlimm genug, ein Play-off-Spiel zu verlieren, aber 5:0 zu verlieren war jämmerlich. Sie hatten wie Amateure gespielt, und obwohl niemand auf den Skandal zu sprechen gekommen war, wusste Brody, dass sie alle daran dachten. Er bemerkte, dass er selbst sich verstohlen in der Umkleide umsah und sich fragte, wer von seinen Teamkameraden zugegeben hatte, von den Bestechungsgeldern zu wissen.

»Meine Frau ist in einer von Jonas Quades Wohltätigkeitsstiftungen aktiv«, erklärte Becker. »Als er anbot, beim Mitgliederkomitee ein gutes Wort für mich einzulegen, hat Mary mir praktisch mit der Scheidung gedroht, wenn ich nicht Mitglied werde.« Leise fluchend setzte er hinzu: »Ich sag dir ja, Mann, sie ist kein netter Mensch.«

Brody schnaubte. »Du musst aber doch etwas Gutes in ihr gesehen haben. Schließlich hast du die Frau geheiratet.«

»Ich bin mir nicht sicher, ob mir noch einfallen würde, was das war.«

Leise Sorge machte sich in Brody breit. »Ist bei euch zu Hause alles in Ordnung?«

Becker versuchte, ihn schnell zu beruhigen. »Ach, hör einfach nicht auf mich. Zwischen mir und Mary ist alles gut. Ich übertreibe nur.«

Die beiden betraten den pompösen Ballsaal, und Brodys Blick begann sofort, hin und her zu zucken.

»Ist sie hier?«, fragte Becker seufzend.

Brody blinzelte überrascht. »Wer?«

»Komm schon, Croft. Du hast mich doch nur hierhergeschleift, weil ich zu dieser protzigen Gesellschaft aus Snobs gehöre und du unbedingt eine Einladung brauchtest. Und da du wohl kaum in diese Kreise aufsteigen willst, heißt das, du bist hier, um Houstons Tochter zu sehen. Was übrigens immer noch eine ganz schlechte Idee ist.«

»Wirklich?«

Becker wurde von einem Kellner ein Glas Wein angeboten, und er nahm es an. »Schlimmer als ganz schlecht, Kleiner. Du willst dich nicht irgendwie mit Houston einlassen, schon gar nicht jetzt, wo diese Kacke am Dampfen ist.«

Das Jackett von Brodys Smoking fühlte sich plötzlich zu eng an. »Hayden hat nichts damit zu tun. Sie ist nur zu Besuch.«

»Und wenn die Medien spitzkriegen, dass du mit ihr schläfst, seid ihr am Arsch. Sämtliche Schlagzeilen werden rausschreien, dass Pres' Tochter einen der Spitzenspieler vögelt, damit der die Klappe hält.«

»Das klingt, als würdest du glauben, es gäbe was, worüber ich die Klappe halten sollte.« Die Härchen in Brodys Nacken hatten sich aufgestellt. »Sam ... weißt du irgendwas über diese Bestechungskiste?«

»Nein, natürlich nicht.«

»Ganz sicher?« Brody zögerte. »Du hast doch nicht ... Du hast doch kein Schmiergeld genommen, oder?«

Becker sah ihn an, als hätte er ihn geschlagen. Seine Kinnlade sackte herab. »Ist das dein Ernst? Glaubst du ernsthaft, ich würde mich schmieren lassen? Mein halbes Leben spiele ich jetzt schon in dieser Liga. Glaub mir, ich verdiene genug.«

Brody entspannte sich. »Ich glaube nicht, dass du Schmiergeld genommen hast«, versicherte er, bemüht, einen beruhigenden Tonfall zu treffen. »Aber was du gerade gesagt hast ... das klingt, als wüsstest du mehr über diesen Skandal als wir anderen. Hat Pres dir irgendwas erzählt?«

Obwohl er jetzt ruhig wirkte, pulsierte immer noch die Ader an Beckers Schläfe. »Ich weiß gar nichts«, erklärte er fest.

»Tja, ich glaube, ich vielleicht schon«, gab Brody zu seiner eigenen Überraschung zu.

Beckers Kopf zuckte hoch. »Wovon redest du?«

Obwohl es vermutlich nicht die richtige Zeit und definitiv nicht der richtige Ort war, erzählte Brody seinem Freund, was er in der Arena beobachtet hatte. Er sprach leise, gab zu, den Verdacht zu hegen, Sheila Houston könnte sich Craig Wyatt anvertraut und ihm erzählt haben, was sie wusste, und Wyatt sei womöglich derjenige, der mit der Liga gesprochen hatte.

»Glaubst du, ich sollte was unternehmen?«, fragte er zum Schluss.

Sein Gegenüber atmete zittrig aus, wirkte verstört. »Ehrlich? Ich halte das für eine schlechte Idee.«

»Warum?«

»Du willst da nicht mit reingezogen werden«, warnte Becker ihn leise. »Damit lenkst du nur Verdacht auf dich selbst.«

Er dachte über den Rat seines Freundes nach und kam zu dem Schluss, dass Becker nicht ganz unrecht hatte. Aber dann dachte er an den Mannschaftskapitän und daran, wie niedergeschlagen Wyatt in letzter Zeit gewirkt hatte. Sicher, Wyatt war eigentlich immer ernst, aber er hatte seit Wochen kaum noch ein Wort mit jemandem gewechselt. Und wenn doch, dann um seine Teammitglieder anzubrüllen, weil sie auf dem Spielfeld einen Fehler gemacht hatten. Brody hatte das Gefühl, Wyatt könnte vielleicht einen Freund brauchen, und sosehr er auch davor zurückschreckte, sich in die Sache hineinziehen zu lassen, so sehr bezweifelte er, einfach nur zusehen zu können, wie ein Teamkamerad sich quälte, ohne einen Finger für ihn zu rühren.

Becker jedoch blieb eisern bei seiner Meinung. »Sprich Craig nicht darauf an, Kleiner. Wenn dich das so sehr belastet, werde ich mit ihm reden, okay?«

Überrascht schaute Brody seinen Freund an. »Das würdest du wirklich tun?«

Becker lächelte schwach. »Im Gegensatz zu mir hast du noch sehr viele Jahre vor dir. Ich will nicht sehen, wie deine Karriere den Bach runtergeht, nur weil Presley Houston vielleicht zu dem Schluss gekommen ist, ein bisschen Geld nebenbei zu brauchen.«

»Meine beiden Lieblingsspieler!«

Wenn man vom Teufel spricht ...

Brody warf Becker einen dankbaren Blick zu und setzte dann ein Lächeln auf, als Presley sich ihnen näherte, ein Glas Champagner in der Hand. Angesichts dessen, dass die Reporter draußen darauf brannten, Presley wegen der Schmiergeld-Vorwürfe zu grillen, wirkte der Mann überraschend gut gelaunt. Entweder juckten ihn die Vorwürfe nicht, oder es gelang ihm verdammt überzeugend, seine Sorge zu verbergen.

»Amüsiert ihr euch gut?«, fragte Pres.

»Wir sind gerade erst angekommen«, sagte Becker.

»Nun, die Party kommt auch jetzt erst in Gang.« Pres hob sein Glas an die Lippen und leerte es. Eine Sekunde später winkte er einen Kellner heran und bekam prompt ein volles Glas gereicht.

»Ist deine Tochter heute Abend hier?«, fragte Brody. Seine Stimme ließ mehr Eifer erkennen, als er wollte. Aus dem Augenwinkel sah er, dass Becker missbilligend die Lippen verzog.

Pres fühlte sich sichtlich unbehaglich, als er Hayden erwähnte. »Ich glaube, sie ist nach draußen auf die Terrasse gegangen.«

Das war sein Stichwort.

Brody hatte kein schlechtes Gewissen, Becker in den Klauen des offensichtlich betrunkenen Teameigners zurückzulassen. Sam war schon lange genug dabei, um mit jeder Situation fertigzuwerden, der er ausgesetzt wurde, und normalerweise ging er damit genauso geschickt um wie mit dem Puck. Der Mann war Profi durch und durch.

Brody wandte sich ab, schaute sich im riesigen Ballsaal nach dem Ausgang um, der auf die Terrasse führte. Schließlich entdeckte er die Glastüren und steuerte darauf zu.

Beim Anblick der an die Brüstung gelehnten, in Silber gekleideten Gestalt stockte ihm der Atem. Von dort konnte man das gesamte Anwesen überblicken. Ihre langen braunen Haare flossen ihr über die bloßen Schultern, ihr praller Hintern schmiegte sich an den seidigen Stoff ihres Kleides.

Gott, sie war einfach zum Anbeißen.

An den Türen blieb er stehen, um sie zu bewundern. Zu seiner Überraschung drehte sie sich abrupt um, als hätte sie seine Nähe gespürt. Ihre Blicke trafen sich. Und in diesem Moment sah er die Tränen in ihren Wimpern hängen.

Sekunden später stand er an ihrer Seite.

»Hey, was hast du?«, fragte er, legte beide Hände um ihre schlanke Taille und zog sie an sich.

Sie ließ sich in seine Arme sinken und drückte ihr Gesicht an seine Schulter. »Was tust du hier?«, murmelte sie.

»Ich bin mit einem Freund gekommen.« Sanft streichelte er ihren Rücken. »Und ich bin froh darüber. Du siehst schrecklich aus.«

»Vielen Dank auch.« Da sie das Gesicht immer noch an sein Jackett gepresst hatte, war ihre Stimme nur gedämpft zu hören.

»Oh, nicht schmollen. Du weißt doch, dass du die attraktivste Frau auf dieser Party bist.« Mit einer Hand strich er ihr über den festen Hintern. Ihren warmen, kurvigen Körper an seinem zu fühlen beschleunigte seinen Puls, aber er riss sich schnell zusammen. Jetzt war nicht der richtige Moment.

»Und jetzt erzähl mir, was der Grund hierfür ist.« Vorsichtig strich er die Feuchtigkeit aus ihren Wimpern. »Was ist passiert?«

»Nichts.«

»Hayden.«

Sie hob den Kopf, reckte trotzig das Kinn. »Es ist nichts weiter, Brody. Geh einfach rein, und amüsier dich auf der Party.«

»Scheiß auf die Party. Ich bin gekommen, um dich zu sehen.«

»Tja, ich bin gekommen, um meinen Dad zu sehen.« Sie wandte den Kopf ab und starrte hinaus auf die Parkanlage.

Die Temperatur war stark gefallen, und dicke graue Wolken am Nachthimmel verhießen ein aufziehendes Unwetter. Schon jetzt begannen die unzähligen Blumen vor der Terrasse, sich im Wind zu wiegen, und ihr süßer Duft wurde zu ihnen getragen.

Solche Abende liebte er normalerweise, die Feuchtigkeit in der Luft, die Vorboten von Regen, Blitz und Donner, aber jetzt konnte er nichts davon genießen, weil Hayden so verstört wirkte.

Aber, verdammt, sie sah trotzdem wunderschön aus. Das silberne Kleid, die zierlichen hohen Schuhe, der schimmernde Lipgloss auf ihren vollen Lippen. Er wollte sie, so stark und so heftig, wie er sie an jenem ersten Abend in der Bar gewollt hatte. Und das beschränkte sich nicht nur auf sexuelles Begehren. Irgendetwas an dieser Frau weckte eine beschützerische, zärtliche Seite in ihm, von der er nie geahnt hatte, dass er sie besaß.

»Bitte sag mir, was passiert ist.«

Sie zögerte so lange, dass er schon glaubte, sie würde nichts erwidern. Aber dann öffnete sie den Mund, und es sprudelte aus ihr heraus.

»Ich glaube, mein Vater trinkt zu viel. Er hat mich angeraunzt, als ich ihn danach gefragt hab, und dann hat er ein paar Bemerkungen über Fehlinvestitionen gemacht.« Sie blickte auf, Angst und Sorge in den weit aufgerissenen Augen. »Ich befürchte, er könnte einiges von dem getan haben, was ihm vorgeworfen wird. Scheiße, Brody, ich glaube, dass er vielleicht tatsächlich Spieler bestochen und illegal auf den Spielausgang gewettet haben könnte.«

Das Herz rutschte ihm in die Hose. Er stopfte seine Fäuste in die Jackentaschen, in der Hoffnung, seine Hände, die plötzlich eiskalt geworden waren, darin zu wärmen. Verdammt. Er wollte dieses Gespräch nicht führen, schon gar nicht mit Hayden, nicht jetzt, wo seine eigenen Alarmglocken bereits läuteten.

Also stand er einfach nur schweigend da, wartete, dass sie weitersprach, und hoffte, dass sie ihm keine Fragen stellen würde, die ihn dazu zwangen, etwas zu offenbaren, was sie vermutlich nicht würde hören wollen.

»Ich weiß nicht, was ich tun soll«, murmelte sie. »Ich weiß nicht, wie ich ihm helfen kann. Ich weiß nicht, ob er schuldig oder unschuldig ist. Ich habe keinen Beweis dafür, dass er ein Alkoholproblem hat, aber seit heute Abend ist für mich offensichtlich, dass irgendwas mit ihm nicht stimmt.«

»Du solltest mit ihm reden, wenn er nüchtern ist«, riet Brody ihr.

»Das hab ich versucht«, sagte sie mit einem frustrierten Stöhnen. »Aber er tut alles, um nicht mit mir allein zu sein. Und wenn wir doch mal allein sind, wechselt er immer sofort das Thema, wenn ich meine Befürchtungen anspreche. Er lässt mich nicht an sich ran.«

Einen Moment standen sie schweigend da, seine Arme um ihren Körper gelegt, ihr Kopf an seine Brust gelehnt.

»Ich hätte nie gedacht, meine Beziehung zu meinem Dad könne an diesen Punkt gelangen«, fuhr sie flüsternd fort. »Heute Abend hat er mich wie eine Fremde behandelt. Er hat mich angeblafft, geflucht und regelrecht durch mich hindurchgesehen, als wäre ich nur ein lästiges Problem, mit dem er sich nicht auseinandersetzen will, statt seine einzige Tochter.«

Brody schob seine Finger in ihre Haare und streichelte die weichen Strähnen. »Standet ihr euch früher nahe?«, fragte er.

»Sehr.« Sie seufzte. »Heutzutage steht immer nur das Team an erster Stelle.«

»Ich bin sicher, dass das nicht stimmt.«

Sie hob das Kinn und schaute ihm in die Augen. »Sag mir, in all den Jahren, die du nun schon für die Warriors spielst, wie oft hat mein Vater mich erwähnt?«

Unbehagen machte sich in ihm breit. »Ein paarmal«, meinte er vage.

Ihr Blick wurde durchdringend. »Wirklich?«

»Na schön, nie«, gab er zu. »Aber für deinen Vater bin ich nur ein Spieler. Er hat sich mir nie anvertraut.«

»Mein Vater ist besessen vom Team«, gab sie ausdruckslos zurück. »Er hat Eishockey immer geliebt, aber als er nur Trainer war, war es nicht so schlimm. Jetzt, wo er ein eigenes Franchise besitzt, ist er regelrecht fanatisch. Früher ging es ihm immer um das Spiel. Inzwischen hat sich das irgendwie geändert, es geht ums Geldverdienen. Um so viel Macht wie nur irgend möglich.«

»Geld und Macht zu haben sind keine üblen Wünsche«, meinte Brody sagen zu müssen.

»Natürlich nicht, aber was ist mit der Familie? Auf wen will man sich verlassen, wenn Geld und Macht futsch sind? Wer wird noch da sein, um dich zu lieben?« Ein Ausdruck von Traurigkeit kroch über ihr hübsches Gesicht, ihre Miene verhärtete sich. »Weißt du, dass er früher oft mit mir angeln gegangen ist? Jeden Sommer haben wir uns eine Hütte oben am See gemietet, meistens für eine ganze Woche. Wir sind so oft gereist und umgezogen, aber Dad hat es immer geschafft, einen Platz zum Angeln zu finden. Ich habe es gehasst, habe aber so getan, als hätte ich Freude daran, weil ich Zeit mit ihm verbringen wollte.«

Sie löste sich aus seinen Armen, trat wieder an die Brüstung, lehnte sich nach vorn und sog tief die kühle Nachtluft ein. Ohne sich umzudrehen, fuhr sie fort: »Als ich nach Kalifornien gezogen bin, war es damit vorbei. Er hat mir immer versprochen, wieder zusammen zum See zu fahren, wenn ich ihn zu Hause besucht habe, aber dazu ist es nie gekommen. Allerdings sind wir letzten Sommer mit der Jacht rausgefahren. Sheila hat die ganze Zeit nur von ihren Fingernägeln geredet, und Dad hing andauernd am Handy.«

Ihr wehmütiger Ton weckte sein Mitgefühl. Trotz seines engen Terminkalenders achtete er darauf, jedes Jahr ein paarmal nach Michigan zu reisen, um seine Eltern zu besuchen. Außerhalb der Spielsaison blieb er einen ganzen Monat und verbrachte jede freie Minute mit ihnen. Auch wenn es ihn ein wenig ärgerte, dass seine Mom sich weigerte, ihren Job zu kündigen und den Wohlstand ihres Sohnes zu genießen, war er unheimlich gern zu Hause. Und sie freuten sich immer, wenn er bei ihnen war. Er konnte sich nicht vorstellen, dass seine Eltern jemals zu beschäftigt sein würden, um sich Zeit für ihr einziges Kind zu nehmen.

Presley Houston war ein Idiot. Eine andere Erklärung dafür, dass der Mann sich die Gelegenheit entgehen ließ, Zeit mit einer so unglaublichen Tochter wie Hayden zu verbringen, gab es nicht. Sie war intelligent, lieb, leidenschaftlich.

»Weißt du was? Ich will nicht mehr darüber reden«, stieß sie hervor. »Es ist sinnlos. Dad und ich haben uns seit Jahren immer weiter voneinander entfernt. Es war dumm von mir, zu glauben, dass er meine Unterstützung wirklich zu schätzen weiß.«

»Ich bin sicher, dass er das tut. Heute Abend hat er ganz offensichtlich getrunken. Vermutlich ist der Alkohol schuld, dass er dich so angeblafft hat.«

»Alkohol ist keine Entschuldigung.« Sie strich sich mit den Fingern durchs Haar, zog eine finstere Miene. »Gott, ich muss hier raus. Ich will irgendwohin, wo ich mich selbst denken hören kann.«

Er warf einen Blick auf seine Armbanduhr, nickte, als er sah, dass es noch nicht sehr spät war. »Komm. Ich kenne dafür genau den richtigen Ort.«

Sie musterte ihn misstrauisch, als wäre ihr gerade eingefallen, was vor zwei Nächten zwischen ihnen geschehen war. Ihr Zögern fiel ihm auf, ihre Abneigung dagegen, ihn wieder an sich heranzulassen, aber dankenswerterweise protestierte sie nicht, als er sie an die Hand nahm.

Stattdessen verschränkte sie ihre Finger mit seinen. »Gehen wir«, sagte sie.

19. Kapitel

»Das ist es? Der Ort, an dem ich mir über meine Gedanken klar werde?« Hayden musste lachen, als sie Brody zwanzig Minuten später auf die dunkle Eisfläche der Arena folgte.

Sie hatte Brody ans Steuer ihres Autos gelassen, aber nicht daran gedacht, zu fragen, wohin er sie brachte. Stattdessen hatte sie sich damit zufriedengegeben, schweigend dazusitzen und zu versuchen, den Sinn dessen, was ihr Vater an diesem Abend zu ihr gesagt hatte, zu erfassen. Jetzt wünschte sie sich beinahe, sie wäre neugieriger gewesen, was ihr Ziel anging.

Der Nachtwächter, den Brody als Bob anredete, hatte sie reingelassen. Er schien überrascht, dass Brody Croft so spät noch in der Trainingsarena auftauchte, hatte aber keine Einwände gegen Brodys Bitte. Nachdem er ein altes Paar Jungen-Schlittschuhe für Hayden aus dem Geräteraum geholt hatte, schloss Bob ihnen die Türen auf, die zur Eisfläche führten, schaltete das Licht an und verschwand lächelnd.

»Vertrau mir«, sagte Brody. »Nichts geht über das Gefühl von Eis unter den Kufen, wenn man den Kopf freibekommen will.«

»Vielleicht sollte ich erwähnen, dass ich seit meiner Kindheit nicht mehr Schlittschuh gelaufen bin.«

Er wirkte entgeistert. »Aber deinem Vater gehört ein Eishockeyteam.«

»Heute Abend reden wir nicht mehr über meinen Vater, weißt du noch?«

»Stimmt. Tut mir leid.« Er ließ sein charmantes Lächeln aufblitzen. »Keine Angst, ich werde schon dafür sorgen, dass du nicht auf den Hintern fällst. Jetzt setz dich hin.«

Gehorsam setzte sie sich auf die harte Holzbank und gestattete Brody, ihr die hohen Pumps auszuziehen. Einen Moment streichelte er ihre Füße, dann griff er nach den Schlittschuhen und half ihr, sie anzuziehen.

»Sie sitzen eng«, beklagte sie sich.

»Sie gehören einem zwölfjährigen Jungen. Eiskunstlaufschuhe haben wir hier nicht, du wirst also damit zurechtkommen müssen.«

Er band ihr die Schlittschuhe zu, ließ sich dann auf die Bank fallen und streifte seine eigenen schwarzen Abendschuhe ab. Aus seinem Spind hatte er sich ein Ersatzpaar Schlittschuhe geholt, das er nun anzog, grinsend, als er sah, wie sie schwankend auf die Beine kam. Das Abendkleid gab mit den abgestoßenen schwarzen Eishockeyschuhen ein interessantes Ensemble ab.

Um das Gleichgewicht zu halten, streckte sie beide Arme aus. »Und ob ich auf den Hintern fallen werde«, erklärte sie.

»Ich hab doch gesagt, das werde ich nicht zulassen.«

Er machte zwei Schritte nach vorn und öffnete das hölzerne Tor. Profi-Eishockeyspieler, der er war, glitt er mühelos aufs Eis und lief einen Moment rückwärts, während sie am Tor stand. »Angeber«, murmelte sie.

Lachend kam er auf sie zu und streckte ihr seine Hand hin.

Sie starrte auf seine langen, schwieligen Finger. Nur zu gern hätte sie zugepackt und nie wieder losgelassen, und doch hielt etwas in ihr sie zurück. Als sie ihn in der Bar aufgerissen hatte, hatte sie sich nicht vorgestellt, ihn nach der ersten Nacht jemals wiederzusehen. Oder ihn tatsächlich zu mögen.

Aber genau so war es gekommen. Sosehr sie sich auch wünschte, in Brody auch weiterhin nicht mehr als einen One-Night-Stand zu sehen, der ihre Welt auf den Kopf gestellt hatte, wurde er allmählich entnervend real für sie. Er hatte zugehört, als sie über Kunst geredet hatte, hatte sie an seiner Schulter weinen lassen, hatte sie zu dieser dunklen Eisbahn gebracht, um sie von ihren Sorgen und Ängsten abzulenken.

»Komm schon, ich lass dich nicht fallen«, versicherte er ihr.

Resigniert nickend griff sie nach seiner Hand. Im selben Moment, in dem die Kufen ihrer Schlittschuhe mit dem glatten Eis in Kontakt kamen, hätte sie sich beinahe hingelegt. Sie ruderte heftig mit den Armen, ihre Beine spreizten sich, und ihre Schlittschuhe bewegten sich in entgegengesetzte Richtungen, als versuchten sie, sie in einen Spagat zu zwingen.

Brody fing sie auf und stützte sie grinsend. »Oh, fuck. Du bist wirklich nicht gut darin, oder?«

»Hab ich dir doch gesagt«, erwiderte sie, ihn empört anfunkelnd. »Bitte mich, dir eine Vorlesung über impressionistische Kunst zu halten, das kann ich. Aber Eislaufen? Absolut nicht.«

»Weil du versuchst, zu gehen, statt zu gleiten«, erklärte er. Mit beiden Händen packte er sie in der Taille. »Hör auf damit. Nimm einfach nur meine Hand, und tu, was ich tue.«

Langsam bewegten sie sich wieder vorwärts. Sein Gleiten war mühelos, ihres unbeholfen und schwerfällig. Alle paar

Meter bohrten sich die Spitzen ihrer Kufen ins Eis, und sie stolperte nach vorn, aber Brody hielt Wort. Er ließ sie nicht fallen. Nicht ein einziges Mal.

»Na also, wird doch«, rief er. »Allmählich hast du den Bogen raus.«

Sie musste lächeln. Nachdem sie seinen Rat angenommen und aufgehört hatte, ihre Schlittschuhe einzusetzen wie Schuhe, waren ihre Bewegungen glatter geworden. Ihr schwindelte ein wenig, als sie nach und nach immer schneller übers Eis glitten.

Die Bande, die Bänke, die Tribüne – alles schwirrte an ihr vorbei, die kühle Luft in der Arena rötete ihre Wangen. Obwohl ihre nackten Arme von Gänsehaut überzogen waren, störte die Kälte sie nicht. Im Gegenteil, die kalte Luft wirkte beruhigend und machte ihr den Kopf frei.

Sie warf Brody einen Blick von der Seite zu und sah, dass er auch seinen Spaß hatte. Großer Gott, er sah zum Anbeißen aus in seinem Smoking. Das Jackett spannte über seinen breiten Schultern. Als sie sah, dass seine Fliege ein bisschen schief saß, musste sie sich zusammenreißen, um nicht danach zu greifen und sie zu richten. Sie wollte keinen Sturz riskieren, also umklammerte sie seine Finger nur noch fester.

Er schaute hinunter auf ihre verschränkten Hände, und sein Mund öffnete sich leicht, als wollte er etwas sagen, traute sich aber nicht. Sie wusste genau, was ihm durch den Kopf ging, denn dasselbe ging auch ihr durch den Kopf. Gott stehe ihr bei, aber sie mochte diesen Mann.

Er war arrogant, oh, ja. Manchmal aufdringlich. Aber er erregte sie auch auf ganz besondere Weise, und jedes Mal wenn seine mitternachtsblauen Augen sich auf sie richteten, jedes Mal wenn er seine kräftigen Arme um sie schlang, schmolz sie einfach dahin.

Sie wurden langsamer, und sie zwang sich, ihre Gedanken von dem gefährlichen Gebiet, in das sie sich begeben hatten, loszureißen und sich stattdessen ein neutrales Gesprächsthema einfallen zu lassen. Eines, das sie nicht dazu brachte, an Brody zu denken, nackt und hart, der ihren Körper mit seiner Zunge erkundete. Seit Freitagabend zweifelte sie an ihrer flüchtigen Affäre, und jetzt zweifelte sie an ihren Zweifeln.

»Wann hast du angefangen, Eishockey zu spielen?«, fragte sie schließlich, nachdem sie zu dem Schluss gekommen war, dass sein Beruf ein relativ sicheres Gesprächsthema war.

»So ziemlich genau in derselben Sekunde, in der ich laufen gelernt habe, hab ich auch Schlittschuhlaufen gelernt. Mein Dad hat mich immer auf eine Freilufteisbahn in der Nähe unseres Hauses in Michigan mitgenommen.« Er lachte leise. »Na ja, es war eigentlich keine Eisbahn. Einfach nur ein kleiner Teich, der jeden Winter zufror. Meine Eltern konnten sich die Mitgliedsbeiträge für einen echten Eishockeyverein mit eigenem Spielplatz nicht leisten, also hab ich meine Schläge auf diesem Teich geübt, während Dad auf einem Klappstuhl im Schnee gesessen und Autozeitschriften gelesen hat.«

»Hast du in einer Schulmannschaft gespielt?«

»Es gibt keine Mannschaft, in der ich nicht mitgespielt hab.« Er ließ ihre Hand los und begann, träge Kreise um sie zu ziehen. »In der Highschool hab ich Eishockey, Rugby und im Frühjahr Baseball gespielt. Ach ja, im Lacrosse-Team war ich auch, bis die Trainingszeiten sich mit meinen Eishockeyterminen überschnitten haben.«

»Verstehe. Du warst also einer dieser Jungs. Ich wette, man hat dich im Jahrbuch zu demjenigen gekürt, der am wahrscheinlichsten Profisportler werden würde.«

»Ja, stimmt.«

Er erzählte ihr ein wenig von seinen Anfangsjahren in der Liga, brachte sie dann mit ein paar Anekdoten über seine Eltern und ihren grenzenlosen Stolz auf ihn zum Lachen. Manchmal schlich sich ein Hauch von Verbitterung in seine Stimme, woraus sie schloss, dass seine Kindheit härter gewesen sein musste, als er durchblicken ließ, aber sie hakte nicht neugierig nach. Ihr fiel wieder ein, dass er gesagt hatte, das Geld sei in seiner Familie knapp gewesen, und darüber redete er offensichtlich nicht besonders gern.

Ein paar Minuten später bekam sie einen Krampf im Oberschenkel, kam unsicher zum Stehen und lehnte sich gegen die Bande, um sich die Rückseite ihres Oberschenkels zu reiben. An der Westküste joggte sie jeden Morgen, bevor sie zur Universität aufbrach, aber offensichtlich war sie nicht so gut in Form, wie sie geglaubt hatte. Ihre Beine schmerzten, dabei liefen sie doch erst zwanzig Minuten lang Schlittschuh.

»Möchtest du eine Pause einlegen?«, schlug Brody vor.

»Ja, bitte.«

Sie verließen die Eisfläche und stiegen auf die Tribüne. Brody war Experte darin, auf Schlittschuhen zu gehen. Sie war deutlich schlechter dran. Wohl ein halbes Dutzend Mal wäre sie fast gefallen, bis sie sich endlich auf eine Bank sinken lassen konnte und erleichtert aufatmete.

»Ich glaube, ich hab mir einen Muskel im Hintern gezerrt«, knurrte sie leise.

»Möchtest du, dass ich dir die Verhärtungen wegmassiere?«

Sie seufzte. Wenn seine Stimme doch nur nicht diesen heiseren Ton hätte. Verdammt noch mal. Sie konnte nicht mit ihm ins Bett. So, wie ihre Unterhaltung Freitagabend zu

Ende gegangen war, war es vermutlich keine gute Idee, die Affäre weiterlaufen zu lassen.

Als spürte er ihre Vorbehalte, stieß Brody stockend den Atem aus. »Es tut mir leid wegen neulich Abend. Ich bin ein bisschen zu hart rangegangen, und dafür will ich mich entschuldigen.«

Sie sagte nichts dazu, nickte nur nachdrücklich.

»Ich weiß, ich bin manchmal grob. Fordernd. Ich setze gern meinen Willen durch und bin definitiv kein Mann, der sich damit zufriedengibt, die zweite Geige zu spielen.« Er hob die Hand, bevor sie ihm ins Wort fallen konnte. »Ich hätte dich nicht unter Druck setzen dürfen wegen, du weißt schon, Doug ...« Er sprach den Namen aus wie etwas Ansteckendes. »Aber verdammt noch mal, Hayden, es macht mich wahnsinnig, zu wissen, dass es einen anderen in deinem Leben gibt. Ich bin es nicht gewohnt zu teilen.«

»Du teilst mit niemandem. Doug und ich haben uns eine Auszeit genommen.«

»Es gibt einen gewaltigen Unterschied zwischen einer Auszeit und einem endgültigen Aus.« Er zögerte, runzelte die Stirn. »Glaubst du, du kehrst zu ihm zurück?«

»Ich weiß es nicht.«

Tief in ihrem Inneren kannte sie die Antwort auf diese Frage sehr wohl. Und die würde Doug vermutlich nicht gefallen. Aber darüber reden konnte sie nicht. Nicht jetzt. Und schon gar nicht mit Brody.

Es war ersichtlich, dass er mit ihrer Antwort nicht glücklich war, aber statt sie zu bedrängen wie zwei Abende zuvor, nickte er einfach nur. »Dann muss ich wohl damit leben. Und ich kann damit leben, besonders wenn es bedeutet, dass ich mehr Zeit mit dir verbringen kann.«

»Aber warum? Was siehst du in mir, was macht dich so sicher, dass wir das weiterverfolgen sollten?« Sie neigte nicht zu Selbstzweifeln, trotzdem verstand sie einfach nicht, warum dieser sexy Mann sie wollte und nicht irgendein Supermodel.

»Was ich in dir sehe?« Er beugte sich näher zu ihr. »Soll ich es dir auflisten? Das kann ich tun. Ich gehe nicht darauf ein, wie schön du bist. Das ist alles nur Oberflächliches.«

»Ich bin nicht über Oberflächlichkeiten erhaben.«

Er lachte leise. »Du willst also, dass ich mit deinen grünen Augen anfange, die mich seit dem Moment umhauen, in dem du neben dem Billardtisch aufgetaucht bist?«

Sie biss sich auf die Unterlippe. »Okay.«

Vorsichtig nahm er eine ihrer Haarsträhnen zwischen die Finger. »Oder sollte ich damit anfangen, dass dieses seidige braune Haar permanent den Wunsch in mir weckt, es zu berühren?« Sein Blick richtete sich auf ihre Brust. »Oder mit diesen Titten, von denen ich nicht genug bekomme?«

Die Finger, die eben noch mit ihren Haaren gespielt hatten, wanderten leicht über ihre Brustwarzen, die sich gegen den dünnen Stoff ihres Kleides aufrichteten. Ihr Puls ging schneller, jeder Quadratzentimeter ihrer Haut wurde heiß unter seinem taxierenden Blick.

»Oder mit diesen Lippen, die mich andauernd anflehen, sie zu kosten?« Mit dem Daumen strich er ihr über die Unterlippe.

Prompt öffneten sich ihre Lippen, ihre Lider wurden schwer, und glücklicherweise saß sie bereits, weil sie glaubte, das Gewicht ihres Körpers nicht tragen zu können, so sehr fühlte sie sich geschwächt. Dieser Mann war ein begnadeter Süßholzraspler.

»Egal, mir ist alles recht«, hauchte sie.

Starke Hände umfassten ihr Gesicht. »Dann ist da die Intelligenz, die du ausstrahlst. Hab ich dir schon mal gesagt, dass kluge Frauen mich anmachen?« Mit den Daumen liebkoste er ihre Wangen, beugte sich vor, um ihr ins Ohr zu flüstern. »Du bist ein wandelnder Widerspruch, Baby. Ernst und anständig im einen Moment, wild und ungehemmt im nächsten. Und je besser ich dich kennenlerne, desto besser gefällt mir, was ich entdecke.«

Jedes Wort ließ ihr Herz weicher werden, jeder warme Hauch seines Atems an ihrem Ohr ließ sie vor Verlangen erschauern.

»Als ich neulich Abend das Penthouse verlassen hab, hast du nicht zugelassen, dass ich dich küsse«, sagte er, seine Lippen nur Zentimeter von ihren entfernt. »Ich hab mir geschworen, dich nicht wieder zu küssen, bevor du mich darum bittest.«

Sie holte Luft, Verlangen bildete sich zwischen ihren Beinen. Dann atmete sie hastig aus.

»Küss mich«, bat sie.

Blitzschnell berührten seine Lippen die ihren, setzten eine Hitze frei, wie ein feiner Brandy das konnte. Sie hob eine Hand an seine Wange und genoss das leicht stachelige Gefühl seines Bartschattens. Und trotz seiner zärtlichen Berührung erinnerten die Härte seiner Brust und seine rauen Wangen sie daran, dass er durch und durch ein Mann war.

Er stöhnte leise und vertiefte den Kuss. Sie öffnete ihre Lippen und lud ihn ein, sie zu erforschen. Sie wollte sich in seiner Umarmung verlieren. Das Verhalten ihres Vaters am Abend hatte sie erschreckt und verletzt, aber Brodys Kuss ließ sie alles vergessen bis auf diesen Augenblick, das Gefühl seines Mundes auf ihrem, das Schnalzen seiner Zunge und die warmen Liebkosungen seiner Finger auf ihrer Wange.

Sie schob ihre Hand in seinen Nacken, ließ die weichen Haare dort ihre Fingerspitzen kitzeln. Dann fasste sie zu und vertiefte ihrerseits den Kuss. Jedes Mal wenn ihre Zunge seine berührte, stieg ein leiser, grollender Laut in seiner Kehle auf.

Ganz sacht liebkoste er ihre Brüste mit seinen Daumen, schickte eine pulsierende elektrische Ladung in ihren Körper. So sanft war er noch nie vorgegangen – was für ein gewaltiger Unterschied zu seinen sonst so rauen, berauschenden Küssen und gierigen Händen. Und sosehr sie diesen Kuss auch genoss, sie verlangte nach mehr, senkte ihre Hand auf die wachsende Beule in seiner Hose, doch er schob sie weg und beendete den Kuss.

Einen Moment wollten ihre Augen sich nicht öffnen, ihr Mund sich nicht schließen. Sie war gefangen in diesem Übergang, ihr Körper kribbelte noch von seiner Berührung. Als sie langsam die Lider hob, sah sie das tiefe, glitzernde Verlangen in seinen Augen. Ein Verlangen, das ihrem gleichkam.

»Schließ die Augen«, murmelte er.

»Warum?«

»Tu's einfach.«

Neugierig ließ sie ihre Lider wieder sinken. Sie hörte ein leises Rascheln, spürte, wie Brody näher rückte und sich vorbeugte, schnappte nach Luft, als seine Hand ihr Fußgelenk umfasste.

»Beweg dich nicht.« Seine Stimme war kaum mehr als ein Flüstern.

Sie schluckte. Wartete. Seufzte, als er seine große Hand an ihrem Bein aufwärts wandern ließ, ihr Kleid zwischen den

Fingern zusammenknüllte, während er weiter nach Norden reiste.

Seine Berührung erfüllte sie mit Hitze und brachte ihren Puls zum Rasen. Mit den Fingern glitt er an der Innenseite ihrer Oberschenkel entlang und hinterließ eine feurige Spur auf ihrer Haut. Dann drückte er seine Handfläche gegen ihr Spitzenhöschen.

»Was tust du?«, stieß sie leise keuchend hervor.

»Ich entstresse dich.« Plötzlich spürte sie seine Zunge an ihrem Ohr. Er schnalzte damit gegen das empfindsame Ohrläppchen, bevor er daran saugte.

Stilles Gelächter schüttelte sie, und ihre Augen öffneten sich. »Was hat es mit dir und deinem Bedürfnis auf sich, mich in aller Öffentlichkeit zu berühren?«

Mit der Hand rieb er über ihre Mitte, sein heißer Atem streifte ihr Ohr, als er flüsterte: »Willst du, dass ich aufhöre?«

»Gott, nein.«

»Gut.«

Er schob seine Hand in ihr Höschen und einen langen Finger in sie hinein.

Hayden schnappte nach Luft, ein Blitz der Lust zischte ihre Wirbelsäule hinauf.

»Du bist immer so bereit. So eng und feucht«, murmelte er.

Bevor sie ihm sagen konnte, dass er der Grund dafür war, bedeckte er ihren Mund mit seinem.

Der Kuss raubte ihr den Atem, seine Zunge arbeitete im selben Rhythmus wie sein Finger. Lange, tiefe, träge Stöße. Als sie begann, die Hüften gegen seine Hand zu stoßen, stöhnte er erneut auf.

»Scheiße. Ich würde so gern auf die Knie gehen und dich lecken.«

Erregung durchschoss sie. »Was hält dich davon ab?« Ihre Stimme klang heiser, zittrig.

»Es wäre schwer zu erklären, sollte Bob reinkommen.« Langsam zog er seinen Finger zurück, streifte mit den Lippen ihren Unterkiefer in einem aufreizenden Kuss. »Das hier ...« Er stieß seinen Finger wieder in sie hinein. »... ist leichter zu verbergen.«

Inzwischen zitterten Hayden die Oberschenkel, und sie wand sich unter seiner Berührung.

»Lass mich diesen Laut hören«, sagte er und küsste ihren Hals.

Sie wusste, welchen Laut er meinte. Sein Lieblingsgeräusch, wie er immer betonte. Jenes, das sie angeblich von sich gab, wenn sie kam. Und Brody Croft war unverschämt geschickt darin, ihr diesen Laut zu entlocken.

Er ließ einen zweiten Finger in sie hineingleiten, küsste sie, murmelte beschwörende Bitten an ihren Lippen, dann kreiste er mit dem Daumen um ihre Klit, und sie explodierte.

Sie schrie an seinem Mund auf, rieb sich fest an seinen Fingern, ihr Verstand völlig benebelt, während ihr Körper sich rhythmisch zusammenzog.

Als sie schließlich wieder auf der Erde landete, stellte sie fest, dass Brody sie überraschend zärtlich musterte.

»Du bist umwerfend schön«, sagte er, zog seine Finger zurück und richtete ihr Kleid.

Die Brust wurde ihr eng. Sie öffnete den Mund, um ihm zu danken – für das Kompliment, den Orgasmus, die Schulter zum Anlehnen –, aber er gab ihr keine Gelegenheit dazu.

»Darf ich heute Abend mit zu dir kommen?«, fragte er rau. Als sie zögerte, fügte er rasch hinzu: »Es ist nicht schlimm, wenn du Nein sagst. Ich wollte nur gefragt haben.«

Er war so höflich, so vorsichtig, obwohl die Glut in seinen Augen und sein zittriger Atem ihr verrieten, dass er vermutlich vor Erregung sterben würde, wenn sie Nein sagte.

»Falls wir ins Penthouse gehen«, begann sie langsam, »was genau werden wir dann tun?«

Ein sinnliches Leuchten trat in seine Augen, seine Stimme senkte sich zu einem heiseren Flüstern. »Tja, mir ist aufgefallen, dass es im Bad einen abnehmbaren Duschkopf gibt.«

Sie brach in Gelächter aus. »Nimmst du gewohnheitsmäßig die Dusche unter die Lupe, wenn du anderer Leute Bad benutzt?«

»Wer tut das nicht?«

20. Kapitel

BRODY: Kann es kaum erwarten, dich heute Abend
zu sehen.

Warme Röte überzog Haydens Wangen, als sie Brodys Nachricht las. Sie war froh, allein zu sein, sodass niemand sehen konnte, wie heftig sie errötete. Als ihr Dad ihr gesagt hatte, er werde ihr einen Wagen schicken, der sie zu der Wohltätigkeitsveranstaltung bringen solle, hatte sie geglaubt, er meinte ein normales Auto. Stattdessen saß sie ganz allein in einer Luxuslimousine. Das fand sie zwar ein bisschen übertrieben, aber nicht überraschend. Obendrein bot sie ihr die Möglichkeit, ungestört mit Brody zu schreiben, was sie schon seit fünf Tagen immer wieder tat.

Am Morgen nach der Party im Gallagher Club war er nach Colorado abgereist und die ganze Woche dortgeblieben. Heute Abend bekam sie also erstmals Gelegenheit, ihn wiederzusehen. Auch sie konnte es kaum erwarten. Sie wünschte nur, das Wiedersehen müsste nicht ausgerechnet auf einer der pompösen Team-Veranstaltungen ihres Dads stattfinden.

HAYDEN: Denk dran – wir sollten einander
gar nicht kennen.

HAYDEN: Aber ich freu mich auch, dich zu sehen.

Drei auf und ab tanzende Punkte zeigten an, dass er wieder schrieb.

BRODY: Du hast mir gefehlt.

Antworte nicht genauso, mahnte eine strenge innere Stimme sie.

Richtig, genauso zu antworten war alles andere als klug. Diese Sache zwischen ihnen war eine flüchtige Affäre. Da sollte man den anderen nicht so heftig vermissen, wie sie Brody in dieser Woche vermisst hatte.

HAYDEN: Du hast mir auch gefehlt.

O Gott. Das war gar nicht gut. Sie musste sich unbedingt zusammenreißen, damit sie sich nicht zu sehr an diesen Mann band.

Die Limousine hielt an, aber statt auszusteigen, warf Hayden rasch einen prüfenden letzten Blick in den beleuchteten Spiegel. Ihr karmesinroter Lippenstift war der perfekt passende Farbtupfer zu ihrem eng anliegenden schwarzen Kleid.

»Wir sind am Ziel, Ma'am«, verkündete der Chauffeur und öffnete ihr einen Moment später die Wagentür.

Sie stieg aus und betrachtete den wunderschönen Veranstaltungsort mit den Marmorsäulen, die den Vordereingang flankierten. Wow. Sie wusste nicht, ob sie schon jemals ein Gebäude mit so vielen riesigen Fenstern gesehen hatte. Ihr künstlerisches Auge erkannte sofort, wie das Licht im Inneren die glatte weiße Außenwand zur Geltung brachte.

Zum ersten Mal seit sehr langer Zeit fühlte sie den Wunsch zu malen. Das ließ sie stutzen.

Eine Frau in einem dunkelblauen Hosenanzug begrüßte Hayden, als sie durch den Eingang trat. Sie hatte keine Jacke dabei, musste also nichts an der Garderobe abgeben. Die Frau wies ihr den Weg zu einem enormen, gewölbten Durchgang auf der anderen Seite der verschwenderischen Lobby.

Hayden richtete ihr Abendkleid, als sie den prunkvollen Ballsaal betrat, in dem die Benefizgala abgehalten wurde. Zahlreiche Stimmen und das Klirren von Gläsern erfüllten den Raum. Der Abend, der vor ihr lag, legte sich wie eine schwere Last auf sie, als sie sich einen Weg durch die Menge bahnte. Sie war sich der prüfenden Blicke schmerzlich bewusst, die jeder ihrer Bewegungen folgten. Als Tochter des Teameigners stand sie immer im Licht der Öffentlichkeit, wenn sie eine solche Veranstaltung besuchte.

Gott, wie sie diesen Mist hasste. Hätte sie gewusst, wie dieser ausgedehnte Besuch sich entwickeln würde, dann hätte sie einfach zugesagt, den Sommerkurs über die Impressionisten abzuhalten. In den drei Wochen in Chicago hatte sie ihren Vater kaum zu Gesicht bekommen. Außer, es fand mal wieder eine noble Party statt – dann war er plötzlich mehr als erpicht darauf, dass sie ihn begleitete.

»Liebling!«

Ihr Vater stand in einer Gruppe seiner Kollegen in der Nähe der Bar, und seine Miene erhellte sich bei ihrem Anblick.

Unwillkürlich fragte sie sich, ob er diesen freudigen Gesichtsausdruck nur aufsetzte. Schließlich hatte er sich wahrlich nicht über ihre Gegenwart gefreut, als sie in der letzten Woche im Gallagher Club zusammengetroffen waren. Seitdem hatte sie versucht, ein Treffen zu arrangieren, aber er hatte zweimal kurzfristig ein gemeinsames Mittagessen abgeblasen, angeblich weil er wegen der Play-offs zu viel um die Ohren hatte.

Je mehr Zeit verging, desto mehr schwand ihre Zuversicht, wieder eine Beziehung zu dem Vater aufbauen zu können, den sie einst angebetet hatte.

Tief Luft holend und gezwungen lächelnd, näherte sie sich ihm. »Hi, Dad«, grüßte sie, bemüht, lässig zu klingen.

»Ah, Hayden! Perfektes Timing. Darf ich dir Rita vorstellen?«, sagte er und deutete auf eine der Frauen in der kleinen Gruppe. »Rita ist die Vorsitzende der Stiftung, für die wir heute Spenden sammeln.«

Nachdem sie sieben Jahre Tochter eines Teameigners gewesen war, hatte Hayden die Kunst des Small Talks perfektioniert. In den nächsten zwanzig Minuten tauschte sie Artigkeiten aus und beteiligte sich an oberflächlicher Konversation, während sie die ganze Zeit mit dem Stiel ihres Champagnerglases spielte und ihrem Vater verstohlene Blicke zuwarf, der anscheinend viel mehr Interesse an seinen Kollegen hatte als an ihrer Gegenwart.

Sie plauderte mit Stan Gray, dem Cheftrainer der Warriors, als sich die Atmosphäre im Saal kaum merklich änderte. Vielleicht lag es am Gemurmel einer Gruppe zu ihrer Rechten, die aus mehreren Frauen in den Zwanzigern bestand, aber Hayden ertappte sich dabei, wie ihr Blick zum gewölbten Eingang zuckte.

Und richtig, Brody hatte den Raum gerade betreten.

Seine Gegenwart übte eine magnetische Anziehungskraft auf sie aus. Sein schicker grauer Anzug betonte jede harte Linie seines hochgewachsenen, kräftigen Körpers. Er überragte die Männer um ihn herum um etliche Zentimeter.

Sein Blick wanderte suchend durch den Raum, und Haydens Herz setzte einen Schlag aus, als ihre Blicke sich trafen.

»Ah«, hörte sie ihren Vater sagen, der Brodys Ankunft ebenfalls bemerkt hatte. »Da sind Croft und Jones.« Mit einer Hand winkte er die beiden heran.

Einen Augenblick später stand Brody vor ihr. Der Blick seiner blauen Augen traf erneut den ihren, und sie konnte das mutwillige Glitzern darin sehen.

»Hayden, richtig?«, wandte er sich lässig an sie.

Sie nickte. »Genau. Und Sie sind ... Brady?«

»Brody«, korrigierte er, die Lippen belustigt zuckend. »Schön, Sie wiederzusehen.«

Brodys Teamkamerad, der sich als Derek Jones vorstellte, warf Hayden immer wieder verstohlene Blicke zu, die auch ihren Ausschnitt streiften. »Sie sind Mr. Houstons Tochter?«, fragte er.

»Ja, bin ich. Und Sie sind in dieser Saison neu eingestiegen?«

»Klar doch. Und mache mich gut.« Jones' jungenhaftes Lächeln brachte sie selbst zum Lächeln.

»Gut zu hören«, sagte sie und tätschelte ihm den Arm. Mann, sein Bizeps war dicker als ihre Oberschenkel.

Die Unterhaltung plätscherte weiter dahin, aber Hayden konnte sich kaum konzentrieren, während Brody so dicht neben ihr stand. Warum nur musste er so verdammt gut riechen?

»Brody, können wir schnell ein Foto machen?«, rief einer der Veranstaltungsfotografen.

Brody schaute zu ihm hinüber. »Natürlich.« Er wandte sich wieder an Presley und die anderen. »Entschuldigen Sie mich. Das dauert nur einen Augenblick.«

Der Augenblick wurde zu zehn Minuten, in denen jede Menge Fotos geschossen wurden, darunter auch etliche mit einem anwesenden Bikinimodel. Die junge Frau war hochgewachsen, blond und hatte riesige Brüste, die durch den tiefen V-Ausschnitt ihres roten Kleides zusätzlich betont wurden. Sie und Brody, beide geradezu lächerlich attraktiv, sahen gut aus zusammen, und Hayden spürte, wie ihre Schultern sich verspannten, als ihr dieser Gedanke bewusst wurde.

Sie zwang ihre Muskeln, sich zu entspannen. Nichts da. Sie weigerte sich, eifersüchtig zu sein. Was war schon dabei, dass er den Arm um ein schönes Model gelegt hatte? Sie beide waren schließlich nicht zusammen.

Als Brody zurückkam, überraschte er sie, indem er ihr die Hand entgegenstreckte. »Würden Sie gern tanzen?«, fragte er höflich und deutete auf die glänzende Tanzfläche mitten im Raum. Große Tische mit kunstreichen Blumengestecken standen rings um die Tanzfläche.

»Oh.« Sie zögerte, bemerkte, wie Vater ihr einen aufmerksamen Blick zuwarf. »Ähm. Ja, sicher.«

Sie hielten etwa einen Meter Abstand zueinander, als sie die Gruppe verließen. Auf dem Weg zur Tanzfläche konnte Hayden den missbilligenden Blick ihres Vaters die ganze Zeit im Nacken spüren. Brody dagegen wirkte unbeeindruckt.

»Benimm dich«, warnte sie leise.

Er hielt ihr die Hand hin. »Wo bleibt dabei der Spaß?«

Auf ihren Lippen zeigte sich die Andeutung eines Lächelns. Dann nahm sie seine Hand und legte die andere auf seine breite Schulter.

Seine Handfläche lag lose auf ihrer Hüfte, als er sie näher an sich heranzog und ihr ganz leise ins Ohr flüsterte: »Glaubst du, sie merken es, dass ich dich am liebsten auf der Stelle besinnungslos vögeln würde?«

Ihre Pussy zog sich zusammen. »O mein Gott. Sag so was nicht.«

»Warum nicht? Macht dich das an?«

»Offensichtlich«, zischte sie, und er lachte leise.

Hayden seufzte, zeichnete mit den Fingern kleine Kreise auf seinem Rücken. Der nur schwach beleuchtete Ballsaal bot ihnen ein bisschen Deckung, aber die wachsamen Blicke von Reportern und neugierigen Zuschauern mahnten sie zur Vorsicht.

»Glaub übrigens nicht, dass ich es nicht bemerkt hätte«, sagte Brody amüsiert.

»Was bemerkt?«

»Die Art, wie du mich und Bella Dawson angesehen hast.« Er zog eine Braue hoch. »Eifersucht steht dir, Professor.«

»Ich war nicht eifersüchtig«, grummelte sie.

»Lügnerin.«

»Ha. Ich glaube, du willst, dass ich eifersüchtig bin. Für dein Ego.«

»Willst du wissen, was ich glaube?« Brodys Lippen hingen wieder dicht neben ihrem Ohr.

»Selbst wenn ich Nein sage, würdest du es mir ganz bestimmt trotzdem erzählen.«

»Offensichtlich«, ahmte er sie nach, wirbelte sie herum und schlang seinen Arm erneut um ihre Taille. »Ich glaube ...« Er wirbelte sie noch einmal herum. »... du solltest dich mit mir in der Abstellkammer gleich neben der Garderobe treffen in ... sagen wir ... zehn Minuten?«

Hayden verengte die Augen zu Schlitzen. »Woher weißt du, dass dort eine Abstellkammer ist?«

»Woher wohl? Ich hab mich umgesehen, bevor ich den Saal betreten hab.«

Sie lachte, aber ihr Humor verwandelte sich in eine Welle von Hitze, als sie den Ausdruck in seinen Augen sah. »Oh, du meinst das ernst.«

»Absolut.« Flüssige Glut stand in seinem Blick. »Ich hab dich die ganze Woche nicht gesehen. Ich muss in dir sein.«

Ihre Oberschenkel spannten sich unfreiwillig an. »Und du kannst nicht bis später warten?«

»Kannst du es?«, fragte er provozierend.

Der gierige Blick, der sie abtastete, löste eine neue Welle von Verlangen aus. Das Ziehen zwischen ihren Beinen wurde stärker. Ihre Brustwarzen richteten sich auf und drückten gegen das Oberteil ihres Kleides, was alles andere als ideal war, da sie keinen BH trug. Brody bemerkte das natürlich schnell.

»Verdammt. Ich kann deine Nippel sehen.« Er stöhnte heiser auf. »In zehn Minuten?«

Hayden wusste, dass sie Nein sagen sollte. Sie befanden sich auf einer Veranstaltung der Warriors. Ihr Vater würde womöglich ihre Abwesenheit bemerken, falls ... Der Gedanke löste beinahe ein verächtliches Schnauben aus. Nein, ihrem Vater würde das nicht auffallen. Er war so mit sich selbst und seinem Team beschäftigt, dass er nicht mal bemerken würde, wenn sie die Gala verließ und nicht zurückkam.

»In zehn Minuten«, stieß sie hervor.

Grinsend ließ er sie los, und sie entfernten sich in entgegengesetzte Richtungen. Hayden ging zurück zu ihrem Vater, während Brody sich zu einer Gruppe Warriors-Spieler gesellte. Ihr fiel auf, dass einer von ihnen sie genau musterte. Ein hochgewachsener Mann mit groben Zügen und dunklen Haaren. Sie erkannte ihn vom gestrigen Play-off-Spiel gegen Colorado. Sein Vorname fiel ihr nicht ein, aber sein Nachname war Becker. Und sie hätte schwören können, dass er missbilligend die Stirn runzelte, als ihre Blicke sich kurz trafen.

Die nächsten acht Minuten zogen sich endlos hin. Haydens Puls raste, ihre Füße brannten darauf, zum Ausgang zu rennen.

Aber sie gab sich völlig gelassen, berührte leicht den Arm ihres Vaters und sagte: »Ich muss mich kurz frisch machen. Bin gleich zurück.«

Aber statt den Gang zu nehmen, der zu den Toiletten führte, ging sie um die Ecke und eilte stattdessen in Richtung Garderobe. Mit jedem Schritt beschleunigte sich ihr Herzschlag, und als sie die Tür mit der Aufschrift »Material« erreichte, überschlug er sich förmlich. Sie schaute sich verstohlen um, um sich zu vergewissern, dass der Gang immer noch menschenleer war, drückte die Klinke hinunter und schlich sich in den beengten Raum.

Eine Sekunde später fand ein warmer, gieriger Mund den ihren in der Dunkelheit. Überrascht keuchte sie auf, aber es war unmöglich, Brody Croft zu widerstehen. Sofort erwiderte sie seinen Kuss. Er schmeckte nach Minze und dem Gin, den er getrunken hatte, und er roch einfach himmlisch. Würzig und maskulin. Süchtig machend.

»Schließ die Tür ab«, murmelte sie an seinen Lippen.

Er schob sie rücklings dagegen, fummelte mit einer Hand am Riegel herum, während er mit der anderen nach dem Saum ihres Kleides griff und ihn hochzog.

Hayden fröstelte leicht, als ihre nackten Beine der Kühle ausgesetzt wurden. Sie holte tief Luft, atmete den schwachen Geruch von Reinigungsmitteln und den berauschenden Duft des Mannes ein, der wild entschlossen war, sie in den Wahnsinn zu treiben.

»Wir müssen schnell sein«, flüsterte sie.

Er schob seine Hand zwischen ihre Oberschenkel. »Kein Problem.«

Erneut küsste er sie, schob ihren spärlichen Tanga an ihren Beinen hinunter und steckte ihn in seine Tasche, bevor er nach seinem Reißverschluss griff.

»Wie willst du mich?« Ihre Stimme zitterte vor Verlangen.

»So devot.« Mit leisem Lachen packte er sie um die Taille und drehte sie herum, sodass sie ihm jetzt den Rücken zuwandte. »Hände an die Wand.«

Sie legte ihre Handflächen flach auf den Beton und fröstelte erneut, als sie spürte, wie der Stoff ihres Kleides sich um ihre Taille bauschte. Ihr nackter Hintern stand jetzt zur Schau, und Brody verschwendete keine Zeit. Seine große Hand strich einmal darüber.

»Ich wünschte, ich könnte mir Zeit lassen mit dir«, murmelte er.

Ihr ging es genauso, und doch hatte es etwas Erregendes, zu wissen, dass sie sich beeilen mussten. Dass jeden Moment jemand den Gang entlanggehen könnte. Dass es an die Tür klopfen könnte. Dass jemand das gequälte Stöhnen hören konnte, das ihr über die Lippen kam, als Brody seine Hand wegnahm.

»Hör nicht auf, mich zu berühren«, flehte sie.

»Ich zieh nur ein Kondom über.«

Er ließ sie fünf, höchstens sechs Sekunden warten, aber als er endlich seinen Schwanz an ihre Mitte führte, schwitzte sie bereits vor Ungeduld. Als sie den Druck seiner Eichel an ihrem Eingang spürte, stöhnte sie erneut.

Brodys Mund lag plötzlich an ihrem Ohr. »Du wirst still sein müssen.«

»Das ist unmöglich.«

»Versuch es.«

Sie versuchte es. Sie versuchte es wirklich. Aber als er ohne Vorwarnung in sie hineinstieß, stöhnte sie unwillkürlich heiser auf vor Lust. Leise lachend hielt Brody einen Moment inne und bedeckte ihren Mund mit seiner Hand.

»Wenn du schon stöhnen musst, dann in meine Hand«, flüsterte er.

Und das tat sie. Ihr heiseres, gedämpftes Stöhnen wärmte seine Handfläche, während er sie schnell und tief von hinten nahm. Noch nie hatte sie so etwas getan. Es war gefährlich und grenzte an Dummheit, aber zugleich war es so verdammt aufregend, dass sie nicht an sich halten konnte und mit dem Po rhythmisch nach hinten gegen Brody stieß, um ihn so tief wie nur irgend möglich in sich aufzunehmen.

Ihn in sich zu spüren war sagenhaft. Sie passten so perfekt zusammen. Das wusste auch er, denn er ließ sein Kinn auf ihre Schulter sinken und knurrte ihr ins Ohr.

»Du nimmst mich so gut, Hayden.« Einen Moment verlangsamte er sein Tempo, vögelte sie zärtlich und langsam, sodass sie sich nach jedem seiner Stöße vor Verlangen wand. »Ich kann nicht genug von dir kriegen.«

Auch sie konnte nicht genug kriegen. Ihre Klit war geschwollen, und sie schob ihre Hand zwischen ihre Beine, um sie zu streicheln. Brody bemerkte das und stöhnte leise.

»Scheiße. Ja. Mach weiter. Ich will spüren, wie du auf meinem Schwanz kommst.«

Sie brauchte überhaupt nicht lange, um ans Ziel zu gelangen. Seine Finger bohrten sich in ihre linke Hüfte, sein Schwanz war tief in ihr vergraben, als Haydens ganzer Körper sich zusammenzog und der Orgasmus über sie hereinbrach. Um zu verhindern, dass sie aufschrie, biss sie Brody in die Hand.

Er fluchte, vögelte sie noch härter, stieß die Hüften heftig vor, und sein Atem streifte heiß ihren Nacken. »Ich bin kurz davor, Baby«, murmelte er, und sie spannte sich um ihn an, wohl wissend, dass er so noch härter kommen würde.

Sie keuchten schwer, als sie sich von ihren Orgasmen erholten. Hayden hätte beinahe über den Verlust geweint, als er sich aus ihr herauszog. Sie sah zu, wie er das Kondom in einem Abfalleimer in der Nähe entsorgte, eine Handvoll Papierhandtücher von einem der Metallregale nahm und sie ihr reichte.

Sie zuckte leicht zusammen, als sie sich mit dem kratzigen Papier abwischte, aber sie konnte keine nassen Flecken auf ihrem Kleid riskieren. Rasch strich sie den Stoff glatt, als sie sah, dass Brody sie angrinste.

»Was?«, wollte sie wissen.

»Du bist die heißeste Frau auf dem ganzen Planeten.«

Ihre Wangen brannten. »Wohl kaum.«

»Absolut.« Er strich ihr eine Haarsträhne hinters Ohr und beugte sich vor, um sie zu küssen. »Die allerheißeste.«

Ihr Puls beschleunigte sich. Sie hatte in ihrem Leben schon viele Komplimente gehört, aber die Anerkennung, die in Brodys blauen Augen blitzte, machte dieses Kompliment zu etwas ganz Besonderem. Ihr gefiel, wie dieser Mann sie ansah. Dass sie in der Lage war, ihn dermaßen anzuturnen, ohne auch nur das Geringste dafür zu tun.

»Ich geh zuerst raus«, sagte sie und entriegelte die Tür. »Warte ein paar Minuten, bevor du nachkommst.«

Er nickte. »Klingt nach einem Plan.«

Mit der Zunge fuhr sie sich über die trockenen Lippen, drehte den Türknauf und schob die Tür vorsichtig einen Spalt auf, um den Gang besser überblicken zu können. Viel sehen konnte sie nicht, aber es waren keine Stimmen zu hören, also beschloss sie, es zu riskieren.

Sie zog gerade die Tür hinter sich zu, als jemand um die Ecke kam – Brodys Teamkamerad Becker.

Hayden erstarrte, fing sich aber rasch wieder. Sie waren einander nicht vorgestellt worden, also nickte sie nur zum Gruß. Er nickte zurück, aber die Härte in seinem Blick war unübersehbar. Er schaute an ihr vorbei auf das Wort »Material«, das auf der Tür stand, aus der sie gerade gekommen war. Dann zuckte sein kalter Blick zu ihr zurück.

Sie schluckte, straffte die Schultern und tat so, als wäre nichts gewesen. Sie war gerade aus der Abstellkammer gekommen, na und?

Ein gekünsteltes Lächeln aufgesetzt, murmelte sie leise »Hallo« und marschierte an ihm vorbei, ihre Absätze klackten auf dem Boden.

Trotzdem spürte sie immer noch seinen missbilligenden Blick im Rücken, während sie sich entfernte.

21. Kapitel

Heute Abend würde Colorado nicht gewinnen.

Nein. Auf keinen Fall.

Brody wiederholte dieses gedankliche Mantra, während er sich für das fünfte Spiel der Play-offs umzog. Im Moment stand es in dieser Runde 3:1. Wenn Colorado heute Abend siegte, dann schieden die Warriors noch vor dem eigentlichen Finale aus.

Zum Glück würde Colorado heute Abend aber nicht gewinnen, verdammt noch mal.

Die Menge brüllte ohrenbetäubend, als Brody die Eisfläche für seine erste Spielzeit an diesem Abend betrat. Die Kälte der Eisfläche drang durch seine Ausrüstung hindurch. Jetzt hieß es spielen, und er spürte, wie Adrenalin seine Adern flutete. Scheiße, ja. Hier blühte er auf, hier war er in seinem Element.

Er brachte sich neben Wyatt in der Mitte und Jones auf dem rechten Flügel in Position. Wenige Sekunden später fiel der Puck, und sie jagten los, um die Oberhand zu gewinnen. Der gegnerische Mittelfeldspieler stürzte auf Wyatt zu und schlug den Puck von Wyatts Schläger weg. Er schlitterte seitwärts, Brody bohrte seine Kufen ins Eis, drückte sich so hart ab, wie er konnte. In einem kräftigen Spurt gelang es ihm, den Puck in seinen Besitz zu bringen, seinen Gegner zu täuschen und den Puck zurück zu Jones zu spielen, der abging wie eine Rakete.

Die Stimmen in der Arena wurden zu einem fernen Rauschen, während die vordere Linie der Warriors sich durch die gegnerische Linie kämpfte und den Puck mit haarscharfer Präzision hin und her schoss. Das Spielfeld schien zusammenzuschrumpfen, als Brody sich der Spielhälfte der Gegner näherte. Das kollektive Keuchen und Jubeln der Menge waren das Einzige, was ihn an die Welt außerhalb der Plexiglaswände erinnerte. Er war inzwischen ganz woanders, ganz und gar auf sein Ziel konzentriert – ein Tor zu schießen. Denn das erste Tor würde entscheidend sein für den weiteren Verlauf des Spiels.

Der gegnerische Verteidiger jedoch dachte gar nicht daran, Brody so leicht durchzulassen. Er stürzte vor, den Schläger ausgestreckt, versuchte, Brodys Angriff zu stören. Der schoss den Puck zurück zu Wyatt, aber sein Kapitän hatte niemanden, den er anspielen konnte. Brody rammte dem Arschloch von Colorado, das ihn permanent anrempelte, den Ellbogen in die Rippen und sah, wie Wyatt ihm den Puck durch einen Wald aus Beinen und Schlittschuhen hindurch zurückspielte. Brodys Schläger und der Puck trafen aufeinander, und einen kurzen Moment lief alles wie in Zeitlupe ab. Er sah die Lücken, die möglichen Winkel, die Positionierung des Torwarts.

All seine Kraft legte er in seinen Schlag. Der Puck segelte durch die Luft in Richtung Netz wie eine Lenkrakete. Der Torwart reagierte, aber es war zu spät.

Tor.

Die Arena explodierte förmlich: Jubelschreie der Fans der Warriors, enttäuschtes Stöhnen und Buhrufe von den Anhängern der gegnerischen Mannschaft, ein ohrenbetäubender Lärm. Brody hatte kaum Zeit, das Hochgefühl zu genießen, bevor Coach Gray einen Reihenwechsel ausrief und er zur Bank der Warriors zurückkehrte.

»Du verfluchte Bestie, Croft«, krähte Levy und schlug ihm auf den Arm.

»Guter Junge«, sagte der Coach und nickte anerkennend, bevor er sich wieder dem Geschehen auf dem Spielfeld zuwandte.

Außer für ein paar Fauststöße und Jubelrufe von den anderen auf der Bank blieb keine Zeit, den Augenblick zu feiern. Das Spiel ging weiter.

Hastig kippte er etwas Wasser hinunter, sein Atem ging heftig, sein Herz hämmerte. Kaum eine Minute blieb ihm, bevor er beim nächsten Spielerwechsel wieder antreten musste.

Eishockey-Play-offs waren verdammt anstrengend. Schneller, genauer, hoher Druck. Das Tempo war erbarmungslos. Der Puck bewegte sich wie ein Blitz, und die Schläge gingen an die Substanz. Colorado war nicht bereit, sich geschlagen zu geben, und Brody hätte es auch nicht anders gewollt. Jede einzelne Spielzeit war eine Willensprobe.

Als die Schlusssirene ertönte und die Warriors den Sack zugemacht hatten, fühlte Brody sich, als hätte er in einer Schlacht gekämpft. Er war nicht unbeschadet davongekommen, seine Schulter schmerzte von einem mörderischen Stock-Check im letzten Drittel. Dennoch schwebte er wie auf Wolken, als er seinen Teamkameraden in die Umkleide folgte.

»So machen wir das!«, brüllte Jones, sprang auf die Bank und feierte den Sieg.

»Wir haben es immer noch drauf«, meldete sich ihr Teamkamerad Cody zu Wort. Sein Gesicht war gerötet, seine Augen leuchteten zufrieden.

So war es, sie hatten es immer noch drauf, und ihr nächstes Spiel würde ein Heimspiel sein, womit sie eine gute Chance hatten, die Runde erfolgreich abzuschließen. Sicher, das bedeutete, das siebte Spiel würde wieder in Colorado stattfinden, aber, zur Hölle, bis zum siebten Spiel mussten sie erst mal kommen.

Brody eilte unter die Dusche und kehrte anschließend zu seinem Spind zurück, um einen Blick auf sein Smartphone zu werfen. Unwillkürlich musste er lächeln, als er Haydens Nachricht sah, in der sie ihm zum Sieg gratulierte. Rasch schickte er ihr eine Antwort.

BRODY: Danke, Professor. Das bedeutet mir viel.

Sein Lächeln wurde breiter, als sie sofort wieder anfing zu schreiben.

HAYDEN: Ich hab dir gesagt, du sollst mich nicht so nennen!

BRODY: Warum? Ist doch heiß.

HAYDEN: Was ist heiß daran, dass ich Dozentin bin?

BRODY: Babe, jeder Junge hat sich irgendwann in seinem Leben ausgemalt, wie es wäre, mit seiner Lehrerin zu schlafen. Glaub mir, es ist heiß.

HAYDEN: Wenn das so ist – willst du, dass ich morgen eine schicke Hose und einen Blazer trage, wenn wir uns treffen?

BRODY: Scheiße, ja.

HAYDEN: Womöglich auch noch meine Haare zu
einem Knoten hochstecke ...

BRODY: Ich bin hier nicht allein, hör auf, mich
anzuturnen.

Er schlüpfte in seine Anzugjacke, die er bei Auswärtsspielen tragen musste, vor allem bei den Play-offs. Dann schrieb er ihr eine weitere Nachricht.

BRODY: Was hättest du gern morgen zum
Abendessen? Ich kann was vom Chinesen mitbringen.

HAYDEN: Ja, bitte. Für mich gern gebratene Nudeln
mit Brokkoli und Aubergine.

BRODY: Dir ist hoffentlich klar, dass das nicht die
einzige Aubergine sein wird, die du bekommst.

»Hast du gerade deinen Schwanz als Aubergine bezeichnet?«, fragte Jones hinter ihm, und Brody fluchte, als ihm klar wurde, dass der Neuling über seine Schulter mitgelesen hatte.

»Hey, schon mal was von Privatsphäre gehört?« Hastig schob er sein Smartphone in seine Hosentasche.

»Und wer ist Hayley?«, hakte Jones breit grinsend nach.

Brody verbarg seine Erleichterung darüber, dass Jones Haydens Namen falsch gelesen hatte. »Hayley geht dich nichts an«, gab er zurück und zeigte seinem Teamkollegen den Mittelfinger. Aus dem Augenwinkel sah er Becker missbilligend den Kopf schütteln.

Jones lachte. »Alter, du bist so lahm.«

»Ja, nun, ihr gefällt mein lahmer Hintern. Im Gegensatz zu denen, die du datest, die es nicht erwarten können, dich fallen zu lassen.«

Sein Kollege blinzelte überrascht. »Moment mal, was meinst du mit *daten*? Seit wann datest du jemanden?«

Verdammte Scheiße. Warum nur hatte er den Mund aufmachen müssen?

Zum Glück wurde ihr Manager inzwischen ungeduldig und begann, alle zum Bus zu scheuchen. Ihr Flieger würde erst früh am nächsten Morgen gehen, also fuhr der Bus sie zurück zum Hotel, in dem die Mannschaft eine ganze Etage gebucht hatte.

Brody blieb gerade lange genug, um sich aus seinem Anzug zu schälen und Jeans und T-Shirt anzuziehen. Es war halb zwölf, und er hatte gerade ein kräftezehrendes Eishockeyspiel hinter sich, aber er war nicht müde. Also schickte er Becker eine Nachricht und bat ihn, sich auf einen Drink in der Lobbybar mit ihm zu treffen.

Er war als Erster dort, die Bar war fast leer bis auf eine einsame Gestalt am Tresen.

Craig Wyatt.

Brody zögerte. Es war Wochen her, dass er Wyatt und Sheila Houston hatte miteinander flüstern sehen, aber er hatte ihn immer noch nicht darauf angesprochen. In erster Linie, weil er nicht das Gefühl hatte, als ginge ihn die Sache irgendwas an. Brody wusste, er selbst wäre stinksauer, wenn einer seiner Teamkameraden seine neugierige Nase in sein Liebesleben steckte. Woher, zum Teufel, nahm er sich also das Recht, Wyatt zu konfrontieren, geschweige denn ihn zu verurteilen?

Es war sein Verdacht, dass Wyatt mit den Medien gesprochen hatte, der alles komplizierter machte. Seine Angst, dass Craig Wyatt etwas über die Anschuldigungen zu Schmiergeldzahlungen und manipulierten Spielen wusste. Seine noch größere Angst, dass diese verdammten Anschuldigungen womöglich der Wahrheit entsprachen.

Als hätte er seine Gegenwart gespürt, hob Wyatt den blonden Kopf und schaute kurz zur Tür. Er nickte grüßend, als er Brody entdeckte.

Brody nickte zurück und schenkte ihm ein rasches Lächeln, das Wyatt nicht erwiderte. Der Kerl lächelte nur selten. Selbst nach dem heutigen Sieg wirkte er eher trübselig als hochgestimmt. Nachdem er seit drei Jahren mit ihm auf dem Eis gestanden hatte, war Brody daran gewöhnt. Aber er musste zugeben, das ließ Wyatt nicht sonderlich zugänglich erscheinen.

»Hey.« Jemand schlug ihm auf die Schulter.

Er drehte sich zu Becker um. »Hey.«

»Wollen wir uns setzen?« Sam deutete auf die vielen leeren Tische. Es war Sonntag und fast Mitternacht, die Lobbybar war eine Geisterstadt.

Brody schaute kurz zu Craig hinüber. »Meinst du, ich sollte zu ihm gehen?«

Sofort wurde Beckers Miene wachsam. »Wozu?«

»Ich habe immer noch nicht mit ihm über das gesprochen, was ich gesehen habe.« Plötzlich fiel ihm wieder ein, dass Becker angeboten hatte, mit Wyatt zu reden, und er legte den Kopf schief. »Hast du ihn jemals danach gefragt?«

Becker schüttelte den Kopf. »Hab's versucht, aber er hat zugemacht. Komm schon, setzen wir uns.«

Als sie sich auf ihre Barhocker gleiten ließen, schlenderte der Barkeeper herüber, um ihre Bestellung aufzunehmen.

»Was heißt das, er hat zugemacht?«, fragte Brody. Sein Blick zuckte wieder zu Wyatt hinüber.

»Ich hab ihm gesagt, dass mir jemand erzählt hat, er glaube, er hätte ihn mit Mrs. Houston gesehen, und er hat sofort gemauert. Sagte, er habe nichts dazu zu sagen, und stolzierte davon. Ich wollte ihm nicht nachlaufen und ihn mit weiteren Fragen bedrängen. Wenn er nicht über Sheila Houston reden will, dann wird er ganz sicher auch nichts über die Bestechungsvorwürfe sagen wollen. Es war offensichtlich, dass er nicht mit mir reden würde, also hab ich das Thema ruhen lassen.«

»Aber er hat es nicht geleugnet.«

»Nein.« Becker lächelte den jungen Mann an, der mit ihren Drinks an ihren Tisch zurückkam, und dankte ihm. Dann nahm er rasch einen Schluck von seinem Whiskey, stellte das Glas ab und musterte Brody.

»Was?«

»Können wir jetzt über *Hayley* reden?«

Brody war plötzlich auf der Hut.

»Was denn, benutzt ihr jetzt etwa Codenamen?«

»Nein, Jones hat nur nicht so genau lesen können, was in meinem Smartphone stand.«

Becker stützte sich auf seine Unterarme und senkte die Stimme. »Kleiner. Du weißt, ich mag dich. Aber du musst das sein lassen, Mann. Ich hab es dir schon letzte Woche im Gallagher Club gesagt – du kannst nicht die Tochter des Teameigners vögeln.«

Brodys Stimmung schlug um, aus Vorsicht wurde Verärgerung. »Ich vögele sie nicht einfach nur. Wir daten uns.«

Na ja, sozusagen. Hayden betrachtete ihr Verhältnis immer noch als flüchtige Affäre. Aber er war sicher, dass sie spürte, wie es sich veränderte, genauso wie er das spüren konnte.

»Scheiße, das ist ja noch schlimmer.«

»Inwiefern ist das schlimmer?«, wollte Brody wissen.

Becker seufzte, strich sich mit einer Hand durch sein Haar. »Wir stehen im Moment alle im Mittelpunkt einer Untersuchung. Jeder Einzelne von uns muss vollkommen sauber erscheinen. Und sich mit der Tochter des Besitzers einzulassen? Das sieht nicht gut aus.«

Brody presste die Kiefer zusammen. »Hayden hat nichts mit ihrem Vater und den Anschuldigungen gegen ihn zu tun.«

»Das weißt du nicht. Wenn er schuldig ist, hat er sich ihr vielleicht anvertraut. Und vielleicht wird sie sich dir anvertrauen. Dich in den ganzen Schlamassel mit reinziehen.« Becker hob beschwichtigend beide Hände. »Das alles sage ich dir nur, weil ich mir Sorgen um dich mache. Wie du wahrgenommen wirst, spielt eine Rolle, vor allem in einer solchen Situation. Du musst vorsichtig sein, bevor das Ganze dir um die Ohren fliegt.«

Brody presste seine Kiefer noch fester zusammen, Frustration drohte sich Bahn zu brechen. »Ich hab keine Kontrolle darüber, was die Leute sagen oder denken. Ich hab nichts Falsches getan, und ich werde nicht aufhören, mich mit Hayden zu treffen, nur weil ihr Vater vielleicht, vielleicht aber auch nicht schuldig ist.«

»Es geht nicht nur um dich. Es geht um das Team. Wir können jetzt nicht noch mehr Drama und Ablenkung gebrauchen.«

»Es gibt kein Drama. Hayden und ich sind diskret. Und ich mag sie, verdammt noch mal. Du willst, dass ich etwas Wahres und Echtes aufgebe, nur weil es eine verdammte Untersuchung gibt? Das werde ich nicht tun, Sam.«

Sein Teamkamerad wirkte entsetzt. »Etwas Wahres und Echtes?«, hakte er misstrauisch nach.

»Ja, Mann. Etwas Wahres und Echtes. Sie macht mich glücklich. Ich freu mich darauf, sie zu sehen, und sie fehlt mir, wenn sie nicht bei mir ist. Also, nein, das gebe ich nicht auf.«

In Beckers Augen blitzte Frustration auf, die sich in Resignation auflöste. »Fuck. Na gut.« Er schüttelte den Kopf, hob sein Glas an die Lippen und trank noch einen Schluck Whiskey. »Aber komm ja nicht heulend zu mir, wenn dir alles um die Ohren fliegt.«

22. Kapitel

»Du bist tatsächlich gekommen!«, sagte Hayden überrascht, als ihr Vater sich dem Ecktisch näherte, an dem sie seit fünfzehn Minuten auf ihn wartete.

An diesem Donnerstagmorgen lag die Benefizgala, auf der sie ihn zum letzten Mal gesehen hatte, fast eine Woche zurück. Zwar hatten sie sich zum Frühstück in der Innenstadt verabredet, aber sie hatte nicht wirklich geglaubt, dass er auftauchen würde. Sie war davon ausgegangen, dass seine Assistentin in letzter Minute anrufen würde, um das Treffen abzusagen. Dass er fünfzehn Minuten nach der vereinbarten Zeit noch nicht da war, hatte sie in ihrer Überzeugung bestärkt.

Und doch, hier war er, gekleidet in einen maßgeschneiderten grauen Anzug, die Haare perfekt gestylt. Seine grünen Augen strahlten bei ihrem Anblick.

»Tu nicht so überrascht«, neckte er sie, als sie sich von ihrem Stuhl erhob, um ihn zur Begrüßung zu umarmen.

Presley küsste sie auf den Scheitel und rückte ihr dann ihren Stuhl wieder zurecht. Das Restaurant, das seine Assistentin für sie ausgewählt hatte, war offensichtlich äußerst beliebt, denn um halb neun an diesem Morgen war es rappelvoll. Anscheinend öffnete es werktags immer schon um halb acht, um die Powerfrauen und -männer zu verköstigen, bevor sie ihren supergeschäftigen, superwichtigen Tag in Angriff nahmen. Leute wie ihren Vater.

»Ich bin überrascht«, gab sie zu. »Ich hatte schon fast geglaubt, du würdest wieder absagen.«

Reue flackerte in seinen Augen auf. Er öffnete den Mund, um zu antworten, aber ihre Bedienung eilte herbei und unterbrach sie. Er bestellte einen Espresso, wartete, bis die Serviererin wieder gegangen war, und wandte sich dann erst wieder an Hayden.

»Es tut mir leid, Schatz, es tut mir wirklich leid. Als ich dich gebeten habe, nach Hause zu kommen, dachte ich wirklich, ich würde mehr Zeit mit dir verbringen können. Aber die Play-offs sind in diesem Jahr so viel fordernder, und jetzt sind wir in der zweiten Runde, und der Druck wird noch größer.«

Am liebsten hätte sie die Augen verdreht, beherrschte sich aber. Sie wusste, dass ihr Vater eine wichtige Aufgabe hatte, aber schließlich stand nicht er alle paar Abende auf dem Eis und setzte seinen Körper höllischen Strapazen aus, um einen Sieg zu erringen. Er tat geradeso, als wäre er der Grund für den Erfolg der Warriors. Das mochte teilweise sogar stimmen, aber jedes Mal wenn er mit dem Erfolg prahlte, versäumte er es, die Leistung der Spieler anzuerkennen. Aus irgendeinem Grund begann sie das für Brody zu wurmen.

Großer Gott. Wie hatte sie sich nur so sehr in eine Affäre hineinsteigern können? Es hatte doch nur um Sex gehen sollen, darum, einige Fantasien auszuleben, einander zum Höhepunkt zu bringen. Und doch kreisten ihre Gedanken permanent um diesen Mann. Sie fragte sich, wie es ihm ging. Machte sich Sorgen um ihn, wenn er auf dem Eis stand. Einer der Colorado-Spieler war nach dem Spiel des gestrigen Abends mit einer Gehirnerschütterung ins Krankenhaus eingeliefert worden – ein deutlicher Hinweis darauf, wie gefährlich dieser Sport sein konnte.

»Schatz?«

Abrupt aus ihren Gedanken gerissen, fragte sie: »Tut mir leid, was hast du gerade gesagt?«

»Ich sagte, wenn die Saison vorbei ist, werde ich alle Zeit der Welt für dich haben. Du musst erst im August nach Berkeley zurück – was hältst du davon, für Juli einen gemeinsamen Italienurlaub zu planen?«

Überraschung durchzuckte sie. »Meinst du das ernst?«

»Ja. Wir sind nicht mehr zusammen verreist, seitdem du – warte mal – achtzehn warst?«

»Sechzehn.«

»Das ist also längst überfällig.« Er hob den Kopf. »Was hältst du von Rom? Vielleicht eine Woche dort, dann für eine oder zwei Wochen an die Amalfiküste? Meine Assistentin könnte die ganze Planung übernehmen. Du bräuchtest keinen Handschlag zu tun.«

So unglücklich sie seit ihrer Rückkehr nach Chicago gewesen war, konnte sie doch nicht leugnen, dass sein Angebot sie berührte. Sie war sechsundzwanzig und fühlte sich auf einmal wie ein kleines Kind.

»Das klingt toll«, erklärte sie.

»Großartig. Ich werde Elizabeth beauftragen, die Reise zu planen.«

Die Kellnerin kam mit seinem Espresso zurück an den Tisch, aber Hayden hatte bereits zwei Kaffee getrunken, während sie auf ihren Vater gewartet hatte, und musste dringend auf die Toilette, bevor ihr die Blase platzte.

»Bestell mir irgendwas mit Eiern und Avocado«, bat sie ihren Vater und stand eilig auf.

Als sie nach einem kurzen Besuch auf der Toilette an den Tisch zurückkam, warteten eine frische Tasse Kaffee und ein großes Glas Wasser auf sie.

»Ich habe dir den Avocado-Toast mit Spiegelei bestellt«, sagte ihr Dad. »Und ich habe uns Wasser kommen lassen.«

»Danke.«

Während sie auf ihr Frühstück warteten, plauderten sie über die Play-offs, und ausnahmsweise machte es ihr nichts aus, sich über Eishockey zu unterhalten. Durch die Zeit, die sie mit Brody verbrachte, fiel es ihr schwer, das Spiel immer noch zu verabscheuen. Außerdem, je mehr sie darüber nachdachte, desto klarer wurde ihr, dass wirklich nicht das Eishockeyspiel schuld an der Entfremdung zwischen ihr und ihrem Vater war. Eishockey war nur ein Sport. Presleys Besessenheit von diesem Sport war das, was sie wirklich ärgerte.

Obwohl, wenn sie ihrer Stiefmutter Glauben schenken wollte, dann war Presley von mehr besessen als nur von Eishockey. So wie Sheila ihn beschrieben hatte, war er ein geldgieriger Aufreißer, der nur an sich selbst dachte.

»Gibt es was Neues in Sachen Scheidung?«, fragte sie, als sie das letzte Stückchen Toast zerschnitt.

Falsche Frage.

Ihr Vater verspannte sich sofort. »Nein. Die Anwälte verhandeln immer noch. Aber Diana meint, allzu lange werde es sich wohl nicht mehr hinziehen.«

Hayden musterte sein Gesicht. »Geht es dir gut?«

Gezwungen lachend winkte er ab. »Mir geht es prima.«

Ein wenig unbehaglich zuckte sie mit den Schultern. »An dem Abend im Gallagher Club sahst du nicht so aus.«

Mist, warum hatte sie das angesprochen? Obwohl sie ihn seitdem gesehen hatte, hatte sie das Thema nicht angeschnitten, weil sie nicht wollte, dass er wieder ausflippte. Aber jetzt war es zu spät, ihre Worte zurückzunehmen, und ihr entging nicht, wie sich der Blick ihres Dads verfinsterte.

Allerdings wurde er nicht zornig.

Sondern reuig.

»Es tut mir leid. Ich hatte vor, mit dir über jenen Abend zu reden, aber ich ersticke in Arbeit. Das ist keine Entschuldigung. Aber es tut mir leid, dass ich dich an dem Abend angeblafft habe. Das wollte ich nicht.«

Sie musterte ihn intensiv, sah die Zeichen von Erschöpfung in seinem Gesicht. »In Ordnung, ich frage noch mal. Geht es dir gut? Geht es dir wirklich gut?«

Presley griff nach seinem Wasserglas und nahm einen großen Schluck. Seine Finger schlossen sich einen Moment fest um das Glas, bevor er es absetzte.

»Größtenteils«, sagte er schließlich.

Besorgt schaute sie ihn an. »Größtenteils?«

»Ich will nicht lügen – die Scheidung macht mir sehr zu schaffen. Ganz abgesehen von den Gerüchten um das Franchise.« Ihr Vater lächelte beruhigend, doch die Schatten in seinen Augen verrieten, dass da noch mehr war. »Aber ich komme damit zurecht, Schatz. Du musst dir keine Sorgen um mich machen.«

Trotz seiner beruhigenden Worte konnte Hayden nicht den quälenden Verdacht abschütteln, dass das nicht die ganze Story war. »Bist du sicher, dass es nur das ist? Denn du hast wirklich den Eindruck gemacht ...« Sie holte tief Luft und beschloss, die Sorge, die sie schon die ganze Zeit quälte, auszusprechen. »Du warst an dem Abend wirklich betrunken, Dad. Und das ist so gar nicht typisch für dich. Ich hab dich bei solchen Anlässen noch nie zu viel trinken sehen.«

Seine Augen wurden ein wenig schmaler, ein Unterton von Abwehr kroch in seine Stimme. »Was genau willst du damit fragen? Ob ich ein Alkoholproblem habe? Ich kann dir versichern, ich habe keines. Du hast aber recht – an dem Abend hatte ich zu viel getrunken. Ich hatte eine besonders harte Woche hinter mir wegen all der brodelnden Gerüchte, und ich habe mich davon verrückt machen lassen.«

Sie nickte langsam. »Verstehe. Es kann nicht angenehm sein, was die Medien über dich und die Warriors veröffentlichen.«

»Ist es auch nicht. Aber wie schon gesagt, du musst dir keine Sorgen um mich machen. Das Franchise und ich werden dieses Unwetter gut überstehen.«

»Ich werde mir immer Sorgen um dich machen. Das weißt du.«

Seine Züge wurden weich. »Ich weiß, Schatz.« Er griff über den Tisch, um ihre Hand zu drücken. »Und ich schätze das, wirklich.«

Erneut wurden sie von der Kellnerin unterbrochen, die mit der Rechnung kam. Als ihr Vater ihr seine Kreditkarte reichte, leuchtete eine Nachricht auf Haydens Smartphone auf.

DARCY: Ich nehme mir den Tag frei. Magst du mit mir shoppen gehen?

Sie schickte rasch eine Antwort, während ihr Dad mit der Kellnerin sprach, und teilte ihrer Freundin mit, sie sei gerade in der Stadt, nicht weit von Darcys Wohnung.

DARCY: Oh, schön! Bleib, wo du bist.
Ich komme zu dir.

»Gehen wir, Schatz? Ich kann meinen Fahrer bitten, dich im Ritz abzusetzen.«

»Nicht nötig, aber danke. Darcy hat mir gerade geschrieben. Wir wollen shoppen gehen.«

»Dann viel Spaß.«

Er umarmte sie nicht zum Abschied, beugte sich aber vor, um ihren Arm zu drücken und sie auf den Scheitel zu küssen.

Als er fort war, bestellte sie sich noch einen Kaffee und fand sich damit ab, den Rest des Tages überdreht zu sein und eine schlaflose Nacht vor sich zu haben. Kurz darauf kam Darcy im Restaurant an, begrüßte Hayden grinsend und ließ sich auf Presleys leeren Stuhl sinken.

»Verdammt, bist du schnell hier«, stellte Hayden fest.

»Ich war schon angezogen und auf dem Sprung, als ich dir geschrieben hab.« Darcy strich sich ihr rotes Haar glatt und warf es über die Schultern zurück.

»Warum hast du dir den Tag freigenommen?«

»Letzte Nacht bin ich superspät nach Hause gekommen.«

»Heißes Date?«

»Heißer Sex.«

Hayden musste so lachen, dass ihr der Kaffee fast aus der Nase kam. »Sorry, mein Fehler.«

Die blauen Augen ihrer Freundin blitzten schelmisch. »Entschuldigung akzeptiert. Und keine Sorge, ich erzähle dir alles über ihn, während ich dich durch sämtliche Boutiquen der Umgebung schleife. Heute Abend sehe ich ihn wieder.«

Hayden blieb der Mund offen stehen. »Was? Eine Wiederholung?«

»Jep.«

»So gut war er im Bett?«

»Jep.«

»Wirst du ihn heiraten?«, fragte Hayden voller Hoffnung.

»Nö.« Erneut grinsend schob Darcy ihren Stuhl zurück, um aufzustehen. »Komm, lass uns gehen. Ich will ein heißes Kleid für heute Abend finden.« Während sie sich erhob, nahm sie das halb volle Wasserglas an sich, das Haydens Vater hatte stehen lassen. »Ich bin am Verdursten. Hast du was dagegen, wenn ich den Rest trinke?«

»Natürlich nicht, nur zu.«

Darcy hob das Glas an die Lippen und nahm einen gierigen Schluck.

Gleich darauf begann sie, wie wild zu husten, ihre Augen weiteten sich, und sie spuckte das Wasser aus, sodass es ihr über ihr Shirt lief.

»Was, zur Hölle!«

Ihr Ausbruch erregte die Aufmerksamkeit etlicher anderer Gäste, und Hayden warf ihnen rasch einen entschuldigenden Blick zu.

»Was ist los?«, fragte sie ihre Freundin.

Darcy zog eine Grimasse und wischte sich den Mund ab. »Das ist kein Wasser, Babe. Das ist Wodka.«

Ungläubig starrte Hayden auf das Glas. »Im Ernst?«

Sie riss Darcy das Glas aus der Hand und nippte vorsichtig vom Inhalt. Tatsächlich, der beißende Geschmack von hochprozentigem Alkohol brannte ihr auf der Zunge.

Was, zur Hölle war genau der richtige Ausdruck.

Ihr Vater hatte so getan, als würde er Wasser trinken, während er in Wirklichkeit reinen Wodka trank? Um halb neun am Morgen?

Und er versuchte, ihr weiszumachen, dass er kein Problem hatte?

»Darce«, sagte sie, während sich Übelkeit in ihr breitmachte.

»Ja?«

»Ist es schlimm, wenn ich dich sitzen lasse und doch nicht mit shoppen gehe?« Hayden biss sich auf die Unterlippe. »Ich muss ganz dringend mit meiner Stiefmutter reden.«

23. Kapitel

Eine Stunde später stand Hayden vor dem luxuriösen Zehn-Zimmer-Anwesen, das ihr Vater für Sheila gekauft hatte. Es stand nur ein paar Blocks vom Gallagher Club entfernt, mitten in einem der reichsten Viertel von Chicago.

Nach dem, was im Restaurant geschehen war, konnte sie Sheilas Anschuldigungen auf keinen Fall mehr ignorieren. Obwohl sie einerseits ihrer Stiefmutter immer noch nicht voll vertraute, wusste sie doch, dass dieses Gespräch längst überfällig war. Und falls Sheila ihr mehr Informationen gab, konnte sie vielleicht einen Weg finden, ihrem Vater zu helfen.

Denn falls sein Verhalten in letzter Zeit irgendetwas zu bedeuten hatte, dann brauchte ihr Vater definitiv Hilfe.

Sheila öffnete ihr in einem Trainingsanzug. Ihre Miene verriet eindeutig, wie überrascht sie war, ihre künftige Ex-Stieftochter auf ihrer Türschwelle stehen zu sehen.

»Hayden, hi. Ich ... ähm ... was machst du denn hier?«

Hayden spielte unbehaglich mit dem Riemen ihrer Lederhandtasche. »Ich glaube, wir müssen reden.«

Sheila nickte kurz und öffnete die Tür weiter, damit Hayden eintreten konnte. Den riesigen Salon mit dem funkelnden Kristalllüster fand sie immer noch so einschüchternd wie an dem Tag, an dem sie ihn zum ersten Mal betreten hatte. Die weißen Wände waren nackt, nicht ein Kunstwerk hing dort, ein Anblick, der sie die Stirn runzeln ließ. Sie hatte ihren Vater ermuntert, auf Versteigerungen ein paar Stücke zu erwerben, die sie ihm empfohlen hatte, aber es sah ganz so aus, als hätte er sich nicht die Mühe gemacht.

»Also, was ist los?«, fragte Sheila, nachdem sie das Wohnzimmer betreten hatten.

Hayden ließ sich auf einem der flauschigen blaugrünen Sofas nieder, wartete, bis Sheila sich ebenfalls auf eins der Sofas hatte sinken lassen, und räusperte sich. »Ich möchte, dass du mir mehr über die Trinkerei meines Vaters erzählst.«

Ihre Stiefmutter fuhr sich mit einer ihrer zarten Hände durch die blonden Haare, verschränkte dann beide Hände auf ihrem Schoß. »Was willst du wissen?«

»Wann hat er angefangen zu trinken?«

»Im letzten Jahr, etwa um die Zeit, als die Pharmafirma, in die er investiert hatte, pleitegegangen ist. Er verlor eine Menge Geld, versuchte, es durch andere Investitionen wieder reinzuholen, und verlor auch diese.«

Sheila sprach mit gleichmäßiger, sicherer Stimme. Sie klang nicht so, als würde sie lügen, und Hayden hatte mit Schuldgefühlen zu kämpfen, als ihr klar wurde: Wenn das alles der Wahrheit entsprach, dann hatte sie keine Ahnung gehabt, was vor sich ging. Ihr Vater hatte am Telefon immer so heiter geklungen, als hätte er nicht die geringsten Sorgen.

Hatte sie als Tochter komplett versagt, weil sie seine Lügen nicht durchschaut hatte?

»Er wollte dich nicht beunruhigen«, setzte Sheila hinzu, als hätte sie ihre Gedanken gelesen.

»Damals hat er also angefangen zu trinken?«

Ihre Stiefmutter nickte. »Zuerst waren es nur ein oder zwei Drinks am Abend, aber je mehr sich die Lage verschlechterte, desto mehr trank er. Ich habe versucht, mit ihm darüber zu reden. Ich habe ihm gesagt, das Trinken werde zu einem Problem, aber er wollte nichts davon hören. Und dann ...« Sheilas Stimme brach ab.

»Und dann?«

»Dann hat er mit einer anderen Frau geschlafen.«

Schweigen senkte sich über sie beide, aber diesmal versuchte Hayden nicht, ihren Vater zu verteidigen. An jenem Tag in der Anwaltskanzlei hatte sie geglaubt, Sheila sei eine herzlose, verlogene Bitch, die ihren Dad grundlos des Ehebruchs bezichtigte. Aber nach seinem Ausraster im Gallagher Club und nachdem sie an diesem Morgen entdeckt hatte, dass sein Wasserglas mit Wodka gefüllt war, konnte Hayden nicht länger die Augen davor verschließen, dass ihr Dad ein Problem hatte. Und wenn dieses Problem ihn dazu getrieben hatte, seine Frau zu betrügen, dann musste sie das akzeptieren. Es war sinnlos, den Kopf in den Sand zu stecken und so zu tun, als wäre alles in Ordnung, wenn es das offensichtlich nicht war.

Also lehnte sie sich zurück und ließ Sheila weiterreden.

»Am nächsten Morgen sagte er mir, was er getan hatte, gab mir die Schuld an seiner Untreue und behauptete, mein ständiges Nörgeln habe ihn dazu getrieben.« Sheila gab einen verärgerten Laut von sich. »Und er leugnete immer noch, ein Alkoholproblem zu haben. Ich hätte ihm vielleicht den Seitensprung verzeihen können, aber ich konnte nicht einfach wegschauen, während er das Leben zerstörte, das wir uns aufgebaut hatten.«

»Was ist passiert?«

»Ich habe ihn erneut zur Rede gestellt und verlangt, dass er sich Hilfe holt.«

»Ich nehme an, er war nicht einverstanden.«

»Richtig.« Sheilas Miene verzog sich vor Kummer und Zorn. »Es wurde immer schlimmer mit ihm. Ein paar Abende später kam ich vom Sport nach Hause und fand ihn in seinem Büro, stockbesoffen. Das war der Moment, in dem er mir gegenüber zugab, Spiele manipuliert zu haben.«

Haydens Beschützerinstinkt gewann die Oberhand. »Da könnte der Alkohol aus ihm gesprochen haben. Vielleicht wusste er gar nicht, was er redet.«

»Er wusste es.« Sheila warf ihr einen wissenden Blick zu. »Und was er gesagt hat, wurde mir von einem Spieler im Team bestätigt.«

»Der Spieler, mit dem du schläfst?«, stieß Hayden unwillkürlich hervor.

Zwei rote Flecken bildeten sich auf Sheilas Wangen. »Verurteile mich nicht, Hayden. Ich habe mich vielleicht einem anderen Mann zugewandt, aber erst, nachdem dein Vater mich betrogen hatte. Pres hatte mich schon lange vorher von sich gestoßen.«

Hayden schloss den Mund. Sheila hatte recht. Wer, zur Hölle, war sie, dass sie sie verurteilte? Was in einer Ehe geschah, ging niemanden etwas an außer die Ehepartner selbst, und sie konnte weder Mutmaßungen anstellen noch Schlüsse ziehen über eine Situation, an der sie nicht beteiligt war.

Und falls sie doch einen Schluss ziehen konnte, dann überraschenderweise den, dass sie Sheila tatsächlich glaubte. Sie mochte es nicht gut finden, dass Sheila versuchte, den Ehevertrag anzufechten, aber Hayden konnte sich nicht dazu durchringen, einfach zurückzuweisen, was ihre Stiefmutter ihr gesagt hatte.

Falls ihr Vater wirklich Spieler bestochen hatte, was drohte ihm dann, falls – wenn? – bei der Untersuchung die Wahrheit herauskam? Würde er mit einer Geldstrafe davonkommen? Oder würde sie ihn im nächsten Jahr im Gefängnis besuchen müssen? Angst stieg in ihr auf, setzte sich in ihrem Bauch fest und verursachte ihr Übelkeit.

Mit mitfühlendem Blick und leisem Seufzen fuhr Sheila fort: »Die Dinge sind nicht immer so, wie sie scheinen. Menschen sind nicht immer so, wie sie scheinen.« Sie wandte den Blick ab, aber Hayden hatte die Tränen bereits gesehen, die an ihren Wimpern hingen. »Willst du wissen, warum ich deinen Vater geheiratet habe?«

Um seines Geldes willen?

Rasch schluckte sie die fiese Bemerkung hinunter, aber Sheila musste in ihren Augen gesehen haben, was sie dachte. »Das Geld hat dabei eine Rolle gespielt. Ich weiß, du wirst das vermutlich nicht verstehen, aber ich war in meiner Kindheit nicht gerade finanziell abgesichert. Meine Eltern waren bettelarm. Mein Vater hat sich mit dem bisschen Geld, das wir hatten, aus dem Staub gemacht, und ich musste schon mit dreizehn arbeiten.« Sie zuckte die Achseln. »Vielleicht war es selbstsüchtig, sich einen Mann zu wünschen, der für mich sorgen konnte, mir ein wenig Sicherheit zu wünschen.« Sheila hielt inne, schüttelte den Kopf, als tadelte sie sich selbst. »Aber das Geld war nicht der einzige Grund. Wenn es der einzige Grund gewesen wäre, hätte ich eins der vielen reichen Arschlöcher geheiratet, die in der Bar aufkreuzten, in der ich kellnerte, mir in den Hintern kniffen und versuchten, mich ins Bett zu kriegen. Aber ich habe keinen von diesen Männern geheiratet. Ich habe deinen Dad geheiratet.«

»Warum?«, fragte Hayden leise, merkwürdig fasziniert von der Geschichte ihrer Stiefmutter.

»Weil er einer der Guten war. Ich hatte so viel Zeit mit üblen Kerlen verbracht, mit Kerlen, die deinen Körper in Brand setzen, dich am Ende aber ausbrennen lassen. Ich war es leid, also beschloss ich, mir einen netten Mann zu suchen – einen anständigen, gefestigten, der vielleicht nicht unbedingt der aufregendste Typ der Welt war, aber immer für mich da sein und mir höchste Priorität einräumen würde. Finanziell und emotional.«

In Hayden stieg langsam Unbehagen auf, bis es ihr die Kehle zuschnürte. Sie hätte nie geglaubt, irgendetwas mit dieser Frau gemein zu haben, aber alles, was Sheila gerade gesagt hatte, spiegelte die Gedanken wider, die Hayden jetzt schon seit Jahren beschäftigten. War das nicht der Grund, warum sie sich für Doug entschieden hatte? Weil er nett, anständig und gefestigt war? Weil er ihr immer oberste Priorität einräumen würde?

»Aber nette Männer sind nicht unbedingt auch die richtigen Männer«, fuhr Sheila fort. »Auch nette Männer machen Fehler. Auch sie können dich als selbstverständlich betrachten und mit deinen Gefühlen spielen, genau wie die üblen Kerle, denen ich so dringend entkommen wollte.«

»Hast du ihn je geliebt?« Hayden musste diese Frage stellen.

»War ich je total leidenschaftlich in ihn verliebt? Nein. Aber das war es auch nicht, was ich mir von unserer Beziehung gewünscht habe. Diesen Gefühlen traue ich nicht mehr. Trotzdem habe ich ihn sehr geliebt. Und ihn geachtet.« Sheila wischte sich die Tränen weg, die ihr über die Wangen liefen, und reckte das Kinn. »Dein Vater hat mich verletzt, Hayden. Wenn er mich wirklich geliebt hätte, hätte er erkannt, dass ich nur versucht habe, ihm zu helfen, dass ich genauso für ihn da sein wollte, wie ich dachte, er würde für mich da sein. Aber er war nicht für mich da.«

Ein Seufzer entfloh Haydens Lippen. »Das tut mir leid.«

»Ich fühle mich grässlich, dass ich nicht in der Lage bin, ihm Hilfe für seine Trinkerei zu besorgen, wirklich, aber ich konnte nicht akzeptieren, wie er mich behandelt hat. Er hat eine andere gevögelt, mich angelogen, krumme Dinger gedreht, und jetzt stellt er mich als selbstsüchtige Frau an den Pranger, die immer nur auf sein Geld aus war.« Verbittert lächelnd beugte sich Sheila vor und schaute sie aus traurigen blauen Augen an. »Reicht dir das an Informationen?«

Hayden ging, ohne eine klare Vorstellung davon zu haben, wie ihrem Dad zu helfen sein könnte, und seine möglichen kriminellen Handlungen machten ihr sogar noch mehr Sorgen als vorher. Sie war mindestens noch genauso durcheinander und bestürzt wie in dem Moment, in dem sie an Sheilas Tür geklingelt hatte.

Ihr Smartphone meldete sich im selben Augenblick, in dem sie in ihr Auto stieg. Und gerade als sie glaubte, dieser höllische Tag könnte sich nicht noch schlimmer entwickeln, da tat er es. Doug rief an.

Gott, jetzt konnte sie sich nicht damit auseinandersetzen. Andererseits konnte sie auch nicht länger die Augen vor ihren Problemen verschließen. Heute hatte sie endlich erkannt, dass das Leben ihres Vaters in einen Abwärtsstrudel geraten war, hatte angefangen, zu akzeptieren, dass ihr Vater möglicherweise ein Alkoholiker, Ehebrecher und Krimineller geworden war.

Vielleicht war es an der Zeit, sich mit dem anderen Mann in ihrem Leben zu befassen.

Beim letzten Gespräch mit Doug hatte sie ihm gesagt, sie brauche immer noch Abstand. Aber inzwischen brauchte sie keinen Abstand mehr, denn in den letzten paar Wochen hatte sich ihre flüchtige Affäre mit Brody Croft irgendwie ... verändert.

Wann es zu diesem Wandel gekommen war, hätte sie nicht sagen können. Sie wusste nur, dass sie und Brody nicht mehr nur im Schlafzimmer Spaß miteinander hatten, sondern auch außerhalb, seitdem sie nach dem Besuch im Gallagher Club miteinander auf die Eisfläche gegangen waren. Sie hatten die Lakeshore Lounge noch einmal besucht und dort zu Abend gegessen. Und gestern Morgen nach dem Eishockeytraining hatte Brody sie sogar in das Art Institute of Chicago ausgeführt und den ganzen Tag damit verbracht, ihr von einem Gemälde zum anderen zu folgen und sich anzuhören, wie sie von jedem einzelnen schwärmte. Sie war ein wenig beunruhigt gewesen, weil sie sich in der Öffentlichkeit mit ihm zeigte, aber glücklicherweise hatte niemand ihn erkannt. Die Baseballkappe, die er tief über die Augen gezogen hatte, hatte vermutlich dazu beigetragen.

Was jedoch keinen Spaß machte, war die Tatsache, dass er jeden zweiten Tag im Flieger zu einer anderen Stadt saß. Das erinnerte sie zu sehr an die Coachingzeit ihres Vaters. Sich ständig von ihm verabschieden zu müssen. Allein zu Hause zu bleiben und klarzukommen, während er seine ganze Aufmerksamkeit seinem Team schenkte. Jedes Mal wenn Brody sich verabschiedete, um zum Flughafen zu eilen, musste sie sich auf die Zunge beißen. Musste sich in Erinnerung rufen, dass das Ganze immer noch eine flüchtige Affäre war, ganz gleich, wie sehr sie die Zeit mit ihm genoss.

Und flüchtige Affären hatten es so an sich, dass sie irgendwann vorbei waren.

Ihr Smartphone signalisierte immer noch einen Anruf, und Hayden holte tief Luft.

Sie musste das Gespräch annehmen. Doug hatte ihr diese Woche drei Nachrichten geschickt, und sein Tonfall wurde immer besorgter. Vermutlich befürchtete er bereits, dass sie irgendwo tot in einem Graben lag, und sie war von sich selbst angewidert, weil sie diese Sache nicht offen behandeln konnte.

Schluss mit der Hinhaltetaktik. Sie hatte heute schon eine ungewollte Konfrontation ertragen. Dann konnte sie auch noch eine zweite hinter sich bringen.

»Gott sei Dank«, sagte Doug, als sie sich meldete. »Ich dachte schon, dir wäre was passiert.«

Seine offensichtliche Erleichterung erfüllte sie mit Schuldgefühlen. Sie kam sich wie der letzte Dreck vor, dass sie ihm solche Sorgen bereitete.

»Mach dir keine Sorgen, mir geht es gut«, erwiderte sie. Ihre Finger, die das Telefon hielten, zitterten. »Tut mir leid, dass ich dir nicht zurückgeschrieben hab. Hier ist es ziemlich hektisch zugegangen.«

»Das kann ich mir vorstellen.« Er schwieg einen Moment. »Einige Zeitungen hier berichten über deinen Vater, Schatz.«

»Ja, hier sieht es genauso aus. Ich fange an, mir Sorgen zu machen«, gab sie zu.

Sich ihm anzuvertrauen fiel ihr leicht, so leicht wie das Zähneputzen nach dem Essen. Sie hatte schon immer über alles mit Doug reden können. Ob es nun um Probleme an der Universität ging oder eine Kleinigkeit wie einen missratenen Haarschnitt, er war immer für sie da, bereit, ihr zuzuhören. Das war eine der Seiten, die sie an ihm mochte.

Mochte.

Das Wort hing in ihrem Kopf fest und sorgte dafür, dass sie mit einer Hand gegen das Lenkrad klopfte. Sie *mochte* alles an diesem Mann. Seine Geduld, seine Zärtlichkeit, seine Großzügigkeit. Und sie war sicher, wenn er eines Tages endlich beschloss, der Zeitpunkt sei gekommen, um miteinander zu schlafen, dann würde sie auch das mögen.

Und genau da lag das Problem. Sie war sich nicht sicher, ob sie den Rest ihres Lebens mit einem Mann zusammen sein konnte, den sie einfach *mochte*. Sicher, Liebe brauchte manchmal Zeit, sich zu entwickeln, Gefühle konnten wachsen, Freunde konnten erkennen, dass sie Seelenverwandte waren ... jedenfalls hatte sie das immer geglaubt.

Aber jetzt, nachdem sie Brody kennengelernt hatte, begann sie, sich das nochmals zu überlegen.

Sie *mochte* es nicht nur, mit Brody zu schlafen. Ihr Sex war wild, leidenschaftlich, überwältigend. Wenn er sie küsste, wenn er seine muskulösen Arme um sie schlang, dann verlor sie den Boden unter ihren Füßen, ihr ganzer Körper stand in Flammen, brodelte wie Asphalt in einer Hitzewelle, und ihr Herz stieg höher in den Himmel hinauf als ein Kampfjet.

Wenn Doug sie küsste ... geschah nichts dergleichen. Seine Küsse waren süß und zärtlich, und sie mochte sie wirklich. Verdammt, da war es wieder, dieses Wort.

»Hayden, bist du noch da?«

Sie riss sich zusammen, holte sich zurück in die Gegenwart, in das Gespräch, das sie viel zu lange vor sich hergeschoben hatte. »Tut mir leid, ich war gerade kurz in Gedanken. Was hast du gesagt?«

»Ich möchte dich in Chicago besuchen.«

Fast hätte sie ihr Handy fallen lassen. »Was? Warum?«

»Ich muss andauernd an das denken, was du beim letzten Telefonat gesagt hast. Ich weiß, du hast um Abstand gebeten, aber ...« Er atmete schwer. »Ich glaube, Abstand wird nur zu Entfremdung führen, und das Letzte, was ich will, ist Entfremdung zwischen uns. Wenn ich nach Chicago komme, wenn wir uns zusammensetzen und über alles reden, vielleicht können wir uns dann darüber klar werden, warum du so empfindest.«

»Doug ...« Hilflos suchte sie nach der richtigen Antwort. Gab es überhaupt eine richtige Antwort? »Das ist etwas, was ich allein herausfinden muss.«

»Ich gehöre doch auch dazu«, widersprach er.

»Ich weiß, aber ...«

Erzähl ihm von Brody.

Warum musste ihr Gewissen ihr ausgerechnet jetzt dazwischenfunken? Sie fühlte sich schon schäbig genug, weil sie, nur wenige Wochen nachdem sie ihrem Ex gesagt hatte, sie brauche Abstand, mit einem anderen Mann schlief. Konnte sie wirklich ihre Sünden beichten, *jetzt*, wo Doug sich solche Mühe gab, ihre Beziehung zu kitten?

Du hast keine andere Wahl.

So gern sie ihr Gewissen zum Schweigen gebracht hätte, wusste sie doch, dass die strenge Stimme recht hatte. So etwas Wichtiges konnte sie ihm nicht verschweigen. Er musste es wissen. Nein, er hatte es *verdient*, es zu wissen.

»Ich date hier jemanden«, platzte sie heraus.

Totenstille in der Leitung.

»Doug?«

Ein gedämpftes Husten war zu hören. »Wie bitte?«

»Ich date hier jemanden. Hier in Chicago.« Sie schluckte. »Noch nicht sehr lange, und es ist auch nichts Ernstes, aber ich denke, du solltest es wissen.«

»Wer ist er?«

»Er ist ... Es spielt keine Rolle, wer er ist. Und ich will, dass du weißt, ich habe das nicht geplant. Als ich dich um ein wenig Abstand gebeten habe, hatte ich absolut nicht vor, mich in eine neue Beziehung zu stürzen ...«

»Beziehung?« Er klang aufgebracht. »Hast du nicht gerade gesagt, es sei nichts Ernstes?«

»Ja, sagte ich. Ich meine, ja, es ist nichts Ernstes.« Sie bemühte sich, ihre Stimme zu kontrollieren, fühlte sich aber so unglaublich schuldig, dass es ihr schwerfiel, die nächsten Worte über die Lippen zu bringen. »Es ist ... sozusagen ... einfach passiert.« Als er nichts darauf erwiderte, drohte ihr Schuldbewusstsein ihr das Herz zu zerquetschen. »Bist du noch dran?«

»Ich bin noch dran.« Kurz angebunden. »Danke, dass du es mir gesagt hast.«

Ihre Kehle schnürte sich zu. »Doug ...« Sie konnte nicht weitersprechen, wusste nicht, was sie sagen sollte. War sich nicht sicher, ob es überhaupt noch etwas zu sagen gab.

»Ich muss Schluss machen, Hayden«, sagte er nach langem Schweigen. »Ich kann jetzt nicht mit dir reden. Ich brauche Zeit, das alles zu verdauen.«

»Ich verstehe.« Wieder schluckte sie, versuchte, ihren trockenen Mund zu befeuchten. »Ruf mich an, wenn du bereit bist ...«

Bereit wozu? Ihr zu verzeihen? Sie anzubrüllen?

»Zu reden«, brachte sie den Satz betreten zu Ende.

Er legte auf, ohne sich zu verabschieden. Sie steckte ihr Smartphone wieder in ihre Handtasche, lehnte sich im Fahrersitz zurück und fuhr sich mit beiden Händen durchs Haar.

Erst Sheila, jetzt Doug – sie fühlte sich, als hätte sie den Nachmittag damit verbracht, ein rotes Tuch vor einem Stier zu schwenken, der sie unbedingt auf die Hörner nehmen und zertrampeln wollte.

Wenigstens konnte niemand sie feige nennen.

24. Kapitel

Die Stimmung in der Umkleide war gedämpft – es fehlte das übliche Stimmengewirr vor dem Spiel, als die Spieler ihre Ausrüstung anlegten, denn sie redeten nur im Flüsterton miteinander. Brody hätte die gedrückte Stimmung gern auf Nervosität geschoben. In den Play-offs stand es 3:2, und wieder mussten sie den Sieg erringen, um im Spiel zu bleiben. Doch er wusste, dass es nicht dieser Erfolgsdruck war, der alle belastete.

Fünfzehn Minuten zuvor hatte ein Manager der Liga das Team darüber informiert, dass eine offizielle Untersuchung der Bestechungsvorwürfe eingeleitet worden war. Ab Montag der kommenden Woche würden die Spieler einzeln befragt werden. Sollte sich herausstellen, dass an den Vorwürfen etwas dran war, würden angemessene Disziplinarstrafen verhängt werden.

Und möglicherweise Anklagen erhoben werden.

Während er sich die Schlittschuhe schnürte, warf Brody einen verstohlenen Blick zu seinem Teamkapitän hinüber, der gerade seine Schienbeinschützer anlegte. Wyatt hatte seit dieser Ankündigung kein Wort gesprochen. Seine scharfen Züge verrieten Sorge, sein mächtiger Körper bewegte sich ungelenk, während er sich ankleidete. Er war sichtlich beunruhigt.

Scheiße. Das Spiel heute Abend zu gewinnen würde sich als sehr schwer erweisen. Ihr Kampfgeist war so weit gesunken, dass er irgendwo in den tiefsten Tiefen des Ozeans verschwunden sein musste, und alle seine Teamkollegen benahmen sich, als hinge über jedem von ihnen ein unsichtbares Damoklesschwert.

Wer von ihnen hatte sich bestechen lassen? Und war es nur einer?

Soweit er wusste, konnte das halbe Team involviert sein. Der Gedanke brachte sein Blut zum Kochen. Man musste schon durch und durch ein verficktes Arschloch sein, um absichtlich ein Spiel zu verlieren. Die Medien behaupteten, nur ein Spiel oder zwei seien manipuliert worden, und zwar zu Beginn der Spielsaison, aber für Brody machte es keinen Unterschied, wann das geschehen war oder wie viele Spiele es betraf. Ein Spiel reichte vollkommen aus. Eine Niederlage konnte den entscheidenden Unterschied machen, ob ihr Team die Play-offs überstand oder als Verlierer aus der Saison hervorgehen würde. Zum Glück hatten sie gut genug gespielt, um die anfänglichen Niederlagen auszugleichen.

»Machen wir ihnen heute Abend die Hölle heiß«, sagte Wyatt ruhig, als die ersten Spieler begannen, die Umkleide zu verlassen.

Machen wir ihnen die Hölle heiß? Das war die große Anfeuerungsrede des Abends?

Die skeptischen Mienen der anderen ließen darauf schließen, dass Wyatts aufmunternde Worte ähnlich wirkungsvoll waren wie eingetrockneter Leim.

»Alles in Ordnung mit dir?« Becker stupste seine Schulter an, seine Miene war ernst.

Brody zuckte die Achseln. »Nicht wirklich, aber ich kann

nicht groß was dagegen tun. Diese Untersuchung findet statt, ob wir das wollen oder nicht.«

Sam nickte niedergeschlagen. »Ja.« Er zögerte kurz. »Ich wünschte wirklich, du würdest auf meinen Rat hören«, setzte er dann hinzu.

Natürlich wusste Brody, was sein Teamkamerad meinte, aber er stellte sich trotzdem dumm. »Welchen Rat?«

Verärgerung blitzte in Beckers Augen auf. »Bezüglich Presleys Tochter«, sagte er leise. »Ich hab gesehen, wie sie bei der Autismus-Veranstaltung aus einer verfickten Abstellkammer kam, Brody. Und dann, Überraschung, bist eine Minute später du aus derselben Tür getreten.«

Scheiße. Er hatte wirklich geglaubt, ihre öffentliche schnelle Nummer wäre unbemerkt geblieben.

»Was, zum Teufel, denkst du dir dabei, Mann? Mit dem Feuer zu spielen ist eine Sache, was auch immer *du*, zur Hölle, tust, ist eine andere. Du forderst die Medien regelrecht dazu heraus, euch zwei zusammen zu erwischen.« Sam schüttelte missbilligend den Kopf. »Du musst dich von ihr fernhalten.«

Sich von Hayden fernhalten? Na klar doch. Im Moment tat er alles, was in seiner Macht stand, um ihr nahe zu bleiben. Und er hatte Erfolg. Überwiegend jedenfalls.

Ganz gleich, wie oft Hayden ihre Beziehung als Affäre bezeichnete, Brody betrachtete nichts von dem, was zwischen ihnen geschah, als etwas Flüchtiges. Zum ersten Mal in seinem Leben traf er sich mit einer Frau, mit der er tatsächlich gern zusammen war. Sicher, der Sex gefiel ihm auch – na schön, er liebte den Sex –, aber es gab andere Dinge, die ihm genauso viel Spaß machten. Zum Beispiel, gemeinsam Kunstdokus anzuschauen. Sie in den Armen zu halten, wenn sie schlief. Ihr das Schlittschuhlaufen beizubringen, obwohl sie nicht besonders talentiert war.

Er konnte ehrlicherweise einfach nicht genug von ihr bekommen. Sie war witzig und intelligent, und ihre Augen begannen zu leuchten, wenn sie von etwas sprach, das sie liebte. Und es beunruhigte ihn über die Maßen, dass sie wild entschlossen schien, ihn auf Abstand zu halten, zumindest wenn es darum ging, zuzugeben, dass sie in einer Beziehung waren. Er wünschte sich nichts mehr, als diese Kluft zu überwinden, sie erkennen zu lassen, wie ungeheuer wichtig sie ihm wurde.

»Hörst du mir eigentlich zu?« Beckers zornige Stimme riss ihn aus seinen Gedanken.

Er hob den Kopf. »Sieh mal ... Sosehr ich deinen Rat auch schätze, ich kann mich nicht von ihr fernhalten, Mann.« Er zuckte verlegen die Achseln. »Tatsächlich treffe ich mich heute Abend mit ihr.«

Becker runzelte die Stirn, aber bevor er etwas dazu sagen konnte, blaffte Wyatt sie vom anderen Ende der Umkleide her an.

»Croft, Becker, was, zum Teufel, habt ihr da immer noch zu tuscheln? Ab aufs Eis mit euch.«

Mit immer noch gerunzelter Stirn eilte Becker zur Tür, doch Brody folgte ihm nicht sofort. Stattdessen fing er den Teamkapitän ab, bevor der die Umkleide verlassen konnte.

»Craig, warte einen Moment«, sagte Brody.

»Wir haben ein Spiel zu gewinnen, Croft.«

»Das kann warten. Es dauert nur eine Minute.«

Wyatt klemmte sich seinen Helm unter den Arm. »Na schön. Worum geht's?«

Und jetzt? Sollte Brody jetzt einfach vorpreschen und ihn fragen, ob er etwas mit dem Bestechungsskandal zu tun hatte? Die Affäre mit Sheila Houston ansprechen?

Verdammt, vielleicht hätte er sich überlegen sollen, was er sagen wollte, bevor er diese Unterredung initiierte.

»Also?«, hakte Wyatt ungeduldig nach.

Brody beschloss, dem Rat seiner Mutter zu folgen und ehrlich zu sein.

»Ich hab dich mit Sheila in der Arena gesehen.«

Wyatt wurde kreidebleich. Dann schluckte er. »Ich weiß nicht, wovon du redest.«

»Versuch gar nicht erst, es zu leugnen. Ich hab euch gesehen.« Brody wurde es plötzlich heiß und eng in seinem Trikot. Er holte rasch Luft. »Wie lange hast du schon eine Affäre mit Presleys Frau?«, setzte er hinzu.

Die Umkleide schien immer stickiger zu werden. Wyatts Gesicht war immer noch kreidebleich, aber in seinen Augen blitzte Entrüstung auf. Er rammte sich den Helm auf den Kopf und funkelte Brody ärgerlich an. »Das geht dich nichts an.«

»Doch, das tut es, wenn du der Spieler bist, der Sheilas Anschuldigungen bestätigt hat.«

Schweigen breitete sich zwischen ihnen aus, blieb für Brody unangenehm lange bestehen. Wyatts Miene verriet jetzt überhaupt nichts von dem, was er empfand, aber das blieb nicht lange so. Einige Augenblicke später umwölkte ein Ausdruck müder Resignation Wyatts Augen.

»Na schön. Du hast recht. Ich war das.« Wyatts Hände zitterten, als er versuchte, seinen Helm zurechtzurücken. »Ich bin zur Liga gegangen, Croft. Ich bin schuld, dass es zu dieser beschissenen Untersuchung kommt.«

Brody schluckte. In seinem Inneren brodelte es, aber er konnte nicht ergründen, ob er sich wütend, betrogen oder erleichtert fühlte. Er musterte Wyatts Gesicht. »Woher wusstest du, dass Sheila die Wahrheit sagt?«

»Schon zu Beginn der Saison kam mir der Verdacht, nachdem wir ein paar Spiele verloren hatten, die wir nicht hätten verlieren dürfen. Sheila hat diesen Verdacht nur bestätigt.« Wyatt atmete langsam und zittrig aus. »Ich kann nicht im selben Team spielen wie ein paar Arschlöcher, die uns für Geld zu sabotieren bereit sind. Ich kann nicht für einen Eigner spielen, der bereit ist zu betrügen.«

Fuck.

Fuck!

Brody glaubte ihm. Er wollte ihm nicht glauben, aber er konnte unmöglich die Aufrichtigkeit überhören, die in Wyatts Stimme mitschwang. Der Mann schien berechtigterweise innerlich zerrissen zu sein.

»Du weißt demnach, wer sich hat schmieren lassen?«, fragte Brody, während Übelkeit in ihm aufstieg.

Wyatt wandte hastig den Blick ab. »Lass gut sein, Brody. Lass die Liga die Sache untersuchen. Du willst nicht in diese Sache hineingezogen werden.«

»Craig ...«

»Ich mein es ernst. Es wird sich alles irgendwann aufklären. Lass ... einfach gut sein.« Wyatt wandte sich der Tür zu. »Und jetzt schieb deinen Arsch nach draußen. Wir haben ein Spiel zu gewinnen.«

Brody sah dem anderen Mann nach. Einerseits wäre er Wyatt am liebsten nachgerannt, um die Namen aus ihm herauszuschütteln, andererseits sagte ihm eine innere Stimme, er sollte Ruhe geben. Zu versuchen, Wyatt dazu zu zwingen, dass er sich ihm anvertraute, würde gar nichts bringen. Craig würde nur noch wütender, noch explosiver werden, und gerade jetzt wollte Brody ihm auf gar keinen Fall auf den Sack gehen, nicht ausgerechnet vor einem der wichtigsten Spiele der Saison. Jetzt wurde es ernst. Siegen oder sich den Cup abschminken. Dazu musste sich ihr Team-kapitän auf das Spiel konzentrieren, nicht auf irgendwelchen privaten Mist.

Dasselbe galt für ihn. In letzter Zeit hatte er zu viel Zeit darauf verschwendet, sich Sorgen zu machen, an seinen Mitspielern zu zweifeln, sich zu fragen, ob der Skandal seiner Karriere den Todesstoß versetzen würde. Er hatte die Wahrheit auf seiner Seite, das Wissen darum, dass er sämtliche Wettkämpfe der Saison sauber absolviert hatte, aber das hatte praktisch keine Bedeutung. Mitgefangen, mitgehangen – so nannte man das wohl. Man würde ihn in Sippenhaft nehmen.

In ein paar Monaten würde er frei und ungebunden sein, aber es konnte passieren, dass ein anderes Franchise ihn allein schon wegen der Untersuchung auf Bestechlichkeit nur sehr ungern unter Vertrag nahm. Im Moment konnte er nur darauf hoffen, dass die Untersuchung schnell und schmerzlos über die Bühne ging und dass sein Name nicht für etwas, das er nicht getan hatte, in den Schmutz gezogen würde.

Leise fluchend verließ er die Umkleide und eilte durch den Tunnel in die Arena. Als er sie betrat, überfiel ihn der ohrenbetäubende Jubel der Zuschauermenge. Das Lincoln Center war an diesem Abend bis auf den letzten Platz besetzt, die Tribüne ein Meer aus Silber und Blau. Der Anblick all der Fans erfüllte ihn mit Freude, fachte aber zugleich auch seinen Zorn wieder an.

All die Fans, die heute Abend gekommen waren – die Menschen, die ihnen aufmunternd zuschrien, die Kinder und Jugendlichen, die wie wild klatschten –, sie verdienten es, ein Team zu sehen, auf das sie stolz sein konnten.

Leider gab es nur wenig, worauf sie stolz sein konnten,

vor allem nachdem die Warriors schon zehn Minuten nach Beginn des ersten Drittels zwei Treffer zurücklagen.

Und dieses Spiel erwies sich als eines von denen, die übel begannen und danach nur noch schlimmer wurden. Die Kodiaks überrollten die Warriors gnadenlos. Im zweiten Drittel war Brody bereits schweißgebadet, rang nach Atem und hätte am liebsten jeden mit voller Wucht gerammt, von den Schiedsrichtern bis hin zu seinem Coach. Es schien überhaupt keine Rolle zu spielen, wie schnell sie übers Eis rasten, wie oft sie auf das Tor zustürmten, wie viele Male sie den Puck in Richtung Torwart der gegnerischen Mannschaft schossen. Die anderen waren schneller, geschickter, besser. Sie waren im Vorteil, weil ihr Kampfgeist gut war.

Zu Beginn des dritten Drittels konnte Brody sehen, dass die meisten seiner Teamkameraden aufgegeben hatten.

»Es ist übel«, murmelte Becker, als sie sich nach einem Spielerwechsel auf die Bank fallen ließen.

Brody schoss sich einen Schwall Wasser in den Mund und warf die Flasche zur Seite. »Wem sagst du das«, murmelte er zurück.

Er konnte spüren, dass ihnen mit jeder Sekunde auf der Uhr die Saison immer mehr entglitt. Inzwischen lagen sie drei Treffer zurück. Drei gottverdammte Treffer. Und es blieben ihnen nur noch zehn Minuten des letzten Drittels. Sie kämpften einen nahezu aussichtslosen Kampf.

Die Pfeife des Schiedsrichters schrillte, und Brody schaute aufs Eis, um zu erkennen, wer gerade auf die Strafbank verwiesen worden war. Wyatt. Gottverdammt noch mal.

Zum Plaudern blieb keine Gelegenheit, denn ihr Trainer schickte sie beide zurück aufs Eis, damit die Mannschaft trotz Unterzahl ohne weitere Verlusttreffer über die Zeit kam. Obwohl Becker ein geradezu lächerlich unglaubliches

Unterzahl-Tor erzielte, reichte es nicht. Die Schlusssirene ertönte und signalisierte damit das Ende des letzten Spieldrittels und damit des Spiels. Der Endstand war 4:2 für die Kodiaks.

Damit waren die Warriors aus der Finalrunde ausgeschieden.

25. Kapitel

Man musste kein Genie sein, um zu erkennen, dass die Warriors das Spiel verloren hatten. Hayden sah es jedem, der das Lincoln Center verließ, am Gesicht an. Ihr Vater war vermutlich am Boden zerstört.

Zwar war sie versucht, zur Eignerloge hinaufzugehen und ihm ihr Mitgefühl auszusprechen, aber gerade war sie nicht in Stimmung, ihren Dad zu sehen. Wäre sie es gewesen, hätte sie sich in der Arena aufgehalten, statt auf dem Parkplatz herumzuhängen und auf Brody zu warten.

Sie lehnte sich gegen das Heck ihres Mietwagens, den sie nicht weit entfernt von Brodys BMW geparkt hatte, beobachtete den hinteren Eingang des Gebäudes und wünschte nichts dringender, als dass er endlich herauskam. Nach Spielschluss hatte sie ihm in einer Nachricht mitgeteilt, dass sie auf dem Spielerparkplatz auf ihn wartete. Er hatte beinahe sofort geantwortet und angekündigt, er werde so schnell wie nur irgend möglich nach draußen kommen.

Gott, dieser Tag war die reinste Hölle gewesen. Sie hatte sich Sheilas schrecklichen Bericht über Presleys Trinkerei angehört, hatte miterlebt, wie Doug am anderen Ende der Leitung das Herz brach. Über nichts davon wollte sie jetzt noch länger nachdenken. Deshalb hatte sie das Penthouse verlassen und war hierhergekommen. Das Bedürfnis, Brody zu sehen und sich in seine Arme fallen zu lassen, war so mächtig, dass sie es auf sich genommen hatte, fast eine Stunde hier draußen zu warten.

Andere Spieler waren bereits gekommen und weggefahren, etliche von ihnen hatten sie mit merkwürdigen Blicken bedacht. Nur Derek Jones kam zu ihr herüber, um ihr Hallo zu sagen, und er schien ihr die Lüge abzunehmen, dass sie auf ihren Vater wartete.

Inzwischen war der private Parkplatz fast völlig leer. Als Brody endlich aus dem Gebäude auftauchte und seine mitternachtsblauen Augen bei ihrem Anblick aufleuchteten, hätte sie am liebsten vor Freude geschluchzt. Vielleicht passten ihre Leben nicht zusammen, vielleicht waren ihre Berufe zu kolossal verschieden und ihre Ziele nicht miteinander vereinbar, aber sie konnte sich nicht erinnern, wann ein Mann das letzte Mal so froh gewirkt hatte, sie zu sehen.

Es gelang ihr nicht, den Blick von ihm abzuwenden. Er sah so gut aus heute Abend. Seine Haare waren feucht, seine vollkommenen Lippen leicht spröde. Er hatte ihr gestanden, dass er sie bei Spielen zu häufig leckte. Der lose Wollanzug, den er trug, konnte die wohlgeformten Muskeln darunter nicht verbergen, und das Marineblau betonte das Strahlen und die Lebhaftigkeit seiner Augen. Sie wusste, dass die Liga von ihren Spielern erwartete, auf dem Eis ebenso wie abseits davon einen professionellen Eindruck zu machen, und sie musste zugeben, er gefiel ihr im Anzug ganz genauso wie in abgewetzten Jeans und eng anliegenden T-Shirts.

»Hey, tut mir leid, dass es so lange gedauert hat«, sagte er beim Näherkommen. Er wirkte niedergeschlagen. »Der Coach musste etwas mit mir besprechen.«

»Es tut mir leid wegen des Spiels. Geht es dir gut?«

»Nicht wirklich. Wir wurden auseinandergenommen.«

»Ich weiß. Es tut mir so leid.«

Sie konnte sich nicht beherrschen, stellte sich auf die Zehenspitzen und küsste ihn auf die Lippen.

Brody wich überrascht zurück, ein leicht belustigtes Funkeln in den Augen. »Wofür war das denn?«

»Ich weiß nicht. Ich fühle mich mies, weil ihr verloren habt. Und ich hatte auch einen miesen Tag. Ich wollte nur deinen Mund auf meinem spüren.«

Ernüchterung trat auf seine Miene. »Was ist passiert?«

»Erzähl ich dir alles später. Jetzt sollten wir erst mal sehen, dass wir hier wegkommen, bevor uns jemand zusammen sieht.«

»Treffen wir uns in deinem Hotel?«

Gerade wollte sie nicken, als etwas sie stoppte. »Nein. Was hältst du davon, wenn wir heute Abend zu dir gehen?«

Er wirkte verblüfft, und sie konnte ihm das beim besten Willen nicht verübeln. Seitdem sie sich damit einverstanden erklärt hatte, diese ... Sache ... zwischen ihnen zu erkunden, hatte sie bestimmt, wo es langging. Brody hatte sie ein Dutzend Mal zu sich eingeladen, aber sie hatte ihn immer dazu überredet, stattdessen im Penthouse zu bleiben. Sie meinte, in ihrem eigenen Revier, in ihrer vertrauten Umgebung, könne die Angelegenheit sich nicht weiter entwickeln, als sie wollte.

Doch plötzlich sehnte sie sich danach, Brodys Zuhause kennenzulernen, in seinem Revier mit ihm zusammen zu sein.

»In Ordnung.« Er entriegelte seinen SUV. »Willst du mir mit deinem Wagen folgen?«

»Warum fahren wir nicht einfach zusammen in deinem? Ich kann mir morgen ein Taxi bestellen, um mein Auto abzuholen.«

Wieder zuckten seine Brauen in die Höhe. »Du steckst heute Abend voller Überraschungen, hmm? Dir ist schon klar, dass dein Vater deinen Wagen auf dem Parkplatz sehen und wissen wird, dass du nicht nach Hause gefahren bist?«

»Ich lebe nicht dafür, meinen Dad zufriedenzustellen.« Das klang verbitterter, als sie gewollt hatte, also milderte sie ihren Tonfall. »Lass uns nicht über ihn reden. Heute möchte ich nur an dich und mich denken.«

Er strich ihr eine Haarsträhne hinters Ohr. »Klingt nach einem guten Plan.«

Hayden stellte sich erneut auf die Zehenspitzen, um ihn zu küssen, und er brachte sie zum Lachen, indem er ihr fest in den Po kniff.

»Spar dir das für später auf«, warnte sie.

»Spielverderberin.«

Die Fahrt zu seinem Zuhause in Hyde Park war nur kurz. Als sie vor seinem Haus hielten, war es ein echter Schock für Hayden, dass es sich um ein großes viktorianisches Haus mit umlaufender Veranda und Balkon im Obergeschoss handelte. In den Beeten links und rechts neben der Eingangstreppe öffneten die Blumen ihre Blüten und verliehen dem Vorgarten eine heitere, einladende Atmosphäre.

»Damit hast du nicht gerechnet, oder?«, fragte er, als er den Motor ausschaltete.

»Nicht wirklich.« Sie lächelte. »Jetzt sag bloß nicht, dass du die ganzen Blumen selbst gepflanzt hast?«

»Himmel, nein. Ich hab mir auch das Haus nicht ausgesucht. Als ich von den Warriors unter Vertrag genommen wurde, ist meine Mom angereist und hat dieses Haus gefunden. Sie hat auch die ganzen Gartenarbeiten erledigt und kommt einmal im Jahr, um sich zu vergewissern, dass ich ihr Werk nicht zerstört hab.«

Sie stiegen aus und schlenderten den gepflasterten Weg hinauf zur Eingangstür. Drinnen warteten noch größere Überraschungen auf Hayden. Gestaltet in warmen Rot- und Brauntönen, wies das Innere ein geräumiges Wohnzimmer mit einem steinernen Kamin, eine breite Ahorntreppe, die ins Obergeschoss führte, und eine riesige moderne Küche auf, deren zweiflügelige Glastür in den Garten hinterm Haus führte.

»Möchtest du etwas trinken?«, fragte er und steuerte den Kühlschrank an. »Den Kräutertee, den du so gern magst, hab ich nicht, aber ich kann dir einen Earl Grey aufbrühen.«

»Wie wäre es mit etwas Stärkerem?«

Ein schwaches Lächeln stahl sich auf seine Züge. »Du hattest wirklich einen miesen Tag, hmm?«

Er ging zu dem kleinen Weinregal auf dem Küchentresen und entschied sich für einen roten. Als er zwei Gläser aus dem Schrank nahm, schaute er über seine Schulter zu ihr.

»Wirst du mir erzählen, was los ist, oder muss ich es aus dir rausvögeln?«

»Hmm.« Sie kaute an ihrer Unterlippe. »Ich bin geneigt, mich für Letzteres zu entscheiden.« Ihr Ausdruck wurde ernst, als er ihr einen fiesen Blick zuwarf. »Na schön ... ich erzähl's dir.«

Brody schenkte den Wein ein, reichte ihr ein Glas und führte sie dann zu den Verandatüren. Der Garten hinterm Haus war riesig und voller Blumen, die Brodys Mom gepflanzt haben musste. Der Zaun war so hoch, dass Hayden die Nachbargärten nicht sehen konnte, nicht einmal von der erhöhten Veranda aus. Ganz hinten auf dem Rasen stand ein idyllisch wirkender Pavillon, der von dicht belaubtem Buschwerk umgeben war.

Als sie auf die Veranda traten, begrüßte sie eine überraschend warme Brise. Es war eine herrliche Nacht, die wärmste, die sie seit ihrer Heimkehr erlebt hatte. Tief atmete sie die frische Luft ein und legte den Kopf in den Nacken, um den wolkenlosen Himmel zu bewundern, bevor sie schließlich langsam und tief ausatmete.

»Ich hab heute meine Stiefmutter besucht«, begann sie.

Sie erzählte ihm alles bis ins Detail und hob sich das Telefonat mit Doug bis zum Schluss auf. Brodys Kiefer verspannten sich, als Dougs Name fiel, aber er hielt das Versprechen, das er ihr an jenem Abend gegeben hatte, als sie allein in der leeren Übungsarena Schlittschuh gelaufen waren, und flippte deswegen nicht aus. Als sie fertig war, stellte er sein Weinglas auf dem breiten Geländer der Veranda ab und streichelte sanft ihre Schultern.

»Du hättest ihm nicht von uns erzählen müssen«, sagte er.

Diese Bemerkung überraschte sie. »Natürlich musste ich das. Ich habe *dir* von ihm erzählt. Verdient er nicht denselben Respekt?« Damit hob sie ihr Glas an die Lippen.

»Du hast recht.« Einen Moment schwieg er. »Also ist es aus zwischen dir und Doug?«

»Ja«, gab sie zu. »Er hat einfach aufgelegt, was für ihn sehr untypisch ist. Ich glaube nicht, dass er im Moment sonderlich zufrieden mit mir ist.« Als Brody nichts dazu sagte, stellte sie ihren Wein ab und legte beide Hände um sein kantiges Kinn. »Du bist auch nicht mit mir zufrieden, stimmt's?«

Er schaute ihr in die Augen. »Ich bin glücklich.«

»Wirklich?«

»Ich bin sehr gern mit dir zusammen, Hayden.« Er atmete stoßweise aus. »Und ich bin froh, dass es vorbei ist mit Doug. Das war höllisch frustrierend, zu wissen, dass es da noch jemanden in deinem Leben gibt. Und nicht einfach nur irgendeinen Mann, sondern einen, der im selben Fachgebiet tätig ist, der deine Leidenschaft für die Kunst teilt und der vermutlich viel besser die intellektuellen Gespräche führen kann, die du andauernd mit mir zu führen versuchst. Verglichen mit ihm komme ich mir ziemlich dämlich vor.«

Ein schmerzlicher Ausdruck huschte über sein attraktives Gesicht, und sie brauchte einen Moment, um zu begreifen, dass das Verletzlichkeit war. Der Gedanke, Brody Croft, der maskulinste Mann, dem sie je begegnet war, könnte verletzlich sein, verschlug ihr den Atem. Großer Gott, fühlte er sich wirklich unzulänglich? Hatte *sie* ihm dieses Gefühl gegeben?

Ihr Herz zog sich bei diesem Gedanken schmerzhaft zusammen, und sie streckte unwillkürlich die Arme aus, schlang sie ihm um den Nacken und streifte mit ihren Lippen die seinen.

»Du bist nicht dämlich«, murmelte sie, strich ihm mit ihren Fingern über die feuchten Haare, die sich in seinem Nacken kringelten.

»Dann wird es dir nichts ausmachen, wenn ich eine intelligente, rationale Bemerkung dazu mache, wie schwierig du bist.«

Sie hob das Kinn. »Inwiefern, um alles in der Welt, bin ich schwierig?«

Brody atmete aus. »Komm schon, glaubst du wirklich, dass ich den Ausdruck in deinen Augen nicht sehe, der jedes Mal da ist, wenn ich zum Flughafen muss? Jedes Mal wenn ich die Stadt für ein Auswärtsspiel verlasse, ziehst du dich innerlich von mir zurück. Das spüre ich.«

Unbehagen machte sich in ihr breit, und ihre Arme sanken herab.

»Siehst du, du tust es schon wieder«, stellte er schwach lächelnd fest.

»Ich habe nur ...« Langsam holte sie Luft. »Ich verstehe nicht, was daran ein Problem sein soll.«

»Falls es dich daran hindert, eine Beziehung mit mir einzugehen, dann *ist* es ein Problem.«

»Wir haben uns darauf geeinigt, alles locker zu sehen«, erinnerte sie ihn.

»Du hast versprochen, aufgeschlossen zu bleiben.«

»Glaub mir, mein Geist ist sehr aufgeschlossen.«

»Dein Herz ist es nicht.« Er sprach so sanft, dass ihr plötzlich zum Weinen zumute war.

Langsam ging sie zur Verandabrüstung, umklammerte den kühlen Stahl mit den Fingern. Brody folgte ihr, sodass sie nebeneinanderstanden, aber sie konnte sich nicht überwinden, ihn anzuschauen. Sie wusste genau, worauf dieses Gespräch hinauslief, und sie hatte keine Ahnung, wie sie weitermachen sollte.

»Ich glaube, wir zwei haben miteinander etwas wirklich Gutes«, sagte er schroff, legte seine Hand über ihre und streichelte ihre Fingerknöchel. »Du musst zugeben, dass wir wie füreinander geschaffen sind. Sexuell, aber auch auf anderen Gebieten. Uns geht nie der Gesprächsstoff aus, wir genießen die Gesellschaft des jeweils anderen, wir bringen einander zum Lachen.«

Endlich wandte sie den Kopf und schaute ihn direkt an. »Ich weiß, dass wir gut zusammenpassen, okay?«

Es fiel ihr unglaublich schwer, das zuzugeben, aber es

entsprach der Wahrheit. Brody brachte ihren Körper zum Jubeln, ihr Herz zum Fliegen, und sie konnte sich nicht vorstellen, dass ein anderer das schaffte. Aber genauso wenig konnte sie sich vorstellen, mit ihm jemals ein beständiges Leben führen zu können.

»Aber ich wünsche mir jemanden, mit dem ich mir ein Zuhause einrichten kann.« Tränen brannten in ihren Augen. »Ich will Kinder haben, ein Haus mit weißem Lattenzaun, einen Hund. Ein Leben, das sich nur um Eishockey dreht, hatte ich als Kind. Ich will nicht die Hälfte des Jahres im Flieger sitzen. Und wenn ich Kinder habe, will ich nicht mit ihnen allein zu Hause hocken, während ihr Vater weg ist.«

Einen Moment schwieg er. »Ich werde nicht ewig Eishockey spielen«, sagte er schließlich.

»Denkst du daran, bald damit aufzuhören?«

Kurzes Zögern. »Nein.«

Enttäuschung überrollte sie, aber mal im Ernst, hatte sie etwas anderes erwartet? Hatte sie ernsthaft gedacht, dass er sie in die Arme reißen und sagen würde: *Ja, Hayden, ich höre auf. Morgen! Jetzt! Bauen wir uns ein gemeinsames Leben auf!*

Es war nicht fair, ihn zu bitten, einen Beruf aufzugeben, den er offensichtlich liebte, aber sie war ebenfalls nicht bereit, ihre eigenen Ziele und Träume aufzugeben. Sie wusste, was sie sich von einer Beziehung wünschte, und ganz gleich, wie gern sie mit Brody zusammen war – er konnte ihr das nicht geben.

»Ich wünschte, du würdest es dir überlegen.« Er drehte sie herum und rückte näher, sodass sie aneinandergedrängt dastanden. »Verdammt, wir passen so gut zusammen.«

Sie rieb ihr Becken an seinem. Sie passten zusammen. Obwohl er einen Kopf größer war als sie, schienen ihre Körper wie geschaffen füreinander, und wenn er in ihr war ... Gott, wenn er in ihr war, fühlte sie sich vollständiger denn je.

Ein leises Stöhnen kam ihr über die Lippen, als sie sich vorstellte, wie Brody sie ausfüllte. Schlagartig löste sich die Spannung in ihrem Körper, die sich über den Tag aufgebaut hatte, und floss zu einer warmen Quelle zwischen ihren Beinen zusammen. Alles, worüber sie gerade noch gesprochen hatten, verlor seine Bedeutung. Brodys Job, ihr Bedürfnis nach einem gefestigten Leben – all das verblasste in dem Moment, als er seinen Körper an ihren drängte.

»Lass uns nicht weiter reden«, flüsterte sie. »Bitte, Brody, nicht mehr reden.«

Ihre Erregung stand ihr offenbar ins Gesicht geschrieben, denn er strich ihr mit den Händen über den Rücken und packte ihren Hintern. »Du denkst eingleisig«, grummelte er.

»Sagt der Mann, der meinen Hintern befummelt«, murmelte sie, erleichtert, dass die Spannung zwischen ihnen nachgelassen hatte. Die schwere Last der schmerzlichen Offenbarungen, die sie einander gerade gemacht hatten, schwebte davon wie eine Feder.

Brody beugte sich vor und bedeckte ihren Mund mit seinem. Sein Kuss raubte ihr den Atem, ließ sie an seine steinharte Brust sinken, während seine gierige Zunge die Tiefen ihres Mundes erforschte. Eine Hand fest auf ihren Po gedrückt, griff er mit der anderen nach dem vorderen Bund ihrer Hose. Geschickt öffnete er den Knopf und schob den dünnen Stoff an ihren Beinen hinunter, wartete, dass sie aus der Hose stieg, und warf sie zur Seite.

Gänsehaut bildete sich auf ihren Oberschenkeln, als die Nachtluft an ihre Haut gelangte. Jetzt trug sie nur noch einen schwarzen Slip, mit dem Brody kurzen Prozess machte.

»Deine Nachbarn könnten uns sehen«, protestierte sie, als er nach ihrem dünnen Oberteil griff.

»Nicht dort, wohin wir gehen.« Rasch zog er ihr Oberteil und BH aus, hob sie auf seine Arme und eilte zur Treppe, die von der Veranda in den Garten führte.

Lachend wand Hayden sich in seinen Armen, befangen, weil ihr nackter Körper durch seinen Garten getragen wurde, aber Brody behielt sie fest im Griff. Immer schneller werdend, eilte er über den Rasen hinüber zum Pavillon, stieg die kleine Treppe hinauf und setzte sie ab.

Die Absätze ihrer Schuhe klackten leise, als sie den Holzboden des kleinen Gebäudes berührten. Hayden schaute sich um, bewunderte das komplizierte Gebälk und das luxuriöse weiße Sofa in der Ecke. Als sie sich wieder zu Brody umdrehte, war er so nackt wie sie.

Sie lachte. »Lass mich raten: Sex im Gartenpavillon gehört zu deinen Fantasien?«

»O, ja, davon träume ich, seitdem dieses verdammte Ding errichtet wurde.«

»Was denn, keins deiner Eishockey-Groupies wollte es jemals mit dir in der Wildnis deines Gartens treiben?«, fragte sie neckend.

»Ich hab noch nie eine Frau mit zu mir nach Hause genommen.«

Sie musste sich zwingen, den Mund zu schließen. Meinte er das ernst? Er hatte noch nie eine Frau mit nach Hause genommen? Die Konsequenzen dieser Aussage beunruhigten sie, aber ihr war nicht danach, jetzt darüber nachzudenken. Wie sie bereits gesagt hatte: nicht mehr reden, nicht mehr analysieren.

Jetzt wollte sie nur eines: die Fantasie dieses umwerfenden Mannes wahr werden lassen.

26. Kapitel

Sein Eingeständnis hatte sie erschreckt. Er hatte das in Haydens Augen gesehen, im selben Moment, in dem er zugab, noch nie eine Frau mit nach Hause genommen zu haben. Glücklicherweise war der Ausdruck von Skepsis und Vorsicht nur ganz kurz aufgeblitzt und wieder verschwunden. Jetzt schimmerte in ihren Augen nur Verlangen, und er fand es herrlich, dass sie sich nicht darüber beschwerte, wie er sie ausgezogen und zum Pavillon getragen hatte.

Gott, sie turnte ihn dermaßen heftig an, wie er es noch nie erlebt hatte. Schon bei ihrer ersten Begegnung hatte er instinktiv die ungezähmte Leidenschaft in ihr gespürt. Diese Leidenschaft in der ersten Nacht erlebt, als er sie auf dem Fußboden im Flur gevögelt hatte. Sie in vollen Zügen genossen, als sie ihn an ihr Bett gefesselt hatte.

Sie steckte voller Überraschungen, und er konnte einfach nicht genug von ihr bekommen. Er liebte ihre Frechheit, ihre Intelligenz, ihren trockenen Humor, die Art, auf die sie ihn provozierte und aufreizte und ihm das Gefühl gab, mehr als nur ein Eishockeyspieler zu sein.

»Also, was beinhaltet deine Fantasie?«, fragte sie neugierig, die Hände in die nackten Hüften gestemmt.

Er ließ seinen Blick über jede Kurve ihres Körpers schweifen, während er versuchte, seine Wünsche in Worte zu fassen. Im Grunde wusste er selbst nicht, wie sie die Fantasie ausleben könnten. Er wusste nur, dass seine Hände kribbelten vor Verlangen, ihre vollen Brüste zu berühren und sich zwischen ihre Oberschenkel zu schieben.

Der Nachtwind frischte auf, drang in den Pavillon ein und ließ seinen Schwanz anschwellen, als die warme Luft sanft darüberstrich. Dem Wind gelang es auch, Haydens hübsche rosa Nippel zu verhärten, sodass sie sich aufrichteten, als verlangten sie nach seiner Aufmerksamkeit.

Aber statt die Arme nach ihr auszustrecken, um sie zu berühren, räusperte er sich und sagte: »Leg dich auf das Sofa.«

Sie erhob keine Einwände. Die Absätze ihrer Schuhe klackten über den Boden, als sie zu dem kleinen Sofa ging und sich auf die Kissen legte. Als sie jedoch nach ihrem rechten Schuh griff, hob er abwehrend seine Hand.

»Behalt sie an«, befahl er.

»Warum werden Männer von einer nackten Frau in High Heels immer angeturnt?«

»Weil das nun mal verdammt sexy ist«, erwiderte er und verdrehte dabei die Augen.

»Hast du vor, einfach dazustehen und mich zu beobachten oder dich dazuzulegen?«

»Später.«

Genauso hatten sie beide in jener Nacht gesprochen, in der sie ihm gestanden hatte, schon immer davon geträumt zu haben, einen Mann an ihr Bett zu fesseln. Diesmal war allerdings er derjenige, der den Ton angab.

Er lehnte sich gegen die Brüstung des Pavillons und verschränkte die Arme vor der Brust. »Du musst mir schon einen Anreiz bieten, Baby.«

»Hmm. So was wie diesen Anreiz?« Sie hob ihre Hände an ihre Brüste.

Ihm stockte der Atem, als sie sie so drückte, dass sie größer und voller wirkten. Mit einem boshaften Lächeln streichelte sie die Unterseite jeder Brust, zog mit den Fingern Kreise um ihre Nippel und strich schließlich mit den Daumen über die harten Knospen.

Es warf ihn fast um, Hayden dabei zu sehen, wie sie sich selbst liebkoste. Er ließ sie eine Weile spielen, dann wurden seine Augen schmal. »Spreiz die Beine«, murmelte er.

Sie tat wie geheißen, und wieder stockte ihm der Atem. Von dort, wo er stand, konnte er jeden verlockenden Quadratzentimeter ihrer feucht glitzernden Pussy sehen. Er sehnte sich danach, sie zu lecken, seine Zunge in das süße Paradies zwischen ihren Beinen eintauchen zu lassen und Hayden dazu zu bringen, vor Lust zu schreien, doch er hielt sich zurück. Seine Erektion pulsierte in seiner Hand, als er seinen Schwanz mit den Fingern umfasste.

Langsam und träge streichelte er über seine Länge, warf ihr unter schweren Lidern einen Blick zu. »Berühr dich selbst.«

»Sicher, dass du das nicht übernehmen willst?« Ihre Stimme klang so kehlig, so voller ungezügelter Lust, dass er beinahe auf der Stelle gekommen wäre.

»Tu mir den Gefallen.«

»Es ist deine Fantasie.« Grinsend schob sie ihre Hand zwischen ihre Beine.

Verdammt, diese Frau war unglaublich. Ihm sprangen fast die Augen aus dem Kopf, als sie mit dem Zeigefinger über ihre feuchte Mitte strich.

»Ja, genau so«, krächzte er heiser.

Sie reagierte mit einem leisen Wimmern. Ihre Wangen röteten sich umso stärker, je länger sie sich selbst streichelte.

Ihr benebelter Blick verriet ihm, dass sie dem Höhepunkt nahe war, aber ihre Finger mieden immer noch den einen Punkt, von dem er wusste, dass er sie über die Kante schicken würde.

Sie hob ihre Hand. »Brody«, murmelte sie unruhig.

Er lachte leise. »Vergiss es, von mir bekommst du keine Hilfe.«

Für einen Moment schien sie sich auflehnen zu wollen, aber er bewegte sich keinen Zentimeter. Einen Augenblick später stöhnte sie erstickt auf und schob ihre Hand wieder zwischen ihre Oberschenkel. Sie rieb ihre Klit, wurde dabei immer schneller und umfasste ihre Pussy mit der Hand.

Und dann kam sie.

Die Hand, die seinen Schwanz hielt, erstarrte. Er war nur einen gefährlichen Streichler von einem Höhepunkt entfernt, für den er nicht bereit war, aber selbst wenn es um sein Leben gegangen wäre, hätte er den Blick nicht von der umwerfenden Frau abwenden können, die vor seinen Augen ihren Orgasmus erlebte. Jeder Nachbar, der sich in der Nähe eines offenen Fensters befand, hätte sie hören können, aber ihr schien das gleich zu sein, und Brody war es ebenfalls egal. Da er Profi-Eishockeyspieler war, rechneten seine Nachbarn vermutlich mit Lustgestöhne aus seinem Haus.

Er lehnte sich gegen das Geländer und genoss jeden Augenblick, von den zufriedenen Seufzern, die ihr über die Lippen kamen, bis hin zu der Art, wie sie ihre Beine noch weiter spreizte, immer noch die High Heels an den Füßen.

Als sie schließlich still wurde, krümmte er seinen Zeigefinger und winkte sie damit heran. Trotz des träge befriedigten Ausdrucks in ihren Augen kämpfte sie sich stolpernd auf die Beine und kam zu ihm.

»Hat dir jemals jemand gesagt, dass du die heißeste Frau auf dem ganzen Planeten bist?«, fragte er heiser, bevor er ihr einen Kuss auf die Lippen drückte.

Sie antwortete mit einem teilnahmslosen Lächeln. Die Hinweise auf den fast völlig abgeklungenen Orgasmus in ihrem Gesicht sorgten dafür, dass er noch härter wurde.

Plötzlich voller Ungeduld, bückte er sich, kramte ein Kondom aus seiner Hosentasche und streifte es sich über seinen pulsierenden Schwanz. Dann packte er sie mit beiden Händen an den Hüften, drehte sie so herum, dass ihr Po gegen seine Härte gedrückt wurde, und stieß in sie hinein.

Sie stöhnte auf, ließ sich nach vorn fallen und klammerte sich mit beiden Händen an die Brüstung. Durch die Bewegung hob sich ihr Hintern und erleichterte ihm so den Zugang. Er zog sich langsam zurück, ließ die Hüften so kreisen, wie sie es gern hatte, und drang dann wieder bis zum Anschlag in sie ein.

»Das wird jetzt schnell gehen«, warnte er. Seine Stimme klang in seinen eigenen Ohren schroff und entschuldigend zugleich. Er wollte für sie lange durchhalten, aber so, wie sein Schwanz pulsierte, war ihm klar, dass es nicht lange dauern würde, bis er über jene Klippe in die Besinnungslosigkeit stürzte.

»Ich liebe alles, was du mit mir anstellst. Schnell, langsam, hart, es ist mir egal. Liebe mich einfach.«

Ihre geflüsterte Antwort zauberte ein Lächeln auf seine Lippen, aber es waren die Worte »Liebe mich«, die ihm die Brust zuschnürten. Zum ersten Mal nannte sie das, was zwischen ihnen war, Liebe, und das zu hören bereitete ihm so überwältigende Freude, dass ihm fast die Knie weich wurden.

Ganz plötzlich verspürte er das animalische Bedürfnis, diese Frau für sich zu beanspruchen. Er wurde schneller, stieß wieder und wieder in sie hinein, bis sein Höhepunkt seine Wirbelsäule hinunterkroch und die Welt vor ihm in Lichtblitze tauchte. Er schauderte, umfasste eine ihrer Brüste mit seiner Hand und streichelte mit der anderen Haydens Hintern, in dem Wunsch, so lange wie möglich an ihr festzuhalten. Schwer atmend schlang er seine Arme von hinten um sie und schnupperte an ihrem Hals, nahm den Duft von Vanille und Lavendel ihrer Bodylotion tief in sich auf.

Sie hauchte einen Seufzer und murmelte: »Deine Fantasien sind fast so gut wie meine.«

»Fast so gut?« Er lachte. »Warte, bis ich dich ans Bett fessele. Dann werden wir ja sehen, wer die heißesten Fantasien auf Lager hat.«

Sie löste sich aus seiner Umarmung und drehte sich um, um ihn zu küssen. Dann schlich sie sich zum Eingang des Pavillons. »Glaubst du, dass einer deiner Nachbarn mich durch den Garten flitzen sehen wird?«

»Jetzt wirst du auf einmal schüchtern?«

Sie warf ihm einen kleinlauten Blick zu. »Ich schätze, du hast recht. Vermutlich hat die ganze Nachbarschaft mich gehört, hmm?«

»Du bist ziemlich laut ...«

Damit bückte er sich, schnappte sich seine Hose und zog sie sich an. Hemd und Jacke klemmte er sich unter den Arm und streckte den anderen Arm Hayden hin. »Soll ich die unbekleidete Dame zum Haus begleiten?«

»Du könntest mir wenigstens dein Hemd überlassen.«

»Nichts da. Ich will die ganze Pracht deines Körpers bei diesem Abendspaziergang bewundern.«

»Vergiss den Spaziergang. Ich sprinte.«

Bevor er auch nur blinzeln konnte, stürmte sie die Stufen hinunter und fegte durch den Garten. Ihr straffer Po leuchtete blass im Mondlicht. Lachend rannte er ihr nach, in der Hoffnung, sie würde noch ein kleines bisschen länger nackt bleiben, aber sie zog sich bereits ihr Oberteil über den Kopf, als er die Terrasse erreichte.

»Spielverderberin«, grummelte er.

Sie schlüpfte in ihr Höschen und zog ihre Hose an. »Du schuldest mir noch einen Rundgang durch das Obergeschoss«, erinnerte sie ihn.

»Gibt es irgendein Zimmer, das dich besonders interessiert?«

»Definitiv eines, in dem ein Bett steht. Oder ein abnehmbarer Duschkopf zu finden ist.«

Grinsend nahm er ihre Weingläser von der Terrassenbrüstung und folgte ihr ins Haus. »Möchtest du noch etwas Wein?«

»Nein, danke.«

Plötzlich wurde sie still, als er die Gläser in die Spüle stellte. Als er sich umdrehte, um sie anzuschauen, sah er, dass ihre Miene sehr ernst geworden war.

»Alles in Ordnung mit dir?«

»Mir geht's gut.« Sie atmete kurz aus. »Ich musste gerade an meinen Dad denken.«

Brody verzog das Gesicht. »Wir hatten gerade Wahnsinnssex, und du denkst an deinen Dad?«

»Es ist nur … der Wein.« Sie deutete auf die Flasche, die noch auf dem Tresen stand. »Sie hat mich an das erinnert, was Sheila mir heute erzählt hat. Du weißt schon, wegen seiner Trinkerei …« Ihre Stimme verklang, und der Kummer in ihren Augen war unübersehbar.

»Wirst du mit ihm darüber reden?«

»Ja. Nein.« Wieder stieß sie den Atem aus. »Ich will ihn nicht gerade jetzt zur Rede stellen, wo er im Mittelpunkt dieses Skandals steht.«

»Wir stehen inzwischen alle im Mittelpunkt des Skandals. Heute hat man uns mitgeteilt, dass eine offizielle Untersuchung eingeleitet wurde. Das war nicht gerade hilfreich, als es darum ging, Kampfgeist für das Spiel zu entwickeln.«

Die Enttäuschung durchzuckte ihn wie ein Messerstich, als ihm die Niederlage wieder bewusst wurde. Während er Hayden gevögelt hatte, war es ihm gelungen, diese Sache aus seinem Kopf zu verbannen, aber jetzt war die Erinnerung wieder da. Der saure Geschmack der Niederlage erfüllte seinen Mund. Die Warriors würden nicht in die nächste Runde einziehen. Ihre Spielsaison war zu Ende. Aus und vorbei.

Aber ... Scheiß drauf, vielleicht war das gar keine so schlimme Sache. Sosehr er sich auch gewünscht hatte, den Stanley Cup wieder in den Händen zu halten – schon zu viele Spielzeiten war es her, seit die Warriors das verdammte Ding gewonnen hatten –, vielleicht war es besser, dass für sie die Spielsaison zu Ende war.

»Hätten wir in diesem Jahr die Meisterschaft gewonnen, würde jeder sich fragen, ob wir sie auch verdient haben«, sagte er. Die Erkenntnis ließ Übelkeit in ihm aufsteigen.

Hayden nickte langsam. »Das hätte sein können, ja.«

»Diese Spielsaison wird von zu vielen offenen Fragen beherrscht, all unsere Spiele, die Spiele, die möglicherweise manipuliert waren. Vielleicht ist es besser, nicht weiterzumachen. Wer, zum Teufel, weiß schon, was diese Untersuchung ans Tageslicht bringen wird.« Er biss sich auf die Lippe. »Nächste Woche werden sämtliche Spieler befragt. Ich bin am Montag dran.«

»Was für Fragen wird man euch stellen?«

Er zuckte die Achseln. »Vermutlich wird man uns fragen, was wir über die Anschuldigungen wissen, versuchen, uns zu einem Geständnis zu überreden, uns ausfragen, ob wir wissen, ob ein anderer Spieler beteiligt war.«

»Werden sie nach meinem Dad fragen?«

»Das nehme ich an.«

Die Hände auf den Tresen gestützt, schwieg sie einen Moment, und Sorge trübte ihre hübschen Züge. Er konnte sehen, dass all das sie beunruhigte, besonders das, was sie über ihren Vater erfahren hatte, und obwohl er nicht die Absicht hatte, sie noch mehr zu beunruhigen, tat er genau das mit seinem nächsten Satz.

»Es wurde mir heute so gut wie bestätigt, dass dein Dad Spiele manipuliert hat.«

Sie hob den Blick, ihre Lippen formten ein erschrockenes O. »Was? Meinst du das ernst?«

Er nickte.

»Du sagst, du weißt mit Sicherheit, dass er das getan hat?«

Scheiße. Vielleicht hätte er das nicht einfach so herausposaunen sollen. Aber die Auseinandersetzung mit Wyatt nagte schon den ganzen Abend an ihm, und er hatte gehofft, mit Hayden darüber reden zu können, bevor der von der Liga mit der Untersuchung Beauftragte ihn befragte. Er wusste, falls man ihn fragte, musste er die Wahrheit sagen, aber er wollte ihren Rat hören, wollte, dass sie ihm sagte, wie er mit der Zeitbombe in seinen Händen umgehen sollte, ohne so dazustehen, als wäre er ein Verräter an seinen Teamkameraden oder dem Teameigner.

Aber was ihm nicht klar gewesen war: Dadurch, dass er sich Hayden anvertraute, bestätigte er ihre Zweifel an ihrem Vater. Bis jetzt hatte sie nur den Verdacht gehegt, Presley könne diese Spiele manipuliert haben, aber mit diesem einen Satz hatte er ihren Verdacht zur Gewissheit gemacht. Ihre niedergeschlagene Miene tat ihm im Innersten weh.

Er wollte sie trösten, wusste aber nicht, wie.

Also blieb er auf Abstand, atmete langsam aus. »Er hat es getan. Ich bin mir zu neunundneunzig Prozent sicher.«

»Neunundneunzig Prozent«, wiederholte sie. »Dann besteht immer noch die Chance, dass er nichts damit zu tun hatte.«

»Das ist unwahrscheinlich.«

»Aber die Chance besteht.«

»Sieh mal, ich weiß, du willst nur das Beste in deinem Vater sehen, aber du wirst akzeptieren müssen, dass er vermutlich schuldig ist.«

Sie riss die Augen auf, und die Farbe wich aus ihrem Gesicht. »Wirst du dem Ermittler genau das sagen? Wirst du sagen, mein Dad sei schuldig?«

»Ich weiß noch nicht, was ich sagen werde.«

Er konnte sehen, wie ihre Beine zitterten, als sie auf ihn zukam. Die Augen in Panik weit aufgerissen, berührte sie seinen Arm, legte den Kopf in den Nacken und schaute zu ihm hoch. »Das darfst du nicht tun, Brody. Bitte. Wende dich nicht gegen meinen Vater.«

27. Kapitel

Hayden wusste nicht, woher die Worte kamen. Sie schien keine Kontrolle über ihre Stimmbänder zu haben. Im Prinzip wusste sie, dass es falsch war, Brody darum zu bitten. Denn falls Presley wirklich schuldig war, dann verdiente er es, für seine Vergehen zu bezahlen. Aber es ging um ihren Vater, den einzigen Elternteil, den sie noch hatte, die einzige Konstante in ihrem Leben.

»Du willst, dass ich lüge?«, erwiderte Brody ausdruckslos.

Sie schluckte. »Nein, ich ... Vielleicht, falls du einfach nichts sagst ...«

»Lügen durch Verschweigen ist immer noch eine Lüge, Hayden. Und was, wenn sie mich direkt fragen, ob Pres jemanden bestochen hat? Was tue ich dann?«

Verzweiflung schnürte ihr die Kehle zu. Sie wusste, sie hatte nicht das Recht, ihn zu bitten, das für sie zu tun, aber sie konnte nicht zusehen, wie das ganze Leben ihres Vaters vor ihren Augen zu Scherben zerfiel.

»Er ist alles, was ich an Familie habe«, sagte sie leise. »Ich möchte ihn nur schützen.«

Mitgefühl flackerte in Brodys Augen auf, wandelte sich aber rasch in Verärgerung. »Und was ist mit mir? Verdiene ich es nicht auch, beschützt zu werden?«

»Deine Karriere steht nicht auf dem Spiel«, protestierte sie.

»Von wegen!« Seine Augen funkelten zornig, und er rückte mehrere Schritte von ihr ab. »Mein guter Ruf steht hier auf dem Spiel. Ich werde nicht meine Karriere aufgeben, indem ich lüge, um den Teameigner zu schützen, nicht einmal für dich.«

Tränen brannten in ihren Augen. Nicht aufgrund dessen, was er gerade gesagt hatte, sondern weil ihr Verstand wieder richtig funktionierte und sie sich plötzlich sehr, sehr dumm vorkam. Was, zum Teufel, hatte sie sich dabei gedacht, ihn zu bitten, für ihren Dad zu lügen? Sie konnte sich nur damit rechtfertigen, dass sie eben nicht gedacht hatte. Für den Bruchteil einer Sekunde hatte die Angst sie so überwältigt, dass sie nicht mehr klar hatte denken können. Plötzlich war sie wieder das einsame kleine Mädchen gewesen, das ohne Mutter aufgewachsen war und nicht erleben wollte, wie sein Vater ins Gefängnis kutschiert wurde, auch wenn das bedeutete, die Regeln brechen zu müssen, um ihn vor der Gefängniszelle zu bewahren.

Scheiße. Was war nur los mit ihr? Sie war nicht der Typ Frau, der Regeln brach. Und sie billigte auch keine Lügen.

Sie konnte nicht glauben, dass sie Brody gerade gebeten hatte, seine Ehrlichkeit und seine Ehre aufzugeben.

Auf zittrigen Beinen ging sie zu ihm und schmiegte ihr Gesicht an seine nackte Brust. Sie konnte sein Herz an ihrem Ohr schlagen hören wie eine Trommel.

»Es tut mir leid. Ich hätte dich nicht bitten sollen zu lügen. Das war unfair von mir. Ich bin ...« Ihre Stimme erstarb unter einem Schluchzen. »Ich kann es selbst nicht glauben, dass ich das getan habe.«

Er streichelte ihren unteren Rücken. »Ist schon gut. Ich weiß, dass du dir Sorgen um ihn machst, Babe.«

»Ich wünschte nur ... Verdammt, Brody, ich will ihm helfen.«

»Ich weiß«, erwiderte er sanft. »Aber dein Dad hat sich selbst diese Suppe eingebrockt, und sosehr ich es auch hasse, das zu sagen, er wird sie auch selbst auslöffeln müssen.«

Haydens Smartphone weckte sie früh am nächsten Morgen, riss sie aus einem unruhigen Schlaf und ließ sie verärgert aufstöhnen. Sie lag auf der Seite, den Rücken an Brodys großen, warmen Körper gedrückt, umfangen von einem seiner langen Arme. Ein oder zwei Sekunden war es still, dann klingelte das Handy erneut. Und wieder. Und wieder.

Schließlich löste sie sich seufzend aus Brodys Armen und schlüpfte unter der Bettdecke hervor. Der Wecker auf dem Nachtschränkchen zeigte sechs Uhr früh an, und sie verzog das Gesicht. Wer, um alles in der Welt, rief sie um diese Uhrzeit an?

»Komm wieder ins Bett«, murmelte Brody schlaftrunken.

»Mach ich – nachdem ich denjenigen, der andauernd anruft, umgebracht habe«, grummelte sie und tappte barfuß zum Lehnsessel am Fenster. Ihre Kleidung und ihre Handtasche lagen dort, und sie suchte zwischen den Sachen herum, bis sie ihr Handy fand.

Ein Blick auf das Display ließ sie sofort erkennen, wer anrief: Darcy. Mist. Das war vermutlich nicht gut. Nicht wenn Darcy dafür ihren Schönheitsschlaf unterbrach.

Rasch meldete Hayden sich. »Darce, hey. Was ist passiert?«

»Warst du heute Morgen überhaupt schon mal online?«

»Für so eine Frage weckst du mich auf?« Hayden schlich zur Tür, weil sie Brody nicht stören wollte. Im Flur lehnte sie sich an die Wand. »Natürlich war ich noch nicht online. Verdammt, es ist gerade mal sechs. Wieso bist du schon so früh auf?«

»Ich bin letzte Nacht gar nicht erst ins Bett gegangen.« Hayden konnte förmlich das Grinsen auf dem Gesicht ihrer besten Freundin sehen. »Ich hab mich gerade aus Marcos Wohnung geschlichen, um mir ein Taxi zu rufen, und ...«

»Wer ist Marco?«

»Oh, mein neuer Personal Trainer.« Einen Moment blieb es still. »Wir sind miteinander im Bett gelandet.«

»Bei dem Tempo, das du vorlegst, wirst du nie ein Gym finden, in dem du bleiben kannst.« Hayden atmete aus. »Kannst du mir jetzt sagen, warum du anrufst, oder kann ich einfach wieder schlafen gehen?«

»Du bist *das Thema* im Internet, Babe.«

»Was?«

»Kein Scherz. Das war die erste Schlagzeile, die ich gesehen habe, als ich mein Handy eingeschaltet hab. In jedem Sport- und Unterhaltungsblog finden sich gleich auf der ersten Seite Bilder von dir und deinem Eishockeyspieler, seine Zunge in deinem Hals und seine Hände auf deinem Arsch.«

Entsetzen packte sie. »Bullshit.«

»Ich fürchte, nein.«

Oh, fuck. Darcy klang, als meinte sie es absolut ernst. Und wenn Darcy dazu keine Klugscheißerei einfiel, dann musste es echt übel sein.

»Ich ruf dich in einer Minute zurück«, stieß Hayden hervor und beendete das Gespräch.

Das T-Shirt, das Brody ihr als Schlafshirt gegeben hatte, hing ihr bis auf die Knie, aber ihre Arme waren nackt, und Gänsehaut überlief sie. Der Holzboden unter ihren Füßen fühlte sich kalt an, als sie rasch die Treppe ins Wohnzimmer hinuntereilte. Sie wollte Brody nicht wecken, fühlte sich schwach und fröstelte, als sie sich auf die Couch sinken ließ und eine der größeren Sportseiten aufrief.

Noch während die Titelseite lud, schnappte Hayden nach Luft. Darcy hatte recht. Da gab es ein großes Foto von ihr und Brody auf dem Parkplatz der Warriors. Es musste aufgenommen worden sein, als sie sich auf die Zehenspitzen gestellt hatte, um ihn zu küssen, und er kniff ihr unübersehbar in den Po.

Die Titelzeile schrie heraus: *Warriors-Stürmer schmeichelt sich bei Houstons Tochter ein.*

Was ihr jedoch das Blut in den Adern gefrieren ließ, war der Artikel darunter. Sie las ihn zweimal, um kein einziges Wort zu verpassen, legte dann ihr Smartphone auf das Kissen neben sich und schlug die Hände vors Gesicht.

»Was ist passiert?«

Der Klang von Brodys schläfriger Stimme ließ sie zusammenzucken und aufblicken. Er stand in der Tür, nackt bis auf marineblaue Boxershorts und mit besorgter Miene.

Wortlos deutete Hayden auf das Handy neben sich. Nach kurzem Zögern setzte Brody sich zu ihr auf die Couch und nahm es in die Hand.

Sie beobachtete sein Gesicht, als er den Artikel las, aber er ließ nichts erkennen. Ein paarmal blinzelte er, runzelte einmal die Stirn und stand dann langsam auf.

»Ich brauch einen Kaffee«, murmelte er, bevor er das Zimmer verließ.

Verwirrt schaute Hayden ihm nach, sprang dann auf und rannte in die Küche. Er schaltete bereits die Kaffeemaschine an und lehnte sich dann gegen den Tresen, absolute Ungläubigkeit in den Augen.

»Sie behaupten, ich hätte mich schmieren lassen«, sagte er schwach.

Sie ging zu ihm und legte ihre Hand auf den mächtigen Bizeps. »Das ist nur eine Spekulation. Sie haben keinen Beweis.«

»Sie haben eine Quelle!«, stieß er voller Zorn hervor. »Irgendwer hat diesem Arschloch von Reporter tatsächlich gesagt, ich hätte Schmiergeld von deinem Vater angenommen. Das hier ist keine Klatschseite, die nur *behauptet*, Quellen zu haben, die ihre Story untermauern. Greg Michaels ist ein preisgekrönter Sportjournalist. Und irgendwer aus dem Team hat ihm erzählt, ich hätte Schmiergeld angenommen, verdammt noch mal!«

Haydens Mund wurde vollkommen trocken. Sie konnte kaum dem schnellen Wechsel der Emotionen folgen, die über Brodys Gesicht huschten. Zorn, Verrat, Entsetzen. Schock und Empörung. Angst. Sie hätte ihn zu gern in die Arme genommen, aber seine Haltung war so angespannt, seine Schultern waren steif, seine Kiefer zusammengepresst. Jeder Aspekt seiner Körpersprache schrie: *Verschwinde! Lass mich in Ruhe!*

»Irgendwer versucht, mich fertigzumachen«, knurrte er. »Wer, zum Teufel, würde so was tun? Ich weiß, dass Wyatt bis über beide Ohren mit drinsteckt, aber ich glaube einfach nicht, dass er den Verdacht auf mich lenkt. Er hat mir gesagt, ich solle mich raushalten.«

Plötzlich landete Brodys Blick auf ihr – konzentriert, scharf, als wäre ihm gerade eingefallen, dass sie sich im selben Zimmer befand.

»Sie glauben, dass du mich vögelst, damit ich die Klappe halte, was deinen Vater angeht.« Er lachte humorlos.

Mitgefühl stieg in ihr auf, schnürte ihr das Herz ab wie ein

Schraubstock. »Es wird alles gut. Alles wird sich aufklären, wenn du mit dem Ermittler sprichst.«

Wieder lachte er leise, diesmal verbittert. »Ein Dreckspritzer auf dem Namen reicht, und das Team betrachtet dich mit anderen Augen. Ich stehe mitten in Vertragsverhandlungen. Meine Agentin hat mich schon gewarnt, dass sich alles verzögert wegen der Anschuldigungen, und jetzt behauptet irgendein Arschloch, ich steckte mit drin? Ich bin erledigt, Hayden. *Erledigt.*«

Die Kaffeemaschine signalisierte, dass sie fertig war, und Brody wandte sich steif ihr zu. Er griff sich einen Becher, knallte ihn auf die Arbeitsplatte, füllte ihn bis zum Rand mit Kaffee und nahm einen großen Schluck der brühheißen Flüssigkeit, ohne auch nur mit der Wimper zu zucken.

Hayden fiel nichts ein, was sie sagen konnte. Wie sie es ihm erleichtern konnte. Also stand sie einfach nur da, beobachtete seine Miene und wartete darauf, dass er weitersprach.

Aber auf das, was er dann sagte, war sie nicht vorbereitet.

»Ich glaube, wir sollten eine Weile einen Gang runterschalten.«

Der Schock traf sie wie ein Faustschlag in die Magengrube. »Was?«

Er stellte seinen Kaffeebecher ab und rieb sich die Stirn. »Ich darf nicht mit deinem Vater untergehen«, sagte er so leise, dass sie ihn kaum hören konnte. »Wenn du und ich zusammen gesehen werden, wird die Gerüchteküche nur umso mehr brodeln, und ich gerate immer stärker in Verdacht. Meine Karriere ...« Er fluchte heftig. »Ich hab mir den Arsch aufgerissen, um dorthin zu gelangen, wo ich bin, Hayden. Ich bin mit Secondhand-Klamotten aufgewachsen und hab erlebt, wie meine Eltern sich abgemüht haben, um sich irgendwas leisten zu können. Ich hab hart gearbeitet, um meinen Lebensunterhalt zu verdienen und sie zu unterstützen. Das darf ich nicht verlieren. Und ich *werde* es nicht verlieren.«

»Du willst, dass wir uns nicht mehr sehen?«

Gequält fuhr er sich mit den Fingern durch die Haare. »Ich sage nur, vielleicht sollten wir ... uns ... auf Eis legen. Bis die Ermittlungen zum Abschluss kommen und der Skandal verpufft.«

»Du willst uns auf Eis legen«, wiederholte sie stumpf.

»Ja.«

Sie wandte sich weg, stützte sich mit den Händen auf dem Küchentresen ab. Er machte Schluss? Halt, nein, er legte sie auf Eis. Nicht, dass das einen Unterschied machte. Ganz gleich, wie er es nennen wollte, Brody sagte ihr im Grunde, dass er sie nicht um sich haben wollte.

All das, was er in der Nacht zuvor gesagt hatte – wie gut sie einander taten, wie gut sie zusammenpassten –, was war damit geschehen?

Die Erinnerung an die Worte, die er erst gestern gesagt hatte, verstärkte nur ihre Verbitterung. Sie war wie eine reißende Strömung, die jedes Vernunftargument wegschwemmte und sie in einen Strudel von Groll hineinzog, den sie nur zu gut kannte. Wie oft hatte ihr Vater seinem Hockeyteam den Vorrang über sie eingeräumt? Wie oft hatten die Männer in ihrem Leben ihre Karriere an erste Stelle gesetzt, während sie hintanstehen und darum betteln musste, wahrgenommen zu werden?

»In Ordnung. Wenn es das ist, was du willst«, sagte sie, ohne Schroffheit und Zorn aus ihrem Ton heraushalten zu können. »Ich schätze, du musst dich jetzt vor allem um dich selbst kümmern.«

Seine Miene verdüsterte sich. »Lass es nicht so klingen, als wärst du mir scheißegal, denn du bist mir nicht scheißegal – du bist mir wichtig. Aber du kannst mir nicht verübeln, dass mir auch alles, wofür ich so hart gearbeitet habe, wichtig ist.«

Sie rückte ein Stück ab, wollte plötzlich nur noch weg. Vielleicht war es am besten, die Sache jetzt zu beenden. Sie waren schon gestern in eine Sackgasse geraten, als sie ihm gesagt hatte, dass sein Lebensstil nicht zu dem passte, was sie sich von einer Beziehung wünschte. Vielleicht war es besser, jetzt Schluss zu machen, bevor es ihnen noch schwerer fiel.

Aber obwohl ihr Verstand das als sinnvoll erachtete, konnte ihr Herz nicht aufhören zu weinen bei dem Gedanken, nicht mehr mit ihm zusammen zu sein.

Schweigen machte sich zwischen ihnen breit, bis Brody einen frustrierten Fluch ausstieß und sich die dunklen Haare raufte.

»Du bist mir wichtig, Hayden. Unsere Beziehung zu beenden ist das Letzte, was ich will.« Entschlossen schüttelte er den Kopf. »Und ich betrachte das auch nicht als ein Ende. Ich will nur, dass diese Katastrophe vorübergeht. Ich will, dass mein Name reingewaschen wird und meine Karriere unbeeinträchtigt bleibt. Wenn sich alles beruhigt hat, können wir dort wieder anknüpfen, wo wir stehen geblieben sind.«

Unwillkürlich musste sie lachen. »Weil das ja so einfach ist, richtig?« Ihr Lachen erstarb, machte einem müden Stirnrunzeln Platz. »Egal. Es wäre sowieso zu Ende gegangen. Früher oder später.«

Kummer trat in seinen Blick. »Komm schon, sag so was nicht. Unsere Auszeit muss kein endgültiger Bruch sein.«

»Vielleicht sollte sie das aber.« Ein Schluchzen drängte sich in ihre Kehle, und es kostete sie ihre ganze Willenskraft, es herunterzuschlucken. »Vermutlich tun wir uns einen Gefallen damit, wenn wir jetzt loslassen. Vielleicht ersparen wir uns damit eine Menge Herzschmerz in der Zukunft.«

Er öffnete den Mund, um etwas zu erwidern, aber sie ließ ihm keine Chance. Die Tränen zurückblinzelnd, die ihr in den Augen brannten, eilte sie zurück ins Schlafzimmer, um sich anzuziehen.

28. Kapitel

Die Taxifahrt zurück zu ihrem Auto war vermutlich die demütigendste Erfahrung ihres Lebens. Irgendwie hatte sie es geschafft, während sie sich anzog, das Taxi bestellte und Brody leise Lebewohl sagte, ihre Gefühle im Zaum zu halten. Aber in derselben Sekunde, in der sie sich auf den Rücksitz des Taxis setzte und sah, wie Brodys schönes Haus im Rückspiegel verschwand, brach sie in Tränen aus.

Bestürzt reichte ihr der Fahrer eine kleine Packung Papiertaschentücher und ignorierte sie dann einfach. Trotz der Tränen, die ihr den Blick verschleierten, bemerkte sie, dass der Mann ihr seltsame Blicke im Spiegel zuwarf. Offenbar war es nicht alltäglich, dass eine Frau mit gebrochenem Herzen auf seinem Rücksitz saß.

Gebrochenes Herz – etwas anderes fiel ihr nicht ein, um zu beschreiben, was sie gerade jetzt empfand. Obwohl sie Brody gesagt hatte, es sei nur zu ihrem Besten, sich zu trennen, tat ihr das Herz so weh, als hätte man es mit einer Rasierklinge zerkratzt. Jetzt wollte sie nur noch zurück ins Penthouse, sich im Bett verkriechen und weinen.

Der Fahrer setzte sie an der Arena ab, wo sie in ihren Mietwagen stieg und versuchte, sich die Tränen aus den Augen zu wischen und ein paarmal beruhigend durchzuatmen.

Fünfzehn quälend lange Minuten später betrat sie das Hotel und konnte nur hoffen, dass niemandem ihr verweintes Gesicht auffiel. In der Lobby winkte der Rezeptionist sie heran.

Zögernd ging Hayden zu ihm hinüber und war überrascht, als er sagte: »In der Bar wartet ein Mann auf Sie.«

Hoffnung und Freude durchtosten sie.

Brody.

Er musste es sein. Und er hätte definitiv Zeit genug gehabt, vor ihr hier zu sein, weil sie ja erst ihr Auto hatte holen müssen. Vielleicht hatte er ja erkannt, wie dumm es war, wegen eines Artikels eines Reporters die Sache zwischen ihnen zu beenden.

Sie eilte über den Marmorboden zu den großen Eichentüren, die in die Hotelbar führten. Nur wenige Gäste waren darin, aber als sie mit den Augen nach Brodys breiten Schultern und seinen unordentlichen dunklen Haaren suchte, fand sie nichts.

Enttäuschung überfiel sie. Natürlich war er nicht hier. Er hatte eindeutig klargemacht, dass er nicht mit ihr gesehen werden durfte, um seine Karriere nicht zu riskieren.

Noch einmal schaute sie sich um und geriet ins Wanken, als ihr Blick an einem Mann hängen blieb, den sie beim ersten Mal nicht beachtet hatte.

Doug.

O Gott. Was tat *er* hier?

»Hayden!« Er erhob sich von seinem Platz und kam schüchtern lächelnd auf sie zu.

Sie starrte ihn an, verdaute den vertrauten Anblick seiner akkurat geschnittenen blonden Haare. Seiner blassblauen Augen, die ernst dreinschauten wie immer. Seines schlanken, durchtrainierten Körpers, den er im Fitnessstudio der

Universität in Form hielt. Seiner hellbraunen Hose mit Bü-
gelfalte und seines makellosen weißen Button-down-Hem-
des. Sein Aufzug irritierte und ärgerte sie irgendwie. Alles
an Doug war elegant und ordentlich und unglaublich langweilig. Sie stellte fest, dass sie sich nach einem winzigen
Zeichen von Unordentlichkeit sehnte. Nach einem offenen
Knopf. Einem Kaffeefleck. Ein paar Bartstoppeln, die er
beim Rasieren übersehen hatte.

Aber an diesem Mann war nichts Unordentliches. Er war
wie ein perfekt verpacktes Geschenk, das nur mit drei kleinen Streifen Klebefilm verschlossen und einer absolut
ebenmäßigen Schleife versehen war. Die Art von Geschenk,
das man kaum öffnen mochte, weil man sich schäbig dabei
vorkam, die Verpackung zu ruinieren.

Brody dagegen ... Er war ein Geschenk, das man in derselben Sekunde aufriss, in der man es bekam. Das Äußere
war uninteressant, weil man wusste, dass der Inhalt sowieso etliche Millionen Mal besser war.

Bei dem Gedanken brannten ihr Tränen in den Augen.

»Hi«, sagte Doug sanft. »Ich freue mich, dich zu sehen.«

Sie wollte ihm sagen, dass auch sie sich freute, ihn zu
sehen, aber die Worte wollten ihr nicht über die Lippen. Einen Moment starrten sie einander an, dann zog er sie in
eine unbeholfene Umarmung. Halbherzig erwiderte sie die
Geste und stellte dabei fest, dass es keinerlei Wirkung auf
sie hatte, seine Arme um sich zu spüren.

»Ich weiß, ich hätte nicht kommen sollen«, sagte Doug,
als er sie losließ. »Aber so, wie wir die Dinge in der Luft
hängen ließen ... Ich dachte, wir müssten reden. Persön-
lich.«

»Du hast recht.« Sie schluckte. »Möchtest du mit mir
raufkommen?«

Er nickte.

Wortlos verließen sie die Bar und gingen zum Fahrstuhl. Stille hing über der Kabine, als sie nach oben zum Penthouse fuhren. Hayden wollte sich noch einmal bei ihm entschuldigen, aber sie war sich nicht sicher, ob sie noch das Bedürfnis empfand. Sie und Doug hatten sich eine Auszeit genommen, als die Sache mit Brody angefangen hatte, und obwohl es ihr leidtat, ihn verletzt zu haben, konnte sie keine Reue dafür aufbringen, was sie für Brody empfand.

»Ich war geschockt, als du mir gesagt hast, du hast einen anderen«, begann Doug, als sie die Suite betraten.

»Ich weiß.« Gewissensbisse nagten an ihr. »Es tut mir leid, dich einfach so damit überfallen zu haben, noch dazu am Telefon, aber ich musste ehrlich sein.«

»Ich bin froh, dass du ehrlich warst.« Er trat näher, in seinen Augen glitzerte etwas, was sie nicht einordnen konnte. »Und es war der Tritt in den Arsch, den ich gebraucht habe. Es hat mich erkennen lassen, wie dringend ich dich nicht verlieren möchte.«

Damit streckte er seine Hand aus und strich ihr zärtlich über die Wange.

Unbehagen stieg in ihr auf.

»Ich liebe dich, Hayden«, sagte Doug ernst. »Ich hätte das schon vor langer Zeit sagen sollen, aber ich wollte es langsam angehen lassen. Ich schätze, ich habe es *zu* langsam angehen lassen. Es tut mir leid.« Er rückte näher, machte aber keine Anstalten, sie erneut zu berühren oder gar zu küssen. Stattdessen lächelte er zärtlich. »Ich habe entschieden, dass wir lange genug gewartet haben. Ich möchte, dass wir die Brücke überqueren. Ich möchte, dass wir miteinander schlafen.«

O Gott, nicht die Brücke zur Intimität.

Hysterisches Gelächter drohte sich Bahn zu brechen. »Doug ...«

»Jetzt ist endlich die richtige Zeit gekommen.«

Vielleicht für dich, wollte sie sagen. Aber für sie hatte sich der perfekte Augenblick, den sie vielleicht mit Doug geteilt hätte, in der Sekunde in Luft aufgelöst, in der Brody Croft in ihr Leben getreten war.

Er streckte die Arme nach ihr aus, aber sie rückte von ihm ab, schlechten Gewissens, als sie in seinen Augen sah, dass sie ihn damit verletzte.

»Es ist nicht die richtige Zeit«, sagte sie leise. »Und ich glaube, es gibt einen Grund, warum wir diesen Punkt bisher nicht erreicht haben. Ich glaube ... es hat nicht sollen sein.«

Er erstarrte. »Verstehe«, sagte er steif.

Sie griff nach seiner Hand, drückte seine Finger fest. »Du weißt, dass ich recht habe. Würdest du ehrlich all das jetzt sagen, wenn ich nicht einen anderen kennengelernt hätte?«

»Ja.« Aber seiner Stimme mangelte es an Überzeugung.

»Ich glaube, wir haben einander gefunden, weil es bequem und gemütlich war, weil wir uns miteinander wohlgefühlt haben. Wir waren Freunde, Kollegen, zwei Menschen, die einander leiden konnten ... aber Seelenverwandte waren wir nicht, Doug.«

Schmerz erfüllte ihr Herz. Sie sagte ihm all das nur äußerst ungern, aber ihr blieb keine andere Wahl.

Das Zusammensein mit Brody hatte sie erkennen lassen, dass sie sich nicht mit einem Mann zufriedengeben würde, nur weil er zufällig nett und verlässlich war. So wild und sexy und unberechenbar, wie Brody auch war – zugleich war er aufrichtig und zärtlich. Intelligenter, als er sich selbst eingestand. Stark, witzig, großzügig. Es gab so viel Liebenswertes an ihm, so viel ...

Moment, hatte sie sich womöglich in ihn *verliebt*?

Nein, das war unmöglich. Brody war nur eine flüchtige Affäre. Er mochte ein paar wunderbare Charakterzüge haben, aber seine Karriere, sein Beruf würden ihn permanent von ihr fernhalten. Sie wollte jemanden, bei dem sie sich sicher und geborgen fühlte, jemand Verlässlichen. Nicht jemanden, der frech und arrogant und leidenschaftlich und provisorisch und ... *Fuck.*

Sie liebte ihn. Und war es nicht verdammt ironisch, dass ihr das erst an dem Tag klar wurde, an dem er sie abservierte?

»Hayden? Bitte weine nicht, Schatz.«

Sie blickte auf, sah Dougs sorgenvolle Miene, berührte dann ihre Wangen und spürte die Tränen. Rasch wischte sie sie weg. »Doug ... es tut mir leid«, murmelte sie, weil ihr nichts Besseres einfiel.

Er nickte. »Ich weiß. Mit tut es auch leid.« Er legte den Kopf schräg, wirkte ein bisschen verwirrt. »Aber ich verstehe nicht, was so schlimm daran ist, sich miteinander wohlzufühlen.«

»Daran ist nichts Schlimmes. Aber ich will mehr als Wohlbehagen. Ich will Liebe und Leidenschaft und ...« Sie schluckte. »Ich will welterschütternd.«

Er schenkte ihr ein reumütiges Lächeln. »Ich habe nicht viel Erfahrung darin, die Welt einer Frau zu erschüttern, fürchte ich.«

Nein, aber Brody hatte sie.

Leider hatte er auch jede Menge Erfahrung darin, einer Frau das Herz zu brechen.

29. Kapitel

»Du hast wirklich gar nichts von ihm gehört? Er hat dir nicht mal geschrieben?«, fragte Darcy.

Hayden wackelte mit den Zehen, die von einem Schwarm winziger Fische angeknabbert wurden. Offenbar war das eine Spa-Behandlung, um tote Hautschüppchen zu entfernen, aber das kitzelte so heftig, dass sie Angst hatte, die armen Dinger zu zerquetschen. Der Tag im Spa war Darcys Idee gewesen, angeblich die beste Lösung für die drei Tage, in denen sie absolut nichts von Brody gehört hatte, aber Hayden fühlte sich kein bisschen besser.

Im Gegenteil, sie vermisste ihn nur noch mehr. Und obendrein fühlte sie sich noch schlechter, weil Darcy ihre Boutique an einem Montagmorgen geschlossen hatte, um ihr beim Leiden beizustehen.

»Nicht mal eine kurze Nachricht«, bestätigte sie betrübt. Sie zuckte zusammen, als es schon wieder an ihrer Fußsohle kitzelte. »O mein Gott, können wir nicht einfach darum bitten, dass sie jetzt mit der Pediküre anfangen?«

»Nein! Erst mal muss man das hier tun. Glaub mir, deine Füße werden hinterher so weich und glatt sein wie ein Babypopo.«

Es war lieb von Darcy gewesen, diesen Mädelstag vorzuschlagen, aber Hayden war es so was von egal, wie weich und glatt ihre Füße waren. Sie konnte nur daran denken, was, zur Hölle, sie jetzt tun sollte. Wegen Brody. Und wegen ihres Vaters.

O Gott, ihr Vater. Sie hatte ihn immer noch nicht zur Rede gestellt, weil Brody glaubte, ihr Dad sei schuldig. Ein paar Stunden nachdem die Fotos von ihr und Brody im Internet aufgetaucht waren, hatten sie miteinander gesprochen, als ihr Dad anrief, um zu fragen, was, zum Teufel, da vorging. Brodys Schlussstrich hatte ihr immer noch so sehr zu schaffen gemacht, dass sie einfach nur dagesessen und sich die Strafpredigt ihres Vaters angehört hatte. Erst nach dem Auflegen war ihr eingefallen, dass der Falsche diese Frage gestellt hatte.

Sie war diejenige, die hätte fragen sollen, was, zum Teufel, vor sich ging.

Ihr Dad hatte wahrscheinlich jene Spiele manipuliert. Er hatte betrogen. Nicht nur in seinem Beruf, sondern auch Sheila. Egal wie Hayden zu Sheila stand, sie war immer noch seine Frau, und Hayden glaubte ihr, wenn sie sagte, er habe mit einer anderen geschlafen.

Aber sie war selbst zu verzweifelt, um ihn zu bedrängen. So hatte sie nur erfahren, dass er an diesem Nachmittag von den Ermittlern befragt werden würde.

»Komm schon, lächle ein wenig«, flehte Darcy sie an. »Ich weiß, das Leben macht im Moment überhaupt keinen Spaß, aber ich verspreche dir, es wird wieder besser.«

»Ich kann nicht glauben, dass er Schluss gemacht hat.«

»Und ich kann nicht glauben, dass dich das so sehr trifft.« Darcy schüttelte den Kopf. »Du warst doch diejenige, die immer wieder betont hat, das sei nur eine flüchtige Affäre und nichts weiter.«

»Ich weiß.« Hayden stöhnte. »Was, zum Teufel, stimmt nicht mit mir?«

Ihre Freundin langte zu ihr herüber und rieb ihr den Unterarm. »Mit dir stimmt alles, Babe.«

Sie schloss die Augen und ließ den Kopf gegen die gepolsterte Sessellehne sinken, aber als eine Angestellte des Spa mit einem Tablett Mimosas hereinkam, öffnete sie die Lider.

»Wie wäre es mit einem Drink, die Damen?«

»Ich nehme zwei.« Schamlos griff Hayden sich zwei der langstieligen Gläser und stellte sie auf das Bambustischchen neben sich.

Darcy wirkte, als müsste sie dagegen kämpfen, in Gelächter auszubrechen. »Sie hatte eine harte Woche«, erklärte sie.

Die junge weibliche Angestellte warf Hayden einen erstaunten Blick zu, bevor sie sich dem nächsten Raum zuwandte.

Als sie fortfuhr, schnaubte Darcy laut. »Wie stilvoll«, sagte sie.

Hayden kippte fast die Hälfte ihrer ersten Mimosa hinunter. »Ist mir egal«, grummelte sie. »Ich brauche das.«

Die letzten drei Tage war sie morgens verwirrt, verzweifelt und zornig aufgewacht. Der Zorn überraschte sie, richtete sich aber sowieso vor allem auf sie selbst. In der letzten Nacht hatte sie sich hin und her gewälzt und darüber gegrübelt, in was für einen Schlamassel sie sich gebracht hatte, seitdem sie nach Chicago zurückgekommen war.

Sie hatte einen Fremden angebaggert, sich dann obendrein in ihn verliebt. Sie hatte Doug verletzt. Herausgefunden, dass ihr Vater ein Alkoholproblem hatte und vermutlich ein Krimineller war.

Und was genau unternimmst du, um das alles in Ordnung zu bringen? fragte eine leise innere Stimme.

Da war was dran. Inwiefern war es hilfreich, zwei Mimosas zu kippen? Sie war eigentlich nicht der Typ, der Probleme in Alkohol ertränkte oder vor sich herschob, ohne nach Lösungen zu suchen, und auch wenn sie womöglich nicht in der Lage war, Dougs gebrochenes Herz zu heilen oder Brodys Entscheidung, sich von ihr fernzuhalten, zu revidieren, konnte sie doch todsicher etwas wegen ihres Vaters unternehmen.

»Ich muss mit meinem Dad reden«, sagte sie schlicht.

Auf dem Sessel neben ihr nickte Darcy. »Stimmt. Zeit, das Pflaster abzureißen.«

»Das Pflaster über der Tatsache, dass er vermutlich ein Krimineller und Alkoholiker ist?« Es gelang Hayden nicht, den Kummer aus ihrer Stimme herauszuhalten.

»Ich hab nicht gesagt, dass es nicht wehtun wird. Aber es muss getan werden.«

Darcy zog ihre Füße aus der Wanne. Offenbar waren die Fische mit ihr fertig. Hayden folgte rasch ihrem Beispiel und atmete erleichtert auf, als das Kitzeln endlich vorbei war.

»Geht es in Ordnung, wenn ich dich mitten in der Pediküre sitzen lasse?«, fragte Hayden und biss sich dabei auf die Unterlippe. »Ich glaube nicht, dass ich hier den ganzen Morgen rumsitzen kann. Ich will zu ihm. Ihn zwingen, mir ein paar Antworten zu liefern.«

Denn genug war genug. Sie musste ihrem Dad in die Augen sehen und von ihm verlangen, dass er ihr die Wahrheit sagte. Dieser Skandal wirkte sich auch auf sie aus, und sie verdiente es, zu wissen, ob sie ihm berechtigterweise vertraut und geglaubt hatte. Presleys Schlamassel hatte sie von Doug getrennt und sie nach Chicago gebracht. Er hatte zum Bruch zwischen ihr und Brody geführt und bereitete ihr enorm viel Stress.

Jetzt war es an der Zeit, zu versuchen, aus all dem, was geschehen war, schlau zu werden.

Schweren Herzens fuhr sie zum Lincoln Center, denn sie wusste, dass Brody heute vom Ermittler der Liga befragt werden sollte. Sie hoffte, ihm nicht zu begegnen, denn wenn sie es tat, würde sie versucht sein, sich ihm in die Arme zu werfen, und sie wollte nicht wieder weggestoßen werden.

Es war so ironisch. Sie hatte von Anfang an gegen diese Beziehung angekämpft, war wild entschlossen gewesen, die Sache nicht über eine flüchtige Affäre hinausgehen zu lassen, und am Ende war er derjenige gewesen, der den Bruch herbeigeführt hatte.

Und sie diejenige, die sich verliebt hatte.

Gewaltsam verdrängte sie diese schmerzlichen Gedanken aus ihrem Kopf, stellte den Wagen ab und ging zum Eingang des Gebäudes hinüber. Nachdem sie die Frau an der Rezeption gegrüßt hatte, nahm sie den Fahrstuhl zum zweiten Stock, in dem sich die Büros des Franchise befanden.

Das Büro ihres Vaters lag am Ende des Ganges hinter zwei einschüchternden Holztüren, die eher einem Staatspräsidenten anstanden als dem Eigner eines Eishockeyteams. Rechts stand der Schreibtisch der Sekretärin ihres Dads, einer netten Frau namens Kathy, die weit und breit nicht zu sehen war.

Hayden trat an die Türen heran, blieb aber stehen, als die Stimme ihres Dads förmlich aus der Wand herausdonnerte. Er klang wütend.

Langsam drehte sie den Türknauf, erstarrte aber, als sie ihren Dad sagen hörte: »Ich weiß, dass ich versprochen habe, dir den Rücken freizuhalten, Becker, aber diese Sache läuft völlig aus dem Ruder.«

Becker? Brodys bester Freund im Team?

Ihr Blut erstarrte zu Eis. Sie wusste, sie konnte nicht einfach dastehen und lauschen, konnte sich aber auch nicht überwinden, sich bemerkbar zu machen.

»Das ist mir scheißegal ... sie können das Geld nicht zurückverfolgen ...«

Genug. Jetzt hatte sie die Nase voll.

Ihr war übel, als sie die Tür aufstieß und das Büro ihres Vaters betrat. Er stand an seinem Schreibtisch, das Telefon ans Ohr gedrückt, und hätte es fast fallen lassen, als er sie hereinkommen sah.

»Ich muss Schluss machen«, sagte er in den Hörer und legte auf, ohne dem Gesprächspartner – Becker? – eine Chance zu geben zu antworten.

Hayden trat näher, kämpfte mit dem Drang, sich zu übergeben, und starrte ihrem Vater in die Augen. Er war bleich geworden, und sie sah, dass seine Hände zitterten, während er darauf wartete, dass sie näher kam.

»Es stimmt also«, sagte sie finster, ohne sich mit Artigkeiten aufzuhalten.

Er besaß die Frechheit, sich ahnungslos zu geben. »Ich weiß nicht, wovon du sprichst, Schatz.«

»Bullshit!« Ihre Stimme zitterte vor Zorn. »Ich hab gehört, was du gerade gesagt hast!«

Schweigen senkte sich über den Raum. Ihr Vater wirkte fassungslos angesichts ihrer Wut. Nach kurzem Zögern ließ er sich in seinen Ledersessel sinken, warf ihr einen reuigen Blick zu und seufzte schwer. »Du hättest nicht lauschen sollen, Hayden. Ich wollte dich nicht in diesen Kram verwickeln.«

»Du wolltest mich nicht darin verwickeln? Hast du mich deshalb gebeten, nach Hause zu kommen? Hast du mich deshalb gezwungen, in deiner Scheidungsangelegenheit eine eidesstattliche Erklärung abzugeben? Damit ich nicht in diese Sache verwickelt werde? Zu spät, Dad. Ich bin es bereits.«

Ihre Beine trugen sie kaum, als sie zu einem der luxuriösen burgunderroten Besuchersessel stolperte und sich hineinsinken ließ. Es fiel ihr schwer, zu denken, so laut hämmerte ihr Puls in ihren Ohren. Zorn, Ekel und Traurigkeit vermischten sich in ihrem Blut zu einem giftigen Cocktail, der durch ihre Adern kreiste. Sie konnte das einfach nicht glauben. Die Zeichen und Verdachtsmomente waren von Anfang an erkennbar gewesen, aber zu hören, wie ihr Vater seine kriminellen Machenschaften bestätigte, fühlte sich an wie eine Klinge, die ihr in die Eingeweide fuhr.

Hätte ihr jemand erzählt, dass der Mann, den sie bedingungslos liebte, dessen Schwächen sie immer ignoriert hatte, um dessen Aufmerksamkeit sie stets gebuhlt hatte, zu solch einer Unehrlichkeit fähig sein könnte, sie hätte demjenigen ins Gesicht gelacht. Und doch entsprach es der Wahrheit. Ihr Vater hatte gegen das Gesetz verstoßen. Er hatte gelogen. Er hatte seine Frau betrogen.

Wann war dieser Mann ein Fremder für sie geworden?

»Liebling …« Er schluckte. Das schlechte Gewissen stand ihm ins Gesicht geschrieben. »Lass mich wenigstens erklären.«

»Du hast ein Verbrechen begangen«, erwiderte sie steif. »Was gibt es da zu erklären?«

»Ich habe einen Fehler gemacht.« Er zögerte. »Ich habe ein paar Fehlinvestitionen getätigt. Ich …« Verzweiflung trat in seinen Blick. »Es waren nur zwei Spiele, Hayden. Nur zwei. Ich musste nur meine Verluste ausgleichen und … ich hab's vermasselt.«

Ihr Glaube an ihn zerfiel langsam in Scherben, winzige scharfkantige Stücke Vertrauen und Glauben brachen ab und zerschnitten sie innerlich. Wie hatte er das nur tun können? Und warum hatte sie nichts davon bemerkt?

»Warum hast du mich nicht angerufen?«, flüsterte sie.

»Ich habe mich zu sehr geschämt.« Seine Stimme brach. »Ich wollte nicht, dass du erfährst, dass ich alles kaputtgemacht habe, was ich aufgebaut hatte.« Sein Blick wirkte so gequält, dass Hayden sich davon abwenden musste. »Ich wollte nie eine andere Frau, nachdem deine Mutter starb. Keine der Frauen, die ich kennenlernte, konnte ihr jemals das Wasser reichen. Also habe ich mich auf meinen Job konzentriert, erst als Coach, dann als Eigner. Ich hatte ein großes Vermögen, weißt du? Das war etwas, von dem ich nicht glaubte, es verlieren zu können.«

Als sie ihn erneut ansah, stellte sie bestürzt fest, dass ihm Tränen über die Wangen liefen.

»Aber ich habe es verloren. Ich habe es verloren und es mit der Angst zu tun bekommen. Ich dachte, ich würde auch Sheila verlieren.« Heftig rieb er sich die Augen. »Ich weiß, dass sie mich unter anderem meines Geldes wegen geheiratet hat. Ich bin kein Narr, Hayden, aber Sheila und ich haben einander auch geliebt. Manchmal glaube ich, dass ich sie immer noch liebe. Sie ist so voller ... Leben, schätze ich. Und nachdem ich mich so viele Jahre praktisch tot gefühlt hatte, brauchte ich das. Ich begann, zu viel zu trinken, vermutlich um zu vergessen, was geschehen ist. Sheila hat versucht, mir zu helfen, aber ich wollte nicht auf sie hören. Ich wollte nicht, dass sie mich für schwach hält ...«

Seine Stimme verklang, in seinen Augen standen Schmerz, Scham und ungeweinte Tränen. Auch Haydens Augen wurden feucht.

Noch nie hatte sie ihren Vater weinen sehen. Das brach ihr das Herz. Und noch mehr schmerzte es sie, dass sie nicht einmal bemerkt hatte, wie sein Leben aus der Bahn geraten war. Sie wusste, wie viel ihm seine Karriere und sein Ruf und, ja, auch sein Vermögen bedeuteten. Die Gefahr, all das zu verlieren, hatte ihn dazu getrieben, so widerliche Entscheidungen zu treffen. Und sie war so sehr mit ihrem eigenen Leben beschäftigt gewesen, dass sie es versäumt hatte, für ihren Dad da zu sein. Denn ganz gleich, wie unehrenhaft er sich verhalten hatte, er war immer noch ihr Vater, und sie konnte ihn nicht einfach abschreiben, nur weil er Mist gebaut hatte.

Langsam stand sie aus dem Sessel auf, kam um den Schreibtisch herum und legte ihm ihre Hand auf die Schulter. Sein Kopf zuckte hoch, seine Augen weiteten sich überrascht, und dann begannen die Tränen, richtig zu fließen.

»Es tut mir leid«, schluchzte er.

Sie nahm ihn in die Arme und drückte ihn fest. »Ich weiß. Keine Sorge. Wir werden dafür sorgen, dass dir geholfen wird.« Sie schluckte. »Und du ... du wirst heute die Wahrheit sagen, in Ordnung?«

Sie ließ ihre Arme sinken, starrte ihrem Vater in die Augen, sah die Reue und das Schuldbewusstsein darin.

Nach kurzem Zögern nickte er. »Du hast recht«, sagte er schwach. »Ich weiß, dass ich mich den Konsequenzen meines Handelns stellen muss.«

»Ich bin für dich da, Dad. Und wenn du willst, dass ich dich zur Befragung begleite, werde ich das tun.«

Er schüttelte den Kopf. »Das ist etwas, das ich allein tun muss.«

»Ich verstehe.«

Presley rieb sich die Wangen, blickte dann zu ihr auf und seufzte. »Croft ist im Haus, falls du dich das gefragt hast.«

Hitze schoss ihr in die Wangen. »Habe ich nicht. Mich gefragt, meine ich.«

»Und diese Affäre ... hältst du das wirklich für eine gute Idee? Croft ist eigentlich nicht dein Typ, Schatz.«

»Es ist keine Affäre. Ich ... ich liebe ihn.« Es drohte ihr die Kehle zuzuschnüren. »Ich möchte mit ihm zusammen sein, Dad.«

Sie hielt inne, während sich die Worte zwischen ihnen setzten. *Ich möchte mit ihm zusammen sein.* Und dann dachte sie an das, was sie gerade erst ihrem Vater gesagt hatte. *Ich bin für dich da.*

Warum fiel es ihr so leicht, das zu ihrem Vater zu sagen, aber nicht zu Brody? Er mochte nicht das beständige Leben führen, nach dem sie sich immer gesehnt hatte, aber hatte er nicht so viele andere unglaubliche Qualitäten, die es mehr als wettmachten, dass immer mal wieder gereist werden musste?

Plötzlich wurde ihr klar, wie unfair sie ihn behandelt hatte, weil sie allein die Regeln bestimmen wollte. Weil sie ihn abgewehrt hatte, wenn er versucht hatte, ihr zu zeigen, dass sie gut füreinander waren.

Nun, er hatte recht. Sie waren gut füreinander. Brody war der erste Mann, bei dem sie ganz sie selbst gewesen war. Er brachte sie zum Lachen. Er machte sie völlig verrückt im Bett. Er hörte ihr zu.

Fuck, sie verdiente ihn einfach nicht. Seit dem Tag, an dem sie einander kennengelernt hatten, hatte sie nur Grenzen gesetzt, Erwartungen an ihn gestellt, nach Gründen gesucht, warum er nicht der Richtige für sie sein konnte. Und doch war er bei ihr geblieben. Selbst wenn sie ihm mit dummen Regeln gekommen war oder darauf beharrt hatte, dass er nur eine flüchtige Affäre sei, nichts weiter. Und war all das nicht genau das, was sie sich nach eigenem Bekunden von einem Mann wünschte? Jemand Verlässlichen, der zu ihr hielt?

Und hatte Brody nicht dasselbe verdient? Eine Frau, die zu ihm hielt? Sie bedeutete ihm viel, sie wusste, dass es so war, und falls er dachte, es sei am besten, ihre Beziehung auf Eis zu legen, bis der Skandal überstanden war, dann musste sie ihm vielleicht einfach vertrauen.

Sie stolperte vom Schreibtisch weg, wusste plötzlich, was sie zu tun hatte.

»Hayden?«, fragte ihr Vater leise.

»Ich muss mich um etwas kümmern«, sagte sie und holte tief Luft. »Wir reden nach deiner Befragung, in Ordnung? Wir reden über alles.«

Ihr Vater nickte.

Sie war schon halb aus der Tür, als sie noch einmal über die Schulter zurücksah. »Und, Dad? Ich hoffe, du tust das Richtige.«

***

Brody stand vor dem Besprechungszimmer und fummelte nervös an seiner Krawatte herum, während er wartete. Fuck, er hasste diese Krawatte. Sie schnürte ihm die Luft ab. Vielleicht fiel es ihm aber auch nur schwer, zu atmen, weil er gleich vor drei Leuten sitzen würde, die seine Karriere ohne Weiteres beenden konnten.

Beide Erklärungen waren logisch, aber tief in seinem Innersten wusste er genau, dass es nur einen Grund für den Aufruhr in seinem Körper gab.

Hayden.

Er hatte es nicht für möglich gehalten, jemanden so sehr zu vermissen. Seitdem sie vor drei Tagen sein Haus verlassen hatte, hatte er keine Sekunde aufhören können, an sie zu denken. Ihre Abwesenheit brachte ihn tausendmal mehr aus dem Tritt als das Ausscheiden aus den Play-offs. Seine Saison war offiziell zu Ende, und doch machte ihm das kaum etwas aus. Wie konnte er das wichtig nehmen, wenn sein Körper nach Hayden schrie? Sein Verstand beharrte darauf, dass er das Richtige getan hatte, als er sich von ihr distanziert hatte, aber sein Herz weigerte sich, diese Entscheidung zu akzeptieren. Ja, es beschimpfte ihn seit Tagen aufs Übelste, sodass er sich allmählich wie das größte Arschloch auf dem Planeten zu fühlen begann.

Er hatte nicht endgültig Schluss machen wollen, hatte nicht vorgehabt, die Beziehung zu beenden. Er hatte nur die Untersuchung hinter sich bringen, den Skandal zu einem unangenehmen Punkt auf seinem Gedächtnisradar reduzieren wollen. Aber Hayden, nun, sie hatte den endgültigen Schlussstrich gezogen. War wieder zu ihrer ursprünglichen Überzeugung gelangt, eine Beziehung zwischen ihnen hätte sowieso keinen Bestand haben können.

Aber er konnte sich nicht dazu überwinden, dem zuzustimmen. Sie irrte sich, was sie beide anging. Wenn sie das Risiko einging und ihr Herz öffnete, würde sie sehen, dass sie beide verdammt großartig zusammen sein konnten. Nicht nur im Bett, sondern im Leben. Was machte es schon, dass er für seine Arbeit viel reiste? Dass sein Leben nicht so gefestigt war wie das anderer Männer? Früher oder später würde er aus dem Profisport ausscheiden, und wenn er das tat, wollte er sich an einem Ort niederlassen. Dort vielleicht ein Eissportcenter eröffnen, das keine Mitgliedsbeiträge erhob, damit auch die Kinder aus ärmeren Familien Zugang zu den gleichen Einrichtungen bekamen, die die aus besser gestellten nutzen konnten. Vielleicht würde er sogar eine Kindermannschaft coachen. Diese Idee schwirrte ihm schon seit Jahren durch den Kopf.

Aber anstatt eine Zukunft mit Hayden zu planen, hatte er sie verloren.

Aber vielleicht hatte er sie ja auch niemals wirklich gehabt.

»Croft.«

Er hob den Kopf und runzelte die Stirn, als er Craig Wyatt auf sich zukommen sah.

Wyatts massiger Körper war in einen maßgeschneiderten schwarzen Anzug gezwängt, die Sohlen seiner auf Hochglanz polierten Schuhe quietschten auf dem gefliesten Boden. Seine blonden Haare hatte sich der Mannschaftskapitän aus der Stirn gegelt.

»Was gibt's?« Es gelang Brody nicht, die Verbitterung aus seinem Ton herauszuhalten.

Ein Muskel zuckte in Wyatts Unterkiefer. »Ich hab den Artikel über dich und Presleys Tochter gesehen. Und jetzt hoffe ich, du weißt, dass du keinen Grund hast, nervös zu sein. Wir wissen beide, dass du kein Unrecht getan hast.«

»Stimmt, hab ich nicht.« Er zog eine Braue hoch. »Obwohl ich natürlich gern wüsste, warum du dir da so sicher bist.«

Wyatt nickte nach links. »Komm mit. Wir müssen reden.«

Brody warf einen Blick auf seine Armbanduhr. Ihm blieben noch zwanzig Minuten, bevor man ihn zur Befragung hereinrief.

Er und Wyatt gingen schweigend in Richtung Lobby, dann durch den Vordereingang nach draußen, hinaus in die kühle

Morgenluft. Autos strömten an der Arena vorbei. Fußgänger schlenderten über den Gehweg, ohne die beiden Männer zu beachten. Jeder war mit sich selbst beschäftigt, eilte fröhlich zur Arbeit, während Brody hier war und darauf wartete, wegen etwas befragt zu werden, mit dem er nichts zu tun haben wollte.

Mit einem gequälten Seufzen fuhr Wyatt sich durch die Haare und brachte die Frisur durcheinander, mit der er sich offensichtlich große Mühe gegeben hatte. »Hör zu, ich will nicht lügen. Ich hab was mit Sheila am Laufen, okay?« Seine Stimme zitterte leicht. »Ich weiß, dass es falsch ist. Ich weiß, dass es sich nicht gehört, mit einer verheirateten Frau zu schlafen, aber, verdammte Scheiße, ich war geliefert in dem Moment, in dem ich sie zum ersten Mal gesehen hab. Ich liebe sie, Mann.«

»Sheila hat dir gesagt, wer sich hat schmieren lassen, oder?«

Wyatt wandte den Blick ab. »Ja.«

»Dann sag mir, wer, verdammt noch mal. Wer, zum Teufel, hat uns in diese Lage gebracht, Craig?«

Einen Moment herrschte Schweigen. »Ich glaube nicht, dass du das wissen willst, Mann.«

Noch eine Pause. Länger diesmal. Für Brody war offensichtlich, dass Namen zu nennen das Letzte war, was Wyatt wollte.

Aber er tat es dennoch.

»Nicklaus. Und ...« Wyatt holte tief Luft. »Es tut mir leid, Brody, aber ... Sam Becker auch.«

30. Kapitel

Der Boden unter Brodys Füßen tat sich plötzlich auf. Er sackte nach vorn, stützte sich mit beiden Händen auf seine Oberschenkel, um sich zu fangen. Holte ein paarmal tief Luft. Wartete darauf, dass sein Herzschlag sich wieder beruhigte.

»Sheila weiß nur von diesen beiden«, fuhr Wyatt fort. »Es könnten mehr gewesen sein.«

Zornig blickte Brody auf. »Du lügst. Nicklaus vielleicht, aber nicht Sam. Das würde er nicht tun.«

»Er hat es getan.«

Nein. Nicht Becker. Brody rief sich Sams Gesicht vor Augen, dachte zurück an den Tag, an dem sie sich kennengelernt hatten, daran, wie Sam Becker den Neuling Brody unter seine Fittiche genommen und ihm geholfen hatte, der Spieler zu werden, der er heute war. Becker war sein bester Freund im Team. Ein loyaler, verlässlicher Typ. Ein Meister. Eine Legende. Warum sollte jemand wie er seine Karriere in den Wind schießen, um sich ein bisschen Geld nebenher in die Tasche zu stecken?

»Er scheidet am Ende der Saison aus dem Profisport aus«, sagte Wyatt, als könnte er Brodys Gedanken lesen, und zuckte die Achseln. »Vielleicht brauchte er ein dickeres finanzielles Polster.«

Brody schloss kurz die Augen. Als er sie wieder öffnete, sah er das Mitgefühl in Wyatts Miene.

»Ich weiß, dass ihr zwei euch nahesteht«, sagte Craig leise.

»Du könntest dich irren. Sheila könnte gelogen haben.« Brody wusste, dass er verzweifelt nach jedem Strohhalm griff, aber alles war besser, als einfach zu akzeptieren, dass Becker das getan hatte.

»Es ist die Wahrheit.«

Scheiße.

Verdammte Scheiße!

Einen Moment standen sie beide da, ohne ein Wort zu sagen, bis Wyatt sich schließlich räusperte. »Wir sollten wieder reingehen.«

»Geh du schon vor. Ich komme gleich nach.«

Nachdem Wyatt gegangen war, richtete Brody seine Krawatte. Er fragte sich, ob er jemals wieder frei würde atmen können. In seinem Kopf drehte sich noch alles wegen Craigs Enthüllung, und doch konnte er sich nicht überwinden, zu glauben, was ihm gerade gesagt worden war.

Verdammt, er musste mit Becker reden. Seinem Freund in die Augen sehen und ihn nach der Wahrheit fragen. Wyatt widerlegen.

Als er aufblickte, erkannte er, dass sein Wunsch schneller in Erfüllung gehen würde als erwartet.

Denn gerade hatte Becker die Arena verlassen.

Becker entdeckte ihn und kam sofort zu ihm herüber. »Hast du es schon hinter dir?«

»Ich war noch nicht an der Reihe.« Er versuchte, seine Emotionen zu verbergen, während er seinen alten Freund musterte. »Sollst du heute befragt werden?«

»Ja«, erwiderte Becker, »und zur Belohnung gehe ich anschließend mit Mary shoppen.«

Brody lächelte schwach.

Beckers Miene verfinsterte sich leicht. »Alles in Ordnung mit dir?«

»Mir ... ähm ...« Er räusperte sich. »Mir geht es gut. Alles bestens.«

»Ganz sicher?«, fragte Sam und verdrehte die Augen.

Brody schluckte, um die Enge in seiner Kehle loszuwerden. »Alles gut. Hab nur über alles Mögliche nachgedacht.«

»Sag jetzt bloß nicht, dass du immer noch von Presleys Tochter besessen bist. Mann, ich hab dir doch gesagt, dass du dich nicht mit ihr treffen solltest.«

Ja, das hatte Sam ihm gesagt, richtig. Und jetzt musste Brody sich fragen, weshalb er ihm eigentlich diesen Rat erteilt hatte. Ging es Becker wirklich darum, ihn zu schützen, oder hatte er ihn nur von Hayden fernhalten wollen, für den Fall, dass Presley beschloss, sich seiner Tochter anzuvertrauen? Für den Fall, dass Brody die Wahrheit über Beckers Handlungen erfuhr?

Bei diesem Gedanken gefror ihm das Blut in den Adern.

»Lass uns nicht über Hayden reden«, sagte er schroff.

»Okay.« Sams Ton verriet, dass er jetzt auf der Hut war. »Worüber möchtest du stattdessen reden?«

Brody atmete langsam aus. »Wie wäre es damit, dass du mir erzählst, warum du dich von Presley hast schmieren lassen?«

Becker biss fest die Zähne zusammen. »Wie bitte?«

»Du hast mich gehört.«

Nach langem Zögern verfinsterte sich Beckers Miene. »Ich hab dir schon gesagt, dass ich nichts mit diesem Scheiß zu tun hatte.«

»Mir hat jemand was anderes erzählt.«

»Ach ja, wer denn?«

Brody beschloss, ein Risiko einzugehen. Er kam sich dabei wie ein komplettes Arschloch vor, sagte aber trotzdem: »Presley.«

Die Lüge stand zwischen ihnen, und der Gefühlssturm, den Brody dem Gesicht seines Freundes ansehen konnte, war höllisch beunruhigend. Beckers Ausdruck wandelte sich von geschockt zu zornig.

Dann zu schuldbewusst.

Und schließlich zu verraten.

Und das sagte Brody alles, was er wissen musste.

Mit einem steifen Nicken schob er sich an seinem ehemaligen Mentor vorbei. »Alles klar. Ich werde drinnen gebraucht.«

»Brody, komm schon.« Becker folgte ihm, seine Stimme klang bekümmert. »Komm schon, so war es nicht.«

Brody fuhr herum. »Du hast das Team also nicht hintergangen?«

Becker zögerte ein wenig zu lange.

»Das dachte ich mir.«

»Ich hab es für Mary getan, okay?«, platzte Becker hervor. Er wirkte dabei so verzweifelt, dass er Brody beinahe leidtat. »Du hast keine Ahnung, wie das ist, mit einer Frau wie ihr zu leben. Geld und Macht. Das ist das Einzige, was sie interessiert. Andauernd verlangt sie von mir, besser zu sein, reicher, ehrgeiziger. Und jetzt, wo ich mich zur Ruhe setze, dreht sie völlig durch. Sie hat mich wegen meiner Karriere geheiratet, weil ich ein Spitzenspieler war, ein zweimaliger Cup-Gewinner, ein verdammter Champion.«

»Und du hättest dich zur Ruhe setzen können in dem Wissen, ein Champion und zweimaliger Cup-Gewinner zu sein«, schoss Brody zornerfüllt zurück. »Jetzt steigst du als Krimineller aus. Wie wird Mary das wohl gefallen?«

Becker sagte nichts. Er wirkte geschlagen und schwach. »Ich hab Mist gebaut, Kleiner.«

»Was du nicht sagst, Sam.«

Brody schüttelte den Kopf, konnte seinen Freund nicht einmal ansehen, weil er fürchtete, ihm dann einen Kinnhaken zu verpassen. Er biss die Zähne zusammen, ballte die Fäuste, hielt sie fest an seine Seite gepresst und fragte sich, wie, zum Teufel, es möglich war, dass sie dieses Gespräch führten. Sam Becker war der Letzte, von dem er erwartet hätte, so etwas zu tun. Wirklich der Allerletzte.

»Es tut mir leid«, flüsterte Becker, nachdem etliche Sekunden verstrichen waren. »Es tut mir leid wegen der Spiele und des Artikels und ...«

Brody biss die Zähne noch heftiger zusammen. »Der Artikel?«

Sein Freund wandte den Blick ab, als ihm klar wurde, was ihm gerade herausgerutscht war.

Einen Moment stand Brody da und musterte Becker. Der Artikel ... der eine Artikel, der letzte Woche viral gegangen war? Der eine Artikel, in dem von einer »Quelle« die Rede war, die behauptet hatte, Brody habe sich schmieren lassen?

Sein Blut begann zu kochen und brachte seinen Magen in Aufruhr, bis ihn ein roter Nebel nackter Wut erfasste.

»Du hast einem Reporter Lügen über mich erzählt?«, knurrte er.

Endlich schaute Becker ihn wieder an, das schlechte Gewissen stand ihm ins Gesicht geschrieben. »Es tut mir leid.«

»Warum? Warum, zum Teufel, hast du das getan?« Brody ballte die Fäuste. Er kannte die Antwort, bevor Becker auch nur den Mund öffnen konnte. »Um die Schuld von dir abzuwälzen. Du warst zu nahe daran, erwischt zu werden, richtig, Sam? Du dachtest, meine Beziehung zu Hayden würde dafür sorgen, dass die Presse sich auf mich stürzt statt auf dich.«

Herr im Himmel. Sein Verlangen, den anderen Mann zu schlagen, wurde übermächtig. Begleitet wurde der Zorn von einem Schmerz, der ihm in die Eingeweide fuhr und Übelkeit in ihm aufsteigen ließ.

»Es tut mir leid«, murmelte Becker zum gefühlt millionsten Mal, aber Brody wollte sich nicht länger die Entschuldigungen seines Freundes anhören. Nein, nicht seines Freundes, denn ein echter Freund hätte niemals das getan, was Sam Becker getan hatte.

Wortlos stakste er an Becker vorbei und ging in das Gebäude zurück.

Scheiße. Immer noch war ihm danach, mit der Faust zuzuschlagen. Sein bester Freund hatte ihn verraten. Becker, der talentierteste Spieler der Liga, hatte betrogen. Und wofür? Für Geld. Für gottverdammtes Geld.

Geld. Macht. Ehrgeiz. Sie hat mich wegen meiner Karriere geheiratet.

Brody blieb mitten im Schritt stehen, als ihm klar wurde, wie dumm er selbst gehandelt hatte. Er hatte die Frau, die er liebte, um seiner Karriere willen in den Wind geschossen. Weil er Angst gehabt hatte, mit ihr in Verbindung gebracht zu werden würde sein Image beeinträchtigen, seine Vertragsverhandlungen erschweren.

Wer würde nicht auf einen Vertrag scheißen, wenn er dafür Hayden hatte?

Er liebte sie. Wann genau es dazu gekommen war, war ihm nicht klar, aber es ließ sich nicht leugnen, was er für diese Frau empfand. Er war ihr verfallen.

Vielleicht war es passiert, als sie an den Billardtisch getreten war und ihn beim Spiel abgezogen hatte. Oder bei ihrem ersten Kuss. Oder beim ersten Sex. Vielleicht auch in der Nacht, in der sie sich von ihm ein Paar Schlittschuhe hatte anziehen lassen und über das Eis gestolpert war. Oder als sie ihn mit ins Museum geschleift und ihm dort voller Leidenschaft von jedem einzelnen Gemälde an der Wand vorgeschwärmt hatte.

Er wusste nicht, wann es geschehen war, aber geschehen war es. Und statt sich an die Frau zu klammern, deren Intelligenz ihn in Erstaunen versetzte, deren Leidenschaft ihn erregte, deren sanftes Lächeln ihm ein Gefühl von Zufriedenheit schenkte, das er noch nie im Leben empfunden hatte – anstatt sie festzuhalten, hatte er sie von sich gestoßen.

Und warum? Weil er im Zusammenhang mit einem Verbrechen genannt worden war, das er nicht begangen hatte? Weil seine Familie in seiner Kindheit und Jugend nie Geld gehabt hatte? Was bedeutete das schon? Seine Eltern liebten einander, und ihre Ehe war trotz der finanziellen Probleme immer glücklich gewesen. Was für eine Bedeutung hatten Geld und Erfolg wirklich, wenn man niemanden hatte, mit dem man sie teilen konnte? Niemanden hatte, den man liebte?

Lautes Gelächter brandete plötzlich in ihm auf, und er bemerkte, dass die Rezeptionistin ihm einen seltsamen Blick zuwarf. Er atmete aus, durchquerte die Lobby und ging zurück zu dem Besprechungsraum. Scheiße, er war ein Arschloch. Er hatte nach einer Frau gesucht, die ihn ansehen und hinter den Athleten blicken würde, und er hatte sie gefunden. Hayden war es egal, ob er ein Eishockeystar war und wie viel Geld er verdiente, solange er nur für sie da war.

Er war nicht bereit, zu lügen, um ihren Vater zu schützen, aber er hätte ihr sagen sollen, dass er zu ihr halten würde, ganz gleich, was mit ihrem Dad geschah. Seine Beziehung zur Tochter des Teameigners warf vielleicht ein schlechtes Licht auf ihn, aber das war kein zu hoher Preis, wenn es bedeutete, dass Hayden Teil seines Lebens blieb.

»Brody?«

Fast wäre er über seine eigenen Füße gestolpert, als er Hayden am Ende des Ganges stehen sah, direkt vor der Tür zum Besprechungszimmer.

»Hey. Was tust du denn hier?«, fragte er und beschleunigte seinen Schritt.

Sie kam ihm entgegen, und er sah ihre geröteten Augen. Hatte sie etwa geweint?

»Ich bin gekommen, um mit meinem Dad zu reden«, antwortete sie. »Und dann ist mir eingefallen, dass auch du befragt wirst, also dachte ich, ich suche nach dir, bevor du da reinmusst ...« Ihre Stimme verklang, und sie räusperte sich.

Der Schmerz in ihrem Blick zerriss ihm das Herz. Er hasste es, sie so zu sehen, und er wusste, warum sie geweint hatte.

Eine Hand auf ihren Arm gelegt, zog er sie langsam von der Tür weg und führte sie ans andere Ende des Ganges.

»Ich werde nicht lügen«, sagte er schroff.

Verwirrt legte sie den Kopf in den Nacken, um ihm in die Augen zu sehen. Sie öffnete den Mund, um etwas zu sagen, aber er fiel ihr ins Wort.

»Aber ich will, dass du weißt, dass ich nicht für Presley lügen werde, bedeutet nicht, dass ich nicht für dich da sein werde. Denn das werde ich, Babe. Es ist mir egal, was über uns geschrieben wird. Es ist mir egal, ob und wie das meiner Karriere schadet. Nichts ist mir wichtiger als du. Ich bleibe an deiner Seite. Ich verspreche, für dich da zu sein, solange du mich brauchst.«

Dann atmete er aus und wartete auf ihre Antwort. Er hoffte nur, dass sie nicht sagte: *Tja, ich brauche dich nicht, du Arschloch. Es war nur eine flüchtige Affäre.*

Aber das sagte sie nicht. Tatsächlich sagte sie gar nichts.

Stattdessen brach sie in Gelächter aus.

»Echt jetzt? Das hältst du für witzig?«, fragte er verärgert und fuhr sich mit beiden Händen durchs Haar. »Erinnere mich daran, dir nie wieder was Romantisches zu sagen.«

Sie kicherte. »Tut mir leid. Ich finde es nur witzig, weil ich gekommen bin, um dir zu sagen, dass ich mich von dir fernhalte, bis die Ermittlungen abgeschlossen sind. Dass ich bereit bin, alles zu tun, um dich in meinem Leben zu behalten, selbst wenn wir uns dafür eine Weile trennen müssen.«

»Was?«

»Ich respektiere deine Entscheidung. Wenn du also willst, dass wir uns bedeckt halten, bis dieser Sturm überstanden ist, dann werde ich das tun.« Sie klammerte sich an seinen Arm und schaute ihn flehend an. »Aber ich will keine endgültige Trennung. Ich will nicht, dass es zwischen uns endet, Brody.«

Seine Miene wurde weich. »Das will ich auch nicht. Außerdem will ich nicht, dass wir uns bedeckt halten.«

»Bist du dir sicher?«

Er rückte näher an sie heran, beugte sich vor und küsste sie auf den Mund, hier, mitten im Gang. Es war ihm völlig egal, ob jemand sie dabei sah. Wichtig war ihm nur, sie zu küssen. Schließlich hatte er sie seit Tagen nicht mehr geküsst und sehnte sich nach ihr. Als seine Zunge zwischen ihre Lippen glitt, gaben sie beide einen erstickten Laut von sich. Binnen Sekunden regte sich sein Schwanz, und er gierte danach, den Kuss zu vertiefen und jeden Quadratzentimeter ihres Körpers zu berühren.

Hochrot beendete sie den Kuss und trat einen Schritt zurück, bevor Brody dem Drang nachgeben konnte, sie in die nächste Toilette zu zerren und bis zur Besinnungslosigkeit zu vögeln.

»Kommst du ins Hotel, wenn du hier fertig bist?«, hauchte sie.

Er grinste. »Ich komme.«

»Vorzugsweise nackt.« Ihr Lächeln war so schön, dass es ihn beinahe umwarf. »Und lass mich nicht zu lange warten. Es gibt definitiv ein paar Dinge, die ich dir noch sagen muss.«

31. Kapitel

Ein paar Stunden später betrat Brody den Fahrstuhl im Ritz und wartete darauf, dass der Page den Schlüssel umdrehte, der ihm Zutritt zum Penthouse gewährte. Als er gegangen war, ließ Brody sich gegen die Kabinenwand sinken. Er fühlte sich, als hätte er gerade den Boston Marathon absolviert und gleich anschließend den Mount Everest bestiegen. Die Befragung durch die Ermittler der Liga war die reinste Folter gewesen. Er hatte dagesessen in seinem Anzug, mit der verdammten Krawatte, die ihm die Sauerstoffzufuhr abschnürte, und einen Mann ans Messer liefern müssen, den er einst als Freund betrachtet hatte, und einen anderen, den er als seinen Chef respektiert hatte.

Gott sei Dank lag dieser Tag aus der Hölle jetzt hinter ihm. Er wusste nicht, was bei den Ermittlungen herauskommen und wie alles enden würde, aber ihm war eine schwere Last abgenommen worden.

Eine Last zumindest. Dass Becker ihn verkauft und verraten hatte, konnte er immer noch nicht ganz akzeptieren. Er wusste, dass er länger als einen Nachmittag brauchen würde, um sich damit abzufinden. Aber das Besprechungszimmer hatte er heute mit reinem Gewissen verlassen, und jetzt konnte er es kaum noch erwarten, sich in Haydens

Armen zu verlieren und alles zu vergessen bis auf die Liebe, die er zu ihr empfand.

»Babe?«, rief er, als die Fahrstuhltüren sich öffneten und er das Wohnzimmer betrat.

Ihre Stimme kam aus dem Flur. »Hier drüben.«

Er fand sie im Schlafzimmer, wo sie im Schneidersitz mitten auf dem Bett saß, immer noch in dem fließenden grünen Rock und dem gelben Top, die sie vorhin getragen hatte. Tja, zu dumm. Er hatte gehofft, sie nackt vorzufinden.

Aber das ließ sich ja leicht ändern.

Sie glitt von der Matratze herunter, ihr Rock umspielte ihre straffen Oberschenkel, als sie auf ihn zukam. »Wie war die Befragung?«

»Schrecklich. Aber ich glaube, ich hab sie davon überzeugt, dass ich mir nichts zuschulden kommen lassen habe.«

Erleichterung zeigte sich in ihrer Miene. »Gut.« Dann, plötzlich ernst geworden, fügte sie hinzu: »Ich hab etwas über Sam Becker herausgefunden, was dir nicht gefallen wird.«

Er schluckte. »Das weiß ich bereits. Aber wer hat es dir erzählt?«

»Ich hab zufällig mit angehört, wie mein Dad am Telefon mit ihm gesprochen hat.« Sie kaute an ihrer Unterlippe. »Es ist also wahr? Er hat es wirklich getan?«

»Ja. Nicklaus hat sich auch bestechen lassen. Unser gottverdammter Torwart, Hayden!« Sein Zorn war plötzlich wieder da, fühlte sich an wie ein Faustschlag in die Magengrube. »Ich fasse es nicht, dass sie so etwas getan haben. Vor allem Sam.«

»Es tut mir leid«, wiederholte sie und berührte leicht sein Kinn. »Aber ich glaube, irgendwann wirst du ihnen verzeihen. Wenn ich meinem Dad vergeben kann, wirst du es vielleicht schaffen, deinem Freund zu vergeben.«

Er zögerte. »Und wenn ich es nicht kann?«

»Ich helfe dir dabei.« Sie lächelte schief. »Ich bin gut, was Vergebung angeht. Ich meine, hab ich dir nicht verziehen, dass du mich einfach abserviert hast?«

Er schnaubte leise. »Ich bin in Panik geraten, okay? Und ich hab nur vorgeschlagen, dass wir alles auf Eis legen ...« Da sah er die Belustigung in ihren Augen. »Du bist gar nicht sauer«, erkannte er.

»Natürlich nicht.« Mit dem Zeigefinger zog sie die Kurve seines Unterkiefers nach. »Ich kann nicht auf Dauer sauer auf den Mann sein, den ich liebe.«

Er hielt den Atem an, wagte nicht, sich dem überwältigenden Gefühl hinzugeben, das ihn zu überrollen drohte. »Meinst du das ernst?«

»Ja.« Mit beiden Händen umfasste sie sein Gesicht. »Ich liebe dich, Brody. Ich weiß, dass ich immer gegen dich angegangen bin, wenn du gesagt hast, wir seien perfekt füreinander, aber ... ich gehe nicht mehr dagegen an.« Sie atmete langsam aus. »Ich bin dir verfallen, Eishockeystar. Die Erde wird aus ihrer Bahn geworfen, wenn wir zusammen sind, und das liebe ich.«

Die unbändige Freude, die er bei diesen Worten empfand, ließ sein Herz doppelt so schnell schlagen.

»Solange es nötig ist, bin ich bereit, das Leben mit dir zu teilen, das Eishockey dir abverlangt«, fügte sie hinzu. Gewissheit leuchtete aus ihren Augen. »Ich werde sogar zu deinen Spielen gehen.« Nachdenklich kaute sie auf ihrer Unterlippe. »Aber vermutlich werde ich mir Notizen für meine Vorlesungen mitnehmen und daran arbeiten. Denn ich mag Eishockey immer noch nicht sonderlich, aber ich werde mir Mühe geben zu ...«

Mit einem Kuss brachte er sie zum Schweigen, löste sich

aber genau in dem Moment von ihr, als sie ihre Lippen öffnete, um ihn einzulassen.

»Ich werde nicht ewig Eishockey spielen«, sagte er rau.
»Und es besteht immer die Möglichkeit, dass ich mich in der
nächsten Saison vertraglich an ein Team der Westküste
binde. Auf die Weise kannst du weiter in Berkeley unter-
richten, und wir könnten ... ich weiß nicht ... anfangen, uns
ein gemeinsames Leben aufzubauen. Ein Zuhause.«

Als er diese Worte aussprach, wusste er ohne jeden Zweifel, dass er genau das wollte. Ein Zuhause mit Hayden. Ein
Leben mit der einen Frau, die nicht seine Sportausrüstung
sah, sondern darunter den Mann, der sie trug.

»Ich liebe dich«, sagte er rau. »Mehr als Eishockey, mehr
als meinen Erfolg. Ich möchte jeden Morgen aufwachen
und dein Lächeln sehen, jeden Abend zu Bett gehen und
mich an dich kuscheln. Den Laut hören, den du von dir
gibst, wann immer du kommst. Vielleicht eines Tages Kinder mit dir haben.« Er legte seine Hände auf ihre schlanken
Hüften und zog sie an sich. »Willst du das auch?«

Sie schlang ihm die Arme um den Hals, stellte sich auf die
Zehenspitzen und küsste ihn – lange und hingebungsvoll,
mit einem Kuss, der Liebe und Lachen und endlosen heißen
Sex versprach. Dann löste sie sich ein winziges Stück und
flüsterte: »Ja«, bevor sie ihre Lippen wieder an seine hob.

Den Kuss vertiefend zog er ihr Top aus dem Rockbund
und schob seine Hände darunter, füllte seine Handflächen
mit ihren seidenglatten Rundungen. Seine Zunge tastete
nach ihrer, während seine Hände ihre Brüste liebkosten.

Hayden stöhnte. »Nein, nicht hier.«

Sie huschte zum Nachtschränkchen und holte ein Kondom hervor. Dann griff sie wortlos nach seiner Hand und
zog ihn aus dem Schlafzimmer mitten in den Flur.

»Hier«, sagte sie, und in ihren Augen tanzte ein verspieltes Leuchten.

Er schaute auf die Stelle, die sie gewählt hatte, und lachte leise, als er erkannte, dass sie genau hier das erste Mal gevögelt hatten. Auf dem Fußboden im Flur, während Hayden sich unter ihm wand, seinen Hintern packte und ihn so tief in sich hineinstieß, wie nur möglich war.

»Perfekt«, sagte er rau.

Dann zog er sie in seine Arme, nahm sie mit seinem Mund in Besitz, und als der Kuss endete, waren sie beide außer Atem. Er begann, sie auszuziehen. Erst das Top, dann den BH, den Rock, das Höschen, bis sie nackt vor ihm stand, ein vollkommener Anblick. Er bewunderte ihre Kurven, ihre makellose Haut, diese schönen Brüste, die wohlgeformten Beine ... Verdammt, er konnte nicht glauben, dass sie ihm gehörte.

»Ich liebe dich«, sagte er mit zugeschnürter Kehle, überwältigt von Gefühlen. »Ich liebe alles an dir.«

Sie seufzte leise vor Lust, als er ihre Brüste umfasste.

Hastig zog auch er sich aus, kickte seine Sachen mit dem Fuß zur Seite, ließ sich auf die Knie fallen und bedeckte ihren flachen Bauch mit Küssen, bevor er begann, an den Innenseiten ihrer Oberschenkel zu knabbern. Er liebte das süße Stöhnen, mit dem sie reagierte, die Art, wie sie ihre Finger in seine Haare wühlte und ihn zu dem Punkt zwischen ihren Beinen dirigierte, von dem er wusste, dass er nach seiner Berührung schrie.

Er küsste ihre Mitte, fuhr mit der Zunge darüber, umkreiste ihre Klit. Nie würde er genug von ihr bekommen, selbst wenn er den Rest seines Lebens dem Versuch widmete. Mit einem erstickten Stöhnen presste er einen letzten Kuss auf ihre weiche Haut und zog sie dann auf den Teppich herunter.

Mit völliger Zufriedenheit im Blick streckte Hayden sich auf dem Boden aus, spreizte die Beine und schenkte ihm ein sündhaftes Lächeln.

»Lass mich nicht warten«, forderte sie ihn heraus.

»Keine Sorge, Professor. Das hab ich nicht vor.«

Er bedeckte ihren Körper mit seinem. Sein Schwanz, heiß und hart, drückte sich an ihren Bauch, und er schob sich so zurecht, dass die Spitze ihre nasse Pussy streifte.

Aber noch stieß er nicht in sie hinein. Erst küsste er sie noch mal, lang und träge. Dann hob er leicht seinen Kopf. »Keine Regeln diesmal«, sagte er.

Ihre Lider flatterten und öffneten sich. »Was?«

»Als das zwischen uns angefangen hat, gab es Regeln.« Er knabberte an ihrem Hals. »Keine Regeln diesmal. Du bekommst nicht nur meinen Körper, sondern auch mein Herz und meine Seele. Jede Nacht für den Rest deines Lebens. Oder zumindest so lange, wie du sie haben willst. Verstanden?«

Sie zog die Brauen hoch. »Stellst du schon wieder Forderungen, hmm?«

»Jep. Hast du ein Problem damit?«

Lachend packte sie seine Haare und zog seinen Kopf herunter, schob ihre Zunge in seinen Mund und küsste ihn, bis er kaum noch geradeaus gucken konnte. Dann griff sie zwischen sie, packte seinen Schwanz und führte ihn an ihre Mitte. Im selben Moment, in dem er in sie hineinstieß, hob sie ihm ihre Hüften entgegen, und sie stöhnten beide glücklich auf.

»Ich habe …«, ächzte sie und nahm ihn tiefer in sich auf, »… nicht das geringste Problem damit.« Mit einem gehauchten Seufzer schlang sie ihre Arme um seinen Hals und drückte einen Kuss auf sein Schlüsselbein. »Ich liebe dich.«

Langsam zog er sich zurück, stieß wieder in sie hinein, füllte sie bis zum Schaft. »Es macht mich verrückt, wenn du das sagst«, presste er hervor.

»Was? Ich liebe dich?«

Sein Schwanz reagierte mit einem Zucken. »Ja, das.«

Sie hob ihre Hüften vom Boden und umklammerte seinen Po mit den Beinen, hielt ihn in ihrer nassen Hitze gefangen. »Gut, denn ich habe vor, das oft zu sagen.«

Und sie blieb sich treu, strich mit den Lippen über sein Ohr und sagte es noch einmal. Und noch einmal. Und noch einmal. Stöhnend vergrub er sein Gesicht in ihrer Halsbeuge, nahm tief ihren süßen Duft in sich auf und schickte sie beide in den Himmel.

Und als sie schließlich befriedigt und glücklich auf dem Teppich lagen, hätte Brody schwören können, dass die Erde unter ihnen sich bewegt hatte.

Epilog

Ein Jahr später

»Ehrlich, Babe, wir müssen dringend was wegen der Dusche unternehmen«, beschwerte sich Brody, als er das Badezimmer verließ.

Hayden musste lachen, so bekümmert schaute er drein. »Am Montag kommt der Klempner, *Babe*. Hör endlich auf, dir ins Hemd zu machen.«

Er schlenderte in das kürzlich gestrichene Schlafzimmer ihres Hauses in Santa Monica, und seine Stirn furchte sich noch tiefer. »Macht dir das wirklich nichts aus?«

»Nein, Brody. Macht es nicht. Es ist einfach nur ein abnehmbarer Duschkopf, verdammt noch mal. Wir werden noch ein paar Tage ohne das Ding auskommen.«

Sie verdrehte die Augen und stand vom Bett auf. Vor zwei Monaten hatten sie das Haus gekauft. Es war ein Schnäppchen gewesen, denn das große dreistöckige viktorianische Haus an der Ocean Avenue war dringend sanierungsbedürftig gewesen. Inzwischen hatten sie sämtliche Zimmer gestrichen, das Wohnzimmer entkernt, die Küche komplett neu gefliest – und Brody machte sich Sorgen wegen eines Duschkopfes. Ihr Mann dachte wirklich extrem eingleisig. Natürlich hatte sie das gewusst, als sie ihn heiratete.

»Wir sollten los ins Restaurant«, sagte sie und zog damit schnell einen Schlussstrich unter das Thema, das Brody einfach nicht fallen lassen wollte. »Darcy wird sich schon fragen, wo wir bleiben.«

Brody schnaubte abfällig. »Darcy vögelt wahrscheinlich einen der Kellner, während wir hier reden.«

Sie drohte ihm spielerisch mit dem Finger. »Sei nett. Sie hat geschworen, enthaltsam zu sein, weißt du noch?«

Ein weiteres Schnauben war die Antwort. »Ja, und ich bin sicher, dieser Schwur hat Bestand für, oh, zehn Sekunden. Ach was, höchstens fünf.«

Hayden lachte, wohl wissend, dass er vermutlich recht hatte. Leoparden konnten ihre Flecken nicht ablegen, Löwen wuchsen keine Hörner, und Darcy White konnte ganz sicher nicht von Männern ablassen. Aber Hayden war froh, dass ihre Freundin endlich in der Lage gewesen war, sich freizunehmen und sie zu besuchen. Darcy dachte sogar ernsthaft darüber nach, an die Westküste zu ziehen, und Hayden tat alles, ihrer Freundin gut zuzureden. Sie hätte Darcy so gern regelmäßiger gesehen, zumal sie nicht mehr lange in der Lage sein würde, Brody auf seinen Reisen zu Auswärtsspielen zu begleiten.

Obwohl die Warriors in der letzten Saison früh aus den Play-offs ausgeschieden waren, hatten Brodys Leistungen den Geschäftsleiter der Los Angeles Vipers beeindruckt, der ihm – sehr zu Haydens und Brodys Erleichterung – ein Angebot unterbreitet hatte. Denn damit war die Frage entschieden, wo sie leben würden, ein Dilemma, das sie seit ihrer Verlobung gequält hatte. Brody hatte den Vertrag bei den Vipers unterschrieben, und da die Pendelei zwischen

Los Angeles und San Francisco für sie zu anstrengend war, hatte sie sich bereit erklärt, in Berkeley nur noch Online-Kurse anzubieten. Ihr fehlten die riesigen Hörsäle, aber das neue Arrangement kam ihnen beiden zugute. Die Online-Seminare gaben ihr Zeit für ihre Doktorarbeit an der UCLA, der University of California Los Angeles, und für Brody war es leichter, aus der Vorstadt nach Los Angeles zu pendeln.

Geheiratet hatten sie jedoch in Chicago, nachdem sie entschieden hatten, es sei passend, ihre Ehegelübde in der Stadt abzulegen, in der sie sich kennen- und lieben gelernt hatten. Brodys Eltern waren extra für die Hochzeit eingeflogen. Darcy war Trauzeugin gewesen, die Gäste eine Mischung aus Akademikern und Athleten einschließlich Brodys ehemaligem Mannschaftskapitän Craig Wyatt. Schockierenderweise waren Craig und Sheila inzwischen verlobt. Sheila plante glücklich die Hochzeit und genoss das Geld, das ihr bei der Scheidung zugesprochen worden war. Sie hatte sich schließlich mit der Hälfte von Presleys Vermögen einverstanden erklärt.

Auch Haydens Vater war zur Hochzeit erschienen, obwohl er größte Zurückhaltung übte und sie fragte, ob es in Ordnung sei, wenn er keine Rede hielt. Aber er geleitete sie durch das Kirchenschiff zu ihrem Bräutigam und hatte sie vorher zum Weinen gebracht, als er ihr einen wunderschönen Brief übergeben hatte, in dem er ihr sagte, wie sehr er sich freue, dass sie und Brody die Liebe gefunden hatten. Er hatte ihr auch dafür gedankt, dass sie ihm bei allem den Rücken gestärkt hatte, zu ihm stand, als er seine Entziehungskur machte, und ihm half, seine Häuser zu räumen, nachdem die Scheidung geregelt war.

»Hey, alles okay?«

Brodys besorgte Stimme riss sie aus ihrer Grübelei. Sie nickte. »Ja. Ich musste nur gerade an meinen Dad denken.«

Brody kam näher und nahm sie in seine starken Arme. »Ich weiß, du wünschst dir, dass er hierherzieht, aber du kannst nicht jede seiner Bewegungen überwachen, Babe. Er ist jetzt trocken. Vertrau einfach darauf, dass es auch bleibt.«

»Ich weiß.« Sie seufzte. »Wenigstens sitzt er nicht im Gefängnis.«

Die Ermittlungen der Liga im letzten Jahr hatten dazu geführt, dass gegen ihren Vater und die Spieler, die er bestochen hatte, Anklage erhoben worden war. Aber Presley war mit einer Geldstrafe und einer vierjährigen Bewährungsstrafe davongekommen. Da er sich nicht mit einem Glücksspielring oder dem organisierten Verbrechen eingelassen hatte, hatte er Glück gehabt mit seiner Bestrafung. Das Team hatte er jedoch verloren, der Vorstand hatte ihn gezwungen, es abzugeben, und Hayden wusste, dass das ein schwerer Schlag für ihren Dad gewesen war. Die Warriors gehörten jetzt niemand anderem als Jonas Quade, dem Mann mit den vielen Geliebten und der grässlichen künstlichen Bräune.

Sam Becker hatte ebenfalls eine Strafe auf Bewährung erhalten, er durfte nie wieder für die Liga spielen, und Brody hatte seinem ehemaligen Freund noch nicht verziehen. Hayden hoffte, dass die beiden Männer sich irgendwann doch noch aussöhnen würden.

»Als er letztes Mal angerufen hat, hat er erwähnt, dass er darüber nachdenkt, sich ein Haus am Lake Michigan zu kaufen«, sagte Brody, in Gedanken noch bei ihrem Dad. »Hat er dir das gesagt?«

»Nein, hat er nicht erwähnt.« Plötzlich lächelte sie, fragte sich, ob es vielleicht doch noch Hoffnung für ihren Dad gab.

Zwar hatte er sein Team verloren, aber in letzter Zeit kam er ihr glücklicher vor, und sie arbeiteten beide daran, wieder die enge Beziehung aufzubauen, die sie zueinander gehabt hatten, als sie noch jünger gewesen war.

»Ich hab dir erzählt, dass er mit mir angeln gegangen ist, als ich noch klein war, richtig?«

»Hast du. Vielleicht werdet ihr wieder gemeinsam angeln gehen, wenn er das Haus kauft.« Ihr Mann küsste sie auf die Wange und griff nach ihrer Hand. »Komm, wir sollten jetzt los.«

»Stimmt. Darce flippt aus, wenn wir uns nicht bald blicken lassen. Sie ist in letzter Zeit wirklich launisch. Du weißt schon, der Mangel an Sex und so.«

»Ehrlich gesagt glaube ich, sie wird noch mehr ausflippen, wenn sie das sieht.« Brody rieb ihren dicken Bauch mit seiner Handfläche.

Hayden seufzte. Sie war erst im fünften Monat und kam sich schon vor wie ein Ballon. »Erzähl mir bitte noch mal, wie du es geschafft hast, mich zu schwängern, nachdem wir beschlossen hatten, damit ein paar Jahre zu warten?«

Er warf ihr einen rotzfrechen Blick zu. »Ich hab's dir doch gesagt. Ich schieße niemals fehl. Das ist mein fataler Fehler.«

»Nein, dein fataler Fehler ist, dass du mir nicht die Eiscreme besorgt hast, um die ich dich letzte Nacht gebeten habe.«

Sie verließen das Schlafzimmer und gingen ihre brandneue Wendeltreppe hinunter. Der Boden in der Eingangshalle musste noch verlegt werden, aber Hayden war das egal, solange die Renovierungsarbeiten abgeschlossen waren, bevor das Baby kam. Sie schnappte sich ihre Handtasche von der Kommode im Flur und schlüpfte in ihre flachen Sandalen.

Dann folgte sie Brody nach draußen auf die Veranda, hob den Kopf der Spätnachmittagssonne entgegen und atmete die warme Luft ein. Dabei schaute sie so eifrig nach oben, dass sie beinahe die unterste Treppenstufe verfehlte. Brody griff rasch nach ihr, um zu verhindern, dass sie stürzte.

»Vorsicht, Professor«, warnte er. »Du trägst einen künftigen Champion in deinem Bauch.«

O Mann, nicht schon wieder.

»Ich brauche nur *einen* Champion in meinem Leben, vielen Dank auch.« Sie lächelte süß. »Vielleicht trage ich einen künftigen Nobelpreisträger.«

»Nee. Ob männlich oder weiblich, unser Kind wird eine Sportlegende werden«, erklärte er zuversichtlich und lächelte selbst charmant. »Hast du immer noch nicht erkannt, dass ich immer kriege, was ich will?«

»Gott, bist du arrogant.«

»Ja, aber das gefällt dir.« Sein Grinsen wurde breiter. »Und wenn ich nicht gewesen wäre, würdest du immer noch irgendeine Brücke zur Intimität überqueren ...«

»Das hätte ich dir nie erzählen dürfen!«

»Damit hättest du mich um eine nie versiegende Quelle für Witze gebracht.«

Sie versuchte, ihn finster anzuschauen, musste aber lachen. »Na schön, ich gebe auf. Die Brücke ist wirklich witzig. Und jetzt sollten wir los, bevor Darcy sich echt noch einen Kellner angelt.«

Brody hakte sich bei ihr unter, als sie zum Auto gingen. Er öffnete ihr die Tür, umrundete dann den Wagen und setzte sich hinters Steuer.

Sie legte den Sicherheitsgurt über ihren Bauch und strich sich dann eine Haarsträhne hinters Ohr. Plötzlich wurde ihr bewusst, dass Brody sie beobachtete, und als sie den Kopf wandte, stockte ihr der Atem angesichts der Bewunderung, die sie in seinen Augen leuchten sah.

»Hab ich dir heute schon gesagt, wie schön du bist?«, fragte er mit rauer Stimme.

»Schon zweimal.« Wärme durchströmte ihren Körper. »Aber fühl dich frei, es so oft zu sagen, wie du magst.«

»Glaub mir, das werde ich.« Er rückte näher und strich ihr zärtlich über die Wange. »Weißt du, es war der glücklichste Tag meines Lebens, als du an diesen Billardtisch gekommen bist und mich eingeladen hast, mit dir auf dein Hotelzimmer zu gehen.«

Sie seufzte. »Das wirst du aber unserem Kind nicht erzählen, oder?«

»Nee. Wir werden ihm sagen, wir haben uns in einem Museum kennengelernt, und es war Liebe auf den ersten Blick.«

Mit dem Daumen fuhr er ihr über die Unterlippe, was eine Welle der Hitze und des Verlangens durch ihren Körper schickte. Nie konnte sie genug von den Berührungen dieses Mannes bekommen, nicht einmal, wenn sie hundert Jahre alt wurde.

»Lassen wir das Essen ausfallen«, murmelte er und senkte den Kopf, um sie zu küssen.

Ihr Puls raste, als er sie mit seiner Zunge neckte.

Es kostete sie all ihre Willenskraft, sich von ihm zu lösen. »Das geht nicht.« Als er murrte, fügte sie hinzu: »Komm schon, es ist nur ein kleines Abendessen. Ich werde dafür sorgen, dass es sich für dich lohnt ...«

Seine Augen leuchteten auf. »Wie?«

Sie lachte. »Wart's ab, du wirst schon sehen.«

»Für dich bin ich bereit, ewig zu warten. Tatsächlich würde ich so ziemlich alles tun, worum du mich bittest.«

Sein Blick wurde weich. »So sehr liebe ich dich, Mrs. Croft.«

Sie beugte sich zu ihm hinüber und streifte seine Lippen mit ihren. »Ich liebe dich auch ... Bringen wir also dieses Dinner hinter uns, damit wir wieder nach Hause kommen und ich dir ganz genau zeigen kann, wie sehr.«